小墨香书·传世美文

秦汉六朝作品（二）

纸贵满堂 编
朱宝荣 绘

湖南美术出版社
·长沙·

图书在版编目（CIP）数据

传世美文·秦汉六朝作品 / 纸贵满堂编；朱宝荣绘. 长沙：湖南美术出版社，2025.1.--（小墨香书）.

ISBN 978-7-5746-0535-0

Ⅰ. I212.01

中国国家版本馆CIP数据核字第20243E289Y号

小墨香书

传世美文·秦汉六朝作品

CHUANSHI MEIWEN · QIN-HAN LIUCHAO ZUOPIN

出 版 人：黄　啸

编　　者：纸贵满堂

绘　　者：朱宝荣

责任编辑：范　琳

装帧设计：刘　畅

出版发行：湖南美术出版社（长沙市东二环一段622号）

印　　刷：廊坊市颖新包装装潢有限公司

开　　本：787 mm × 1092 mm　1/96

印　　张：12

版　　次：2025年1月第1版

印　　次：2025年1月第1次印刷

定　　价：60.00元（全4册）

目录

魏公子列传

【导读】

魏公子即信陵君，名无忌，魏昭王少子，魏安釐王的异母弟，因被封于信陵（今河南宁陵），故称信陵君。其与楚国的春申君黄歇、齐国的孟尝君田文和赵国的平原君赵胜并称战国四公子。本文为信陵君的专传，重点记述了他“却秦存魏”“窃符救赵”的事迹，歌颂了信陵君礼贤下士和侯嬴等人士为知己者死的精神。

【原文】

魏公子无忌者，魏昭王少子而魏安釐王异母弟也。昭王薨，安釐王即位，封公子为信陵君。是时范雎亡魏相秦❶，以怨魏齐故，秦兵围大梁，破魏华阳❷下军，走芒卯。魏王及公子患之。公子为人仁而下士，士无贤不肖皆谦而礼交之，不敢以其富贵骄士。士以此方数千里争往归之，致食客三千人。当是时，诸侯以公子贤，多客，不敢加兵谋魏十余年。

【注释】

①范雎亡魏相秦：范雎，字叔，原魏人，因遭须贾诬陷，几被魏相魏齐

打死。后来逃到秦国，改名张禄，被秦昭王任为秦相。

②华阳：今河南新郑北。

【译文】

魏公子名叫无忌，是魏昭王的小儿子、魏安釐王的异母弟弟。昭王去世后，安釐王即位，把公子封为信陵君。当时范雎从魏国逃到秦国做了宰相，因为怨恨魏相魏齐，就派军队围攻大梁，击溃了魏国驻扎在华阳的军队，魏将芒卯战败而逃。魏王和公子对此十分焦虑。公子为人宽厚且礼贤下士，士人无论有无才能，也不论才能大小，他都谦恭有礼地同他们交往，从不因为自己富贵而轻慢士人。

方圆几千里的士人都争相归附于他，因此公子招徕食客三千人。当时，各诸侯因公子贤德，宾客众多，多年不敢动兵谋犯魏国。

【原文】

公子与魏王博❶，而北境传举烽，言“赵寇至，且入界”。魏王释博，欲召大臣谋。公子止王曰：“赵王田猎耳，非为寇也。”复博如故。王恐，心不在博。居顷，复从北方来传言曰：“赵王猎耳，非为寇也。”魏王大惊，曰：“公子何以知之？”公子曰：“臣之客有能深得赵王阴事者，赵王所为，客辄以报臣，臣

以此知之。"是后魏王畏公子之贤能，不敢任公子以国政。

【注释】

①博：古代的一种棋类游戏。此指下棋。

【译文】

有一次，公子正在跟魏王下棋，突然北部边境传来警报，说："赵兵来了，就要进入边境了。"魏王立刻放下棋子，打算召集大臣们商议对策。公子劝阻魏王："赵王打猎罢了，不是进攻。"又接着跟魏王下棋，就跟什么事也没有似的。可是魏王害怕，心思不在下棋上了。不一会儿，又从北边传来消息："赵王打猎，不是进犯边境。”魏王听后大感惊诧，问道：“公子是怎么知道的？”公子回答说：“我的食客中有个人能暗中探到赵王的秘密，赵王有什么行动，他就会立即报告我，因此我知道这件事。”从此，魏王畏惧公子贤能，不敢任用公子处理国家大事。

【原文】

魏有隐士曰侯嬴，年七十，家贫，为大梁夷门❶监者。公子闻之，往请，欲厚遗之。不肯受，曰：“臣修身洁行❷数十年，终不以监门困故而受公子财。”公子于是乃置酒大会宾客。坐定，公子从车骑，虚左❸，

自迎夷门侯生。侯生摄❹敝衣冠，直上载公子上坐，不让，欲以观公子。公子执辔愈恭。

【注释】

①夷门：魏都大梁（今河南开封）的东门。

②洁行：保持自己的清白品格。

③虚左：空着左边的座位，当时以左为尊。

④摄：整理。

【译文】

魏国有个七十多岁的隐士叫侯嬴，家境贫寒，负责看守大梁城东门。公子听说了这个人，就派人去拜见，并想送给他一份厚礼。但是侯嬴不肯接受，说："我几十年来修养品德，坚持操守，绝不会因我看门贫困就接受公子的财礼。"于是公子就大摆酒席，宴饮宾客。大家来齐坐定之后，公子就带着车马以及随从人员，空出车子上的左边的座位，亲自到东城门去迎接侯先生。侯先生整理了一下破旧的衣帽，就径直上了车子坐在公子空出的尊贵座位，丝毫没有谦让的意思，想借此观察一下公子的态度。可是公子手握马缰绳更加恭敬。

【原文】

侯生又谓公子曰："臣有客在市屠中，愿枉车骑过之。"公子引车

入市，侯生下见其客朱亥，俾倪❶，故久立与其客语，微察公子，公子颜色愈和。当是时，魏将相宗室宾客满堂，待公子举酒。市人皆观公子执辔，从骑皆窃骂侯生。侯生视公子色终不变，乃谢客就车。

【注释】

①俾（pì）倪（nì）：同“睥睨”，斜视，用眼睛的余光偷看人。

【译文】

侯先生又对公子说：“我有个朋友在街市的屠宰场，希望委屈一下车马载我去拜访他。”公子立即驾车前往进入街市，侯先生下车去会见他的朋友朱亥，他斜眯缝着眼看公子，故

意久久地站在那里同他的朋友聊天，同时暗暗地观察公子。公子的面色更加和悦。在这个时候，魏国的将军、宰相、宗室大臣以及高朋贵宾坐满堂上，正等着公子举杯开宴。街市上的人都看到公子手握缰绳替侯先生驾车，公子的随从人员都暗自责骂侯先生。侯先生看到公子面色始终不变，才告别了朋友上了车。

【原文】

至家，公子引侯生坐上坐，遍赞宾客，宾客皆惊。酒酣，公子起，为寿侯生前。侯生因谓公子曰："今日嬴之为公子亦足矣。嬴乃夷门抱

关❶者也，而公子亲枉车骑，自迎嬴于众人广坐之中，不宜有所过，今公子故过之。然嬴欲就公子之名，故久立公子车骑市中，过客以观公子，公子愈恭。市人皆以嬴为小人，而以公子为长者❷能下士也。”于是罢酒，侯生遂为上客。侯生谓公子曰：“臣所过屠者朱亥，此子贤者，世莫能知，故隐屠间耳。”公子往数请之，朱亥故不复谢，公子怪之。

【注释】

①抱关：守门。

②长者：君子，厚道人。

【译文】

到家后，公子领着侯先生坐到上

位上，并向全体宾客赞扬地介绍了侯先生，满堂宾客无不惊异。大家酒兴正浓时，公子站起来，走到侯先生面前举杯为他祝寿。侯先生趁机对公子说："今天我侯嬴为难公子也做得够了。我只是个城东门看门守关的人，可是公子委屈车马，亲自在大庭广众之下迎接我，我本不该再去拜访朋友，今天公子竟屈尊陪我拜访他。可我也想成就公子的名声，故意让公子车马久久地停在街市中，借拜访朋友来观察公子，结果公子更加谦恭。街市上的人都以为我是小人，而认为公子是个高尚的人，能礼贤下士啊。"在这次宴会散了后，侯先生便成了公子的贵客。侯先生对公子说："我拜访的那个屠夫朱亥，是个贤才，只是人们都不了解他，所以隐没在屠夫中罢了。"公子曾多次前往拜见朱亥，朱亥故意不回拜答谢，公子觉得这个人很奇怪。

【原文】

魏安釐王二十年❶，秦昭王已破赵长平❷军，又进兵围邯郸。公子姊为赵惠文王弟平原君夫人，数遗魏王及公子书，请救于魏。魏王使将军晋鄙将十万众救赵。秦王使使者告魏王曰："吾攻赵旦暮且下，而诸侯敢救者，已拔赵，必移兵先击

之。”魏王恐，使人止晋鄙，留军壁邺❸，名为救赵，实持两端以观望。

【注释】

①魏安釐王二十年：公元前257年。

②长平：今山西高平西北。

③邺：今河北临漳南。

【译文】

魏安釐王二十年，秦昭王已经在长平把赵军打败，接着进兵把邯郸围住。公子的姐姐是赵惠文王弟弟平原君的夫人，多次派人送信给魏王和公子，请求救兵。魏王派将军晋鄙带领十万大军去救赵国。秦昭王得知消息后就派使臣告诫魏王说：“我就要攻下赵国了，这只是早晚的事，诸侯中有谁敢救赵国的，拿下赵国后，一定调兵先攻打它。”魏王很害怕，就派人阻止晋鄙进军，把军队留在邺城扎营驻守，名义上是救赵国，实际上是采取两面讨好的策略来观望形势的发展。

【原文】

平原君使者冠盖相属[1]于魏，让魏公子曰：“胜所以自附为婚姻者，以公子之高义，为能急人之困。今邯郸旦暮降秦而魏救不至，安在公子能急人之困也！且公子纵轻胜，弃之降秦，独不怜公子姊邪？”公子患之，数请魏王，及宾客辩士

说王万端。魏王畏秦，终不听公子。公子自度终不能得之于王，计不独生而令赵亡，乃请宾客，约车骑百余乘，欲以客往赴秦军，与赵俱死。

【注释】

①冠盖相属：此指使节往来不绝。冠盖：古代官吏的冠服和车盖，代指官吏。属：接连。

【译文】

平原君使臣的车子连续不断地到魏国来，频频告急，责备魏公子说："我赵胜之所以自愿依托魏国跟魏国联姻结亲，就是因为公子的道义高尚，能热心帮助别人摆脱危难。如今邯郸危在旦夕，早晚就要投降秦国，可是魏国救兵至今不来，公子能帮助别人摆脱危难又表现在哪里！再说公子即使不把我赵胜看在眼里，抛弃我让我投降秦国，难道就不可怜你的姐姐吗？”公子为这件事忧虑万分，屡次请求魏王赶快出兵，又让宾客辩士们千方百计地劝说魏王。魏王由于害怕秦国，始终不肯听从公子的意见。公子估计终究不能征得魏王同意出兵了，就决计不能自己活着而让赵国灭亡，于是请来宾客，凑集了战车一百多辆，打算带着宾客赶到战场上去同秦军拼死一战，与赵国人一起死难。

【原文】

行过夷门，见侯生，具告所以欲死秦军状。辞决❶而行，侯生曰："公子勉之矣，老臣不能从。"公子行数里，心不快，曰："吾所以待侯生者备矣，天下莫不闻，今吾且死而侯生曾无一言半辞送我，我岂有所失哉？"复引车还，问侯生。

【注释】

①辞决：辞别。决：通"诀"。

【译文】

公子领兵路过东门时，去见侯先生，告诉他打算同秦军决一死战的事。然后公子诀别侯先生，行前侯先生说："公子努力干吧，老臣我不能随行。”公子走了几里路，心里很不痛快，自语道：“我十分周到地对待侯先生，天下无人不晓，如今我将要赴死可是侯先生竟没有一言半语来送我，我难道对待他有什么过失吗？”于是又赶着车子返回来，想问问侯先生。

【原文】

侯生笑曰：“臣固知公子之还也。”曰：“公子喜士，名闻天下。今有难，无他端❶而欲赴秦军，譬若以肉投馁❷虎，何功之有哉？尚安事客？然公子遇臣厚，公子往而臣不送，以是知公子恨之复返也。”公子再拜，因问。

【注释】

①他端：其他办法。

②馁：饿。

【译文】

侯先生一见公子便笑着说："我就知道公子会回来的。"又接着说："公子好客爱士，闻名天下。如今有了危难，想不出别的办法却要赶到战场上同秦军拼死命，这就如同把肥肉扔给饥饿的老虎，有什么作用呢？如果这样的话，还用我们这些宾客干什么呢？公子待我情深意厚，公子前往可是我不送行，因此知道公子恼恨我，会返回来的。"公子连着两次向侯先生拜礼，进而问对策。

【原文】

侯生乃屏人❶间语❷，曰："嬴闻晋鄙之兵符常在王卧内，而如姬最幸，出入王卧内，力能窃之。嬴闻如姬父为人所杀，如姬资之三年，自王以下欲求报其父仇，莫能得。如姬为公子泣，公子使客斩其仇头，敬进如姬。如姬之欲为公子死，无所辞，顾未有路耳。公子诚一开口请如姬，如姬必许诺，则得虎符夺晋鄙军，北救赵而西却秦，此五霸之伐❸也。"公子从其计，请如姬。如姬果盗晋鄙兵符与公子。

【注释】

①屏人：支开众人。屏：同"摒"。

②间语：私语。

③五霸之伐：春秋五霸一样的功业。

【译文】

侯先生就让旁人离开，同公子秘密交谈，说："我听说晋鄙的兵符经常放在魏王的卧室内，在妻妾中如姬最受宠爱，她出入魏王的卧室很随便，只要尽力是能偷出兵符来的。我还听说如姬的父亲被人杀死，如姬报仇雪恨的心志积蓄了三年之久，从魏王以下的群臣左右都想为如姬报仇，但没能如愿。为此，如姬曾对公子哭诉，公子派门客斩了那个仇人的头，恭敬地献给如姬。如姬要为公子效命而死，是在所不辞的，只是没有行动的机会罢了。公子如果开口请求如姬帮忙，如姬必定答应，那么就能得到虎符而夺了晋鄙的军权，北可救赵国，西能抵御秦国，这是春秋五霸的功业啊。”公子听从了侯嬴的计策，请求如姬帮忙。如姬果然盗出晋鄙的兵符交给了公子。

【原文】

公子行，侯生曰：“将在外，主令有所不受，以便国家。公子即合符，而晋鄙不授公子兵而复请之，事必危矣。臣客屠者朱亥可与俱，此人力士。晋鄙听，大善；不听，可使击之。”于是公子泣。侯生曰：

"公子畏死邪？何泣也？"公子曰："晋鄙嚄唶[1]宿将，往恐不听，必当杀之，是以泣耳，岂畏死哉？"于是公子请朱亥。朱亥笑曰："臣乃市井鼓刀屠者，而公子亲数存之，所以不报谢者，以为小礼无所用。今公子有急，此乃臣效命之秋也。"遂与公子俱。公子过谢侯生。侯生曰："臣宜从，老不能。请数公子行日，以至晋鄙军之日，北乡自刭，以送公子。"公子遂行。

【注释】

①嚄（huò）唶（zé）：形容勇悍。

【译文】

公子拿到了兵符就要走，侯先生

说："将帅在外作战时要随机应变，国君的命令不对的可以不接受，以有利于国家。公子到那里即使两符相合，验明无误，可是晋鄙仍然不把兵权交给公子而又去请示魏王，那么事情就危险了。我的朋友屠夫朱亥可以跟您一起前往，这个人是个大力士。如果晋鄙听从，那是再好不过了；如果他不听从，可以让朱亥击杀他。"公子听了这些话后，便哭了。侯先生见状便问道："公子害怕死呀？为什么哭呢？"公子回答说："晋鄙是魏国勇猛强悍、富有经验的老将，我去他那里恐怕他不会听从命令，必定要杀死他，因此我难过得哭了，哪里是怕死呢？”于是公子去请求朱亥一同前往。朱亥笑着说：“我只是个市场上拿刀杀生的屠夫，可是公子竟多次登门问候我，我之所以不回拜答谢您，是因为我认为小礼小节没什么用处。如今公子有了急难，这就是我为公子舍身效命的时候了。”然后就与公子一起上路了。公子去向侯先生辞行。侯先生说：“我本应随您一起去，可是老了心有余力不足，不能成行。请允许我计算您行程的日期，您到达晋鄙军的那一天，我面向北刎颈而死，来表达我为公子送行的一片忠心。”公子于是出发了。

【原文】

至邺，矫魏王令代晋鄙。晋鄙合符，疑之，举手视公子曰：“今吾拥十万之众，屯于境上，国之重任，今单车来代之，何如哉？”欲无听。朱亥袖四十斤铁椎，椎杀晋鄙，公子遂将晋鄙军。勒兵下令军中曰：“父子俱在军中，父归；兄弟俱在军中，兄归；独子无兄弟，归养。”得选兵八万人，进兵击秦军。秦军解去，遂救邯郸，存赵。

【译文】

到了邺城，公子拿出兵符假传魏王命令代替晋鄙担任将领。晋鄙合了兵符，验证无误，但还是对这件事有所怀疑，就抬起手盯着公子说："我统率着十万大军，在边境上驻扎，这是关系到国家命运的重任，今天你就这么简单地来代替我，这是怎么回事呢？"打算拒绝接受命令。这时朱亥取出藏在衣袖里的四十斤铁锤，一锤击死了晋鄙，公子于是统率了晋鄙的军队。然后整顿军队，向军中下令说："父子都在军队里的，父亲回家；兄弟同在军队里的，长兄回家；没有兄弟的独生子，回家去奉养双亲。"经过整顿选拔，得到精兵八万人，开拔前线攻击秦军。秦军解围撤离而去，于是邯郸得救，保住了赵国。

【原文】

赵王及平原君自迎公子于界，平原君负籣矢❶为公子先引。赵王再拜曰：“自古贤人未有及公子者也。”当此之时，平原君不敢自比于人。公子与侯生决，至军，侯生果北乡自刭。

【注释】

①籣（lán）矢：装着箭的箭囊。籣：箭囊。

【译文】

赵王和平原君到郊界来迎接公子，平原君替公子背着盛满箭的囊袋走在前面引路。赵王连着两次拜谢说：“自古以来的贤人没有一个赶得上公子的。”从此，平原君不敢再拿自己跟公子相比了。公子与侯先生诀别之后，在到达邺城军营的那一天，侯先生就面向北刎颈自杀了。

【原文】

魏王怒公子之盗其兵符，矫杀晋鄙，公子亦自知也。已却秦存赵，使将将其军归魏，而公子独与客留赵。赵孝成王德公子之矫夺晋鄙兵而存赵，乃与平原君计，以五城封公子。公子闻之，意骄矜而有自功之色。客有说公子曰："物有不可忘，或有不可不忘。夫人有德于公子，公子不可忘也；公子有德于人，愿公子忘之也。且矫魏王令，夺

晋鄙兵以救赵，于赵则有功矣，于魏则未为忠臣也。公子乃自骄而功之，窃为公子不取也。”于是公子立自责，似若无所容❶者。

【注释】

①无所容：无地自容。

【译文】

魏王对于公子盗兵符，还假传君令杀死晋鄙这件事十分恼怒，公子自己也知道这一点。所以公子把秦军打退，成功拯救了赵国之后，就让部将带着军队返回魏国去，而自己和门客就留在了赵国。赵孝成王感激公子假托君命夺取晋鄙军权从而保住了赵国这一义举，就与平原君商量，把五座城邑封赏给公子。公子听到这个消息后，产生了骄傲自大的情绪，露出了居功自满的神色。门客中有个人劝说公子道："事物有不可以忘记的，也有不可以不忘记的。别人对公子有恩德，公子不可以忘记；公子对别人有恩德，希望公子忘掉它。况且假托魏王命令，夺取晋鄙兵权去救赵国，这对赵国来说算是有功劳了，但对魏国来说那就不算忠臣了。公子却因此自以为有功，觉得了不起，我私下认为公子实在不应该。"公子听后，立刻责备自己，好像无地自容一样。

【原文】

赵王扫除自迎，执主人之礼，引公子就西阶。公子侧行辞让，从东阶上。自言罪过，以负于魏，无功于赵。赵王侍酒至暮，口不忍献五城，以公子退让也。公子竟留赵。赵王以鄗❶为公子汤沐邑❷，魏亦复以信陵奉公子。公子留赵。

【注释】

①鄗（hào）：今河北高邑东。

②汤沐邑：古代诸侯按时朝见天子，天子赐以京郊附近供住宿和斋戒沐浴的封邑。贵族受封的汤沐邑，则是食邑。

【译文】

赵王命人洒扫街道，以主人的身份亲自将魏公子迎进王宫。赵王请魏公子从表示尊敬的西边台阶进殿。公子则侧着身子走，一再推辞谦让，并主动从东边的台阶走了上去。宴会上，公子说自己有罪，对不起魏国，于赵国也无功劳可言。赵王陪着公子饮酒直到傍晚，始终不便开口谈封献五座城邑的事，因为公子总是在谦让自责。公子终于留在了赵国。赵王把鄗邑封赏给公子，这时魏王也把信陵邑奉还给公子。公子仍留在赵国。

【原文】

公子闻赵有处士❶毛公藏于博徒，薛公藏于卖浆家。公子欲见两人，两人自匿，不肯见公子。公子闻所在，乃间步往从此两人游，甚欢。

【注释】

①处士：有才德而隐居不仕的人。

【译文】

公子听说赵国有两个德才兼备的人，一个是藏身于赌徒中的毛公，一个是藏身在酒店里的薛公。公子很想见见这两个人，可是这两个人不肯见公子而躲起来。公子千方百计地打听到他们藏身的地方，就悄悄地步行去同这两个人交往，彼此都以相识为乐事，很是高兴。

【原文】

平原君闻之，谓其夫人曰：“始吾闻夫人弟公子天下无双，今吾闻之，乃妄从博徒卖浆者游，公子妄人耳。”夫人以告公子。公子乃谢夫人去，曰：“始吾闻平原君贤，故负魏王而救赵，以称平原君。平原君之游，徒豪举耳，不求士也。无忌自在大梁时，常闻此两人贤，至赵，恐不得见。以无忌从之游，尚恐其不我欲也，今平原君乃以为羞，其不足从游。”乃装为去。夫人具以语平原君。平原君乃免冠谢，固留公

子。平原君门下闻之，半去平原君归公子，天下士复往归公子，公子倾❶平原君客。

【注释】

①倾：胜过。

【译文】

平原君知道了这个情况，就对他的夫人说：“当初我听说夫人的弟弟魏公子是个举世无双的大贤人，如今我听说他竟然胡来，跟那伙赌徒、酒店伙计交往，公子只是个无知妄为的人罢了。”平原君的夫人把这些话告诉了公子。公子听后就向夫人告辞准备离开这里，说：“以前我听说平原君贤德，所以背弃魏王而救赵国，满足了平原君的要求。现在才知道平原君与人交往，只是显示富贵的豪放举动罢了，他不是求取贤士人才啊。我从前在大梁时，就常常听说这两个人贤能有才，到了赵国，我唯恐不能见到他们。拿我这个人跟他们交往，还怕他们不接纳我呢，现在平原君竟然把跟他们交往看作是羞辱，平原君这个人不值得结交。”于是就整理行装准备离去。夫人把公子的话全都告诉了平原君，平原君听了自感惭愧便去向公子脱帽谢罪，坚决地把公子挽留下来。平原君门下的宾客们听到这件事，有一半人离开了平原君归附于公子，天下的士人也都去投靠公子，归附在他的门下。魏公子门客的人数大大地超过了平原君。

【原文】

公子留赵十年不归。秦闻公子在赵，日夜出兵东伐魏。魏王患之，使使往请公子。公子恐其怒之，乃诫门下："有敢为魏王使通者，死。"宾客皆背魏之赵，莫敢劝公子归。毛公、薛公两人往见公子曰："公子所以重于赵，名闻诸侯者，徒以有魏也。今秦攻魏，魏急而公子不恤，使秦破大梁而夷先王之宗庙，公子当何面目立天下乎？"语未及卒，公子立变色，告车趣❶驾

归救魏。

【注释】

①趣：此指急促。

【译文】

公子留在赵国十年没有回魏国。秦国听说公子留在赵国，就昼夜兼程发兵向东进攻魏国。魏王万分焦虑此事，就派使臣去请公子回国相助。公子仍然担心魏王对自己很生气，于是告诫门下宾客说："有敢替魏王使臣通报传达的，处死。"由于宾客们都是背弃魏国来到赵国的，所以没谁敢劝公子回魏国。这时，毛公和薛公两人去见公子说："公子所以在赵国受到尊重，名扬诸侯，只是因为有魏国的存在啊。现在秦国进攻魏国，魏国危急而公子毫不顾念，假使秦国攻破大梁而把您先祖的宗庙夷平，公子还有什么脸面活在世上呢？”话还没说完，公子就变了脸色，嘱咐车夫赶快套车拉自己回去救魏国。

【原文】

魏王见公子，相与泣，而以上将军印授公子，公子遂将。魏安釐王三十年❶，公子使使遍告诸侯。诸侯闻公子将，各遣将将兵救魏。公子率五国之兵破秦军于河外，走蒙骜❷，遂乘胜逐秦军至函谷关❸，抑秦兵，秦兵不敢出。当是时，公子

威振天下，诸侯之客进兵法，公子皆名之，故世俗称《魏公子兵法》。

【注释】

①魏安釐王三十年：公元前247年。

②蒙骜：蒙恬的祖父，时任秦国上卿。

③函谷关：今河南灵宝东北。

【译文】

魏王与公子相见，两人泪眼相对，魏王授给公子上将军大印，公子便正式担任了上将军，统率军队。魏安釐王三十年，公子派使臣通报各个诸侯国。诸侯们得知公子担任了上将军，都各自调兵遣将救援魏国。公子率领五个诸侯国的军队在河外把秦军打得大败，使秦将蒙骜败逃。进而乘胜追击直到函谷关，把秦军压在函谷关内，使他们不敢再出关。当时，公子的声威震动天下，各诸侯国来的宾客都进献兵法，公子把它们合在一起签上自己的名字，所以世称《魏公子兵法》。

【原文】

秦王患之，乃行金万斤于魏，求晋鄙客，令毁❶公子于魏王曰："公子亡在外十年矣，今为魏将，诸侯将皆属，诸侯徒闻魏公子，不闻魏王。公子亦欲因此时定南面而王。诸侯畏公子之威，方欲共立之。"秦数使反间，伪贺公子得立为

魏王未也。魏王日闻其毁，不能不信，后果使人代公子将。

【注释】

①毁：毁谤，污蔑。

【译文】

秦王担心公子会对秦国有更大的威胁，就使用了万斤黄金贿赂魏人，寻找晋鄙原来的那些门客，让他们在魏王面前进谗言说："公子在外流亡十年了，现在担任魏国大将，诸侯国的将领都归他指挥，诸侯们只知道魏国有个魏公子，不知道还有个魏王。公子也要乘这个时机决定南面称王。诸侯们害怕公子的权势声威，正打算共同出面拥立他为王呢。"秦国又多次实行反间，利用在秦国的魏国间谍，假装不知情地请他们向公子祝贺问是否已经立为魏王了。魏王天天听到这些毁谤公子的话，不能不信以为真，后来果然派人代替公子担任上将军。

【原文】

公子自知再以毁废，乃谢病不朝，与宾客为长夜饮，饮醇酒，多近妇女。日夜为乐饮者四岁，竟病酒而卒。其岁，魏安釐王亦薨❶。

【注释】

①薨（hōng）：古代称诸侯之死。

【译文】

公子自己明知这是又一次因毁

谤而被废黜，于是就推托有病不上朝了，他在家里与宾客们通宵达旦地宴饮，痛饮烈性酒，沉迷女色，这样日日夜夜寻欢作乐度过了四年，终于因饮酒无度患病死亡。这一年，魏安釐王也去世了。

【原文】

秦闻公子死，使蒙骜攻魏，拔二十城，初置东郡①。其后秦稍蚕食魏，十八岁②而虏魏王，屠大梁。

【注释】

①东郡：约今河南东北部、河北东南部和山东西部一带。

②十八岁：魏公子死后的第十八年，

即秦王政二十二年（前225）。

【译文】

秦王听说公子已死，就派蒙骜进攻魏国，把二十座城邑攻占了，开始设立东郡。从此以后，秦国像蚕食桑叶一样逐渐地侵占魏国领土，过了十八年便俘虏了魏王假，屠杀大梁军民，将魏国都城毁掉了。

【原文】

高祖始微少时❶，数闻公子贤。及即天子位，每过大梁，常祠公子。高祖十二年，从击黥布还，为公子置守冢五家，世世岁以四时奉祠公子。

太史公曰：吾过大梁之墟，求问其所谓夷门。夷门者，城之东门也。天下诸公子亦有喜士者矣，然信陵君之接岩穴隐者，不耻下交，有以也。名冠诸侯，不虚耳。高祖每过之而令民奉祠不绝也。

【注释】

①微少时：年少而为平民的时候。

【译文】

当初汉高祖地位低微时，就经常听别人说魏公子贤德有才。等到他即位做了皇帝之后，每次经过大梁，常常去祭祀公子。汉高祖十二年，他击败叛将黥布之后从前线归来的时候，经过大梁时为公子安置了五户人家，专门看守他的坟墓，让他们世世代代每年按时祭祀公子。

太史公说：我经过大梁废墟时，曾专门寻访那个所谓的夷门。夷门就是大梁城的东门。天下诸多公子中也确有好客喜士的，但只有信陵君能够交结那些隐没在社会各个角落的人物，他不以结交下层贱民为耻辱，是很有道理的。他的名声排在诸侯之首，的确不是虚妄之传。而高祖每次经过大梁，便命令百姓不要断绝对他的祭祀。

廉颇蔺相如列传

【导读】

《廉颇蔺相如列传》为合传，以廉颇、蔺相如为主，同时记述了赵奢、赵括父子及李牧等人的事迹，反映了赵国从赵惠文王到赵王迁的兴亡史。本文节选了廉颇、蔺相如及赵奢父子的部分。全文人物刻画栩栩如生，跃然纸上。

【原文】

廉颇者，赵之良将也。赵惠文王十六年❶，廉颇为赵将伐齐，大

破之，取阳晋②，拜为上卿③，以勇气闻于诸侯。蔺相如者，赵人也，为赵宦者令④缪贤舍人⑤。

【注释】

①赵惠文王十六年：公元前283年。赵惠文王：名何，赵武灵王之子。

②阳晋：今山东菏泽西北。

③上卿：诸侯国大臣的最高爵位，地位略同于丞相或大将军。

④宦者令：宦官的首领。

⑤舍人：门客。

【译文】

廉颇是赵国优秀的将领。赵惠文王十六年，廉颇率领赵军征讨齐国，将齐军打败，将阳晋夺占，被封为上卿，他在各诸侯国中以勇气闻名。蔺相如是赵国人，是赵国宦者令缪贤家的门客。

【原文】

赵惠文王时，得楚和氏璧。秦昭王闻之，使人遗赵王书，愿以十五城请易璧。赵王与大将军[1]廉颇诸大臣谋：欲予秦，秦城恐不可得，徒见欺；欲勿予，即患秦兵之来。计未定，求人可使报秦[2]者，未得。宦者令缪贤曰："臣舍人蔺相如可使。"王问："何以知之？"对曰："臣尝有罪，窃计欲亡走燕，臣舍人相如止臣，曰：'君何以知燕王？'臣语曰：

‘臣尝从大王与燕王会境上，燕王私握臣手，曰“愿结友”。以此知之，故欲往。’相如谓臣曰：‘夫赵强而燕弱，而君幸于赵王，故燕王欲结于君。今君乃亡赵走燕，燕畏赵，其势必不敢留君，而束君归赵矣。君不如肉袒伏斧质请罪，则幸得脱矣。’臣从其计，大王亦幸赦臣。臣窃以为其人勇士，有智谋，宜可使。”

【注释】

①大将军：国家的最高军事长官。

②报秦：给秦国回话，即出使秦国。

【译文】

赵惠文王的时候，赵国得到了一块楚国的和氏璧。秦昭王听说后，就写了一封书信派人送给赵王，表示愿意用十五座城交换这块宝玉。赵王同大将军廉颇及其他大臣们商量：要是把宝玉给了秦国，恐怕秦国不可能把城邑给我们，白白地受骗；要是不给呢，又怕秦军马上来攻打我们。不知道如何是好，就想找一个能派到秦国去回复的使者，也没能找到。宦者令缪贤说："我的门客蔺相如可以派去。"赵王问："你怎么知道他可以呢？"缪贤回答说："为臣曾犯过罪，私下打算逃亡到燕国去，我的门客相如阻拦我，说：'您怎么会了解燕王呢？'我对他说：'我曾随从大王在国境上与燕王会见，燕王私下握住我的手，说“愿意跟您交个朋友”。因此我就了解他了，所以想往他那里去。’相如对我说：‘赵国强，燕国弱，而您受宠于赵王，所以燕王想要和您结交。现在您是逃出赵国奔到燕国，燕国怕赵国，这种形势下燕王必定不敢收留您，而且还会把您捆绑起来送回赵国。您不如脱掉上衣，露出肩背，伏在斧刃之下请求治罪，这样也许侥幸被赦免。’臣听从了他的意见，大王也开恩赦免了为臣。为臣私下认为这人是个勇士，有智谋，派他出使很适宜。”

【原文】

于是王召见，问蔺相如曰：“秦

王以十五城请易寡人之璧，可予不❶？”相如曰：“秦强而赵弱，不可不许。”王曰：“取吾璧，不予我城，奈何？”相如曰：“秦以城求璧而赵不许，曲在赵。赵予璧而秦不予赵城，曲在秦。均❷之二策，宁许以负秦曲。”王曰：“谁可使者？”相如曰：“王必无人，臣愿奉璧往使。城入赵而璧留秦；城不入，臣请完璧归赵。”赵王于是遂遣相如奉璧西入秦。

【注释】

①不：通“否”。

②均：比较、衡量。

【译文】

于是赵王立即召见，问蔺相如

说："秦王用十五座城请求交换我的和氏璧，能不能给他？"相如说："秦国强，赵国弱，不能不答应它。"赵王说："得了我的宝璧，不给我城邑，怎么办？"相如说："秦国请求用城换璧，赵国如不答应，赵国理亏；赵国给了璧而秦国不给赵国城邑，秦国理亏。两种对策衡量一下，宁可答应它，让秦国来承担理亏的责任。"赵王说："谁可以派为使臣？"相如说："大王如果确实无人可派，臣愿捧护宝璧出使。城邑归属赵国了，就把宝璧留给秦国；城邑不能归赵国，我一定把和氏璧完好地带回赵国。"赵王于是就派遣蔺相如带好和氏璧，西行入秦。

【原文】

秦王坐章台[1]见相如，相如奉[2]璧奏秦王。秦王大喜，传以示美人及左右，左右皆呼万岁。相如视秦王无意偿赵城，乃前曰："璧有瑕，请指示王。"王授璧，相如因持璧，却[3]立，倚柱，怒发上冲冠，谓秦王曰："大王欲得璧，使人发书至赵王，赵王悉召群臣议，皆曰'秦贪，负其强，以空言求璧，偿城恐不可得'。议不欲予秦璧。臣以为布衣之交尚不相欺，况大国乎！且以一璧之故逆强秦之欢，不可。于是赵王乃斋戒五日，使臣奉璧，拜送书于庭。何者？严大国之威以修敬也。今臣至，大王见臣列观❹，礼节甚倨；得璧，传之美人，以戏弄臣。臣观大王无意偿赵王城邑，故臣复取璧。大王必欲急臣，臣头今与璧俱碎于柱矣！”相如持其璧睨❺柱，欲以击柱。

【注释】

①章台：也叫章华台，秦离宫中的台观名。

②奉：捧。

③却：退行。

④列观：一般的台观。

⑤睨：斜视。

【译文】

秦王坐在章台上接见蔺相如，相如把璧捧出来献给秦王。秦王很高兴，把宝璧给妻妾和侍从们传着看，群臣都高呼万岁。相如看出秦王没有以城换璧的意思，就往前迈了一步说："这块璧上有个小斑点，请允许我指给大王。"秦王把璧交给他，相如就手持璧玉后退几步站稳，身体靠在柱子上，怒发冲冠，对秦王说："大王想得到宝璧，派人送信给赵王，赵王召集全体大臣商议，大家都说：'秦国贪得无厌，倚仗它的强大，想用空话得到宝璧，给我们的城邑恐怕是不能得到的。'商议的结果是不想把宝璧给秦国。我认为平民百姓的交往尚且不互相欺骗，何况是大国呢！况且为了一块玉璧的缘故就使强

大的秦国不高兴，也是不应该的。于是赵王斋戒了五天，派我捧着宝璧，在殿堂上恭敬地拜送国书。为什么要这样呢？是尊重大国的威望以表示敬意呀。如今我来到贵国，大王却在一般的台观接见我，礼节非常傲慢；得到宝璧后，传给姬妾们观看，这样来戏弄我。我观察大王没有给赵王十五城的诚意，所以我又收回宝璧。大王如果一定要逼我，我的头今天就同宝璧一起在柱子上撞碎！”相如手持宝璧，斜视庭柱，就要向庭柱上撞去。

【原文】

秦王恐其破璧，乃辞谢固请，

召有司案图①，指从此以往十五都予赵。相如度秦王特以诈详②为予赵城，实不可得，乃谓秦王曰："和氏璧，天下所共传宝也，赵王恐，不敢不献。赵王送璧时，斋戒五日，今大王亦宜斋戒五日，设九宾于廷，臣乃敢上璧。"秦王度之，终不可强夺，遂许斋五日，舍相如广成传③。相如度秦王虽斋，决负约不偿城，乃使其从者衣褐④，怀其璧，从径道⑤亡，归璧于赵。

【注释】

①案图：查看地图。

②详：通"佯"，假装。

③传：此指传舍，即招待所。

④褐：粗布衣服。

⑤径道：小路。

【译文】

秦王怕他真把宝璧撞碎，便向他道歉，坚决请求他不要如此，并召来主管的官员查看地图，指明从某地到某地的十五座城邑交割给赵国。相如估计秦王不过用欺诈手段假装给赵国城邑，实际上赵国是不可能得到的，于是就对秦王说："和氏璧是天下公认的宝物，赵王惧怕贵国，不敢不奉献出来。赵王送璧之前，斋戒了五天，如今大王也应斋戒五天，在殿堂上安排九宾大典，我才敢献上宝璧。"秦王估量此事，毕竟不可强力夺取，于是就答应斋戒五天，请相如住在广成宾馆。相如估计秦王虽然答应斋戒，但必定背约不给城邑，便派他的随从换上粗麻衣服，怀中藏好宝璧，从小路逃出，把宝璧送回赵国。

【原文】

秦王斋五日后，乃设九宾礼于廷，引赵使者蔺相如。相如至，谓秦王曰："秦自缪公以来二十余君，未尝有坚明❶约束者也。臣诚恐见欺于王而负赵，故令人持璧归，间至赵矣。且秦强而赵弱，大王遣一介之使至赵，赵立奉璧来。今以秦之强而先割十五都予赵，赵岂敢留璧

而得罪于大王乎？臣知欺大王之罪当诛，臣请就汤镬❷，唯大王与群臣孰计议之。”秦王与群臣相视而嘻。左右或欲引相如去，秦王因曰：“今杀相如，终不能得璧也，而绝秦赵之欢，不如因而厚遇之，使归赵，赵王岂以一璧之故欺秦邪！”卒廷见相如，毕礼❸而归之。

【注释】

①坚明：坚定明确地遵守。

②汤镬（huò）：大开水锅，古代烹人的刑具。

③毕礼：按应有的礼节。

【译文】

秦王斋戒五天后，就在殿堂上安

排了九宾大典，请来赵国使者蔺相如。相如一到，对秦王说：“从穆公以来，秦国的二十几位君主，从没有一个坚守盟约的。我实在是怕被大王欺骗而对不起赵王，所以派人把宝璧送回去，从小路已到赵国了。况且秦强赵弱，大王派一位使臣到赵国，赵国立即就把宝璧送来。如今凭您秦国的强大，先把十五座城邑割让给赵国，赵国怎么敢留下宝璧而得罪大王呢？我知道欺骗大王之罪应被诛杀，我情愿下锅被烹，只希望大王和各位大臣仔细考虑此事。”秦王和群臣面面相觑并有惊怪之声。侍从有人要把相如拉下去，秦王说：“如今杀了相如，终归还是得不到宝璧，反而破坏了秦赵两国的交情，不如趁此机会好好款待他，放他回到赵国，赵王难道会为了一块玉璧而欺骗秦国吗？”最终还是在殿堂上招待相如，典礼结束之后让他回国。

【原文】

相如既归，赵王以为贤大夫使不辱于诸侯，拜相如为上大夫❶。秦亦不以城予赵，赵亦终不予秦璧。

【注释】

①上大夫：爵位名，大夫中的最高一级，地位次于卿。

【译文】

相如回国后，赵王认为他是一位

称职的大夫，身为使臣而没有被诸侯欺辱，于是将相如封为上大夫。秦国并没有把城邑送给赵国，赵国也始终不把宝璧送给秦国。

【原文】

其后秦伐赵，拔石城①。明年，复攻赵，杀二万人。

【注释】

①石城：今河南林州西南。

【译文】

后来秦国攻打赵国，夺占石城。第二年，秦国再次进攻赵国，杀掉两万多人。

【原文】

秦王使使者告赵王，欲与王为好会❶于西河外渑池❷。赵王畏秦，欲毋行，廉颇、蔺相如计曰：“王不行，示赵弱且怯也。”赵王遂行，相如从。廉颇送至境，与王诀曰：“王行，度道里会遇之礼毕，还，不过三十日。三十日不还，则请立太子为王，以绝秦望。”王许之，遂与秦王会渑池。秦王饮酒酣，曰：“寡人窃闻赵王好音，请奏瑟。”赵王鼓瑟。秦御史❸前书曰：“某年月日，秦王与赵王会饮，令赵王鼓瑟。”蔺相如前曰：“赵王窃闻秦王善为秦声，请奏盆缶秦王，以相娱乐。”秦王怒，不许。于是相如前进缶，因跪请秦王。秦王不肯击缶。相如曰："五步之内，相如请得以颈血溅大王矣！"左右欲刃相如，相如张目叱之，左右皆靡。于是秦王不怿，为一击缶。相如顾召赵御史书曰："某年月日，秦王为赵王击缶。"秦之群臣曰："请以赵十五城为秦王寿。"蔺相如亦曰："请以秦之咸阳为赵王寿。"秦王竟酒，终不能加胜于赵。赵亦盛设兵以待秦，秦不敢动。

【注释】

①好会：友好的会见。

②渑池：今河南渑池西。

③御史：战国时掌管图书典籍的官员。

【译文】

秦王派使者通告赵王，想与赵王在西河外的渑池进行一次友好会见。赵王害怕秦国，不想去。廉颇、蔺相如等人商议道：“如果大王不去，就显得赵国软弱胆小。”于是赵王就去赴会，相如随同前往。廉颇把他们送到边境，和赵王诀别说：“大王此行，估计路程和会见礼仪结束，再加上返回的时间，不会超过三十天。如果三十天还没回来，就请您允许我们立太子为王，以断绝秦国的妄想。”赵王同意这个意见，便去渑池会见秦王。秦王饮到酒兴正浓时，说：“寡人私下里听说赵王爱好音乐，请您鼓瑟吧！”赵王就弹起瑟来。秦国的史官上前来写道：“某年某月某日，秦王与赵王一起饮酒，令赵王鼓瑟。”蔺相如上前说：“赵王私下里听说秦王擅长秦地土乐，请让我给秦王捧上盆缶，以便互相娱乐。”秦王发怒，不答应。这时相如向前递上瓦缶，并跪下请秦王演奏。秦王不肯击缶。相如说：“在这五步之内，我蔺相如要把脖颈里的血溅在大王身上了！”侍从们想要杀相如，相如圆睁双眼大喝一声，侍从们都吓得倒退。当时秦王不大高兴，也只好敲了一下缶。相如回头招呼赵国史官写道：“某年某月某日，秦王为赵王击缶。”秦国的大臣们说：

"请你们月赵国的十五座城向秦王献礼。"蔺相如也说："请你们用秦国的咸阳向赵王献礼。"秦王直到酒宴结束，始终也未能压倒赵王。赵国原来也部署了大批军队来防备秦国，因而秦国也不敢有什么举动。

【原文】

既罢归国，以相如功大，拜为上卿，位在廉颇之右。廉颇曰："我为赵将，有攻城野战之大功，而蔺相如徒以口舌为劳，而位居我上，且相如素贱人，吾羞，不忍为之下。"宣言曰："我见相如，必辱之。"相如闻，不肯与会。相如每朝

时，常称病，不欲与廉颇争列❶。已而相如出，望见廉颇，相如引车避匿。于是舍人相与谏曰："臣所以去亲戚而事君者，徒慕君之高义也。今君与廉颇同列，廉君宣恶言而君畏匿之，恐惧殊甚，且庸人尚羞之，况于将相乎！臣等不肖，请辞去！"蔺相如固止之，曰："公之视廉将军孰与秦王？"曰："不若也。"相如曰："夫以秦王之威，而相如廷叱之，辱其群臣，相如虽驽❷，独畏廉将军哉？顾吾念之，强秦之所以不敢加兵于赵者，徒以吾两人在也。今两虎共斗，其势不俱生。吾所以为此者，以先国家之急而后私仇也。”廉颇闻之，肉袒负荆❸，因宾客至蔺相如门谢罪。曰：“鄙贱之人，不知将军宽之至此也。”卒相与欢，为刎颈之交❹。

【注释】

①争列：争位置行列的高低。

②驽（nú）：劣马，此指人的材质拙劣。

③肉袒负荆：赤裸上身，背着荆条请罪，表示愿受责罚。

④刎颈之交：能以生死相托的朋友。

【译文】

渑池之会结束以后，由于相如功劳大，赵王封其为上卿，位在廉颇之上。廉颇说：“我是赵国将军，有攻城野战的大功，而蔺相如只不过靠能说会道立了点小功，可是他的地位却在我之上，况且相如本来就出身卑贱，我感到羞耻，在他下面我难以忍受。”并且扬言说：“我遇见相如，一定要羞辱他。”相如听到后，不肯和他相会。相如每到上朝时，常常推说有病，不愿和廉颇去争位次的先后。没过多久，相如外出，远远看到廉颇，就掉转车子回避。于是相如的门客就一起来直言进谏说：“我们所以离开亲人来侍奉您，就是仰慕您高尚的节义呀。如今您与廉颇官位相同，廉老先生口出恶言，而您却害怕躲避他，您怕得也太过分了，平庸的人尚且感到羞耻，何况是身为将相的人呢！我们这些人没出息，请让我们告辞吧！”蔺相如坚决地挽留他们，说：“诸位认为廉将军和秦王相比谁厉害？”回答说：“廉将军比不了秦王。”相如说：“以秦王的威势，而我却敢在朝廷上呵斥他，羞辱他的群臣，我蔺相如虽然无能，难道会怕廉将军吗？但是我想到，强秦所以不敢对赵国用兵，就是因为有我们两个人在呀。如今两虎相斗，势必不能共存。我之所以这样忍让，就是为了要把国家的急难摆在前面，而把个人的私怨放在后面。”廉颇听说了这些话，就脱去上衣，露出上身，背着荆条，由宾客带引，来到蔺相如的门前请罪。他说：“我是个粗野卑贱的人，想

不到将军您是如此的宽厚啊！

终于和好，成为生死与共的好友。

【原文】

是岁[1]，廉颇东攻齐，破其一军。居二年，廉颇复伐齐几[2]，拔之。后三年，廉颇攻魏之防陵[3]、安阳[4]，拔之。后四年，蔺相如将而攻齐，至平邑而罢。其明年，赵奢破秦军阏与[5]下。

【注释】

①是岁：赵惠文王二十年（前279）。

②几：今河北大名东南。

③防陵：今河南安阳西南。

④安阳：今河南安阳西南。

⑤阏与：今山西和顺。

【译文】

这一年，廉颇向东进攻齐国，将一队齐兵打败。过了两年，廉颇又攻打齐国，攻占了几邑。此后三年，廉颇进攻并占领了魏国的防陵、安阳。再过四年，蔺相如领兵攻齐，打到平邑就收兵了。第二年，赵奢在阏与城下大败秦军。

【原文】

赵奢者，赵之田部吏❶也。收租税而平原君家不肯出租，奢以法治之，杀平原君用事者九人。平原君怒，将杀奢。奢因说曰："君于赵

为贵公子，今纵君家而不奉公则法削②，法削则国弱，国弱则诸侯加兵，诸侯加兵是无赵也，君安得有此富乎？以君之贵，奉公如法则上下平，上下平则国强，国强则赵固，而君为贵戚，岂轻于天下邪？”平原君以为贤，言之于王。王用之治国赋，国赋大平，民富而府库实。

【注释】

①田部吏：征收田赋的官吏。

②法削：法制削弱，不能实行。

【译文】

赵奢，本是赵国负责征收田租的官吏。有一次收租税时，平原君家不肯缴纳，赵奢依法处置，把平原君家九个当权管事的人杀了。平原君非常生气，说要把赵奢杀掉。于是赵奢劝他："您在赵国是贵公子，现在要是纵容家人而不遵奉公家的法令，就会使法令削弱，法令削弱就会使国家衰弱，国家衰弱诸侯就要侵犯，诸侯侵犯赵国就会灭亡，您还怎能保有这些财富呢？以您的地位和尊贵，能奉公守法就会使国家上下公平，上下公平就能使国家强盛，国家强盛赵氏家族就会稳固，而您身为赵国贵戚，难道还会被天下人轻视吗？"平原君认为他很有才干，把他推荐给赵王。赵王任用他掌管全国赋税，全国赋税非常公平合理，民众富足，国库充实。

【原文】

秦伐赵军于阏与。王召廉颇而问曰："可救不？"对曰："道远险狭，难救。"又召乐乘①而问焉，乐乘对如廉颇言。又召问赵奢，奢对曰："其道远险狭，譬之犹两鼠斗于穴中，将勇者胜。"王乃令赵奢将，救之。

【注释】

①乐乘：乐毅的族人，当时为赵将。

【译文】

秦国进攻赵国驻扎在阏与的军队。赵王召见廉颇问道："可以去援救吗？"廉颇回答说："道路远，而且又艰险狭窄，很难援救。"又召见乐乘问这件事，乐乘的回答和廉颇的话一样。又召见赵奢来问，赵奢则说："道远地险路狭，就譬如两只老鼠在洞里争斗，哪个勇猛哪个得胜。"赵王便派赵奢领兵，去救援阏与。

【原文】

兵去邯郸三十里，而令军中曰："有以军事谏者死。"秦军军武安❶西，秦军鼓噪勒兵❷，武安屋瓦尽振。军中候有一人言急救武安，赵奢立斩之。坚壁，留二十八日不行，复益增垒。秦间来入，赵奢善食而遣之。间以报秦将，秦将大喜曰："夫去国三十里而军不行，乃增垒，阏与非赵地也。”赵奢既已遣秦间，乃卷甲而趋[3]之，二日一夜至，令善射者去阏与五十里而军。军垒成，秦人闻之，悉甲而至。军士许历请以军事谏，赵奢曰：“内之。”许历曰：“秦人不意赵师至此，其来气盛，将军必厚集其阵以待之。不然，必败。”赵奢曰：“请受令。”许历曰：“请就铁质[4]之诛。”赵奢曰：“胥后令邯郸。”许历复请谏，曰：“先据北山上者胜，后至者败。”赵奢许诺，即发万人趋之。秦兵后至，争山不得上，赵奢纵兵击之，大破秦军。秦军解而走，遂解阏与之围而归。

【注释】

①武安：今河北武安西南。

②鼓噪勒兵：指操练军队，三军呐喊，以此向赵人示威。

③卷甲而趋：脱下铠甲，卷持着奔袭敌人。

④鈇（fū）质：同“斧质”，杀人的刑具。

【译文】

大军离开邯郸三十里之后，赵奢就在军中下令说：“谁敢来进谏军事就处以死刑。”秦军在武安西边驻扎，秦军击鼓呐喊的练兵之声，都震动了武安城中的屋瓦。赵军中的一个侦察人员请求急速到武安去援救，赵奢立即把他斩首。赵军坚守营垒，停留二十八天不向前进发，反而又加筑营垒。秦军间谍潜入赵军营地，赵奢用饮食好好款待后把他遣送回去。间谍把情况向秦军将领报告，秦将大喜，说："离开国都三十里军队就不前进了，而且还增修营垒，阏与不会为赵国所有了。"赵奢遣送秦军间谍之后，就令士兵卸下铁甲，快速向阏与进发。两天一夜就到达前线，下令善射的骑兵离阏与五十里扎营。军营筑成后，秦军知道了这一情况，立即全军赶来。一个叫许历的军士请求就军事提出建议，赵奢说："让他进来。"许历说："秦人本没想到赵军会来到这里，现在他们赶来对敌，士气很盛，将军一定要集中兵力严阵以待。不然的话，必定要失败。”赵奢说：“愿意接受您的指教。”许历说：“请按军令处死我。”赵奢说：“等回邯郸以后再议。”许历请求再提个建议，说：“先占据北面山头的得胜，后到的失败。”赵奢同意，立即派出一万人迅速奔上北面山头。秦兵后到，与赵军争夺北山但攻不上去，赵奢指挥士兵猛攻，大败秦军。秦军四散逃跑，于是阏与的包围被解除，赵军回国。

【原文】

赵惠文王赐奢号为马服君，以

许历为国尉❶。赵奢于是与廉颇、蔺相如同位。

【注释】

①国尉：此指相当于都尉、校尉等低于将军的军官。

【译文】

赵惠文王赐封赵奢为马服君，并任命许历为国尉。于是赵奢与廉颇、蔺相如地位相同。

【原文】

后四年❶，赵惠文王卒，子孝成王立。七年，秦与赵兵相距长平，时赵奢已死，而蔺相如病笃，赵使廉颇将攻秦，秦数败赵军，赵军固

壁不战。秦数挑战，廉颇不肯。赵王信秦之间。秦之间言曰："秦之所恶，独畏马服君赵奢之子赵括为将耳。"赵王因以括为将，代廉颇。蔺相如曰："王以名使括，若胶柱而鼓瑟❷耳。括徒能读其父书传，不知合变也。"赵王不听，遂将之。

【注释】

①后四年：赵惠文王三十三年（前266）。

②胶柱而鼓瑟：比喻死守教条，遇事不知变通。胶柱：胶住瑟上的弦柱，以致不能调节音的高低。

【译文】

四年以后，赵惠文王去世，太子孝成王即位。孝成王七年，秦军在长平与赵军对阵，那时赵奢已死，蔺相如也已病危，赵王派廉颇率兵攻打秦军，秦军将赵军打败了很多次，赵军坚守营垒不出战。秦军屡次前来挑战。廉颇置之不理。赵王听信秦军间谍散布的谣言。秦军间谍说："秦军所忌讳的，就是怕马服君赵奢的儿子赵括来做将军。"赵王因此就以赵括为将军，取代了廉颇。蔺相如说："大王只凭名声来任用赵括，就好像用胶把调弦的柱粘死再去弹瑟那样不知变通。赵括只会读他父亲留下的书，不懂得灵活应变。"赵王不听，还是命赵括为将。

【原文】

赵括自少时学兵法，言兵事，以天下莫能当。尝与其父奢言兵事，奢不能难，然不谓善。括母问奢其故，奢曰："兵，死地也，而括易言之。使赵不将括即已，若必将之，破赵军者必括也。"及括将行，其母上书言于王曰："括不可使将。"王曰："何以？"对曰："始妾事其父，时为将，身所奉饭饮而进食者以十数，所友者以百数，大王及宗室所赏赐者尽以予军吏士大夫，受命之日，不问家事。今括一旦为将，东向而朝，军吏无敢仰视之者，王所赐金帛，归藏于家，而日视便利

田宅可买者买之。王以为何如其父？父子异心，愿王勿遣。”王曰：“母置之，吾已决矣。”括母因曰：“王终遣之，即有如不称，妾得无随坐❶乎？”王许诺。

【注释】

①随坐：因别人犯罪而牵连受惩罚。

【译文】

赵括从小就学习兵法，谈论军事，自以为谁也比不上他。他曾与父亲赵奢谈论用兵之事，赵奢也不能把他难倒，可是赵奢并不说他好。赵括的母亲询问原因，赵奢说：“用兵打仗是关乎生死的事，然而他却把这事说得那么轻松。如果赵国不用赵括为将也就罢了，要是一定让他为将，使赵军失败的一定就是他呀。”等到赵括将要启程的时候，他母亲上书给赵王说：“赵括不可以做将军。”赵王说：“为什么？”回答说：“当初我侍奉他父亲，那时他是将军，由他亲自捧着饮食侍候吃喝的人数以十计，被他当作朋友看待的数以百计，大王和王族们赏赐的东西全都分给军吏和僚属，接受命令的那天起，就不再过问家事。现在赵括一下子做了将军，就面向东接受朝见，军吏没有一个敢抬头看他的，大王赏赐的金帛，都带回家收藏起来，还天天访查便宜合适的田地房产，可买的就买下来。

大王认为他哪里像他父亲？父子二人的心地不同，希望大王不要派他领兵。”赵王说：“您就把这事放下别管了，我已经决定了。”赵括的母亲接着说：“如果您一定要派他领兵，如果他有不称职的情况，我能不受株连吗？”赵王答应了。

【原文】

赵括既代廉颇，悉更约束，易置军吏。秦将白起闻之，纵奇兵，详败走，而绝其粮道，分断其军为二，士卒离心。四十余日，军饿，赵括出锐卒❶自搏战，秦军射杀赵括。括军败，数十万之众遂降秦，秦

悉坑之。赵前后所亡凡四十五万。明年，秦兵遂围邯郸，岁余，几不得脱。赖楚、魏诸侯来救，乃得解邯郸之围。赵王亦以括母先言，竟不诛也。

【注释】

①锐卒：精锐的士卒。

【译文】

赵括代替廉颇统领军队之后，改变了原有的规章制度，撤换了原来的军吏。秦将白起听说后，便调遣奇兵，假装败逃，又去截断赵军运粮的道路，把赵军分割成两半，赵军人心涣散。过了四十多天，赵军饥饿，赵括出动精兵亲自与秦军搏斗，秦军射死赵括。赵括军队战败，几十万大军于是投降秦军，秦军把他们全部活埋了。赵国前后损失共四十五万人。第二年，秦军就包围了邯郸，有一年多，赵国几乎不能保全，全靠楚国、魏国军队来援救，才得以解除邯郸的包围。赵王也由于赵括的母亲有言在先，就没有株连她。

【原文】

自邯郸围解五年，而燕用栗腹❶之谋，曰“赵壮者尽于长平，其孤未壮”，举兵击赵。赵使廉颇将，击，大破燕军于鄗❷，杀栗腹，遂围燕。燕割五城请和，乃听之。赵以

尉文封廉颇为信平君，为假相国。

【注释】

①栗腹：燕国的丞相。

②鄗：今河北高邑东。

【译文】

邯郸解围五年后，燕王采纳丞相栗腹的计谋，说是“赵国壮丁全都死在长平了，其遗孤尚未成人”，发兵攻打赵国。赵王派廉颇领兵反击，在鄗城将燕军打败，杀死了栗腹，并把燕国都城包围。燕国割让五座城池和赵国讲和，赵王才答应停战。赵王把尉文封给廉颇，封号是信平君，让他任代理相国。

【原文】

廉颇之免长平归也，失势之时，故客尽去。及复用为将，客又复至。廉颇曰："客退矣！"客曰："吁！君何见之晚也？夫天下以市道交❶，君有势，我则从君，君无势则去，此固其理也，有何怨乎？"居六年，赵使廉颇伐魏之繁阳❷，拔之。

【注释】

①以市道交：以做买卖的原则来处理朋友关系。

②繁阳：治所在今河南内黄。

【译文】

廉颇在长平被免职回家，失掉权势时，门客都离他而去。等到重新被任用为将军，门客们又都回来了。廉颇说："先生们都请回吧！"门客们说："唉！您的见解怎么这样落后？天下之人以利益往来相结交，您有权势，我们就跟着您，您没有权势，我们就离开，这是很普通的道理，有什么可抱怨的呢？"又过了六年，赵国派廉颇进攻魏国的繁阳，将其占领。

【原文】

赵孝成王卒，子悼襄王立，使乐乘代廉颇。廉颇怒，攻乐乘，乐乘走。廉颇遂奔魏之大梁。其明年，赵乃以李牧为将而攻燕，拔武遂、方城。廉颇居梁久之，魏不能

信用。赵以数困于秦兵，赵王思复得廉颇，廉颇亦思复用于赵。赵王使使者视廉颇尚可用否。廉颇之仇郭开❶多与使者金，令毁之。赵使者既见廉颇，廉颇为之一饭斗米，肉十斤，被甲上马，以示尚可用。赵使还报王曰："廉将军虽老，尚善饭，然与臣坐，顷之三遗矢❷矣。"赵王以为老，遂不召。楚闻廉颇在魏，阴使人迎之。廉颇一为楚将，无功，曰："我思用赵人。"廉颇卒死于寿春❸。

【注释】

①郭开：赵悼襄王的宠臣。

②遗矢：排大便。矢：通"屎"。

③寿春：今安徽寿县。

【译文】

赵孝成王去世，太子悼襄王即位，派乐乘接替廉颇的职位。廉颇很生气，起兵向乐乘进攻，乐乘逃跑了。于是廉颇也逃到魏国的大梁。第二年，赵国便以李牧为将向燕国进攻，将武遂、方城攻占。廉颇在大梁住了很长一段时间，魏国并不能信任重用他。而赵国由于屡次被秦兵围困，赵王就想重新让廉颇做将领，廉颇也还想再次效力于赵国。赵王派使臣前去探望廉颇，看看他还能不能任用。廉颇的仇人郭开用重金贿赂使者，让他回来后诬陷廉颇。赵国使臣见到廉颇，廉颇在他面前一顿饭吃了一斗米、十斤肉，又披上铁甲上马，表示自己还能担当重任。赵国使者回去向赵王报告说："廉将军虽然已老，饭量还很不错，可是陪我坐着时，一会儿就排便三次。"赵王认为廉颇老了，就不再把他召回了。楚国听说廉颇在魏国，秘密派人把他接到楚国。廉颇虽做了楚国的将军，并没有战功，他说："我想指挥赵国的士兵啊。"最终廉颇死在寿春。

屈原列传

【导读】

屈原是我国历史上伟大的浪漫主义爱国诗人，战国时期楚国人，曾为楚国的内政外交作出了突出贡献，后遭奸人迫害，被罢职流放。屈原虽远离朝廷，但依然心系楚国。最后，他自沉汨罗江，以生命殉葬自己的理想。本文是《史记·屈原贾生列传》中关于屈原的部分，删掉了他的《怀沙》全文。

【原文】

屈原者，名平，楚之同姓❶也。为楚怀王左徒❷。博闻强志，明于治乱，娴于辞令。入则与王图议国事，以出号令；出则接遇宾客，应对诸侯。王甚任之。

【注释】

①楚之同姓：楚国王族姓芈（mǐ）。楚武王的儿子瑕被封于屈（今湖北秭归东），所以以屈为氏。屈原是屈瑕的后代。

②左徒：楚国官名。职位仅次于最高行政长官令尹。

【译文】

屈原，名平，和楚国王室是同姓

一族。他担任过楚怀王的左徒，学识渊博，记忆力很强，对国家兴衰存亡的道理非常了解，对外交往来、待人接物的辞令又非常熟悉。因此，他入朝就和楚王讨论国家大事、制定政令；对外就接待各国使节，处理与各诸侯国的外交事务。楚怀王对他非常信任。

【原文】

上官大夫与之同列，争宠而心害其能。怀王使屈原造为宪令，屈平属❶草稿未定，上官大夫见而欲夺之，屈平不与，因谗之曰："王使屈平为令，众莫不知，每一令出，

平伐[2]其功，曰以为'非我莫能为'也。"王怒而疏屈平。

【注释】

①属：撰写。

②伐：夸。

【译文】

上官大夫和屈原职位相同，他想得到怀王的宠信，因而很嫉妒屈原的才能。有一次，怀王命屈原制定国家法令。屈原刚完成初稿，还没最后修订完成，上官大夫见了就试图将其据为己有，屈原自然不愿给他。他就向楚怀王进献谗言，说："大王您让屈原制定法令，天下人没有不知道的。但每颁布一条法令，屈原就夸耀自己的功劳，说‘除了我，这些政令谁也制定不了’。”怀王听了非常生气，因此就疏远了屈原。

【原文】

屈平疾王听之不聪也，谗谄之蔽明也，邪曲之害公也，方正之不容也，故忧愁幽思而作《离骚》。离骚者，犹离❶忧也。夫天者，人之始也；父母者，人之本也。人穷则反本，故劳苦倦极，未尝不呼天也；疾痛惨怛❷，未尝不呼父母也。

【注释】

①离：同“罹（lí）”，遭遇，遭受。

②惨怛（dá）：内心悲痛。

【译文】

屈原痛恨怀王听不进忠言，又因谗佞谄媚之徒的蒙蔽而不能辨明真伪，致使奸佞小人得以陷害公正之人，而正直的人则不为朝廷所容。所以，他忧愁苦闷、沉郁深思，写下了《离骚》。所谓离骚，即指遭遇忧患。天，是人类的原始；父母，是人类的根本。人处在困窘之中时，就会追念根本，所以当人在极度疲惫困倦之时，没有不叫天的；当人在无法忍受疾病痛苦之时，没有不叫父母的。

【原文】

屈平正道直行，竭忠尽智以事

其君，谗人间之，可谓穷矣。信而见疑，忠而被谤，能无怨乎？屈平之作《离骚》，盖自怨生也。《国风》好色而不淫❶，《小雅》怨诽而不乱❷。若《离骚》者，可谓兼之矣。

【注释】

①《国风》好色而不淫：《国风》中有不少描写男女爱情的诗，但并不过分。淫：过分。

②《小雅》怨诽而不乱：《小雅》中有一些讽刺政治的诗，但并未逾越君臣界限。诽：讽刺。

【译文】

屈原公正、耿直，他对君王竭忠尽智，却不幸被小人谗害，其处境可说是极度困窘了。他忠心为国，却被君王疑心，他忠心为君，却被小人谗害，因此他怎能没有怨恨？屈原作《离骚》，正是为了发泄心中的怨恨。《诗经·国风》中虽然多有描写男女相恋的诗作，但并不过分；《诗经·小雅》中虽多是对当政者的谴责，却不主张公开反叛。而屈原的《离骚》，则兼具两者的长处。

【原文】

上称帝喾❶，下道齐桓❷，中述汤、武，以刺世事。明道德之广崇、治乱之条贯，靡不毕见。其文约，其辞微，其志洁，其行廉。其称文小

而其指极大，举类迩而见义远。其志洁，故其称物芳；其行廉，故死而不容。自疏濯淖❸污泥之中，蝉蜕于浊秽，以浮游尘埃之外，不获世之滋垢，皭然❹泥而不滓者也。推此志也，虽与日月争光可也。

【注释】

①帝喾（kù）：传说中的上古帝王，黄帝的曾孙，号高辛氏。

②齐桓：齐桓公，春秋五霸之一。

③濯（zhuó）淖（nào）：污泥。淖：泥浆。

④皭（jiào）然：洁白干净的样子。

【译文】

屈原在《离骚》中，往上称赞帝喾的丰功伟绩，近世赞颂齐桓的功业，中间讲述商汤、周武的事迹，以这些史实讽喻当时的朝政，阐明道德的深广崇高，国家治乱的前因后果。这些讲述详细完整。他文字简练，内容深邃，他志向高洁，行为清廉。《离骚》的文辞虽然琐碎，但意旨却宏大博深，所举的事例虽然浅近，但寓意深刻。他志向高洁，所以多以香草为喻；他行为廉正，所以至死不乞求宽容。他独自远离污泥浊水，就像蝉蜕皮一般从污浊中解脱出来，继而超脱于尘世，不受世俗的污染。他保持清白高洁的品德，可谓出污泥而不染。由此可以推断，他情志高尚，即便说其能与日月争辉也无不可。

【原文】

屈原既绌❶，其后秦欲伐齐，齐与楚从❷亲，惠王❸患之。乃令张仪详去秦，厚币委质❹事楚，曰："秦甚憎齐，齐与楚从亲，楚诚能绝齐，秦愿献商、於之地六百里。"楚怀王贪而信张仪，遂绝齐，使使如秦受地。张仪诈之曰："仪与王约六里，不闻六百里。"楚使怒去，归告怀王。

【注释】

①绌（chù）：通"黜"，罢免官职。

②从：同"纵"，合纵，指结盟联合抗秦。

③惠王：指秦惠王。

④质：通"贽"，礼物。

【译文】

屈原被贬官后，秦朝想要攻打齐国，齐国与楚国因合纵结盟，关系较好，秦惠王为此十分担忧。于是他命令张仪佯装背叛秦国，带着厚礼来到楚国献给楚王，并说："秦国十分憎恨齐国，而齐国与楚国交相友好，楚国如果能和齐国绝交，秦国愿意献出商、於一带六百里的土地。"楚怀王贪图厚礼和土地就相信了张仪，然后和齐国绝交，并派使臣前去秦国接收土地。张仪却狡赖说："我张仪与楚王约定的是六里，没有听说六百里啊。"楚国使臣大怒，回来后禀告了楚怀王。

【原文】

怀王怒，大兴师伐秦。秦发兵击之，大破楚师于丹、淅❶，斩首八万，虏楚将屈匄❷，遂取楚之汉中地。怀王乃悉发国中兵，以深入击秦，战于蓝田。魏闻之，袭楚至邓❸。楚兵惧，自秦归。而齐竟怒不救楚，楚大困。

【注释】

①丹、淅：丹水和淅水。丹水俗称丹江，汉江的支流。淅水发源于河南，是丹水的支流。

②屈匄（gài）：楚国将军。楚怀王十七年（前312），他率领楚军与秦军战于丹阳，大败被俘。

③邓：今河南邓州。

【译文】

怀王听后大怒，于是派出大量兵力讨伐秦国。秦国发兵抗击，在丹、淅之地大破楚军，杀死楚兵八万人，并俘虏了楚国大将屈匄，攻取了楚国汉中之地。怀王于是发动全国兵力，深入秦国腹地，与秦军激战于蓝田。魏国听说后，便乘机袭击楚国，直捣楚国的邓城。楚军害怕，于是从秦国撤军。齐国因恼怒楚王背信弃义，因而不去援救楚国，楚国陷入极大的困境。

【原文】

明年，秦割汉中地与楚以和。

楚王曰："不愿得地，愿得张仪而甘心焉。"张仪闻，乃曰："以一仪而当汉中地，臣请往如楚。"如楚，又因厚币用事者臣靳尚❶，而设诡辩于怀王之宠姬郑袖❷。怀王竟听郑袖，复释去张仪。是时屈原既疏，不复在位，使于齐。顾反，谏怀王曰："何不杀张仪？"怀王悔，追张仪，不及。

其后，诸侯共击楚，大破之，杀其将唐昧❸。

【注释】

①靳尚：楚国大夫，因收受张仪的贿赂而出卖楚国。

②郑袖：楚怀王的宠妃。

③唐昧：楚国将领。楚怀王二十八年（前301），齐、魏、韩三国联合伐楚，双方在垂沙（今河南唐河西南）大战，楚将唐昧兵败被杀。

【译文】

第二年，秦国割取汉中地区与楚军议和。楚王说："我不愿意要土地，我只愿得到张仪就甘心了。"张仪听说后，就说："以我一个张仪能抵押汉中地区，臣愿前往楚国。"张仪到了楚国，又用厚礼贿赂楚国的执事大臣靳尚，让靳尚在怀王的宠姬郑袖面前为他辩解。怀王竟然对郑袖言听计从，释放了张仪，让他回到了秦国。这时，屈原已经被怀王疏远，不在朝中任职，而是出使到了齐国。待屈原从齐国返回后，他劝谏怀王说：“为什么不杀了张仪？”怀王十分后悔，派人去追张仪，但是已经来不及了。

此后，各诸侯国联合出兵攻打楚国，大败楚军，杀死楚军将领唐眛。

【原文】

时秦昭王与楚婚，欲与怀王会。怀王欲行，屈平曰：“秦，虎狼之国，不可信，不如毋行。”怀王稚子子兰劝王行：“奈何绝秦欢？”怀王卒行。入武关❶，秦伏兵绝其后，因留怀王，以求割地。怀王怒，不听。亡走赵，赵不内❷。复之秦，竟死于

秦而归葬。

【注释】

①武关：今陕西商洛西南丹江北岸，是秦国的南关。

②内：同“纳”，收留。

【译文】

当时，秦昭王与楚国结为姻亲，想要与楚怀王会晤。怀王想要去，屈原说：“秦国，是虎狼一样凶残的国家，不能相信，不如不去。”怀王的小儿子子兰却劝怀王前去，并说：“为何要断绝与秦国的友好关系呢？”怀王最终还是去了。等怀王入了武关，秦国的伏兵就截断了他的后路，并扣留了他，强行要求他割地。怀王大怒，没有答应秦国的要求。后来，怀王逃亡到了赵国，赵国却不接纳他。他只好再次入秦，最后死在了秦国，遗体被运归楚国下葬。

【原文】

长子顷襄王[1]立，以其弟子兰为令尹。楚人既咎子兰以劝怀王入秦而不反也。

屈平既嫉之，虽放流，眷顾楚国，系心怀王，不忘欲反。冀幸君之一悟，俗之一改也。其存君兴国，而欲反覆之，一篇之中三致意焉。然终无可奈何，故不可以反。卒以此见怀王之终不悟也。

【注释】

①顷襄王：楚怀王长子，名熊横。

【译文】

怀王的长子顷襄王继承了王位，他封弟弟子兰为令尹。楚国人都责怪子兰劝怀王入秦而使其最终未能生还。

屈原也十分憎恨子兰，虽然他被流放，但他仍一心思念怀王，也从未放弃过想要返回朝廷的愿望。他期盼着君主有朝一日能够醒悟，一改当时一些不好的流俗。他心存君主，渴望振兴国家，使楚国的局势能够彻底得到改变，这些心愿他在每一篇诗作中都反复提及。但最终无可奈何，他没有能够返回朝廷。可见怀王至死都没有觉悟。

【原文】

人君无愚智、贤不肖，莫不欲求忠以自为，举贤以自佐。然亡国破家相随属，而圣君治国累世而不见者，其所谓忠者不忠，而所谓贤者不贤也。怀王以不知忠臣之分，故内惑于郑袖，外欺于张仪，疏屈平而信上官大夫、令尹子兰。兵挫地削，亡其六郡，身客死于秦，为天下笑，此不知人之祸也。《易》曰："井渫❶不食，为我心恻，可以汲。王明，并受其福。"王之不明，岂足福哉！

令尹子兰闻之大怒，卒使上官

大夫短屈原于顷襄王。顷襄王怒而迁②之。

【注释】

①渫（xiè）：淘去污泥。

②迁：放逐。

【译文】

为人君者，不论愚钝还是智慧，也不论贤德还是不肖，没有不渴望求得忠臣以效忠自己、举荐贤才以辅佐自己的。然而国破家亡的事情却还是相继发生，而圣明君主治理好国家的事情却是好多代都未曾出现过，这都是君主所认为的忠臣并不忠、君主所认为的贤臣并不贤的缘故。楚怀王因为不知道忠臣应尽的职责，所以在内被郑袖迷惑，在外被张仪欺骗，放逐了屈原却宠信上官大夫和令尹子兰。结果楚兵战败，楚地被割，失去了六个郡的土地，自己也客死在秦国，被天下人耻笑，这都是因为不知人所酿成的灾祸啊！《易经》中说："疏浚干净了井水，人们却都不来喝，真是让人伤心，因为井水本就是让人们喝的。如果君王英明，那么大家就都可以得到幸福。"倘若君王不英明，哪里还能得到幸福呢！

令尹子兰听说屈原憎恨他的事情后，大怒。最后派上官大夫在顷襄王面前说屈原的坏话。顷襄王大怒并把屈原放逐了。

【原文】

屈原至于江滨，被[1]发行吟泽畔。颜色憔悴，形容枯槁。渔父见而问之曰："子非三闾大夫[2]欤？何故而至此？"屈原曰："举世混浊而我独清，众人皆醉而我独醒，是以见放。"渔父曰："夫圣人者，不凝滞于物而能与世推移。举世混浊，何不随其流而扬其波？众人皆醉，何不铺[3]其糟而啜[4]其醨[5]？何故怀瑾握瑜而自令见放为？"

【注释】

①被（pī）：通"披"。

②三闾大夫：楚国官名，职责是管理王族三大姓（屈、景、昭）的事务。

③铺（bū）：食。

④啜（chuò）：喝。

⑤醨（lí）：薄酒。

【译文】

屈原来到江边，披头散发在湖畔一边行走，一边悲吟。他面容憔悴，形容枯槁。一个渔父看到了就问他说：“您不是三闾大夫吗？您为什么到这儿来啊？”屈原说：“全世界的人都混浊不堪，只有我自己是清白的，大家都醉了只有我自己是清醒的，所以我被放逐了。”渔父说：“圣人，能不被客观事物局限，能跟随世俗变化而变化。全世界的人都混浊不堪，您为何不随波逐流呢？大家都醉了，您为何不吃些残羹剩酒呢？为什么还一味地怀抱美玉一般的品德，而使自己被放逐呢？”

【原文】

屈原曰：“吾闻之，新沐者必弹冠，新浴者必振衣，人又谁能以身之察察❶，受物之汶汶❷者乎！宁赴常流❸而葬乎江鱼腹中耳，又安能以皓皓之白而蒙世之温蠖❹乎！”乃作《怀沙》之赋。于是怀石遂自投汨罗❺以死。

【注释】

①察察：洁净。

②汶汶：污垢。

③常流：长流，指江水。

④温蠖（huò）：昏聩。

⑤汨（mì）罗：湘江的支流，位于湖南东北部。

【译文】

屈原说："我听说，刚刚沐浴过的人一定会掸掉头冠上的尘土、抖落衣服上的灰尘，哪一个人情愿让自己洁净的身体，受到尘世的污染呢！我宁愿投身江水、葬身鱼腹，又怎么能让我清白的品德，蒙受尘世的污染呢！"于是，他写下了《怀沙》赋之后，就自投汨罗江而死。

【原文】

屈原既死之后，楚有宋玉、唐勒、景差❶之徒者，皆好辞而以赋见称。然皆祖屈原之从容辞令，终莫敢直谏。其后楚日以削，数十年竟为秦所灭。

自屈原沉汨罗后百有余年，汉有贾生❷，为长沙王太傅。过湘水，投书以吊屈原❸。

【注释】

①宋玉、唐勒、景差：楚顷襄王时人，三人均为辞赋家。

②贾生：贾谊。

③投书以吊屈原：指贾谊作《吊屈原赋》一事。

【译文】

屈原死后，楚国有宋玉、唐勒、景差这些人，他们都以喜好辞赋著称。然而他们都只能效仿屈原辞赋中委婉含蓄的特点，最终无法像屈原那样坦言直谏。此后楚国日渐削弱，数十年后被秦国灭亡。

自屈原自投汨罗江后又过了百余年，汉代有个贾谊，官任长沙王太傅。他经过湘水时，曾写了一篇辞赋，并将其投入江中以凭吊屈原。

【原文】

太史公曰：余读《离骚》《天问》《招魂》《哀郢》，悲其志。适长

沙，观屈原所自沉渊，未尝不垂涕，想见其为人。及见贾生吊之，又怪屈原以彼其材，游诸侯，何国不容？而自令若是！读《鹏鸟赋》❶，同生死，轻去就，又爽然❷自失矣。

【注释】

①《鹏（fú）鸟赋》：贾谊的赋，借与鹏鸟问答抒发自己忧愤不平的情感。

②爽然：茫然无主的样子。

【译文】

太史公说：我读《离骚》《天问》《招魂》《哀郢》，为屈原的志向无法实现感到悲哀。我到长沙时，观看了屈原投江的地方，忍不住痛哭流涕，更加感慨他的为人。后来读了贾谊的《吊屈原赋》，又忍不住责怪屈原，以他的才能游说诸侯国，有哪一国不能容他呢？而他却让自己陷入了绝境！我读贾谊的《鹏鸟赋》，他对生死同等视之，对入仕和罢官一样轻视，不禁又怅然若失了。

酷吏列传序

【导读】

《酷吏列传》记述了汉时以凶狠残暴著称的十几名酷吏的史实，特别是对汉武帝时的宁成、周阳由、赵禹、张汤、义纵、王温舒、尹齐、杨仆、减宣、杜周十名酷吏作了集中而概括的描写。本文是《酷吏列传》的序言。作者引用孔子、老子的言论，对比秦末汉初的吏治，阐明严刑峻法的危害，暗含对汉武帝任用酷吏的批评。

【原文】

孔子曰❶："道❷之以政，齐之以刑，民免而无耻。道之以德，齐之以礼，有耻且格❸。"老氏称❹："上德不德，是以有德；下德不失德，是以无德。""法令滋章❺，盗贼多有。"

【注释】

①孔子曰：以下引文出自《论语·为政》。

②道：同"导"，引导。

[illegible]：以下引文出自《道德经》。

老氏：老子，姓李，名耳，字聃。

⑤滋章：法令严酷。

【译文】

孔子说：“用政令来引导百姓，用刑法来整顿百姓，百姓虽能免于犯罪，但没有羞耻之心。如果用道德教导百姓，用礼教来整顿他们，百姓们就既懂得羞耻又能顺服。”老子说：“最有道德的人，从不标榜自己的道德，因此才是真正具有道德；道德低下的人标榜自己没有离失道德，所以他并不是真正具有道德。”“法令越繁多严酷，盗贼就越多。”

令者治之……

源也。昔天下之……

萌起❸，其极也，上下相……

振。当是之时，吏治若救火扬沸

非武健❺严酷，恶能胜其任而愉快

乎？言道德者，溺其职矣。故曰"听

讼，吾犹人也，必也使无讼乎❻"，

"下士闻道大笑之❼"。非虚言也。

【注释】

①信：的确。

②制治：管理政治。

③萌起：不断产生。

④救火扬沸：比喻不能从根本上解决

问题。

⑤武健：强健有力。

⑥听讼，吾犹人也，必也使无讼乎：出自《论语·颜渊》。

⑦下士闻道大笑之：出自《道德经》。

【译文】

太史公说：这话说得对！法令是治理国家的工具，但不是使天下大治、变浊为清的本源。从前秦朝时国家的法网很严密，但是奸恶欺诈的事经常发生，最为严重的时候，上下互相推诿责任，导致国家无法振兴。在当时，官吏治理法律事务，就好像抱薪救火、扬汤止沸一样无济于事，倘不采取强硬严酷的手段，如何能胜任其职而心情愉快呢？在此种情况下，一味主张以道德来治理，便容易失职了。所以孔子说："审理案件，我和别人一样，所不同的是一定要使案件不再发生！"老子说："下愚之人听人讲起道德就大笑。"这不是假话。

【原文】

汉兴，破觚而为圜❶，斫雕而为朴❷，网漏于吞舟之鱼，而吏治烝烝❸，不至于奸，黎民艾安❹。由是观之，在彼不在此。

【注释】

①破觚（gū）而为圜（yuán）：把方形物体的棱角去掉，变成圆形。此指

把苛刻的法令变得简约。觚：棱角。圜：同“圆”。

②斫（zhuó）雕而为朴：把物体上华丽的雕饰削掉，使其恢复原来的朴素之貌。斫：砍削。

③烝烝：兴盛美好的样子。

④艾（yì）安：太平无事。艾：通“乂”。

【译文】

汉朝初年，修改严厉的法令，废除繁杂的法令，改为简约朴实的条文，法网宽得能漏掉吞下船只的大鱼，而官吏的政绩却很显著，使得百姓不再有奸邪的行为，百姓生活安稳。由此看来，治理国家的关键在于用道德，而不是严刑峻法。

游侠列传序

【导读】

游侠是指当时社会上那些一诺千金、救危扶难的人，即所谓的侠客。《游侠列传》记述了汉代朱家、剧孟、郭解三位“布衣侠士”的事迹，赞扬了他们行侠仗义而不求报答的精神，认为他们“私义，廉洁退让，有足称者”。本文是《游侠列传》的序言，作者指出游侠品行可贵，反对世俗重儒轻侠，体现了强烈的平民性。

【原文】

韩子曰❶："儒以文乱法，而侠以武犯禁。"二者皆讥，而学士多称于世云。至如以术取宰相、卿大夫，辅翼其世主，功名俱著于春秋，固无可言者。及若季次❷、原宪❸，闾巷人也，读书怀独行君子之德，义不苟合当世，当世亦笑之。

【注释】

①韩子曰：以下引文出自《韩非子·五蠹》。韩子：韩非，战国末期韩国人，曾与李斯一起求学于荀况，著有《韩非子》。

②季次：公皙哀，字季次，齐国人，孔子的弟子。

③原宪：字子思，鲁国人，孔子的弟子。

【译文】

韩非子说："儒家以文字扰乱法制，而游侠则以武力触犯禁令。"这两种人都被讥讽，但儒者还是多被世人称颂。至于那些以权术获取宰相、卿大夫地位的人，他们辅佐当世君主，其功名都被记载在史册之中，所以没有什么可以说的了。至于季次、原宪这些人，他们身居陋巷，一心读书，能独善其身且践行君子的仁德，坚持正义，不与世俗苟合，当世之人却也讥笑他们。

【原文】

故季次、原宪终身空室蓬户，褐衣疏食不厌❶。死而已四百余年，而弟子志之不倦。今游侠，其行虽不轨于正义，然其言必信，其行必果，已诺必诚，不爱其躯，赴士之厄困，既已存亡死生矣，而不矜其能，羞伐其德，盖亦有足多者焉。

【注释】

①厌：满足。

【译文】

所以季次、原宪终身居住在简陋空荡的蓬户之中，就连布服粗食都得不到满足。他们已经死去四百多年了，但他们的弟子依然不知疲倦地纪念他们。现在的游侠，他们的行为虽然不合正统之道，但他们言必行，行必果，一旦承诺一定守信，不顾惜自己的生命，救助他人于危难之中，等到濒于死亡的人获得了新生之后，他们也不夸耀自己的才能，羞于炫耀自己的恩德，这大概也是他们值得被称赞的地方吧。

【原文】

且缓急，人之所时有也。太史公曰：昔者虞舜窘于井廪❶，伊尹负于鼎俎❷，傅说匿于傅险❸，吕尚困于棘津❹，夷吾桎梏❺，百里饭牛❻，仲尼畏匡❼，菜色陈、蔡❽。此

皆学士所谓有道仁人也，犹然遭此灾，况以中材而涉乱世之末流乎？其遇害何可胜道哉！

【注释】

①虞舜窘于井廪：相传虞舜的父亲瞽叟和弟弟象想杀死舜，让舜修粮仓，然后放火烧粮仓，企图把舜烧死；此后又让舜挖井，瞽叟和象用土填井，企图把舜埋在井里，舜从井旁挖了通道逃了出来。

②伊尹负于鼎俎（zǔ）：相传伊尹最初是汤的妻子有莘氏的陪嫁奴仆，背着做饭的锅和砧板做厨子。后来，伊尹用做菜的道理阐述自己的政治见解，被汤重用。俎：砧板。

③傅说匿于傅险：相传傅说未遇武丁时，在傅岩做泥瓦匠。傅险：同“傅岩”（今山西平陆东）。

④吕尚困于棘津：相传姜子牙七十岁时，还在棘津做食品小贩。吕尚：姜子牙。棘津：今河南延津东北。

⑤夷吾桎梏：管仲辅佐公子纠与公子小白争夺王位，失败后被囚禁。桎梏：脚镣和手铐。

⑥百里饭牛：百里奚在遇到秦穆公之前，曾卖身为奴，替人养牛。百里：百里奚。

⑦仲尼畏匡：孔子周游列国，从卫国到陈国，路过匡地时被错认为阳货，差点被杀。

⑧菜色陈、蔡：孔子路过陈、蔡两国时绝粮，面有菜色（饥饿的脸色）。

【译文】

况且，危机是每个人都常常会遇到的。太史公说：昔日，虞舜曾被困在井中和粮仓中，伊尹曾背着饭锅和砧板做过厨师，傅说曾在傅岩修筑城墙而不为人所知，吕尚曾在棘津受困，夷吾遭受过桎梏，百里奚曾喂过牛，孔子曾在匡地被围困、在陈蔡绝粮。这些都是学士们所认为的有道的仁人，他们还经历如此困厄，何况那些普通且生于乱世之末的人呢？他们经历的灾难哪里能说得尽呢！

【原文】

鄙人❶有言曰:“何知仁义,已飨❷其利者为有德。”故伯夷丑周,饿死首阳山,而文、武不以其故贬王;跖、蹻暴戾,其徒诵义无穷。由此观之,“窃钩者诛,窃国者侯,侯之门,仁义存❸”,非虚言也。

【注释】

①鄙人:乡野粗鄙之人,即普通百姓。

②飨:通“享”。

③“窃钩者诛”句:出自《庄子·胠(qū)箧(qiè)》。

【译文】

俗话说:“何必知道什么是仁义,谁能给我好处我就认为谁有德行。”所以伯夷耻食周粟，饿死在首阳山上，但周文王和周武王却没有因为伯夷的死而被世人贬低；盗跖和庄跻凶残暴虐，但他们的党徒却无穷无尽地称颂他们的仁义。依此观之，“盗窃衣带钩的人被诛杀，窃取国家政权的人被封侯，侯门之中，就有仁义存在”，这句话可真不假。

【原文】

今拘学或抱咫尺之义，久孤于世，岂若卑论侪俗❶，与世浮沉而取荣名哉？而布衣之徒，设取予、然诺，千里诵义，为死不顾世，此亦有所长，非苟而已也。故士穷窘而

得委命，此岂非人之所谓贤豪间者邪？诚使乡曲❷之侠，予季次、原宪比权量力，效功于当世，不同日而论矣。要以功见言信，侠客之义又曷可少哉？

【注释】

①侪（chái）俗：迁就世俗。

②乡曲：乡里。

【译文】

如今拘泥于学术的人，死守着区区的仁义，长久地孤立于世，哪能与那些以低下的言论谄媚世俗、随波逐流从而窃取名声的人相比呢？而出身平民的游侠，索取和给予都讲究原则，并且重视诺言，他们的义气传颂千里，他们舍生取义，不顾及世俗的言论，这些都是他们的长处，并不是随随便便就能做到的。所以那些士人在穷困窘迫的时候，往往将生死托付给游侠，这不就是人们所说的贤人和豪杰吗？如果果真让乡间的游侠与季次、原宪比权量力，就他们对当时社会的贡献来说，两者肯定是不能相提并论的。不过，从做事功效和践行诺言方面来说，游侠的义气又怎么能缺少呢？

【原文】

古布衣之侠，靡得而闻已。近世延陵❶、孟尝❷、春申❸、平原❹、信陵❺之徒，皆因王者亲属，借于有士卿相之富厚，招天下贤者，显名诸侯，不可谓不贤者矣。比如顺风而呼，声非加疾，其势激也。至如闾巷之侠，修行砥名，声施于天下，莫不称贤，是为难耳。然儒、墨皆排摈不载。自秦以前，匹夫之侠，湮灭不见，余甚恨之。

【注释】

①延陵：春秋时吴国公子季札，封于延陵。

②孟尝：齐国孟尝君田文。

③春申：楚国春申君黄歇。

④平原：赵国平原君赵胜。

⑤信陵：魏国信陵君魏无忌。

【译文】

古代的布衣侠客，已经无处寻觅了。近代的延陵季子、孟尝君、春申君、平原君、信陵君这一班人，都因为是君王的亲属，依仗着有士卿宰相的地位及财富，广招天下贤士，在各国诸侯中名声显赫，不能说他们不是贤人。比如顺着风呼喊，声音并没有更加响亮，而是风势把喊声激荡到远方罢了。至于那些乡间的游侠，修行自己的品德、磨砺自己的意志而名扬天下，没有人不称颂他们，这是十分难得的。然而儒家、墨家都排斥他们，对他们不加记载。秦朝以前，民间的游侠都被历史埋没了，我对此感到十分遗憾。

【原文】

以余所闻，汉兴有朱家、田仲、王公、剧孟、郭解之徒，虽时捍❶当世之文罔❷，然其私义，廉洁退让，有足称者。名不虚立，士不虚附。至如朋党宗强比周❸，设财役贫，豪暴侵凌孤弱，恣欲自快，游侠亦丑之。余悲世俗不察其意，而猥❹以朱家、郭解等令与暴豪之徒同类而共笑之也。

【注释】

①捍：触犯。

②文罔：法网。

③比周：互相勾结。

④猥（wěi）：苟且，随便。

【译文】

据我所知，汉朝兴起之后有朱家、田仲、王公、剧孟、郭解这些人，虽然他们常常触犯国法，但他们讲求仁义、廉洁谦逊，这些都是值得称道的。他们的名声不是虚传的，士人们也不是毫无理由地依附他们。至于那些结党营私的豪强们，他们狼狈为奸，依仗财势奴役贫苦的百姓，他们巧取豪夺、恃强凌弱，放纵自己的欲望，只求自己快活，就是游侠对他们也是不屑的。我悲叹世俗之人不能考察游侠的真实心意，却错将朱家、郭解等人与暴虐强横之人等同视之，且一并加以讥笑。

滑稽列传

【导读】

滑稽人物指的是那些凭借幽默、善于以讽喻的语言和不受拘束的行为来劝谏君王的人物。《滑稽列传》记述了战国时齐国淳于髡、楚国优孟及秦国优旃的事迹。本文只选录了《滑稽列传》开头的短序和淳于髡传。作者记述了淳于髡三次用隐语向齐王进谏的事，比喻新奇，寓意深刻。

【原文】

孔子曰："六艺于治一也。《礼》以节人,《乐》以发和,《书》以道事,《诗》以达意,《易》以神化,《春秋》以道义。"太史公曰："天道恢恢❶,岂不大哉!谈言微中,亦可以解纷。"

【注释】

①恢恢：广大的样子。

【译文】

孔子说："六经对于治理国家来讲,作用是一样的。《礼》是用来规范人的言行的,《乐》是用来促进人们和谐团结的,《书》是用来记载政事供人借鉴的,《诗》是用来表达情意的，《易》是用来明辨天地万物的奇妙变化的，《春秋》是用来阐明天下的道义的。”太史公说：“天道宽广无边，难道不伟大吗？谈笑之际能巧妙地合于正道，也是能排解不少纠纷的。”

【原文】

淳于髡[1]者，齐之赘婿[2]也。长不满七尺，滑稽多辩，数使诸侯，未尝屈辱。齐威王之时喜隐[3]，好为淫乐长夜之饮，沉湎不治，委政卿大夫。百官荒乱，诸侯并侵，国且危亡，在于旦暮，左右莫敢谏。

【注释】

①淳于髡（kūn）：齐国大夫。淳于：复姓。

②赘（zhuì）婿：战国、秦、汉时，贫苦人家卖子与人为奴，三年不能赎回，主家招其为婿，称为赘婿。

③隐：隐语。类似现在的谜语。

【译文】

淳于髡是齐国的一个入赘女婿。他身高不到七尺，为人滑稽，擅长辩论，多次出使诸侯各国，从未受过屈辱。齐威王在位时，喜好说隐语，又喜好彻夜宴饮，逸乐无度，沉溺在酒中，不治理国事，把政事委托给公卿大夫。文武百官荒废紊乱，各国都来侵犯，国家危亡，就在旦夕之间。齐王身边近臣都不敢进谏。

【原文】

淳于髡说之以隐曰：“国中有大鸟，止王之庭，三年不蜚❶又不鸣，王知此鸟何也？”王曰：“此鸟不飞则已，一飞冲天；不鸣则已，一鸣惊人。”于是乃朝诸县令长❷七十二人，赏一人，诛一人，奋兵而出。诸侯振惊，皆还齐侵地。威行三十六年。语在《田完世家》中。

【注释】

①蜚：通“飞”。

②县令长：县的行政长官。人口万户

以上的大县长官称令，万户以下的小县长官称长。

【译文】

淳于髡用隐语来规劝讽谏齐威王，说："国都中有一只大鸟，落在了大王的庭院里，它三年不飞又不叫，大王知道这只鸟是为什么吗？"齐威王说："这只鸟不飞就罢了，一飞就直冲天际；不叫就罢了，一叫就使人吃惊。"于是就命令全国七十二个县的长官入朝奏事，奖赏一人，诛杀一人；又振奋军队，出兵迎敌。诸侯十分惊恐，都把侵占的土地归还给齐国。齐国的声威持续了三十六年。这些事迹记载在《田完世家》里。

【原文】

威王八年，楚大发兵加齐。齐王使淳于髡之赵请救兵，赍❶金百斤，车马十驷。淳于髡仰天大笑，冠缨索❷绝。王曰："先生少之乎？"髡曰："何敢！"王曰："笑岂有说乎？"

【注释】

①赍（jī）：赠送。

②索：尽。

【译文】

齐威王八年，楚国派遣大军侵犯齐国边境。齐王派淳于髡出使赵国请求救兵，让他携带黄金百斤，驷马车十辆作为礼物。淳于髡仰天大笑，将系帽子的带子都笑断了。威王说：

"先生是嫌礼物太少吗?"淳于髡说:"怎么敢嫌少!"威王说:"那你大笑难道有什么说法吗?"

【原文】

髡曰:"今者臣从东方来,见道傍有禳田❶者,操一豚蹄,酒一盂,祝曰:'瓯窭❷满篝,污邪满车,五谷蕃熟,穰穰❸满家。'臣见其所持者狭而所欲者奢,故笑之。"于是齐威王乃益赍黄金千镒❹,白璧十双,车马百驷。髡辞而行,至赵。赵王与之精兵十万,革车千乘。楚闻之,夜引兵而去。

【注释】

①禳（ráng）田：耕种时祭祀谷神和土地神，祈求丰收。

②瓯（ōu）窭（lóu）：狭小的高地。

③穰（ráng）穰：谷类丰盛。

④镒（yì）：古代重量单位，一镒等于二十两。

【译文】

淳于髡说："今天我从东边来时，看到路旁有一个人在祭祀祈祷庄稼丰收，他拿着一只猪蹄、一杯酒，祈祷说：'狭小高地的谷物盛满筐笼，低洼田地的庄稼装满车辆，五谷丰登，米粮堆积满仓。'我看见他拿的祭品很少，而想要的东西太多，所以笑他。”于是齐威王就把礼物增加到黄金千镒、白璧十对、驷马车一百辆。淳于髡告辞起行，来到赵国。赵王派给他十万精兵、一千辆裹有皮革的战车。楚军听到这个消息，连夜退兵离去。

【原文】

威王大说，置酒后宫，召髡赐之酒。问曰：“先生能饮几何而醉？”对曰：“臣饮一斗亦醉，一石亦醉。”威王曰：“先生饮一斗而醉，恶❶能饮一石哉？其说可得闻乎？”

【注释】

①恶（wū）：怎么。

【译文】

齐威王十分高兴，在后宫摆下酒宴，召见淳于髡，赐他酒喝。齐威王问他说："先生喝多少酒才会醉？"淳于髡回答说："我喝一斗酒也能醉，喝一石酒也能醉。"威王说："先生喝一斗就醉了，怎么能喝一石呢？其中的道理可以说给我听听吗？"

【原文】

髡曰："赐酒大王之前，执法在傍，御史在后，髡恐惧俯伏而饮，不过一斗径醉矣。若亲有严客，髡帣韝鞠跽❶，侍酒于前，时赐余沥，奉觞上寿，数起，饮不过二斗径醉

矣。若朋友交游，久不相见，卒然相睹，欢然道故，私情相语，饮可五六斗径醉矣。

【注释】

①帣（juǎn）韝（gōu）鞠跽（jì）：卷着衣袖，弯身跪着。帣：卷束衣袖。韝：袖套。鞠：弯曲。跽：长跪，挺直上身两膝着地。

【译文】

淳于髡说："大王当面赏酒给我，执法官站在身旁，御史站在背后，我恐惧不安，低头伏地而饮，不过一斗就醉了。假如父母有尊贵的客人到来，我卷起袖子，曲身跪坐，在席前侍奉酒菜，客人不时赏我残酒，我高举酒杯，敬酒祝寿，连连起身，喝不到两斗就醉了。假如朋友间交游，好久不曾见面，突然会面，高兴地追述着往事，倾谈着私人的情谊，大约喝五六斗就醉了。

【原文】

"若乃州闾之会，男女杂坐，行酒稽留，六博❶投壶❷，相引为曹❸，握手无罚，目眙❹不禁，前有堕珥❺，后有遗簪，髡窃乐此，饮可八斗而醉二参❻。

【注释】

①六博：古代一种掷采行棋的游戏，因使用六根博箸，故称六博，以吃

子为胜。

②投壶：古人宴饮时的一种游戏，把箭投向壶里，投中多的为胜，输者照规定的杯数喝酒。

③曹：辈。

④眙（chì）：直视。

⑤珥（ěr）：用珠子或玉石制作的耳饰。

⑥醉二参：有两三分醉意。参：通“三”。

【译文】

“至于乡里之间的聚会，男女杂坐，彼此敬酒，流连不去，又作六博、投壶一类的游戏，呼朋唤友，相邀成对，男女之间握手言欢不受处罚，双目相视也没有禁忌，面前有坠落的耳环，背后有遗失的发簪，在这种时候我最开心，可以喝上八斗酒，也不过两三分的醉意。

【原文】

“日暮酒阑，合尊促坐，男女同席，履舄❶交错，杯盘狼藉，堂上烛灭，主人留髡而送客。罗襦❷襟解，微闻芗泽❸，当此之时，髡心最欢，能饮一石。故曰：‘酒极则乱，乐极则悲。万事尽然。’言不可极，极之而衰。”以讽谏焉。齐王曰：“善。”乃罢长夜之饮，以髡为诸侯主客❹。宗室置酒，髡尝在侧。

【注释】

①舄（xì）：木底鞋。

②襦：短衣。

③芗（xiāng）泽：香气。芗：通“香”。

④诸侯主客：接待各国诸侯的官员。

【译文】

“天黑了，酒也快喝完了，把剩下的酒并到一起，大家促膝而坐，男女同席，鞋子木屐混杂在一起，杯盘杂乱不堪，堂上的蜡烛已经熄灭，主人留住我，而把别的客人送走。绫罗短衣的衣襟已经解开，微微闻到阵阵香气，这时我心里最为欢畅，能喝下一石酒。所以说：‘酒喝得过多就容易出乱子，欢乐到极点就会发生悲哀的事。一切事物都是这样。’这番话是说，什么事情都不能过分，过分了就会衰败。”淳于髡以此来婉转地劝说齐威王。威王说：“好。”于是，威王就停止通宵达旦地宴饮，并任用淳于髡为接待诸侯宾客的诸侯主客。皇家宗室设置酒宴，淳于髡常常在旁作陪。

货殖列传序

【导读】

货殖，指货物的生产与流通，即经商。在《货殖列传》中，司马迁详细介绍了有关货殖的各种情况，以及各地货物、百姓生活和社会风气等，是关于古代社会经济的重要文献。本文是《货殖列传》的序言，作者指出只有各行各业密切配合，才能实现国富民强。因此，政府应该鼓励经商，而不是与民争利。全文夹叙夹议，人物描绘栩栩如生。

【原文】

《老子》曰："至治之极，邻国相望，鸡狗之声相闻，民各甘其食，美其服，安其俗，乐其业，至老死不相往来。"必用此为务，晚近世涂❶民耳目，则几无行矣。

【注释】

①涂：堵塞。

【译文】

《老子》说："古代太平之世达到极盛的时候，虽然邻国的百姓遥遥相望，鸡犬之声隐约相闻，但人们各自认为自家的食物最甘美，衣裳最漂亮，习俗最安适，职业最快乐，直至年老死亡也不相往来。"要是谁把这些作为目标，而在当代要堵塞百姓的耳目，那就几乎是无法实行的了。

【原文】

太史公曰：夫神农以前，吾不知已❶。至若《诗》《书》所述虞、夏以来，耳目欲极声色之好，口欲穷刍豢❷之味，身安逸乐，而心夸矜

势能之荣。使俗之渐民久矣，虽户说以眇❸论，终不能化。故善者因之，其次利道❹之，其次教诲之，其次整齐之，最下者与之争。

【注释】

①已：同“矣”。

②刍豢（huàn）：泛指各种动物的肉。刍：食草的动物，如牛、羊。豢：食谷类的动物，如猪、狗。

③眇：通“妙”。

④道：同“导”。

【译文】

太史公说：神农氏以前的事，我已无从考知了。至于《诗经》《尚书》所记载的虞、夏以来的情况，还是可以考知的，耳目要极尽音乐、女色的美好，嘴里要吃尽各种肉食美味，身体安于舒适快乐，而心里夸耀着权势的荣华。用这种恶俗去侵染百姓已经很久了，即使用老子美妙的理论挨家挨户去劝导，到底也不能使他们改变。所以，对于百姓最好的做法是顺其自然，其次是因势利导，再其次是教诲他们，又其次是制定规章，整顿他们的行为。而最下等的做法是与民争利。

【原文】

夫山❶西饶材、竹、穀❷、纑❸、旄、玉石，山东多鱼、盐、漆、丝、声色，江南出楠、梓、姜、桂、金、锡、

连❹、丹沙❺、犀、玳瑁、珠玑、齿、革，龙门❻、碣石❼北多马、牛、羊、旃❽、裘、筋、角，铜、铁则千里往往山出棋置。此其大较也。皆中国人民所喜好，谣俗被服饮食、奉生送死之具也。

【注释】

①山：太行山。

②榖（gǔ）：楮树，树皮可以造纸。

③纻（lú）：山中野麻，可以织布。

④连：同“链”，未炼过的铅。

⑤丹沙：朱砂。

⑥龙门：山名，位于今山西河津西北。

⑦碣石：渤海边上的一座山，位于今河北昌黎北。

⑧旃（zhān）：通“毡”。

【译文】

太行山以西盛产木材、竹子、楮树、野麻、牦牛尾、玉石；太行山以东盛产鱼、盐、漆、丝，又有音乐和美女；江南出产楠树、梓树、生姜、木樨、金、锡、铅、朱砂、犀牛角、玳瑁、珠玑、兽牙、皮革；龙门、碣石以北盛产马、牛、羊、毡、裘、兽畜的筋和角；至于铜、铁则分布在方圆千里的地方，各处的山中往往均有出产，真是星罗棋布。这是各地物产大概的情形。所有这些都是中原百姓喜好的东西，是民间习用的被服、饮食、养生送死需要的物品。

【原文】

故待农而食之，虞①而出之，工而成之，商而通之。此宁有政教发征期会哉？人各任其能，竭其力，以得所欲。故物贱之征贵，贵之征贱。各劝其业，乐其事，若水之趋下，日夜无休时，不召而自来，不求而民出之。岂非道之所符而自然之验邪？

【注释】

①虞：掌管山林川泽出产的官员。

【译文】

所以说大家都靠农民生产粮食才有吃的，靠掌管山林川泽开发的虞人才能输出物品，靠工匠制成器物，靠商人贸易使货物流通。这难道需要官府发布政令、征调百姓、定期集会才能做到吗？人们各按其才能干自己的工作，尽自己的力量，来求得自己所需要的东西。因此，某物价格低贱时就到别处求得高价售出，价格昂贵时就到外地求得低价购进。这就刺激各行各业的人努力从事自己的职业，乐于从事各自的工作，就像水流趋向低处，日日夜夜没有休止的时候。用不着召唤，他们自己就来了；不用强求民众，人们会把各种物品生产出来。这难道不就证明了农、虞、工、商的工作是符合经济法则吗？

【原文】

《周书》[1]曰："农不出则乏其食，工不出则乏其事，商不出则三宝绝，虞不出则财匮少。"财匮少而山泽不辟矣。此四者，民所衣食之原也。原大则饶，原小则鲜。上则富国，下则富家。贫富之道，莫之夺予，而巧者有余，拙者不足。

【注释】

①《周书》：又名《逸周书》，以下引文不见于今本《逸周书》，大概是古本《逸周书》的佚文。

【译文】

《周书》说："农民不耕种，粮食就缺乏；工匠不生产，器物就缺乏；商人不贸易，粮食、器物、财富等三宝隔绝不通；虞人不开发山泽，财货就匮乏。”财货匮乏，山泽中的资源就不能进一步开发了。农、工、商、虞这四种人的生产，是百姓赖以穿衣吃饭的本源。本源大就富足，本源小就贫困。本源大了，对上可以使国家富强，对下可以使家庭富足。贫穷或者富足的规律，没有谁能够夺取它或给予它，聪明的人富裕有余，笨拙的人贫穷不足。

【原文】

故太公望❶封于营丘❷，地潟卤❸，人民寡，于是太公劝其女功，极技巧，通鱼盐，则人物归之，繦至

而辐凑❹。故齐冠带衣履天下，海岱之间❺敛袂❻而往朝焉。

【注释】

①太公望：姜尚，字子牙，其先人封在吕地，故又称吕尚。

②营丘：位于今山东昌乐东南。

③潟（xì）卤：盐碱地。

④ 繦（qiǎng）至而辐凑：形容来人络绎不绝，像绳子穿的钱串似的，像车轮的辐条一样。

⑤海岱之间：指渤海和泰山之间的诸侯国。海：东海，今之渤海。

⑥敛袂（mèi）：整理衣袖以示恭敬。

【译文】

从前姜太公封在营丘，那里的土

地都是盐碱地，百姓很少。于是姜太公就鼓励妇女纺线织布，尽力施展她们的技巧，并且使本地的渔产品和海盐流通到外地。四面八方的人力和物力都归向齐国，就像钱串一样络绎不绝，如同车辐集聚在车毂似的。因而齐国产的帽子、束带、衣服、鞋子满天下，东海与泰山之间的诸侯们都端正好衣袖，恭恭敬敬地前往齐国朝拜。

【原文】

其后齐中衰，管子❶修之，设轻重九府，则桓公以霸，九合诸侯，一匡天下；而管氏亦有三归❷，位在陪臣❸，富于列国之君。是以齐富

强至于威、宣❹也。

【注释】

①管子：管仲。

②三归：说法不一。一说指三归台。

③陪臣：诸侯的大夫对周天子自称为陪臣。

④威、宣：齐威王和齐宣王。

【译文】

后来，齐国中道衰落，管仲重新修明国政，发展各种金融事业，齐桓公因此称霸，多次会合诸侯，一度匡正天下；而管仲也有了诸侯才享有的三归台，他虽处陪臣之位，却比各国的君主还要富有。因此，齐国的富强一直延续到齐威王、齐宣王时期。

【原文】

故曰:“仓廪实而知礼节,衣食足而知荣辱①。”礼生于有而废于无。故君子富,好行其德;小人富,以适其力。渊深而鱼生之,山深而兽往之,人富而仁义附焉。富者得势益彰,失势则客无所之,以而不乐。

【注释】

①仓廪实而知礼节,衣食足而知荣辱:出自《管子·牧民》。

【译文】

所以,管仲说:“仓库储备充实了,百姓才懂得礼节;衣食丰足了,百姓才知道光荣和耻辱。”礼节是在富有的时候产生的,到贫困的时候就废弃了。因此，君子富了，就爱好施行自己的仁德；平民富了，就会乐于发挥自己的余力。水深，鱼自然会生活在其中；山高，兽自然会前往那里；人富了，仁义自然归附。富人得了势，声名就更显著；一旦失势，门客就无所依附，因此不高兴。

【原文】

谚曰:“千金之子,不死于市。”此非空言也。故曰:“天下熙熙,皆为利来;天下壤壤❶,皆为利往。”夫千乘之王,万家之侯,百室之君,尚犹患贫,而况匹夫编户之民❷乎!

【注释】

①壤壤：同"攘攘"，纷乱的样子。

②编户之民：编入户籍的平民。

【译文】

俗话说："家有千金的子弟，不会在街市受刑处死。"这不是空话啊。所以说："天下的人熙熙攘攘，都是为财利而来；天下的人来往奔波，都是为着财利而往。"拥有战车千辆的国君，封有万户食邑的诸侯，食禄百户的大夫，尚且担忧自己会贫困，更何况普通的平民百姓呢！

太史公自序

【导读】

《太史公自序》不仅是《史记》的总序，也是司马迁的自传。本文节选自《太史公自序》，文章以司马迁与壶遂对话的形式，阐述了作者撰写《史记》的宗旨，写作过程中的不幸遭遇，表现了忍辱负重、发愤著书的顽强精神。

【原文】

太史公曰：“先人❶有言：‘自

周公卒五百岁而有孔子。孔子卒后至于今五百岁，有能绍❷明世，正《易传》，继《春秋》，本《诗》《书》《礼》《乐》之际？'意在斯乎！意在斯乎！小子何敢让焉！"

【注释】

①先人：指司马迁的父亲司马谈。

②绍：继承。

【译文】

太史公说："我的先父曾经说过：'自从周公死后，历经五百年才有了孔子。孔子死后，时至今日也已经有五百年了，但是有谁能继承圣明时代的事业，修正《易经》，续写《春秋》，对《诗经》《尚书》《礼记》

《乐经》求本探源呢？'他将希望寄予在我的身上啊！他将希望寄予在我的身上啊！我怎么敢推辞呢？"

【原文】

上大夫壶遂❶曰："昔孔子何为而作《春秋》哉？"太史公曰："余闻董生曰：'周道衰废，孔子为鲁司寇❷，诸侯害之，大夫壅之。孔子知言之不用、道之不行也，是非二百四十二年之中，以为天下仪表，贬天子，退诸侯，讨大夫，以达王事而已矣。'子曰：'我欲载之空言，不如见之于行事之深切著明也。'夫《春秋》，上明三王之道，下

辨人事之纪，别嫌疑，明是非，定犹豫，善善恶恶，贤贤贱不肖，存亡国，继绝世，补敝起废，王道之大者也。

【注释】

①壶遂：汉代天文学家，官至詹事，秩二千石，故称"上大夫"。

②司寇：官名，掌管刑狱、纠察等事。

【译文】

上大夫壶遂说："以前，孔子为什么要作《春秋》呢？"太史公说："我听董生说过：'周王朝衰败，孔子身为鲁国的司寇，诸侯都嫉恨他，卿大夫也都排斥他。孔子知道他的谏言不可能被采纳，他的政治主张不可能被推行，因而评定了二百四十二年历史的功过是非，为天下人树立了行为准则。他贬斥朝廷，斥退诸侯，声讨大夫，依此阐明王道之所在。’孔子说：‘我与其空泛地记载我的主张，不如用历史事实来体现，显得更加深刻且明显。’《春秋》这部书，往上阐明了夏禹、商汤和周文王三王的治世之道；往下辨明了为人处世的纲纪，区别了疑难的事物，辨明了是非的界限，确定了犹豫不决的问题，褒扬了善良，贬斥了邪恶，尊崇了贤能，鄙薄了不肖，保存了消亡国家的历史，延续了断绝的世事，弥补了政治上的弊端，复兴了已经废弃的事业，这些就是王道中的关键所在。

【原文】

“《易》著天地、阴阳、四时、五行，故长于变；《礼》经纪[1]人伦，故长于行；《书》记先王之事，故长于政；《诗》记山川、溪谷、禽兽、草木、牝牡[2]、雌雄，故长于风；《乐》乐所以立，故长于和；《春秋》辨是非，故长于治人。是故《礼》以节人，《乐》以发和，《书》以道事，《诗》以达意，《易》以道化，《春秋》以道义。拨乱世反[3]之正，莫近于《春秋》。《春秋》文成数万，其指数千。万物之散聚皆在《春秋》。

【注释】

①经纪：安排。

②牝（pìn）牡：雌雄。

③反：同“返”。

【译文】

“《易经》昭示了天地、阴阳、四时、五行的规律，所以长于表明变化；《礼记》调整了人与人之间的关系，所以长于引导人们的行为；《尚书》记载了先王的事迹，所以长于指导政治；《诗经》记载了山川、溪谷、禽兽、草木、牝牡、雌雄，所以长于教化；《乐经》使人和乐，所以长于调和性情；《春秋》辨明是非，所以长于治理天下百姓。所以，《礼记》用来节制人们的行为，《乐经》用来调和人们的性情，《尚书》用来指导政事，《诗经》用来抒发感情，《易经》用来阐明变化，《春秋》用来阐明正义。将一个混乱之世治理得上了轨道，没有比《春秋》更为有用的了。《春秋》一书有数万言，其中所阐明的要旨也有数千。万事万物分离聚合，都在《春秋》之中。

【原文】

“《春秋》之中，弑君三十六，亡国五十二，诸侯奔走不得保其社稷者不可胜数。察其所以，皆失其本已。故《易》曰：‘失之毫厘，差以千里。’故曰：‘臣弑君，子弑父，非

一旦一夕之故也，其渐久矣。’故有国者不可以不知《春秋》，前有谗而弗见，后有贼而不知。为人臣者不可以不知《春秋》，守经事❶而不知其宜，遭变事而不知其权❷。为人君父而不通于《春秋》之义者，必蒙首恶之名。为人臣子而不通于《春秋》之义者，必陷篡弑之诛，死罪之名。

【注释】

①经事：正常的事情。经：寻常。

②权：变通。

【译文】

“《春秋》中，臣弑君的事例有三十六起，国家灭亡的有五十二个，诸侯四处奔走仍不能保全其国家社稷的则不可胜数。分析其中的原因，都是因为失去了王道的根本。所以《易经》上说：‘失之毫厘，差之千里。’所以说：‘臣弑君、子弑父，并不是一朝一夕的缘故，而是慢慢形成的。’所以为君者不可以不知道《春秋》，否则，面前有人进献谗言，自己却看不到，后面有人窃国，自己也不知道。为人臣者也不可以不知道《春秋》，否则，处理日常事务就不知道如何采取适宜的方法，遭遇变故也不知道如何权变。身为国君或者身为人父，如果不知道《春秋》之中的要义，就会蒙受首恶的罪名。身为人臣或者身为儿子，如果不知晓《春秋》中的要义，就会因为预谋篡位和弑君弑父而被诛杀，落得个该死的罪名。

【原文】

“其实皆以为善，为之不知其义，被之空言而不敢辞。夫不通礼义之旨，至于君不君，臣不臣，父不父，子不子。君不君则犯❶，臣不臣则诛，父不父则无道，子不子则不孝。此四行者，天下之大过也。以天下之大过予之，则受而弗敢辞。故《春秋》者，礼义之大宗也。夫礼禁未然❷之前，法施已然之后；法之所为用者易见，而礼之所为禁者难知。”

【注释】

①犯：触犯。此指为臣下所侵犯。

②未然：还没有成为事实。

【译文】

“其实，他们都认为自己是在行善，却不知道它的意义所在，受到别人毫无证据的谴责也不敢反驳。因为不知道礼义的宗旨，以至于君不像君，臣不像臣，父不像父，子不像子。倘若君不像君，大臣们就会犯上；倘若臣不像臣，就会遭受诛杀；倘若父不像父，就会没有伦理道德；倘若子不像子，就会不孝敬父母。这四种行为，是天下的大过错。如果把天下的大过错加之于这些人身上，他们也不敢推辞不受。所谓《春秋》，就是礼义最重要的宗旨所在。礼的作用就是防患于未然，法的作用就是惩恶于已然；法的作用显而易见，而礼的防范作用则难以被人们察觉。”

【原文】

壶遂曰：“孔子之时，上无明君，下不得任用，故作《春秋》，垂❶空文以断礼义，当一王之法。今夫子上遇明天子，下得守职，万事既具，咸各序其宜，夫子所论，欲以何明？”

【注释】

①垂：流传。

【译文】

壶遂说："孔子所处的时代，上没有英明的君主，下面的贤臣得不到重用，所以孔子才写了这部《春秋》，流传下这些文字以明断礼义，并将其当作一部圣王之法。现在，太史公您上有英明的君主，下得以恪守本职，万事都具备了，各项事情也都依照秩序进行，您现在论述这些，是要说明什么道义呢？"

【原文】

太史公曰："唯唯❶，否否，不然。余闻之先人曰：'伏羲❷至纯厚，作《易》八卦。尧舜之盛，《尚

书》载之，礼乐作焉。汤武之隆，诗人歌之。《春秋》采善贬恶，推三代之德，褒周室，非独刺讥而已也。'

【注释】

①唯唯：恭敬顺从的应答声。

②伏羲：传说中的远古帝王。

【译文】

太史公说："是，是，不对，不对，不是这样。我听先人说过：'伏羲时代民风淳厚，才创作了《易经》八卦。尧舜之时非常兴盛，《尚书》中对此有记载，礼、乐即兴起于那个时代。商汤、周武时期社会兴隆，诗人对此多加歌颂。《春秋》扬善抑恶，推崇夏、商、周三代的功德，称颂周

王朝，而并不全是抨击和讽刺。'

【原文】

“汉兴以来，至明天子，获符瑞❶，建封禅❷，改正朔❸，易服色，受命于穆清❹，泽流罔极，海外殊俗，重译❺款塞❻，请来献见者，不可胜道。臣下百官力诵圣德，犹不能宣尽其意。且士贤能而不用，有国者之耻；主上明圣而德不布闻，有司之过也。且余尝掌其官，废明圣盛德不载，灭功臣、世家、贤大夫之业不述，堕先人所言，罪莫大焉。余所谓述故事，整齐其世传，非所谓作也，而君比之于《春秋》，谬矣。”

【注释】

①符瑞：吉祥的征兆。

②封禅（shàn）：帝王祭祀天地的大典，一般由帝王亲自到泰山举行。

③正朔：此处指历法。正：一年的第一天。朔：每月的第一天。

④穆清：此处指上天。

⑤重译：一重重地辗转翻译。

⑥款塞：叩开塞门。

【译文】

“自汉朝建立以来，直至当今的圣明之君，得到了上天降下的祥瑞，又举行封禅，更换历法，改易服色，受命于上天，德泽遍及远方，海外与中原风俗不同的国家也都经过数次翻译，来到中国的边关，不计其数的人请求允许其向君主进献礼物。文武百官极力颂扬圣上的功德，却仍无法完全表达心中的颂扬之意。况且，贤良之士若不被任用，就是国君的耻辱；圣上英明，如果他的美德不能被广为流传，就是史官的过错。我曾经做过太史令，如果废弃圣上的美好德政不予记载，使有功之臣以及贵族、贤大夫的功业湮没无闻，抛弃先父的遗愿，这个罪过就太大了。我所记述的这些故事，只是整理了那些民间传说，并不算是创作，而您却将其与《春秋》作比，这就不对了。”

【原文】

于是论次其文。七年而太史公遭李陵之祸[1]，幽于缧绁[2]。乃喟然而叹曰："是余之罪也夫！是余之罪也夫！身毁不用矣！"退而深惟曰："夫《诗》《书》隐约者，欲遂其志之思也。

【注释】

①李陵之祸：汉武帝时，李陵率军与匈奴作战，战败后投降，司马迁为其辩护，获罪受宫刑。

②缧（léi）绁（xiè）：捆绑犯人的绳索。此指监狱。

【译文】

于是我依照次序编写了《史

记》。写了七年之后，因为李陵事件而横遭大祸，被囚禁了起来。于是自叹道："这是我的罪过！这是我的罪过！身体被毁坏了，没有用处了。"但退一步又深思道："《诗经》和《尚书》，意旨隐晦，文辞简约，是作者考虑到要实现自己的意志。

【原文】

"昔西伯拘羑里❶，演《周易》；孔子厄陈、蔡，作《春秋》；屈原放逐，著《离骚》；左丘失明，厥有《国语》；孙子膑❷脚，而论兵法；不韦迁蜀，世传《吕览》；韩非囚秦，《说难》《孤愤》；《诗》三百篇，大

抵贤圣发愤之所为作也。此人皆意有所郁结，不得通其道也，故述往事，思来者。”于是卒述陶唐❸以来，至于麟止❹，自黄帝始。

【注释】

①羑（yǒu）里：今河南汤阴北。

②膑（bìn）：古代一种剔掉膝盖骨的酷刑。

③陶唐：唐尧。

④至于麟止：《史记》记事止于汉武帝猎获白麟的元狩元年（前122）。

【译文】

“昔日，西伯侯被囚禁在羑里，继而演算出了《周易》；孔子被困在陈、蔡两国，而后著成了《春秋》；屈原被放逐，写就了《离骚》；左丘明双目失明，才撰写成了《国语》；孙子遭受膑刑，而论述兵法；吕不韦被贬蜀地，才有《吕览》传世；韩非被秦国囚禁，因而有了《说难》《孤愤》；《诗经》三百篇，大抵都是圣贤之人为了抒发心中的抑郁悲愤之情而作。这些人都是心中怀有忧愁郁结之情，不能得到发泄，所以追述往事，以将期望寄托于将来。”于是，我终于编写了起始于黄帝，经唐尧，直至武帝猎获麒麟的元狩元年的这段历史。

司马迁

作者介绍

司马迁（约前145—约前90），字子长，左冯翊夏阳（今陕西韩城）人。汉武帝元封三年（前108），司马迁接替父亲司马谈担任太史令。太初元年（前104），司马迁接续父亲的意愿继续修撰《史记》，其间因替李陵辩护而下狱，处以宫刑。出狱后，他发愤著书，终于完成了《史记》这部伟大的著作。

报任安书

【导读】

这是司马迁写给朋友任安的一封回信。在信中，司马迁向朋友讲述了自己所遭受的奇耻大辱，吐露心中的悲痛与愤恨，字里行间充斥着悲愤之情。但他并没有因此消沉，“就极刑而无愠色”，“隐忍苟活”，目的是要坚持完成《史记》的编撰工作。因此，这封信也是研究《史记》以及司马迁生活、思想的重要文章。

【原文】

太史公牛马走司马迁再拜言，少卿足下：曩者❶辱赐书，教以慎于接物，推贤进士为务。意气勤勤恳恳，若望仆不相师，而用流俗人之言。仆非敢如是也！仆虽罢❷驽❸，亦尝侧闻长者之遗风矣。

【注释】

①曩（nǎng）者：从前。

②罢：同“疲”。

③驽：劣马。

【译文】

太史公、愿为您效犬马之劳的司马迁再拜陈述，少卿足下：此前，承蒙您写信给我，教诲我要谨慎处世，把向上推举贤能之士作为自己的要务。信里边辞意亲切，语气诚恳，似乎认为我不遵从您的教诲，反而迎合一般人的看法。我实在不敢如此！我虽然愚钝无知，但也曾耳闻那些德高望重的长者遗风。

【原文】

顾自以为身残❶处秽，动而见尤❷，欲益反损，是以独抑郁而谁与语。谚曰："谁为为之？孰令听之？"盖钟子期死，伯牙终身不复鼓琴。何则？士为知己者用，女为说己者容。若仆大质已亏缺矣，虽才怀随、和❸，行若由、夷❹，终不可

以为荣，适足以见笑而自点耳。

【注释】

①身残：指因受宫刑而身体残缺。

②尤：过失。此指责备。

③随、和：随侯珠与和氏璧，春秋战国时的珍贵宝物。

④由、夷：许由和伯夷，两人都是古时被推为品德高尚的人。

【译文】

只是因为肉体残损，地位低下，动不动就遭人鄙薄，想要做点好事反而弄砸了事情，所以郁郁不得志，且无人可以倾诉。有一条谚语说："为谁做呢？谁又会听呢？"钟子期死后，伯牙再也没有弹过琴。什么原因呢？士人只为了解自己的人效力，女子只为欣赏自己的人打扮。我的身体已经残损不堪，即便才能如随侯珠、和氏璧般杰出，品德同许由、伯夷般高尚，但仍不能引以为荣，害怕会引人发笑自取其辱。

【原文】

书辞宜答，会东从上来，又迫贱事，相见日浅，卒卒❶无须臾之间得竭志意。今少卿抱不测之罪，涉旬月，迫季冬❷，仆又薄❸从上雍❹，恐卒然不可讳。是仆终已不得舒愤懑以晓左右，则长逝者魂魄私恨无穷。请略陈固陋。阙然久不

报，幸勿为过。

【注释】

①卒卒：同"猝猝"，匆匆忙忙的样子。

②季冬：冬季的第三个月，即十二月。汉朝时每年十二月处决囚犯。

③薄：迫近。

④雍：地名，位于今陕西凤翔南。

【译文】

本来应该早就回复了您的来信，但适逢我跟随皇帝东巡，后来又忙于琐碎小事，没有时间和您相见，居然没有些许时刻向您敞开胸怀。如今少卿足下罹祸不浅，前途叵测，再过一个月，就是冬末了，我又将陪同皇帝到雍地去，担心您在此期间会遭遇不幸。那样我将再也没有机会把我的愤懑向人诉说，而与世长辞的人九泉之下魂魄也将不得安息。因此，姑且准许我向您简略地陈说一些愚见。这么长时间没有给您回信，还请见谅。

【原文】

仆闻之：修身者，智之符也；爱施者，仁之端也；取予者，义之表也；耻辱者，勇之决也；立名者，行之极也。士有此五者，然后可以托于世，而列于君子之林矣。故祸莫憯❶于欲利，悲莫痛于伤心，行莫丑于辱先，诟莫大于宫刑。刑余之人，无所比数，非一世也，所从来远矣。

【注释】

①憯（cǎn）：凄惨。

【译文】

我听说：修洁自身，是智慧的表现；兼爱乐施，是仁的发端；取舍有当，是有义的象征；知道什么叫耻辱，是勇士的先决条件；扬名在外，是举止的终极目标。士人聚齐了这五种特征才能立足于世，置身于君子的行列之中。所以，祸患中最凄惨的莫过于贪利，悲哀中最苦痛的莫过于心伤，举止中最难堪的莫过于使祖先蒙受耻辱，而所有耻辱都大不过受宫刑。遭受这一刑罚的人，不能与常人等量齐观，这种观点并非一时之议，历来都是这样看待的。

【原文】

昔卫灵公与雍渠同载，孔子适陈❶；商鞅因景监见，赵良寒心❷；同子参乘，袁丝变色❸，自古而耻之。夫中材之人，事有关于宦竖，莫不伤气，而况于慷慨之士乎？如今朝庭虽乏人，奈何令刀锯之余荐天下之豪俊哉！

【注释】

①“昔卫灵公”句：春秋时，卫灵公和夫人乘车出游，让宦官雍渠坐在旁边，使孔子坐在后面的车上。孔子深以为耻，于是离开卫国到陈国去。

②“商鞅”句：商鞅受秦孝公的宠臣景监的推荐而得官，与商鞅政见不同的秦国贤士赵良见了，感到寒心。

③“同子”句：汉文帝让宦官赵谈与自己同乘一辆车，袁盎见了，脸色骤变。同子：代指赵谈。司马迁为避父亲司马谈的名讳，称赵谈为同子。袁丝：名盎，汉文帝时的大臣，曾官至太常。

【译文】

昔日，卫灵公和宦官雍渠同乘一车，孔子愤而离开，避到陈国；商鞅通过宦官景监的引荐见到秦孝公，赵良因此感到寒心；宦官赵谈陪汉文帝同乘，袁丝脸色突变，历史上对宦官的鄙夷是由来已久的。那些普通人只要和宦官染上关系，没有不动气伤怀的，更何况那些志向远大的人呢？尽管现在朝廷需要人才，受过宫刑的人又哪里有资格举荐天下的豪才俊杰呢！

【原文】

仆赖先人绪业，得待罪辇毂下❶，二十余年矣。所以自惟：上之，不能纳忠效信，有奇策材力之誉，自结明主；次之，又不能拾遗补阙，招贤进能，显岩穴之士；外之，不能备行伍，攻城野战，有斩将搴❷旗之功；下之，不能积日累劳，取尊官厚禄，以为宗族交游光宠。四者无一遂，苟合取容，无所短长之效，

可见于此矣。

【注释】

①辇毂下：皇帝的车驾之下。代指皇帝左右。

②搴（qiān）：拔取。

【译文】

依赖先人的荫庇，我得以在皇帝左右服侍，已经有二十余年了。我自思：对上，我不能进谏忠言，赢得能出谋划策、才能出色的美誉，获得皇帝的赏识；次之，又不能拾遗补漏，推举贤德之人，使怀才隐居之士名动天下；对外，不能参军作战，攻城略地，树杀敌擒贼之功；对下，不能累积功劳，爬至高位，享受厚禄，为家室宗族四方朋友增光。其中没有一条我做到了，只是苟安于现世，勉强找到一个安身之处，至今没有更多建树，由此都可以看出来。

【原文】

向者，仆亦尝厕❶下大夫之列，陪奉外廷末议。不以此时引纲维，尽思虑，今已亏形为扫除之隶，在阘茸❷之中，乃欲仰首伸眉，论列是非，不亦轻朝廷、羞当世之士邪？嗟乎！嗟乎！如仆尚何言哉！尚何言哉！

【注释】

①厕：参加。

②阘(tà)茸：下贱，低劣。阘：小户，引申为卑下。茸：小草，引申为细小、卑贱。

【译文】

我也曾经厕身于下大夫的行列，在外廷发表一点意见。我不在当时援引法度，展现自己的才能，现如今身体残缺，已成为扫地的奴隶，地位卑下，却妄图昂首扬眉论辩是非，岂不是轻视朝廷，羞辱士人了吗？唉！唉！像我这样的人还说什么呢？还有什么好说的呢？

【原文】

且事本末未易明也。仆少负不羁之才，长无乡曲之誉，主上幸以先

人之故，使得奏薄伎，出入周卫❶之中。仆以为戴盆何以望天❷，故绝宾客之知，忘室家之业，日夜思竭其不肖之才力，务一心营职，以求亲媚于主上。而事乃有大谬不然者。

【注释】

①周卫：皇帝的宫禁。周：环绕。卫：宿卫。

②戴盆何以望天：当时的谚语，形容忠于职守，无暇应酬。

【译文】

况且事情的原委向来不易弄明白。我小时候行为豪放，不受约束，成人后也没有赢得乡里的称道，幸得皇帝看在我先人的分上，准许我贡献微小的技艺，出入皇宫。我想着戴着盆子怎么观望天空呢，所以闭门不纳客，忘了家庭琐事，日夜不休只是想着穷尽我微薄的才能，专心专意、恪尽职守，但求得到皇上的青睐。而事情却不这样发展。

【原文】

夫仆与李陵俱居门下，素非能相善也。趋舍异路，未尝衔杯酒、接殷勤之余欢。然仆观其为人、自守奇士，事亲孝，与士信，临财廉，取与义，分别有让，恭俭下人，常思奋不顾身以殉国家之急。其素所蓄积也，仆以为有国士之风。夫人

臣出万死不顾一生之计，赴公家之难，斯已奇矣。今举事一不当，而全躯保妻子之臣随而媒糵❶其短，仆诚私心痛之。

【注释】

①媒糵：通“蘖”，酵母。此处比喻挑拨是非，陷人于罪。

【译文】

我和李陵都在朝廷做官，平时并没有什么交往。因为各自的喜好相异，未尝一同饮酒、表示过殷勤的情谊。但是，我看那李陵确实是一个奇特之人，他孝敬父母，取信士人，廉洁奉公，取舍有当，待人有礼，对人谦虚，常想不顾一切地为国家排忧解难。从他平日修养品德来看，我觉得他有着国士之风。身为人臣，排除万难，不顾一己之性命，奔赴国家的灾难前线，这已经是很了不起的事了。现在李陵行为举止稍有不当，那些平日里只知道保全性命、满脑子只想着妻儿家小的臣子马上开始附会，只言其劣处，我对此感到很痛心。

【原文】

且李陵提步卒不满五千，深践戎马之地，足历王庭❶，垂饵虎口，横挑强胡，仰亿万之师，与单于连战十有余日，所杀过当，虏救死扶伤不给。旃裘❷之君长咸震怖，乃

悉征其左右贤王，举引弓之人，一国共攻而围之。转斗千里，矢尽道穷，救兵不至，士卒死伤如积。然陵一呼劳军，士无不起，躬自流涕，沫血饮泣，更张空弮❸，冒白刃，北向争死敌者。陵未没时，使有来报，汉公卿王侯皆奉觞上寿。后数日，陵败书闻，主上为之食不甘味，听朝不怡。大臣忧惧，不知所出。

【注释】

①王庭：匈奴首领单于居住的地方。

②旃裘：匈奴人穿的衣服，此处代指匈奴人。

③弮（quān）：弓弩。

【译文】

而且李陵率领不足五千步兵，深入虎口，抵达单于的驻地，在虎口悬挂诱饵，气势逼人地向匈奴宣战，对匈奴大军发动仰攻。双方鏖战十余天，对方死伤人数超过李陵将士的总数，以致敌军无暇救死扶伤。匈奴的君王、臣子全都被震住了，他们征调左右贤王的所有将士，召集所有会引弓射箭的平民，举国发起进攻，以求围困李陵。李陵率领将士四处转战，达千里之遥，到最后箭用完了，退路也没了，而救兵却迟迟不来，死伤的士兵堆积如山。即便是这样了，只要李陵振臂一呼，鼓舞士气，士兵仍然摇晃着站起来，个个泪流满面，抹了满脸的血，强吞进眼泪，张开没有箭的弓，迎着敌人锐利的刀刃，拼着命，向北以死抗敌。李陵还没有战败时，信使报告战况，公卿王侯纷纷举杯向皇上祝贺。不几日，李陵战败的消息传来，皇上因之茶饭不思，上朝听政时也郁郁寡欢。大臣们忧虑恐慌，却无以应对。

【原文】

仆窃不自料其卑贱，见主上惨怆怛悼❶，诚欲效其款款❷之愚。以为李陵素与士大夫绝甘分少，能得人之死力，虽古之名将，不

能过也。身虽陷败，彼观其意，且欲得其当而报汉。事已无可奈何，其所摧败，功亦足以暴于天下矣。仆怀欲陈之，而未有路。适会召问，即以此指推言陵之功，欲以广主上之意，塞睚眦❸之辞。未能尽明，明主不深晓，以为仆沮贰师❹，而为李陵游说，遂下于理。拳拳❺之忠，终不能自列，因为诬上，卒从吏议。

【注释】

①惨怆怛悼：悲伤、哀戚。

②款款：忠诚的样子。

③睚（yá）眦（zì）：怒目相视。

④贰师：贰师将军李广利，汉武帝宠妃李夫人的哥哥。

⑤拳拳：忠诚恭谨的样子。

【译文】

我不愿再顾及自己身份的卑下低贱，只是因为不忍看到皇上悲痛不已，十分诚挚地打算献上自己的浅陋之见。我认为李陵平日里对待手下一向先人后己，所以士兵能为他拼死效力，这一点古时候的名将也比不过他。虽然他现在兵败被困匈奴，但我看他只是要寻找时机来报效朝廷。事已如此，不可再挽救，但他先前摧毁敌军，所向披靡，论功劳已经可以昭示天下了。我一心想要对皇帝陈说，苦于没有机会。适逢皇帝召见，我就用这些说法陈述李陵的功劳，想要让皇帝宽心，堵塞那些对李陵的埋怨之辞。但是由于我没能清楚地表达我的意思，没能让贤明的皇上加深对我的理解，还以为我有意诽谤贰师将军，为李陵说情，于是把我交由司法官处置。拳拳之心，最终不能表明，我被指责欺君犯上，皇帝同意了这一判决。

【原文】

家贫，货赂不足以自赎，交游莫救视，左右亲近不为一言。身非木石，独与法吏为伍，深幽囹圄之中，谁可告诉者！此真少卿所亲见，仆行事岂不然乎？李陵既生降，颓其家声，而仆又佴❶之蚕室，重为

天下观笑。悲夫！悲夫！事未易一二为俗人言也。

【注释】

①佴（èr）：居，停留。

【译文】

我家境贫寒，没有足够的钱财为自己赎罪，又没有朋友出面救助，皇帝身边的近臣也没人为我说一句好话。我不是那无情的树木、山石，却独要我与狱吏同处，身陷深牢大狱，谁能听我诉说！这也是少卿足下所亲眼见到的啊，我的境遇难道不是如此吗？李陵已然是活着降敌了，他的家族的名誉已经遭到败坏，而我又蜷缩在囚室里，被天下的人围观嘲笑。可悲啊，可悲！这样的事情不容易细说与常人听的啊！

【原文】

仆之先非有剖符、丹书❶之功，文、史、星、历❷，近乎卜、祝之间，固主上所戏弄，倡❸优❹所畜，流俗之所轻也。假令仆伏法受诛，若九牛亡一毛，与蝼蚁何以异？而世俗又不能与死节者次比，特以为智穷罪极，不能自免，卒就死耳。何也？素所自树立使然也。

【注释】

①剖符、丹书：汉初规定，凡受封剖符、丹书的有功之臣，子孙有罪可

获赦免。剖符：一剖为二的符，君臣各执其半，作为凭信。丹书：用朱砂写在铁券上的誓词。

②文、史、星、历：文献、历史、天文、历法，都属太史令掌管。

③倡：乐人。

④优：优伶，演员。

【译文】

我的祖上没有建立可以获得用来免罪的功绩，太史公掌管文史书籍、天文历法，地位相当于占卜、祭祀的官员，向来只是皇帝戏弄的对象，被当作乐工伶人般豢养，是世人所鄙视的。若法律判决我被诛杀，就像九头牛身上掉了一根毛，与死了一只蝼蚁有何不同？世人又不会把我等同于守节而死的人，只会认为我是智力穷尽而又罪该万死，无法解脱，最终只有一死而已。为什么这样呢？这是我的职业导致的罢了。

【原文】

人固有一死，死或重于泰山，或轻于鸿毛，用之所趣异也。太上不辱先，其次不辱身，其次不辱理色，其次不辱辞令，其次诎体❶受辱，其次易服受辱，其次关木索、被箠楚受辱，其次剔毛发、婴金铁❷受辱，其次毁肌肤、断肢体受辱，最下腐刑极矣。传曰："刑不上

大夫。”此言士节不可不勉励也。

【注释】

①诎体：身体被捆绑。诎：通“屈”，弯曲、卷曲。

②剔毛发、婴金铁：指受髡刑和钳刑。剔：用刀刮去毛发。婴：缠绕，将铁圈戴在脖子上。

【译文】

人终有一死，有的死比泰山都要重，有的死比鸿毛还要轻，只是因为死的价值不同。最重要的是不使先人受辱；其次，不能让身体遭受耻辱；其次，事理和面子上不能受辱；其次，言辞交谈不能受辱；其次，不能被捆绑受辱；其次，不能遭受穿上囚服之辱；其次，是戴上刑具，被人抽打的侮辱；其次，是剃光头发，颈间绕着铁链的耻辱；其次，是破相、截肢之辱；而最下等的，就是宫刑，这是刑罚中最令人感到耻辱的了。《礼记》中说："大夫以上，不加刑罚。"意思是士大夫的操守不能不加以磨砺。

【原文】

猛虎在深山，百兽震恐，及其在槛[1]阱[2]之中，摇尾而求食，积威约之渐也。故士有画地为牢，势不可入；削木为吏，议不可对，定计于鲜也。今交手足，受木索，暴肌肤，受

榜❸棰，幽于圜墙之中。当此之时，见狱吏则头抢地，视徒隶则心惕息❹。何者？积威约之势也。及已至是，言不辱者，所谓强颜耳，曷足贵乎！

【注释】

①槛：关野兽的木笼。

②阱：捕兽的陷阱。

③榜：捶打。

④惕息：恐惧的样子。

【译文】

猛虎处在山上时，百兽为之惊恐，当它被困囚笼，却摇尾乞食，这是长期使用威力限制它的后果。所以，画地为牢，有气节之士断不肯进去；削木为吏，他也绝不会受审，把思虑计谋定在自我了断上面。如今，被捆起手脚，戴上枷锁，肌肤暴露在外，忍受棒打鞭抽，被囚禁在深牢之中。这个时候，他们看到狱吏就下跪磕头，看到狱卒就胆战心惊，气都不敢喘。这又是为什么呢？不断受到威逼而导致的罢了。到了如此田地，还说不感到耻辱的，就是脸皮厚的关系了，有什么可赞扬呢！

【原文】

且西伯，伯也，拘羑里；李斯，相也，具于五刑；淮阴❶，王也，受械于陈；彭越、张敖，南面称孤，系狱抵罪；绛侯❷诛诸吕，权倾五伯，

囚于请室❸；魏其，大将也，衣赭衣，关三木❹；季布为朱家钳奴；灌夫受辱于居室。此人皆身至王侯将相，声闻邻国，及罪至罔加❺，不能引决自裁。在尘埃之中，古今一体，安在其不辱也？

【注释】

①淮阴：汉初大将淮阴侯韩信。刘邦曾因怀疑楚王韩信谋反，在陈地将他抓起来，赦免后降为淮阴侯。

②绛侯：周勃。他曾与陈平诛灭刘邦妻子吕后的亲族，拥立汉文帝，后被人诬告下狱。

③请室：大臣犯罪等待判决的地方。

④三木：头枷、手铐、脚镣。

⑤罔加：受到法令的制裁。罔：同"网"，即法网。

【译文】

况且，文王，一方之霸，被囚禁在羑里；李斯，一国之相，五刑加身；淮阴侯，楚地称王，却在陈地戴上枷锁；彭越、张敖南面封王，却在监狱里获刑；绛侯周勃诛杀诸吕，平定叛乱，权势一度胜过春秋五霸，却被囚于请罪之室；魏其侯窦婴，贵为一国大将，却穿上囚衣，戴上三层枷锁；季布卖身于朱家人为奴；灌夫在拘讯犯罪贵族的居室受辱。这些人都位高权重，名声在外，一旦犯罪受到制裁时，因为做不到果断自决，而落入尘埃之中。古往今来都是如此，怎么会有不受辱的呢？

【原文】

由此言之，勇怯，势也；强弱，形也。审矣，何足怪乎！夫人不能早自裁绳墨之外，以稍陵迟，至于鞭棰之间，乃欲引节，斯不亦远乎！古人所以重施刑于大夫者，殆为此也。夫人情莫不贪生恶死，念父母，顾妻子，至激于义理者不然，乃有所不得已也。今仆不幸早失父母，无兄弟之亲，独身孤立，少卿视仆于妻子何如哉？且勇者不必死节，怯夫慕义，何处不勉焉！仆虽怯懦

欲苟活，亦颇识去就之分矣，何至自沉溺缧绁之辱哉！且夫臧获❶婢妾犹能引决，况仆之不得已乎？所以隐忍苟活，幽于粪土之中而不辞者，恨私心有所不尽，鄙陋没世而文采不表于后世也。

【注释】

①臧获：泛指奴隶。臧：奴。获：婢。

【译文】

如此看来，勇敢或是胆怯，强大或是弱小都是时势的造化。我也总算明白了，有什么好奇怪的呢！而且，人如果不能在遭受制裁之前就自决已经是有些低下了，等到遭受刑罚的时候，再要以死殉节，不是已经来不及了吗！大概正是因为这样，古人对向大夫实施刑罚十分谨慎。人天生贪生怕死，想念父母，眷恋妻儿。而那些被义理激发的人则不这样，那也是有迫不得已的原因。我不幸双亲早早去世，又无亲近的兄弟姐妹，孤身于世，您觉得我对妻子儿女怎样呢？勇敢的人不一定要以死殉节，胆怯之人思慕节义，哪里不可以鼓舞自己呢！虽然我懦弱，想要苟且偷安，但也明知该做与不该做的界限，哪里会甘于遭受牢狱之辱呢！奴才婢女尚能够舍身自杀，更何况像我这样已经不堪忍受了呢？之所以忍辱偷生，关在肮脏的牢房里而没有自杀，只是还有心愿

《说难》《孤愤》；《诗经》三百篇，也大多是圣贤抒发不平的作品。这些人都是抑郁在怀，不得排解，所以追忆往事，寄希望于将来。就像左丘明失明，孙子断腿，不能被重用，于是退而著书立说，借此排解心中的忧闷，希望张扬文采，向后世之人展露自己。

【原文】

仆窃不逊，近自托于无能之辞，网罗天下放失❶旧闻，略考其行事，综其终始，稽❷其成败兴坏之纪。上计轩辕❸，下至于兹。为十表，本纪十二，书八章，世家三十，列传七十，凡百三十篇。亦欲以究天人之际，通古今之变，成一家之言。草创未就，会遭此祸，惜其不成，是以就极刑而无愠色。仆诚已著此书，藏之名山，传之其人、通邑大都。则仆偿前辱之责[4]，虽万被戮，岂有悔哉！然此可为智者道，难为俗人言也。

【注释】

①放失：散失。

②稽：考察。

③轩辕：黄帝。

④责：同“债”。

【译文】

我暗地里不自量力，近来借助于笨拙的文辞，网罗天下旧闻轶事，加以考证，从中推演历史成败兴衰的规律。自轩辕帝起，到当下为止。共完成表十篇、本纪十二篇、书八章、世家三十篇、列传七十篇，总计一百三十篇。想通过这些文章探讨自然与人类的关系，通晓古今变化的规律，形成一家之言。草稿还没完成，就遭遇灭顶之灾，我深悔书稿没有成型，接受最残酷的刑罚的时候也面不改色。一旦我完成此书，我要把它隐匿在那名山之中，授给能读懂它的人，在繁华的大都市里传播。这样一来，我就能弥补之前遭受到的耻辱，即便千万次地被辱侮，也无怨无悔！但是，这些话只能对智者诉说，对着一般俗人是难以启口的。

【原文】

且负下❶未易居，下流多谤议。仆以口语遇遭此祸，重为乡党所笑，以污辱先人，亦何面目复上父母之丘墓乎？虽累百世，垢弥甚耳！是以肠一日而九回，居则忽忽若有所亡，出则不知其所往。每念斯耻，汗未尝不发背沾衣也。身直为闺阁之臣❷，宁得自引深藏于岩穴邪？故且从俗浮沉，与时俯仰，以通其狂惑。今少卿乃教以推贤进士，无乃与仆私心刺谬❸乎？今虽欲自雕琢，曼辞以自饰，无益，于俗不信，适足取

辱耳。要之，死日然后是非乃定。书不能悉意，略陈固陋。谨再拜。

【注释】

①负下：担负着污辱之名。

②闺阁（gé）之臣：指宦官。

③刺（là）谬：违背。

【译文】

再说了，背负着奇耻大辱的人难以安身立命，地位低下之士常常遭受谤议。我因为进言罹祸，被乡党之徒嘲笑不已，使我的先人蒙羞，还有什么颜面再上父母的坟前拜祭？百代过后，这种耻辱也只会有增无减！我整日里忧愁满腹，在家里则迷迷糊糊，失魂落魄；在外则不知要前往何处。

每每回想起遭受的这种侮辱，总不免汗流浃背，湿透了衣裳。我已然形同宦官，又哪有资格隐居岩穴之中呢？姑且与世浮沉，随波逐浪，以求内心的狂惑得以通达。如今，少卿足下教导我推举贤德之士，不正与我个人的想法相逆吗？我即便修饰一新，用巧言替自己开脱，也于事无补，世人是不会相信的，我只能自取其辱罢了。人死之日方能盖棺论定。书信没能畅述心怀，仅仅粗略地陈说了我的愚见。再次向您致意。

汉书

作品介绍

《汉书》也称《前汉书》，记录了西汉一代的史事，是我国第一部纪传体断代史。作者班固（32—92），字孟坚，东汉扶风安陵（今陕西咸阳）人。班固去世时，《汉书》已大致完成，其妹班昭与马续完成了最后的『八表』与《天文志》，最终成书于汉和帝时期。

高帝求贤诏

【导读】

高帝即汉高祖刘邦，西汉开国皇帝，字季，沛（今江苏沛县）人。在位期间采取了恢复发展生产的措施。刘邦认识到人才对于巩固统治的重要意义，因此在称帝十一年（前196）发布了诏书，在全国范围内征求贤才。诏书先写古人用贤才成就功业，然后写自己用贤才平定天下，最后表示欲安定天下而急需求贤的诚意与急迫心情。

【原文】

盖闻王者莫高于周文[1]，伯[2]者莫高于齐桓[3]，皆待贤人而成名。今天下贤者智能[4]岂特古之人乎？患在人主不交故也，士奚[5]由进？

【注释】

①周文：周文王，姓姬，名昌，商纣王时为西伯。

②伯：通“霸”。

③齐桓：齐桓公，姓姜，名小白。

④智能：智谋与才能。

⑤奚：何，哪里。

【译文】

听说古代成就王业的没有谁能

超过周文王，成就霸业没有谁能超过齐桓公，他们都依靠贤人的辅佐成就功名。如果说到天下贤人的智慧和才能，难道只有古人才具备吗？只怕是君主不肯去结交他们，贤士从什么途径得到推荐呢？

【原文】

今吾以天之灵、贤士大夫定有天下，以为一家。欲其长久，世世奉宗庙亡绝也。贤人已与我共平之矣，而不与吾共安利之，可乎？贤士大夫有肯从我游❶者，吾能尊显之。布告天下，使明知朕意。御史大夫昌❷下相国，相国酂侯❸下诸侯王，御史中执法下郡守。

【注释】

①游：交游。此指共事。

②昌：周昌，汉高祖的功臣，曾任御史大夫，封汾阴侯。

③酂（cuó）侯：指萧何。

【译文】

现在我靠上天神灵和贤士大夫们平定了天下，统一全国成为一家。希望政权长久，世世代代延续，不断地奉祀宗庙。贤士已经和我共同平定天下了，而不和我共同治理天下，可以吗？贤士大夫们肯同我共事的，我能够使他地位尊贵、声名显赫。因此把诏令布告天下，让天下人明白我的意思。御史大夫周昌把诏书下达给相国酂侯，相国酂侯下达给各诸侯王，御史中丞下达给各郡太守。

【原文】

其有意称❶明德❷者，必身劝为之驾，遣诣相国府，署❸行、义、年。有而弗言，觉免❹。年老癃❺病，勿遣。

【注释】

①称：相符。

②明德：美德。

③署：题写。

④觉免：发觉后受免职处分。

⑤癃（lóng）：衰弱多病。

【译文】

如果有美名和美德相称的贤士，一定要亲自劝他出来，给他准备车马，送他到相国府，写下经历、状貌、年龄。如果有贤人而不举荐，一经发觉即予免职。年老而体弱多病的，不要送来。

文帝议佐百姓诏

【导读】

文帝即汉文帝刘恒，他是封建社会中一位比较能体察民间疾苦的皇帝。此诏令是汉文帝针对因水旱灾害造成的粮食短缺问题而发，分别从政府和百姓两方面反复设问，寻求症结所在，表达了关心民众疾苦的迫切心情。

【原文】

间❶者数年比❷不登❸，又有水、旱、疾、疫之灾，朕甚忧之。愚而不明，未达其咎。

【注释】

①间：近来。

②比：连续，频繁。

③登：庄稼成熟。

【译文】

近来连续几年庄稼歉收，又有水灾、旱灾、疾病、瘟疫等灾害，我非常担忧啊。我愚钝而不明智，不知道哪里出了问题。

【原文】

意者朕之政有所失而行有过与？乃天道有不顺，地利或不得，人事多失和，鬼神废不享与？何以致此？将百官之奉养或费，无用之事或多与？何其民食之寡乏也？夫度❶田非益寡，而计民未加益，以口量地，其于古犹有余，而食之甚不足者，其咎安在？无乃百姓之从事于末，以害农者蕃❷？为酒醪❸以靡❹谷者多，六畜之食焉者众与？

【注释】

①度：量，计算，此指丈量土地。

②蕃：繁多。

③醪（láo）：酒。

④靡（mí）：浪费。

【译文】

想来是我的政策有失误、行为上有过错吧？是天道有不顺，未能尽地利，人事不协调，鬼神遗弃我而不享用祭品吗？为什么会这样呢？养官的俸禄是不是太多了，没用的事是不是做得太多了？为什么百姓的粮食会匮乏呢？经过丈量，田地并不比以前更少；经过统计，百姓人口没有增加；按照人口来均分田地，那比古时还要多啊，但粮食却很匮乏，它的根源在哪里呢？难道是百姓中从事商业以致耽误农事的人多了？为酿酒浪费的粮食多了，还是六畜饲养太多以致吃了太多粮食呢？

【原文】

细大之义，吾未能得其中。其与丞相、列侯、吏二千石❶、博士❷议之，有可以佐百姓者，率意远思，无有所隐！

【注释】

①二千石：官员的俸禄。汉时内自九卿郎将，外至郡守，俸禄为二千石。

②博士：掌管书籍文献，通晓古今，为

当政者出谋划策的官员。

【译文】

大大小小的原因，我没能明白问题所在。所以要与丞相、列侯、俸禄二千石的官吏和博士们讨论这个问题，有可以帮助百姓的办法，用心大胆地广开思路，不要有所隐瞒！

景帝令二千石修职诏

【导读】

此诏是汉景帝为整顿吏治而发。诏令先指出饥寒的原因及其危害，接着发出民食缺少的设问，指出病根在于官吏，并就此下达了整顿吏治的命令，要求二千石的高级官员“各修其职”。

【原文】

雕文刻镂❶，伤农事者也；锦绣纂组❷，害女红❸者也。农事伤，则饥之本也；女红害，则寒之原也。夫饥寒并至，而能无为非者寡矣。

【注释】

①雕文刻镂：指在器物上雕刻文采。文：花纹。

②纂（zuǎn）组：赤色丝带。

③女红：女工，女子纺织、缝纫等事。

【译文】

在器物上雕镂花纹图形，是妨

害农业生产的事；编织精致华丽的丝带，是妨害妇女们纺织的事。农业生产受到损害，就是百姓饥饿的根源；妇女们纺织受到损害，就是百姓受冻的根源。饥、寒同时出现，而能不做坏事的人是很少的。

【原文】

朕亲耕，后亲桑，以奉宗庙粢盛❶祭服，为天下先。不受献，减太官，省繇赋❷，欲天下务农蚕，素有畜积，以备灾害。强毋攘❸弱，众毋暴寡，老耆❹以寿终，幼孤得遂长。

【注释】

①粢（zī）盛：古时盛在祭器内供祭祀

的谷物。

②繇赋：徭役、赋税。

③攘：夺取。

④耆：老。古时称六十岁为“耆”。

【译文】

我亲自耕种田地，皇后亲自种桑养蚕，为的是供给宗庙里的祭品和祭服，为天下百姓带头。我不接受进献的物品，减少膳食，减少百姓的徭役和赋税，是要天下百姓努力种田和养蚕，平时有所积蓄，用来防备灾荒。要使强大的不要侵犯弱小的，势众者不要欺负势单力薄的，使老人能长寿而终其天年，小孩孤儿们能顺利成长。

【原文】

今岁或不登，民食颇寡，其咎安在？或诈伪为吏，吏以货赂为市，渔夺百姓，侵牟❶万民。县丞，长吏也，奸法与盗盗，甚无谓也。其令二千石各修其职。不事官职、耗❷乱者，丞相以闻，请其罪。布告天下，使明知朕意。

【注释】

①侵牟：侵夺。牟：吃苗根的害虫，引申为侵夺。

②耗：通“眊（mào）”，不明。

【译文】

今年收成不好，百姓的口粮很少，原因在哪里呢？是不是有些奸诈虚伪的人担任了官职，官吏用财物作交易，掠夺百姓，侵害百姓？县丞，是众吏之长，他们借着执法的机会舞弊乱法，助盗为盗，这就完全违背了设长吏的本意。现在命令各地二千石官员们各自监察属下县丞的职责。如果俸禄二千石的官员不能恪尽职守，昏乱而不察下属徇私舞弊的情形，丞相把他们的情况报告给我，追究他们的罪责。把这道命令宣告天下，让大家明白我的意思。

上架建议：大众读物

ISBN 978-7-5746-0535-0

9 787574 605350 >

定价：60.00元（全4册）

小墨香书·传世美文

秦汉六朝作品（二）

纸贵满堂 编　朱宝荣 绘

湖南美术出版社
·长沙·

图书在版编目（CIP）数据
传世美文·秦汉六朝作品 / 纸贵满堂编；朱宝荣绘.
长沙：湖南美术出版社，2025.1.--（小墨香书）.
ISBN 978-7-5746-0535-0
Ⅰ. I212.01
中国国家版本馆CIP数据核字第20243E289Y号

小墨香书

传世美文·秦汉六朝作品

CHUANSHI MEIWEN · QIN-HAN LIUCHAO ZUOPIN

出 版 人：黄 啸
编　　者：纸贵满堂
绘　　者：朱宝荣
责任编辑：范 琳
装帧设计：刘 畅
出版发行：湖南美术出版社（长沙市东二环一段622号）
印　　刷：廊坊市颖新包装装潢有限公司
开　　本：787 mm × 1092 mm 1/96
印　　张：12
版　　次：2025年1月第1版
印　　次：2025年1月第1次印刷
定　　价：60.00元（全4册）

导读

《小墨香书·传世美文·秦汉六朝作品》以清代吴楚材、吴调侯编选的《古文观止》中秦汉六朝时期作品为底本，以散文作品为主体，择取人们耳熟能详的本历史阶段代表人物的经典作品，如李斯的《谏逐客书》，《史记》中的部分篇目，贾谊的《过秦论上》，晁错的《论贵粟疏》，司马相如的《上书谏猎》，王粲的《登楼赋》，诸葛亮的《前出师表》，陶渊明的《归去来辞》《桃花源记》等。

编者在每篇文章均设置了导读、原文、注释、译文四个板块，注释详尽，译文语言通俗易懂，没有文言文基础的古典文学爱好者都能读懂。

目录

李斯

作者简介

李斯（约前280—前208），字通古，楚国上蔡（今河南上蔡西南）人。秦朝时期政治家、文学家、书法家，曾官至左丞相。其所作《谏逐客书》是古代散文名篇，传世书迹有《泰山刻石》《琅邪台刻石》《会稽刻石》等，后人辑有《苍颉篇》七章。

谏逐客书

【导读】

战国末期，韩国派水工郑国到秦国，劝说秦王在泾阳西北开凿水渠（即郑国渠），引泾水入洛水，企图以此消耗秦国国力，使其无力对韩国用兵。后来此事被秦国察觉，宗室大臣提出驱逐六国客卿的主张。秦王政十年（前237），嬴政下令逐客，李斯也在被逐之列，他因此写下《谏逐客书》上书劝谏。嬴政幡然醒悟，取消了逐客令，李斯官复原职，后升为廷尉。

【原文】

秦宗室大臣皆言秦王❶曰:“诸侯人来事秦者,大抵为其主游间于秦耳,请一切逐客❷。”李斯议亦在逐中。

【注释】

①秦王:秦王嬴政。

②客:其他诸侯国在秦国做官的人。

【译文】

秦国的宗室大臣纷纷对秦王说:“从各诸侯国来为秦国效力的人,大多数都只是为他们的君主在秦国进行游说、离间罢了,请下令将这些人赶走。”李斯也在被驱逐的名单中。

【原文】

斯乃上书曰："臣闻吏议逐客，窃以为过矣！昔穆公[1]求士，西取由余[2]于戎[3]，东得百里奚[4]于宛[5]，迎蹇叔[6]于宋[7]，求丕豹[8]、公孙支[9]于晋。此五子者，不产于秦，而穆公用之，并国二十，遂霸西戎。

【注释】

①穆公：秦穆公。

②由余：春秋时晋国人，逃亡到西戎。戎王命他出使秦国，秦穆公见其贤能，招其归秦。秦穆公用由余的计谋称霸西戎。

③戎：古代称西方少数部族为戎。此指秦国西北部的西戎。

④百里奚：虞国大夫，晋灭虞时被俘，后作为晋献公女儿的陪嫁入秦。百里奚逃亡到楚国，被楚国抓住。秦穆公用五张黑公羊皮将其赎出，并任用为上大夫，故其被称为“五羖（gǔ，公羊）大夫”。

⑤宛（yuān）：今河南南阳。

⑥蹇（jiǎn）叔：百里奚的好友，住在宋国，经百里奚的推荐入秦，秦穆公委任他为上大夫。

⑦宋：诸侯国名，都城在商丘（今河南商丘睢阳区）。

⑧丕豹：晋国大夫丕郑的儿子。丕郑被晋惠公杀死后，丕豹投奔秦国，秦穆公用其为将，助秦攻晋。

⑨公孙支：字子桑，曾游历晋国，后返秦任大夫，成为秦穆公的谋臣。

【译文】

于是，李斯上书说："臣听说大臣们商议要驱逐客卿，臣认为这样做有失妥当。昔日秦穆公遍访贤能之人，由余是从西边戎地找来的，百里奚则是从东边宛地得来的，又把宋国的蹇叔迎来，从晋国请来丕豹、公孙支。这五人都不是秦国人，但是秦穆公对他们委以重任，在他们的辅佐下，吞并了二十个小国，称霸西戎。

【原文】

"孝公用商鞅❶之法，移风易

俗，民以殷盛，国以富强，百姓乐用，诸侯亲服，获楚、魏之师，举地千里，至今治强。

【注释】

①商鞅：战国时卫国人，姓公孙，名鞅，也称公孙鞅。商鞅初为魏相公叔痤的家臣，公叔痤死后入秦，辅佐秦孝公变法图强，任左庶长、大良造，因功封于商（今陕西商州东南）地，故称商君、商鞅。

【译文】

“秦孝公听从商鞅的建议，推行变法，变换旧的风俗，百姓因此生活富足，国家因此繁荣昌盛，老百姓乐于为国效力，诸侯纷纷俯首称臣。又

击败楚魏两国，占领了方圆千里的土地，到现在还统治牢固。

【原文】

“惠王用张仪❶之计，拔三川之地，西并巴、蜀，北收上郡，南取汉中，包九夷❷，制鄢❸、郢❹，东据成皋❺之险，割膏腴之壤，遂散六国之从，使之西面事秦，功施❻到今。

【注释】

①张仪：魏国人，秦惠王时数次担任秦相，主张“连横”，游说各国诸侯侍奉秦国，获封武信君。

②九夷：泛指当时楚国境内的少数部族。

③鄢（yān）：位于今湖北宜城南，春

秋时楚惠王曾在此建都。

④郢（yǐng）：楚国都城，位于今湖北江陵。

⑤成皋：今河南荥阳汜水镇西。

⑥施（yì）：蔓延，延续。

【译文】

“秦惠王采纳张仪的计策，攻取了河南西北一带，向西吞并巴蜀，北上占领上郡，南下获取汉中，囊括九夷之地，控制鄢、郢二城，东面占据雄关要塞，割取肥美的土地，终于成功击散合纵六国，使他们直到现在仍向西臣服于秦国。

【原文】

"昭王得范雎❶，废穰侯❷，逐华阳❸，强公室，杜私门，蚕食诸侯，使秦成帝业。此四君者，皆以客之功。由此观之，客何负于秦哉！向使❹四君却客而不内，疏士而不用，是使国无富利之实，而秦无强大之名也。

【注释】

①范雎（jū）：字叔，魏国人，入秦后改名张禄，被秦昭王任为秦相。范雎对内力主废除外戚专权，对外采取远交近攻的策略，使秦国不断蚕食周边诸侯国的土地。

②穰（rǎng）侯：魏冉，秦昭王母宣太

后的异父弟，曾担任秦相，主政秦国三十多年，受封于穰（今河南邓州），故称穰侯。

③华阳：华阳君芈（mǐ）戎，楚昭王母宣太后的同父弟，曾与魏冉同掌国政，受封于华阳（今河南新郑北），故称华阳君。

④向使：假使。

【译文】

“秦昭王得到范雎的辅佐后，废除了穰侯，将华阳君扫地出门，增强皇室的势力，杜绝权贵的垄断局面，蚕吃桑叶般渐渐吞并诸侯的土地，使秦统一天下，成就帝王之业。这四位先王的帝业都有客卿的汗马功劳。

这样看来，客卿们又哪里辜负了秦国呢！倘若四位先王拒客卿于门外，疏离他们而不加以重用，秦国就不会有富足之实，也不会有强大之名了。

【原文】

“今陛下致[1]昆山之玉，有随、和之宝[2]，垂明月之珠，服太阿之剑[3]，乘纤离[4]之马，建翠凤之旗[5]，树灵鼍之鼓[6]。此数宝者，秦不生一焉，而陛下说之，何也？

【注释】

①致：收罗。

②随、和之宝：随侯珠、和氏璧。

③太阿（ē）之剑：太阿剑，相传为春秋

著名工匠欧冶子、干将所铸。

④纤离：骏马名。

⑤翠凤之旗：用翠羽制成的凤形旗饰。

⑥灵鼍（tuó）之鼓：用鼍（扬子鳄）皮制成的鼓。

【译文】

“现如今陛下网罗昆山美玉，收藏随侯珠宝、和氏璧玉，挂着明月珠，佩上太阿剑，跨上纤离马，摇着翠凤旗，敲响灵鼍鼓。这些宝物，没有一样产自秦国，但是陛下照样喜爱，为什么呢？

【原文】

“必秦国之所生然后可，则是

夜光之璧不饰朝廷，犀象之器❶不为玩好，郑、魏之女不充后宫，而骏马駃騠❷不实外厩，江南金锡不为用，西蜀丹青不为采。

【注释】

①犀象之器：用犀牛角和象牙制作的器具。

②駃（jué）騠（tí）：骏马名。

【译文】

“如果非要产自秦国的才可以用的话，那夜光璧玉便不能再装饰朝廷，犀角、象牙做的雕饰便不能再为您赏玩，后宫将再也寻觅不到郑魏两国女子的身影，马厩里将再也找不到駃騠这样的良马，江南的金锡不能用作器具，西蜀的丹青也不应该被用作颜料。

【原文】

“所以饰后宫、充下陈、娱心意、说耳目者，必出于秦然后可，则是宛珠❶之簪、傅玑之珥❷、阿缟❸之衣、锦绣之饰，不进于前，而随俗雅化、佳冶窈窕赵女不立于侧也。

【注释】

①宛珠：宛地出产的珍珠。

②傅玑之珥（ěr）：镶着小珠子的耳环。傅：附着，镶嵌。玑：不圆的珠子。此处泛指珠子。珥：耳饰。

③阿缟（gǎo）：齐国东阿产的白绢。

缟：没有经过染色的绢。

【译文】

“所有装点宫殿、充实后宫、娱情赏怀、悦人耳目的东西如果都被要求是产自秦国才可以的话，那些用宛地珍珠装点的簪子、镶着珠子的耳环、东阿丝织的衣物、刺绣的装饰都不会供奉于陛下眼前，那些打扮入时、姿态优雅、艳丽窈窕的赵国女子就不能在您身边侍奉。

【原文】

“夫击瓮❶叩缶❷、弹筝搏髀❸，而歌呼呜呜、快耳目者，真秦之声也；郑、卫、桑间❹，《韶》《虞》❺

《武》《象》❻者，异国之乐也。今弃击瓮而就郑卫，退弹筝而取《韶》《虞》，若是者何也？快意当前，适观而已矣。今取人则不然，不问可否，不论曲直，非秦者去，为客者逐。然则是所重者在乎色、乐、珠、玉，而所轻者在乎人民也。此非所以跨❼海内、制诸侯之术也！

【注释】

①瓮（wèng）：盛水的陶制容器。

②缶（fǒu）：一种口小腹大的陶器。

③搏髀（bì）：拍打大腿，此指拍着大腿打拍子。髀：大腿。

④桑间：卫国濮水边上的地名，位于今河南濮阳南。此指桑间的音乐，

即淫靡之音。

⑤《韶》《虞》：相传为歌颂虞舜的音乐。

⑥《武》《象》：周初的乐舞。

⑦跨：占据。

【译文】

“那些敲打坛坛罐罐，拍着大腿弹筝而歌，呜呜呀呀娱人耳目的确实是秦国的音乐。郑卫的民间音乐，《韶》《虞》《武》《象》等，则是别国的乐曲了。如今陛下弃瓮不听，转而去赏郑卫之乐，不听弹筝之音，而就《韶》《虞》之乐，又是为何？只是因为这些乐曲能够给人带来快乐，赏人耳目罢了。如今陛下用人却不这样，只要不是秦国人，不管可不可用，不论是非曲直，一概加以驱逐。这样看来，陛下对声色珍宝的重视要甚于对人才的重视了。这可不是用来巩固天下、臣服诸侯的治国之略啊！

【原文】

“臣闻地广者粟多，国大者人众，兵强则士勇。是以泰山不让❶土壤，故能成其大；河海不择细流，故能就其深；王者不却❷众庶，故能明其德。是以地无四方，民无异国，四时充美，鬼神降福，此五帝、三王之所以无敌也。今乃弃黔首以资敌国，却宾客以业诸侯，使天下之士

退而不敢向西，裹足不入秦，此所谓‘藉❸寇兵而赍❹盗粮’者也。

【注释】

①让：辞让，拒绝。

②却：推却，拒绝。

③藉：借。

④赍（jī）：赠送。

【译文】

“我听说土地辽阔则物产丰富，国力强大则人口众多，军队强盛则士兵勇猛。正是因为泰山不排斥泥土，才能成就其巍峨；黄河、大海不捐弃细流，才变得如此深广；成就帝业的人不离弃百姓之流，才能够昭示自己的盛德。所以，土地不分东南西北，民众不分本国异国，四季丰盈，鬼神赐福，这是三王五帝无敌于天下的缘由。现在，您打算离弃百姓，让他们去投奔别国，驱逐客卿，让他们去辅佐诸侯，使天下的士人不敢西向而进，停止前往秦国效力的步伐，这正是‘给流寇之徒以武器，给鸡鸣狗盗之辈以粮食’啊！

【原文】

“夫物不产于秦，可宝者多；士不产于秦，而愿忠者众。今逐客以资敌国，损民以益仇，内自虚而外树怨于诸侯❶，求国之无危，不可得也。”

秦王乃除逐客之令，复李斯官。

【注释】

①外树怨于诸侯：指宾客被驱逐，必定投奔其他诸侯国，等于秦王自己在外部树立了众多仇敌。

【译文】

“不是产自秦国的东西，堪作宝物的很多；不是生于秦国的人，愿意效力的也不少。如今，驱逐客卿使其帮助敌国，减少百姓使仇人的力量增强，使国家空虚而在外部又树立了众多仇敌，如此做法还想要保证国家的安稳，是不可能的。”

于是秦王废除了逐客令，李斯的官职也得以恢复。

楚辞

作品介绍

《楚辞》是《诗经》之后的又一部诗歌总集，西汉刘向所辑，收录了战国时楚人屈原、宋玉及汉代一些作家的辞赋，以屈原的作品为主。这些辞赋的题材、形式、语言、风格都具有浓厚的楚地色彩，句中、句末多用『兮』字调节韵律，句式参差不齐。

卜居

【导读】

《卜居》是《楚辞》中的一篇文章，相传为屈原所作。全文以屈原问卜开篇，以郑詹尹“释策而谢”的答语收结，中间以连珠式对立设问的语句贯穿。文章表现了当时社会的黑暗腐败，反映了屈原的愤慨和不满，歌颂了他坚持真理、不愿同流合污的斗争精神。

【原文】

屈原既放❶,三年不得复见❷。竭知尽忠,而蔽障❸于谗。心烦虑乱,不知所从。乃往见太卜❹郑詹尹曰:“余有所疑,愿因先生决之。”詹尹乃端策拂龟曰:“君将何以教之?”

【注释】

①放:放逐。

②复见:指再见到楚王。

③蔽障:遮蔽、阻挡。

④太卜:掌管卜筮的官员。

【译文】

屈原被放逐后,三年不能和楚王相见。他竭尽智慧为国家效忠,却被

人用谗言谤语将他和楚王阻隔。他心烦意乱，不知该到哪里去。于是去见太卜郑詹尹问卜说：“我对有些事感到疑惑，希望依据您的占卜帮助我决断。”郑詹尹就摆正蓍草、拂去龟甲上的灰尘，问道：“先生有什么见教呢？”

【原文】

屈原曰：“吾宁悃悃款款❶，朴以忠乎，将送往劳来，斯无穷乎？宁诛锄草茅以力耕乎，将游大人以成名乎？宁正言不讳以危身乎，将从俗富贵以偷生乎？宁超然高举以保真乎，将呢訾❷栗斯❸，喔咿嚅

呢❹，以事妇人❺乎？

【注释】

①悃（kǔn）悃款款：诚实忠信的样子。

②哫（zú）訾（zǐ）：阿谀奉承的样子。

③栗斯：小心献媚的样子。

④喔咿嚅唲（ér）：强颜欢笑的样子。

⑤妇人：此指楚怀王的宠姬郑袖。

【译文】

屈原说："我是诚恳朴实、忠心耿耿呢，还是四处周旋，巧于逢迎而摆脱困境呢？是垦荒锄草、勤劳耕作呢，还是交游权贵，谋取名声呢？是毫无隐讳地直言为自己招祸呢，还是同流合污，贪图富贵而苟且偷生呢？是超脱尘俗、卓尔不群，保持正直操守呢，还是阿谀逢迎，强颜欢笑以侍奉楚怀王的宠姬呢？

【原文】

“宁廉洁正直以自清乎，将突梯滑稽❶、如脂如韦❷，以絜楹❸乎？宁昂昂若千里之驹乎，将泛泛若水中之凫❹乎，与波上下，偷以全吾躯乎？宁与骐骥亢轭❺乎，将随驽马之迹乎？宁与黄鹄❻比翼乎，将与鸡鹜❼争食乎？

【注释】

①突梯滑稽：圆滑的样子。

②如脂如韦：像油脂一样光滑，像熟牛皮一样柔软，善于适应环境。

③絜（xié）楹：柔顺滑溜。比喻谄谀的态度。

④凫（fú）：水鸟，即野鸭。

⑤亢轭（è）：并驾而行。亢：同“伉”，对等，并列。轭：驾车时套在牲口脖子上的曲木。

⑥黄鹄（hú）：天鹅。

⑦鹜（wù）：鸭子。

【译文】

“是廉洁正直、洁身自好呢，还是圆滑谄媚、毫无骨气、做个吹牛拍马的小人呢？是像气概轩昂的千里马呢，还是像浮游的野鸭随波逐流，苟且偷生以保全性命呢？是与骏马并驾齐驱呢，还是跟随在劣马的后边呢？

是与天鹅比翼高飞呢，还是同鸡鸭在地上争夺食物呢？

【原文】

“此孰吉孰凶，何去何从？世溷浊❶而不清，蝉翼为重，千钧为轻；黄钟❷毁弃，瓦釜雷鸣❸；谗人高张❹，贤士无名。吁嗟默默兮，谁知吾之廉贞？”

【注释】

①溷（hùn）浊：肮脏、污浊。

②黄钟：乐器名。此处比喻有才能的人。

③瓦釜（fǔ）雷鸣：比喻无才无德的人占据高位，显赫一时。瓦釜：陶制的器具。

④高张：居高位而嚣张跋扈。

【译文】

“上述种种，哪个是吉利哪个是凶险，哪个该舍弃哪个该遵从？现在的世道混浊不清，把薄薄的蝉翼说成重的，将千钧的重物说成是轻的。黄铜的编钟毁弃不用，却将泥土烧制的瓦釜陶罐敲打得如同雷鸣。谗佞小人飞黄腾达、嚣张跋扈，贤明之士则无声无息。唉，有什么可说的呢，谁能知道我廉洁忠贞？”

【原文】

詹尹乃释策而谢❶曰：“夫尺有所短，寸有所长；物有所不足，智

有所不明；数有所不逮❷，神有所不通。用君之心，行君之意。龟策诚不能知此事。”

【注释】

①谢：推辞。

②逮：及，到。

【译文】

郑詹尹于是放下蓍草，向屈原推辞说：“尺比寸长但也有短处，寸比尺短却也有它的长处；世间万物都有不足的地方，人的智慧也有它的局限；术数有占卜不到的事情，天神有时也不灵验。您还是按照自己的本心去做符合你心意的事吧。我的龟壳蓍草实在无法知道这些事啊！”

宋玉对楚王问

【导读】

宋玉，战国后期楚国辞赋家，相传为屈原的弟子。本文记叙的是宋玉对楚王责难的自我辩解。文章通过楚王听信谗言，责问宋玉之“遗行”，宋玉巧妙设喻进行答辩，表现了宋玉超然独处、不同流俗的孤芳自赏的情怀，反映了楚顷襄王时宗室专权、嫉害贤能的黑暗现实。

【原文】

楚襄王问于宋玉曰："先生其有遗行❶与？何士民众庶不誉❷之甚也？"

【注释】

①遗行：不检点的品行。

②誉：称誉，赞美。

【译文】

楚襄王问宋玉说："先生大概有不检点的行为吧？为什么士人百姓都对你非议得如此厉害呢？"

【原文】

宋玉对曰："唯❶，然，有之。愿大王宽其罪，使得毕其辞。客❷

有歌于郢中者，其始曰《下里》《巴人》❸，国中属❹而和者数千人。其为《阳阿》《薤露》❺，国中属而和者数百人。其为《阳春》《白雪》❻，国中属而和者不过数十人。引商刻羽，杂以流徵❼，国中属而和者不过数人而已。是其曲弥高，其和弥寡。

【注释】

①唯：恭谨答应的意思，相当于“是”“嗯”等。

②客：外来的人。

③《下里》《巴人》：楚国通俗的民间乐曲。

④属（zhǔ）：连接，跟着。

⑤《阳阿》《薤（xiè）露》：楚国比较高雅的乐曲。

⑥《阳春》《白雪》：楚国高雅的歌曲。

⑦引商刻羽，杂以流徵（zhǐ）：古代音乐有宫、商、角、徵、羽五个音级，后又增加了变徵、变宫两个音级。此处用音级的复杂变化来形容音乐技巧的高超。

【译文】

宋玉回答说："是的，的确如此，有这种情况。希望大王宽恕我的罪过，允许我把话说完。有个客人在郢都唱歌，起初他唱《下里》《巴人》，城里跟着他唱的有数千人。后来他唱《阳阿》《薤露》，城里跟着他唱的有数百人。等到他唱《阳春》《白雪》的时候，城里跟着他唱的不过数十人。最后当他一会儿高唱商音，一会儿低唱羽音，夹杂运用流动的徵音时，城里跟着他应和的不过几个人罢了。这样看来，他唱的乐曲越高雅，应和的人也就越少。

【原文】

“故鸟有凤而鱼有鲲❶。凤凰上击九千里，绝云霓❷，负苍天，足乱浮云，翱翔乎杳冥❸之上。夫藩篱❹之鷃❺，岂能与之料天地之高哉？

【注释】

①鲲（kūn）：古代传说中的一种大鱼。

②云霓：高空中的云与虹。

③杳（yǎo）冥：极远的地方。

④藩篱：篱笆。

⑤鷃（yàn）：一种小鸟。

【译文】

“所以鸟中有凤凰，鱼中有鲲鱼。凤凰拍打双翅飞上九千里，穿越云霓，背负青天，两只脚搅乱浮云，翱翔在那高远的天空。那在篱笆间跳跃的小鷃雀，怎能够和它一样了解天地的高大呢？

【原文】

“鲲鱼朝发昆仑之墟，暴鬐❶于碣石❷，暮宿于孟诸❸。夫尺泽

之鲵[4]，岂能与之量江海之大哉？

【注释】

①鬐（qí）：鱼脊。

②碣（jié）石：渤海边上的一座山，位于今河北昌黎北。

③孟诸：古代大泽名，位于今河南商丘东北。

④鲵（ní）：一种小鱼。

【译文】

“鲲鱼早上从昆仑山脚出发，白天在渤海边的碣石山上晒脊背，晚上在孟诸过夜。那一尺来深水塘里的小鲵鱼，怎能够和它一样测知江海的深广呢？

【原文】

“故非独鸟有凤而鱼有鲲也，士亦有之。夫圣人瑰意琦行❶，超然独处，世俗之民，又安知臣之所为哉？”

【注释】

①瑰意琦（qí）行：卓越的思想、不平凡的行为。琦：卓异。

【译文】

“所以不光是鸟类中有凤凰，鱼类中有鲲鱼，士人之中也有杰出人才。圣人有卓异的思想和美好的操行，超出了常人，那些平庸的俗人又怎能了解我的作为呢？”

史记

作品介绍

《史记》原名《太史公书》，是我国第一部纪传体通史，记载了从传说中的黄帝到汉武帝太初年间三千多年的史事，全面而深刻地反映了我国古代的社会面貌，被鲁迅先生赞誉为『史家之绝唱，无韵之《离骚》』。

五帝本纪赞

【导读】

本篇是《史记》开篇《五帝本纪》末尾的赞语，类似于现在的评论，是司马迁首创，后世史书多有沿用。本篇赞语主要讲述了写作《本纪》的史料来源以及作者的见解。

【原文】

太史公❶曰：学者多称五帝，尚矣。然《尚书》独载尧以来，而百家言黄帝，其文不雅❷驯❸，荐绅❹

先生难言之。孔子所传《宰予问五帝德》及《帝系姓》，儒者或不传。

【注释】

①太史公：司马迁的自称，司马迁曾任太史令。

②雅：正确、合乎规范。

③驯：通“训”，规范。

④荐绅：通“搢绅”，也作“缙绅”，古代高级官员的装束，即在腰带里插上上朝时用的笏板，此处代指有身份地位的人。绅：腰带。

【译文】

太史公说：学者们多称赞五帝，但五帝的时代距离我们已经很久远了。《尚书》中只记载了唐尧以后的部分历史；诸子百家们对黄帝的论述，文字不够正确规范，士大夫们也很难讲明白。孔子所传下来的《宰予问五帝德》以及《帝系姓》，儒家中有的并不传习。

【原文】

余尝西至空峒❶，北过涿鹿❷，东渐❸于海，南浮❹江淮矣，至长老皆各往往称黄帝、尧、舜之处，风教固殊焉，总之，不离古文者近是。

【注释】

①空峒：崆峒山，位于今甘肃平凉西。

②涿鹿：涿鹿山，位于今河北涿鹿东南。

③渐：入，到。

④浮：乘船而行。

【译文】

我曾经向西到过空峒，向北到过涿鹿，向东到过大海，向南到过长江、淮水，在那些年长者常常称颂黄帝、尧、舜事迹的地方，风俗教化也都各不相同，总的来说，我认为那些和古文记载较为符合的传说，应当比较接近事实。

【原文】

予观《春秋》《国语》，其发明❶《五帝德》《帝系姓》章❷矣，顾弟❸弗深考，其所表见皆不虚。《书》缺有间矣，其轶❹乃时时见于

他说。非好学深思，心知其意，固难为浅见寡闻道也。余并论次，择其言尤雅者，故著为本纪书首。

【注释】

①发明：阐发。

②章：同“彰”，明白，显著。

③弟：同“第”，但。

④轶：通“佚”，散失。

【译文】

我读《春秋》《国语》，其中阐发《五帝德》《帝系姓》很是明白，只是缺乏深入的考证，不过其中的记述也并非没有根据。《尚书》中的记载有缺漏，它所散失的记载常常在其他著作中被发现。假如不是好学深思、知道其中深意的人，很难向那些见识浅薄、孤陋寡闻的人讲清楚。我把关于五帝的资料综合编次，选择其中准确规范的记载，写成《五帝本纪》，置于全书首章。

项羽本纪

【导读】

《项羽本纪》是《史记》中文学色彩最浓厚的篇章。作者通过叙述秦末农民大起义和楚汉之争的宏阔历史场面，生动而又深刻地描述了项羽的一生。项羽是司马迁笔下最生动、最豪迈的悲剧英雄，其在战场上建立了不朽的功勋，在与刘邦的政治较量中却走向了失败。但是，项羽作为反秦英雄，其历史功勋不可磨灭。本文节选至鸿门宴部分。

【原文】

项籍者，下相❶人也，字羽。初起时，年二十四。其季父❷项梁，梁父即楚将项燕，为秦将王翦所戮者也。项氏世世为楚将，封于项❸，故姓项氏。

【注释】

①下相：秦县名，位于今江苏宿迁西南。

②季父：小叔父。

③项：秦县名，位于今河南沈丘南

【译文】

项籍，是下相人，字羽。刚开始兴兵的时候，他二十四岁。项籍的叔父是项梁，项梁的父亲是项燕，项燕被秦将王翦所杀。项氏世世代代都是楚国的大将，被封在项地，因此以项为姓氏。

【原文】

项籍少时，学书❶不成，去，学剑，又不成。项梁怒之。籍曰："书足以记名姓而已；剑一人敌，不足学。学万人敌❷。"于是项梁乃教籍兵法，籍大喜，略知其意，又不肯

竟学。项梁尝有栎阳逮，乃请蕲狱掾曹咎书，抵栎阳狱掾司马欣，以故事得已。项梁杀人，与籍避仇于吴❸中。吴中贤士大夫皆出项梁下。每吴中有大繇役及丧，项梁常为主办，阴以兵法部勒宾客及子弟，以是知其能。秦始皇帝游会稽，渡浙江❹，梁与籍俱观。籍曰："彼可取而代也。"梁掩其口，曰："毋妄言，族矣！"梁以此奇籍。籍长八尺余，力能扛鼎❺，才气过人，虽吴中子弟皆已惮❻籍矣。

【注释】

①学书：学习认字、写字。

②万人敌：此指兵法。

③吴：今江苏苏州。

④浙江：此指今浙江省的钱塘江。

⑤扛鼎：举鼎。

⑥惮（dàn）：畏惧。

【译文】

项籍小的时候曾学习读书写字，但尚未学成就放弃了；后来学习剑术，又是学无所成。项梁很生他的气。项籍却说："写字，能够记下姓名就行；剑术，只能打败一个人，不值得学。我要学习能打败万人的本事。"于是项梁就教项籍兵法，项籍非常高兴，可是刚刚懂得了一点儿兵法大意，又不肯学了。项梁曾经因罪案受牵连，被栎阳县逮捕入狱，他就

请蕲县狱掾曹咎写了说情信给栎阳狱掾司马欣，事情才得以了结。后来项梁又杀了人，为了躲避仇人，他和项籍一起逃到吴中郡。吴中郡有才能的士大夫，本事都比不上项梁。每当吴中郡有大规模的徭役或大的丧葬事宜时，项梁经常做主办人，并暗中用兵法部署组织宾客和青年，借此来了解他们的才能。秦始皇游览会稽郡渡钱塘江时，项梁和项籍一块儿去观看。项籍说："我可以取代那个人！"项梁急忙捂住他的嘴，说："不要胡说八道，要满门抄斩的！"因为这件事，项梁感到项籍非比寻常。项籍身高八尺有余，力气大得能举动巨鼎，才气远远超过普通人，吴中的年轻人都很畏惧他。

【原文】

秦二世元年❶七月，陈涉等起大泽❷中。其九月，会稽守通❸谓梁曰："江西皆反，此亦天亡秦之时也。吾闻先即制人，后则为人所制。吾欲发兵，使公及桓楚将。"是时桓楚亡在泽中。梁曰："桓楚亡，人莫知其处，独籍知之耳。"梁乃出，诫籍持剑居外待。梁复入，与守坐，曰："请召籍，使受命召桓楚。"守曰："诺。"梁召籍入。

【注释】

①秦二世元年：公元前209年。

②大泽：大泽乡，当时属蕲县，位于今安徽宿州埇桥区东南。

③会稽守通：会稽郡的郡守殷通。

【译文】

秦二世元年七月，陈涉等人在大泽乡聚众起义。同年九月，会稽郡守殷通对项梁说："大江以西全都造反了，这也是上天要灭亡秦朝的时候啊。听说做事情抢占先机就能控制别人，落后一步就要被别人操控。我打算起兵反秦，让您和桓楚做大将统领军队。"当时桓楚正逃亡在沼泽之地。项梁说："桓楚逃跑了，别人都不知道他在哪，只有项籍知道。”于是项梁出去嘱咐项羽持剑在外面等候，然后又进来跟郡守殷通一起坐下，说：“请让我把项籍叫进来，让他奉命去召桓楚。”郡守说：“好吧！”项梁就把项籍叫进来了。

【原文】

须臾，梁眴❶籍曰：“可行矣！”于是籍遂拔剑斩守头。项梁持守头，佩其印绶。门下大惊，扰乱，籍所击杀数十百人。一府中皆慑伏，莫敢起。

【注释】

①眴（shùn）：使眼色。

【译文】

待了不大一会儿，项梁给项籍使了个眼色，说："可以行动了！"于是项籍拔出剑来斩下了郡守的头。项梁手里提着郡守的头，身上挂了郡守的官印。郡守的部下大为惊慌，一片混乱，项籍一连杀了数十百人。整个郡府上下都吓得趴倒在地，没有一个人敢起来。

【原文】

梁乃召故所知豪吏，谕以所为起大事，遂举吴中兵。使人收下县❶，得精兵八千人。梁部署吴中豪杰为校尉、候、司马。有一人不

得用，自言于梁。梁曰："前时某丧使公主某事，不能办，以此不任用公。"众乃皆伏。于是梁为会稽守，籍为裨将②，徇③下县。

【注释】

①下县：会稽郡的下属各县。

②裨（pí）将：副将、偏将。

③徇：巡行。

【译文】

项梁召集原先所熟悉的豪强官吏，向他们说明反秦的缘由，于是就发动吴中之兵起事了。项梁派人去接收吴中郡下属各县，共得精兵八千人。又部署郡中豪杰，派他们分别做校尉、军候、司马。其中有一个人没有被任用，来找项梁自荐。项梁说："前些日子某家办丧事，我让你去做一件事，你没有办成，所以不能任用你。"众人听了都很敬服。于是项梁做了会稽郡守，项籍为副将，巡行占领了下属各县。

【原文】

广陵❶人召平于是为陈王徇广陵，未能下。闻陈王败走，秦兵又且至，乃渡江矫❷陈王命，拜梁为楚王上柱国。曰："江东已定，急引兵西击秦。"项梁乃以八千人渡江而西。闻陈婴已下东阳❸，使使欲与连和俱西。

【注释】

①广陵：今江苏扬州。

②矫：假托，诈称。

③东阳：今江苏盱眙东南。

【译文】

这时候，广陵人召平为陈王去巡行占领广陵，但没有攻下来。召平听说陈王兵败逃走，秦兵又马上要到了，就渡过长江假托陈王的命令，拜项梁为上柱国。召平说："江东之地已经平定，应赶快带兵向西进发去攻打秦国。"于是项梁带领八千人渡过长江向西进军。听说陈婴已经占据了东阳，项梁就派使者去东阳，想要同陈婴合兵西进。

【原文】

陈婴者，故东阳令史❶，居县中，素信谨，称为长者❷。东阳少年杀其令，相聚数千人，欲置长，无适用，乃请陈婴。婴谢不能，遂强立婴为长，县中从者得二万人。少年欲立婴便为王，异军苍头特起。

【注释】

①令史：县令手下的小吏。

②长者：厚道人。

【译文】

陈婴，原先是东阳县的令史，在县中一向诚实谨慎，人们都称赞他是忠厚老实的人。东阳县的一些年轻人杀了县令，聚集起数千人，想推举出一位首领，没有找到合适的人选，就来请陈婴。陈婴推辞说自己没有能力，他们就强行让陈婴当了首领，县中追随的人有两万之多。那帮年轻人想索性立陈婴为王，为了与其他军队区别开来，就用青巾裹头，以此表示是新兴起事的一支义军。

【原文】

陈婴母谓婴曰："自我为汝家妇，未尝闻汝先古之有贵者。今暴得大名❶，不祥。不如有所属，事成犹得封侯，事败易以亡，非世所指名也。"婴乃不敢为王。谓其军吏曰："项氏世世将家，有名于楚。今欲举

大事，将非其人不可。我倚名族，亡秦必矣。"于是众从其言，以兵属项梁。项梁渡淮，黥布❷、蒲将军亦以兵属焉。凡六七万人，军下邳❸。

【注释】

①大名：指称帝称王。

②黥（qíng）布：也叫英布，项羽的得力将领，后背叛项羽，投降刘邦。

③下邳：今江苏邳州。

【译文】

陈婴的母亲对陈婴说："自从我做了你们陈家的媳妇，还从没听说你们陈家祖上有显贵之人，如今你突然有了这么大的名声，恐怕不是吉祥的征兆。依我看，不如去归属谁，起事成功还可以封侯，起事失败也容易逃脱，因为那样你就不是为世所注目的人了。”陈婴听了母亲的话，没敢做王。他对军吏们说：“项氏世世代代做大将，在楚国是名门。现在我们要起义成大事，那就非得项家的人不可。我们依靠了名门大族，必能灭秦。”于是众人听从了他的话，随他归服了项梁。项梁又渡过淮河向北进发，黥布、蒲将军也率部队归顺于项梁。这样，项梁总共有了六七万兵众，驻扎在下邳这个地方。

【原文】

当是时，秦嘉已立景驹为楚王，军彭城❶东，欲距项梁。项梁

谓军吏曰:“陈王先首事,战不利,未闻所在。今秦嘉倍❷陈王而立景驹,逆无道。”乃进兵击秦嘉。秦嘉军败走,追之至胡陵❸。嘉还战一日,嘉死,军降。景驹走死梁地❹。

【注释】

①彭城:今江苏徐州。

②倍:通“背”,背叛。

③胡陵:今山东鱼台东南。

④梁地:今河南东部一带。

【译文】

这时,秦嘉已经立景驹当了楚王,驻扎在彭城以东,意图阻挡项梁西进。项梁对将士们说:“陈王最先起义,但战斗并不顺利,如今不知道在哪里。现在秦嘉背叛陈王却拥立景驹为楚王，这是大逆不道的。”于是他进军攻打秦嘉。秦嘉部众战败逃跑，项梁率兵一直追到胡陵。秦嘉又掉过头来与项梁激战了一天，秦嘉战死，部队投降。景驹逃到梁地，最后死在那里。

【原文】

项梁已并秦嘉军，军胡陵，将引军而西。章邯❶军至栗，项梁使别将朱鸡石、余樊君与战，余樊君死，朱鸡石军败，亡走胡陵。项梁乃引兵入薛❷，诛鸡石。

【注释】

①章邯：字少荣，秦朝将领，时任少府。

②薛：今山东滕州东南。

【译文】

项梁接收了秦嘉的部队，驻扎在胡陵，准备率军西进攻秦。秦将章邯率军到达栗县，项梁派别将朱鸡石、余樊君去迎战章邯，结果余樊君战死，朱鸡石战败，逃回胡陵。于是项梁率领部队攻入薛县，杀了朱鸡石。

【原文】

项梁前使项羽别攻襄城❶，襄城坚守不下。已拔❷，皆坑❸之。还报项梁。项梁闻陈王定死，召诸别将会薛计事。此时沛公❹亦起沛往焉。

【注释】

①襄城：今河南襄城。

②拔：攻破城池。

③坑：活埋。

④沛公：刘邦。刘邦起兵反秦，因最先攻下沛县（今江苏沛县），并担任沛县县令，故称。

【译文】

在此之前，项梁另外派项羽去攻打襄城，襄城兵众坚守阵地死不投降。项籍攻下襄城之后，就把那里的军民全部活埋了，然后回来向项梁汇报战果。项梁听说陈王确实已死，就召集各路起义别将来薛县聚会，共议大事。这时，沛公也在沛县起兵，应召前往薛县参加了聚会。

【原文】

居鄛❶人范增，年七十，素居家，好奇计，往说项梁曰："陈胜败固当。夫秦灭六国，楚最无罪。自怀王入秦不反，楚人怜之至今。故楚南公曰'楚虽三户，亡秦必楚'也。今陈胜首事，不立楚后而自立，其势不长。今君起江东，楚蜂午❷之将皆争附君者，以君世世楚将，为能复立楚之后也。"

【注释】

①居鄛（cháo）：今安徽桐城南。

②蜂午：蜂拥而起。

【译文】

居鄛人范增，七十岁了，一向隐居在家不愿出来做官，但喜好琢磨奇谋诡计，他前来游说项梁说："陈胜本来就应该失败。秦灭六国，楚国最无辜。当初楚怀王被骗到秦国没有返回，至今楚国人还在同情他。所以楚国的南公说'即便楚国人少，但灭亡秦国的一定是楚国人'。如今陈胜起义，不拥立楚国的后代却自立为王，势运一定不会长久。现在您在江东起事，楚国有那么多将士如众蜂飞起，争着归附您，就是因为项氏世世代代做过楚国大将，一定能再次扶立楚国后代为王。"

【原文】

于是项梁然其言，乃求楚怀王孙心❶民间，为人牧羊，立以为楚怀王，从民所望也。陈婴为楚上柱国，封五县，与怀王都盱台❷。项梁自号为武信君。

【注释】

①楚怀王孙心：客死于秦国的楚怀王的孙子，名熊心。

②盱台：同"盱（xū）眙（yí）"，今江苏盱眙东北。

【译文】

项梁认为范增的话很有道理，就到民间寻找楚怀王的嫡孙熊心，这时熊心正在给人家放羊，项梁找到他以后，袭用他祖父的谥号拥立他为楚怀王，这是为了顺应楚国民众的愿望。陈婴做楚国的上柱国，封给他五个县，辅佐怀王建都盱台。项梁自己号称武信君。

【原文】

居数月，引兵攻亢父❶，与齐田荣、司马龙且军救东阿，大破秦军于东阿。田荣即引兵归，逐其王假❷。假亡走楚。假相田角亡走赵。角弟田间故齐将，居赵不敢归。田荣立田儋子市为齐王。

【注释】

①亢父：今山东济宁南。

②逐其王假：田儋被杀后，田荣败守东阿，齐人又立了齐王田建之弟田假为王，以田角为相，田间为将。田荣驱逐了田假，另立田儋之子田市（fú）为王，自为齐相。

【译文】

过了几个月，项梁率兵去攻打亢父，又和齐将田荣、司马龙且的军队一起去东阿援救，在东阿大败秦军。田荣立即率兵返回齐国，赶走了齐王假。假逃亡到楚国。假的丞相田角逃亡到赵国。田角的弟弟田间本来是齐国大将，留住在赵国不敢回齐国来。田荣立田儋的儿子田市为齐王。

【原文】

项梁已破东阿下军，遂追秦军。数使使趣❶齐兵，欲与俱西。田荣曰："楚杀田假，赵杀田角、田间，乃发兵。"项梁曰："田假为与国❷之王，穷来从我，不忍杀之。"赵亦不杀田角、田间以市❸于齐。齐遂不肯发兵助楚。

【注释】

①趣：通"促"，催促。

②与国：盟国。

③市：交易。

【译文】

项梁击破东阿附近的秦军以后，就去追击秦的败军。他多次派使者催促齐国发兵，想与齐军合兵西进。田荣说："楚国杀掉田假，赵国杀掉田角、田间，我才出兵。"项梁说："田假是我们盟国的王，走投无路来追随我，我不忍心杀他。"赵国也不肯杀田角、田间来跟齐国做交易。齐国始终不肯发兵帮助楚军。

【原文】

项梁使沛公及项羽别攻城阳❶，屠之。西破秦军濮阳❷东，秦兵收入濮阳。沛公、项羽乃攻定陶❸。定陶未下，去，西略地至雍丘❹，大破秦军，斩李由❺。还攻外黄❻，外黄未下。

【注释】

①城阳：今山东荷泽东。

②濮阳：治所在今河南濮阳西南。

③定陶：治所在今山东定陶西北。

④雍丘：今河南开封杞县。

⑤李由：秦丞相李斯之子。

⑥外黄：今河南民权西北。

【译文】

项梁派沛公和项羽另外去攻打城阳，屠戮了这个县。又向西进发，在濮阳以东之地打败了秦军，秦收拾残兵败将退入濮阳城。沛公、项羽就去打定陶。定陶没有打下，又离开定陶西进，沿路攻城略地，直到雍丘，打败秦军，杀了李由。然后回过头来打外黄，但外黄没有攻下。

【原文】

项梁起东阿，西，比至定陶，再破秦军，项羽等又斩李由，益轻秦，有骄色。宋义[1]乃谏项梁曰：“战胜而将骄卒惰[2]者败。今卒少惰矣，秦兵日益，臣为君畏之。”项梁弗听，乃使宋义使于齐。道遇齐使者高陵君显，曰：“公将见武信君乎？”曰：“然。”曰：“臣论[3]武信君军必败。公徐行即免死，疾行则及祸。”秦果悉起兵益章邯，击楚军，大破之定陶，项梁死。

【注释】

①宋义：原为楚国令尹，秦末楚国复辟后，担任楚怀王的大将军。

②惰：松懈，涣散。

③论：认为，判断。

【译文】

项梁自东阿出发西进，等到达定陶时，楚军接连几次打败秦军，项羽等又杀了李由，因此更加轻视秦军，渐渐显露出骄傲的神态。于是宋义规谏项梁说："打了胜仗而将领骄傲、士卒怠惰的军队肯定要吃败仗。如今士卒都有懈怠情绪了，而秦军却在一天天壮大，我替您担心啊！"项梁不听信他的话，派宋义出使齐国。宋义在路上遇见了齐国使者高陵君显，问道："你是要去见武信君吧？"回答说："是的。"宋义说："依我看，武信君的军队必定要失败。您要是慢点儿走就可以免于一死，如果走快了肯定会赶上灾难。"秦朝果然发动了全部兵力来增援章邯，攻击楚军，在定陶大败楚军，项梁战死。

【原文】

沛公、项羽去外黄攻陈留❶，陈留坚守不能下。沛公、项羽相与谋曰："今项梁军破，士卒恐。"乃与吕臣军俱引兵而东。吕臣军彭城东，项羽军彭城西，沛公军砀❷。

【注释】

①陈留：今河南开封东南。

②砀（dàng）：古县名，今河南永城芒山镇。

【译文】

沛公、项羽离开外黄去攻打陈留，陈留坚守，攻不下来。沛公和项羽一块儿商量说："现在项梁的军队被打败了，士卒都很恐惧。"就和吕臣的军队一起向东撤退。吕臣的军队驻扎在彭城东边，项羽的军队驻扎在彭城西边，沛公的军队驻扎在砀县。

【原文】

章邯已破项梁军，则以为楚地

兵不足忧，乃渡河①击赵，大破之。当此时，赵歇为王，张耳为相，皆走入巨鹿城。章邯令王离②、涉间围巨鹿，章邯军其南，筑甬道③而输之粟。陈馀为将，将卒数万人而军巨鹿之北，此所谓“河北”之军也。

【注释】

①渡河：此指北渡黄河。

②王离：秦国名将王翦之孙。

③甬道：两侧筑有防御工事的通道。

【译文】

章邯打败项梁以后，认为楚地的军队不值得忧虑了，于是渡过黄河向北进发去攻打赵国，大败赵军。这时候，赵歇为王，张耳是国相，他们都逃进了巨鹿城。章邯命令王离、涉间包围了巨鹿，自己的军队驻扎在巨鹿南边，筑起两边有墙的甬道给他们输送粮草。陈馀作为赵国的大将，率领几万名士卒驻扎在巨鹿北边，这就是所谓的“河北”之军。

【原文】

楚兵已破于定陶，怀王恐，从盱台之彭城，并项羽、吕臣军自将之。以吕臣为司徒，以其父吕青为令尹，以沛公为砀郡长①，封为武安侯，将砀郡兵。

【注释】

①砀郡长：砀郡（今河南商丘南）的

郡守。

【译文】

楚军在定陶战败以后，怀王心里害怕，从盱台前往彭城，与项羽、吕臣的军队合并起来并亲自统率部众。怀王任命吕臣为司徒，吕臣的父亲吕青为令尹，任命沛公为砀郡长，封为武安侯，统率砀郡的军队。

【原文】

初，宋义所遇齐使者高陵君显在楚军，见楚王曰："宋义论武信君之军必败，居数日，军果败。兵未战而先见败征，此可谓知兵矣。"王召宋义与计事而大说之，因置以为上

将军；项羽为鲁公①，为次将，范增为末将，救赵。诸别将皆属宋义，号为卿子冠军②。

【注释】

①鲁公：鲁县（今山东曲阜）县令。

②卿子冠军：宋义的尊号。卿子：当时对男性的敬称。冠军：此指最高统帅。

【译文】

先前，宋义在路上遇见的那位齐国使者高陵君显正在楚军中，他拜见楚王说："宋义曾告诉我武信君的军队必定失败，没过几天，果然战败。在战斗之前就能看出失败的征兆，这能够称得上是懂得用兵。"于是楚怀王召见宋义并跟他商讨军中大事，非常欣赏他，因而任命他为上将军；项羽为鲁公，任次将，范增任末将，去援救赵国。宋义统率其他各路将领都，号称卿子冠军。

【原文】

行至安阳，留四十六日不进。项羽曰："吾闻秦军围赵王巨鹿，疾引兵渡河，楚击其外，赵应其内，破秦军必矣。"宋义曰："不然。夫搏牛之虻不可以破虮虱❶。今秦攻赵，战胜则兵罢❷，我承其敝；不胜，则我引兵鼓行而西，必举秦矣。故不如先斗秦赵。夫被坚执锐，义不如公；坐而运策，公不如义。"因下令军中曰："猛如虎，很如羊，贪如狼，强不可使者，皆斩之。"乃遣其子宋襄相齐，身送之至无盐❸，饮酒高会❹。天寒大雨，士卒冻饥。

【注释】

①虮（jǐ）虱：虱子及虱卵。

②罢：通"疲"。

③无盐：治所在今山东东平东南。

④高会：盛大的宴会。

【译文】

部队进发抵达安阳，停留四十六天不向前进。项羽说："我听说秦军把赵王包围在巨鹿城内，我们应该赶快率兵渡过黄河，楚军从外面攻打，赵军在里面接应，打垮秦军是确定无疑的。”宋义说：“我认为并非如此。牛虻是用来螫牛的，不是为了对付小小的虮虱。如今秦国攻打赵国，打胜了，士卒也会疲惫；我们就可以利用他们的疲惫，打不胜，我们就率领部队擂鼓西进，一定能歼灭秦军。所以，现在不如先让秦、赵两方相斗。若论披坚甲执锐兵，勇战前线，我宋义比不上您；若论坐于军帐，运筹决策，您比不上我宋义。”于是通令全军：“凶猛如虎，执拗如羊，贪婪如狼，倔强不听指挥的，一律斩杀。”又派儿子宋襄去齐国为相，亲自送到无盐，置备酒筵，大会宾客。当时天气寒冷而且下着大雨，士卒一个个又冷又饿。

【原文】

项羽曰:“将戮力❶而攻秦,久留不行;今岁饥民贫,士卒食芋❷菽❸,军无见粮❹,乃饮酒高会;不引兵渡河因赵食,与赵并力攻秦,乃曰‘承其敝’。夫以秦之强,攻新造之赵,其势必举赵。赵举而秦强,何敝之承!且国兵新破,王坐不安席,扫境内而专属于将军,国家安危,在此一举。今不恤士卒而徇其私,非社稷之臣。”项羽晨朝❺上将军宋义,即其帐中斩宋义头,出令军中曰:“宋义与齐谋反楚,楚王阴令羽诛之。”

【注释】

①戮力:合力。

②芋：芋头，此处代指蔬菜、野菜。

③菽（shū）：豆类。

④见粮：现时可用的粮食。见：同“现”。

⑤朝：参见。

【译文】

项羽对将士们说：“我们大家是想全力攻打秦军，他却久久停留不向前进；如今正赶上荒年，百姓贫困，将士们吃的都是芋艿掺豆子，军中已经没有存粮，他竟然置备酒筵，大会宾客；他不率领部队渡河去从赵国谋取粮草，同赵国合力攻打秦国，却说‘利用秦军的疲惫’。凭着秦国的强大去攻打刚刚建立的赵国，那结局必定是秦国打败赵国。赵国被攻占，秦国就更加强大，到那时，还说什么利用秦国的疲惫！再说，我们的军队刚刚打了败仗，怀王寝食不安，集中了境内全部兵卒粮饷交给上将军一个人，国家的安危存亡，就在此一举了。可是如今上将军不体恤士卒，却派自己的儿子去齐国为相，谋取私利，现在他已经不是国家真正的贤良之臣了。”项羽早晨去参见上将军宋义，就在军帐中，斩下了他的脑袋，出来向军中发令说：“宋义和齐国同谋反楚，楚王密令我处死他。”

【原文】

当是时，诸将皆慑服，莫敢枝

梧❶，皆曰："首立楚者，将军家也。今将军诛乱。"乃相与共立羽为假上将军。使人追宋义子，及之齐，杀之。使桓楚报命于怀王。怀王因使项羽为上将军，当阳君❷、蒲将军皆属项羽。

【注释】

①枝梧：同"支吾"，抗拒。

②当阳君：黥布。

【译文】

这时候，将领们都畏服项羽，没有谁敢抗拒，都说："首先把楚国扶立起来的，是项将军家。如今又是将军诛灭了叛乱之臣。"于是大家一起立项羽为代理上将军。项羽派人去追赶宋义的儿子，一直追到齐国境内，把他杀了。项羽又派桓楚去向怀王报告情况。楚怀王无奈之下让项羽作了上将军，当阳君、蒲将军都归属了项羽。

【原文】

项羽已杀卿子冠军，威震楚国，名闻诸侯。乃遣当阳君、蒲将军将卒二万渡河，救巨鹿。战少利，陈馀复请兵。项羽乃悉引兵渡河，皆沉船，破釜❶甑❷，烧庐舍，持三日粮，以示士卒必死，无一还心。于是至则围王离，与秦军遇，九战，绝其甬道，大破之，杀苏角，虏王离。涉间不降楚，自烧杀。

【注释】

①釜：锅。

②甑（zèng）：蒸饭的瓦罐等。

【译文】

项羽诛杀了卿子冠军，从此威震楚国上下，名扬诸侯之间。他首先派遣当阳君、蒲将军率领二万士卒渡过漳河，援救巨鹿。只取得了一些小规模的胜利，陈馀又来请求增援。项羽就率领全部军队渡过漳河，弄沉全部船只，砸破全部锅碗，烧毁全部军营，只带上三天的粮草，以此向士卒表示一定要拼死战斗，毫无退还之心。大部队一到就包围了王离，与秦军遭遇，双方多次激战，最终项羽阻

断了秦军所筑甬道，大败秦军，杀了苏角，俘虏了王离。涉间拒不降楚，自焚而亡。

【原文】

当是时，楚兵冠诸侯。诸侯军救巨鹿者十余壁❶，莫敢纵兵。及楚击秦，诸将皆从壁上观。楚战士无不一以当十，楚兵呼声动天，诸侯军无不人人惴恐❷。于是已破秦军，项羽召见诸侯将，入辕门❸，无不膝行而前，莫敢仰视。项羽由是始为诸侯上将军，诸侯皆属焉。

【注释】

①壁：营垒。

②惴恐：震恐，惊恐。

③辕门：营门。

【译文】

这时，楚军强大居诸侯之首。前来援救巨鹿的诸侯各军筑有十几座营垒，没有一个敢发兵出战。到楚军攻击秦军时，他们都只在营垒中观望。楚军战士无不一以当十，士兵们杀声震天，诸侯军人人战栗胆寒。项羽在打败秦军以后，召见诸侯将领，当他们进入军门时，一个个都跪着用膝盖向前走，没有谁敢抬头仰视。自此，项羽真正成了诸侯的上将军，各路诸侯都隶属于他。

【原文】

章邯军棘原❶，项羽军漳南❷，相持未战。秦军数却，二世使人让章邯。章邯恐，使长史欣❸请事。至咸阳，留司马门三日，赵高不见，有不信之心。长史欣恐，还走其军，不敢出故道。赵高果使人追之，不及。

【注释】

①棘原：今河北平乡南。

②漳南：漳水南岸。

③长史欣：司马欣。长史：大将军或丞相的属官，为诸史之长，故称“长史”。

【译文】

章邯的兵众驻扎在棘原，项羽的军队屯兵于漳河以南，两军遥遥对阵，相持不下。由于秦军屡屡败退，秦二世派人来责问章邯。章邯害怕了，派长史司马欣回朝廷去请示公事。司马欣到了咸阳，羁留在宫外的司马门待了三天，赵高竟不接见，心有不信任之意。长史司马欣非常害怕，赶快奔回棘原军中，都没敢顺原路走。赵高果然派人追赶，但没有追上。

【原文】

欣至军，报曰："赵高用事于中，下无可为者。今战能胜，高必疾妒吾功；战不能胜，不免于死。愿将军孰计之。"陈馀亦遗章邯书曰："白起为秦将，南征鄢郢，北坑马

服[1]，攻城略地，不可胜计，而竟赐死。蒙恬为秦将，北逐戎人，开榆中[2]地数千里，竟斩阳周[3]。何者？功多，秦不能尽封，因以法诛之。今将军为秦将三岁矣，所亡失以十万数，而诸侯并起滋益多。彼赵高素谀日久，今事急，亦恐二世诛之，故欲以法诛将军以塞责，使人更代将军以脱其祸。夫将军居外久，多内隙，有功亦诛，无功亦诛。且天之亡秦，无愚智皆知之。今将军内不能直谏，外为亡国将，孤特独立而欲常存，岂不哀哉！将军何不还兵与诸侯为从，约共攻秦，分王其地，南面称孤？此孰与身伏𫓧质[4]，妻子为僇❺乎？”

【注释】

①马服：原指赵惠文王时的将领赵奢，被封为马服君，此指赵奢的儿子赵括。

②榆中：今陕西北部及内蒙古交界的河套一带。

③阳周：今陕西子长北。

④身伏𫓧（fū）质：指被杀。𫓧：古时杀人用的大斧。质：砧板，此指杀人用的刑具。

⑤僇：同“戮”，杀。

【译文】

司马欣回到军中，向章邯报告说：“赵高在朝廷中独揽大权，下面的人不可能有什么作为。如今我们能打胜仗，赵高必定嫉妒我们的战功；如果打不胜，我们更免不了一死。希望您认真考虑一下。”这时，陈馀也给章邯写了封信，说：“白起曾作秦国大将，南征攻陷了楚都鄢郢，北伐屠灭了马服君赵括的军队，攻下的城池、夺取的土地，数也数不清，最后还是惨遭赐死。蒙恬也曾是秦国大将，北面赶跑了匈奴，在榆中开辟了几千里的土地，最终也被杀害于阳周。这是为什么呢？就是因为他们战功太多，朝廷不可能全都予以封赏，所以就从法律上找借口杀了他们。如今将军您做秦将也已经三年了，士卒伤亡损失以十万计，而各地诸侯一时并起，越来越多。赵高一向阿谀奉承，时日已久，如今形势危急，他也害怕秦二世杀他，所以想从法律上找借口，杀了将军来推卸罪责，然后让别人来代替将军以免去他自己的灾祸。将军您在外时间长久，朝廷里跟您有嫌隙的人就多，有功也是被杀，无功也是被杀。而且，上天要灭秦，不论是智者还是愚者，谁都明了。现在将军您在内不能直言进谏，在外已成亡国之将，独自一人支撑着却想维持长久，难道不可悲吗！将军您何不率兵掉转回头，与诸侯联合，订立和约一起攻秦，共分秦地，各自为王，南面称孤？这跟身受刑诛，妻儿被杀相比，哪个划算呢？”

【原文】

章邯狐疑，阴使候始成使项羽，欲约。约未成，项羽使蒲将军日夜引兵度三户❶，军漳南，与秦战，再破之。项羽悉引兵击秦军汙水❷上，大破之。

【注释】

①三户：三户津，漳水上的渡口名，位于今河北磁县西南。

②汙（wū）水：源出河北武安西太行山，在临漳西注入漳水。

【译文】

章邯犹疑不决，暗中却派军候始成到项羽那里去，想要订立和约。和约没有成功，项羽命令蒲将军昼夜兼程率兵渡过三户津，在漳河之南驻扎下来，与秦军交战，再次大败秦军。项羽率领全部兵众在汙水攻击秦军，大获全胜。

【原文】

章邯使人见项羽，欲约。项羽召军吏谋曰："粮少，欲听其约。"军吏皆曰："善。"项羽乃与期❶洹水❷南殷虚上。已盟，章邯见项羽而流涕，为言赵高。项羽乃立章邯为雍王，置楚军中，使长史欣为上将军，将秦军为前行。

【注释】

①期：约定。此指约定会面。

②洹水：今河南安阳北的安阳河。

【译文】

章邯又派人来求见项羽，想与其订立和约。项羽召集军官们商议说："部队粮草不多，我想答应章邯来订约。"大家都说："好。"项羽就和章邯约好日期在洹水南岸的殷墟上会盟。订完了盟约，章邯在项羽面前流下眼泪，跟项羽痛诉了赵高的种种恶劣行径。项羽封章邯为雍王，安置在军中，任命司马欣为上将军，统率原来的秦军担当先头部队。

【原文】

到新安❶。诸侯吏卒异时故繇

使屯戍❷过秦中❸，秦中吏卒遇之多无状，及秦军降诸侯，诸侯吏卒乘胜多奴虏使之，轻折辱秦吏卒。秦吏卒多窃言曰："章将军等诈吾属降诸侯，今能入关破秦，大善；即不能，诸侯虏吾属❹而东，秦必尽诛吾父母妻子。"

【注释】

①新安：今河南渑池城东。

②繇使屯戍：被征调服徭役或屯守边地。繇：通"徭"。

③秦中：汉时人们对关中地区的称呼。

④吾属：我们这些人。

【译文】

部队到了新安。诸侯军的官兵以

前曾经被征徭役去驻守边塞，路过秦中时，秦地的官兵十分残忍地对待这些役夫，等到秦军投降之后，诸侯军的官兵就借着胜利的威势，像对待奴隶一样地随意使唤、侮辱秦兵。秦军很多人私下议论："章将军骗我们投降了诸侯军，如果能入关灭秦，倒是很好；如果不能，诸侯军俘虏我们退回关东，朝廷必定会把我们父母妻儿全部杀掉。"

【原文】

诸将微闻其计，以告项羽。项羽乃召黥布、蒲将军计曰："秦吏卒尚众，其心不服，至关中不听，事必

危。不如击杀之，而独与章邯、长史欣、都尉翳❶入秦。”于是楚军夜击坑秦卒二十余万人新安城南。

【注释】

①都尉翳：董翳，原在章邯部下担任都尉。

【译文】

诸侯军将领们暗地访知秦军兵众的这些议论，就报告了项羽。项羽召集黥布、蒲将军商议道：“秦军官兵人数仍很多，他们内心里还不服，如果到了关中不听指挥，事情就危险了。不如把他们杀掉，只带章邯、长史司马欣、都尉董翳进入秦地。”于是楚军趁夜黑把秦军二十余万人活埋在新安城南。

【原文】

行❶略定秦地。函谷关有兵守关，不得入。又闻沛公已破咸阳，项羽大怒，使当阳君等击关。项羽遂入，至于戏西❷。

【注释】

①行：将要。

②戏西：戏水之西。戏水源出骊山，流经今陕西临潼东，注入渭水。

【译文】

项羽率领兵众去平定秦地。到了函谷关，关内有士兵把守，不能顺利进去。又听说沛公已经攻下了咸阳，项羽非常生气，就派当阳君等全力攻打函谷关。这样项羽才进了关，一直到了戏水之西。

【原文】

沛公军霸上❶，未得与项羽相见。沛公左司马❷曹无伤使人言于项羽曰："沛公欲王关中，使子婴为相，珍宝尽有之。"项羽大怒，曰："旦日❸飨❹士卒，为击破沛公军！"当是时，项羽兵四十万，在新丰❺鸿门，沛公兵十万，在霸上。范增说项羽曰："沛公居山东时，贪于财货，好美姬。今入关，财物无所取，妇女无所幸，此其志不在小。

吾令人望其气，皆为龙虎，成五采，此天子气也，急击勿失。”

【注释】

①霸上：今陕西西安东南。

②左司马：主管军中法纪的官，设为左、右二人。

③旦日：明日。

④飨（xiǎng）：犒劳。

⑤新丰：今西安临潼东北。

【译文】

当时，沛公的军队驻扎在霸上，没能跟项羽相见。沛公的左司马曹无伤派人告诉项羽说：“沛公想在关中称王，让秦王子婴为相，珍奇宝物都占为己有了。”项羽大为愤怒，说：

“明天准备酒食，好好犒劳士卒，给我把沛公的部队打垮！”这时候，项羽有兵卒四十万，驻扎在新丰鸿门，沛公有兵卒十万，驻扎在霸上。范增劝项羽说：“沛公住在山东的时候，贪图财货，宠爱美女。现在进了关，财物什么都不取，美女也没亲近一个，他的志气可不小啊。我让人觇望他那边的云气，都呈现为龙虎之状，五色斑斓，这是天子的祥瑞之气呀。希望您赶快进攻，千万不要错失良机！”

【原文】

楚左尹❶项伯者，项羽季父也，素善留侯张良。张良是时从沛

公。项伯乃夜驰之沛公军，私见张良，具告以事，欲呼张良与俱去。曰："毋从俱死也。"张良曰："臣为韩王送沛公❷，沛公今事有急，亡去不义，不可不语。"

【注释】

①左尹：相当于左丞相，楚称丞相为令尹。

②为韩王送沛公：项梁立韩成为韩王，张良为司徒。刘邦率军西下时，韩成留守阳翟（今河南禹州），张良随刘邦入关。

【译文】

楚国的左尹项伯，是项羽的叔父，一向跟留侯张良十分要好。张良这时正跟随沛公。于是项伯连夜策马赶至沛公军中，私下会见了张良，把事情全都告诉了他，想让张良跟他一起离开。项伯说："不要跟沛公一块儿送死啊。"张良说："我是为韩王来护送沛公的，如今沛公事有危急，我若逃走就太不仁义了，不能不告诉他。"

【原文】

良乃入，具告沛公。沛公大惊，曰："为之奈何？"张良曰："谁为大王为此计者？"曰："鲰生❶说我曰：'距关，毋内❷诸侯，秦地可尽王也。'故听之。"良曰："料大王士卒足以当项王乎？"沛公默然，曰：

"固不如也，且为之奈何？"张良曰："请往谓项伯，言沛公不敢背项王也。"沛公曰："君安与项伯有故？"张良曰："秦时与臣游，项伯杀人，臣活之。今事有急，故幸来告良。"沛公曰："孰与君少长？"良曰："长于臣。"沛公曰："君为我呼入，吾得兄事之。"

【注释】

①鲰（zōu）生：浅薄愚陋的人。

②内：同"纳"。

【译文】

张良于是进入军帐，把项伯的话全部告诉了沛公。沛公大为吃惊，说："该怎么办呢？"张良说："是谁给您出的派兵守关这个主意？”沛公说：“是一个浅陋小人劝我说：‘守住函谷关，不要让诸侯军进来，您就可以占据整个秦地称王了。’所以我听了他的话。”张良说：“估计您的兵力敌得过项王吗？”沛公沉默不语，过了一会说：“当然敌不过，那怎么办呢？”张良说：“请让我前去告诉项伯，就说沛公是不敢背叛项王的。”沛公说：“您怎么跟项伯有交情呢？”张良说：“还是在秦朝的时候，我们就有交往，项伯杀了人，我使他免了死罪。如今情况危急，幸好他到这里来告诉我。”沛公说：“你们两人谁的年纪大？”张良说：“他比我大。”沛公说：“您替我请他进来，我要像对待兄长一样侍奉他。”

【原文】

张良出，要项伯。项伯即入见沛公。沛公奉卮❶酒为寿，约为婚姻，曰：“吾入关，秋豪❷不敢有所近，籍❸吏民，封府库，而待将军。所以遣将守关者，备他盗之出入与非常也。日夜望将军至，岂敢反乎！愿伯具言臣之不敢倍德也。”项伯许诺。谓沛公曰：“旦日不可不蚤自来谢❹项王。”沛公曰：“诺。”于是项伯复夜去，至军中，具以沛公言报项王。因言曰：“沛公不先破关中，公

岂敢入乎？今人有大功而击之，不义也。不如因善遇之。”项王许诺。

【注释】

①卮：酒杯。

②豪：通“毫”。

③籍：登记。

④谢：谢罪，赔礼。

【译文】

张良出去邀请项伯。项伯就进来与沛公相见。沛公捧着酒杯向项伯献酒祝其长寿，又定下了儿女婚姻。沛公说：“我进驻函谷关以后，连秋毫那样细小的东西都没敢动，登记了官民的户口，查封了各类仓库，只等着项将军到来。我所以派将守关，是为了防备其他盗贼窜入和意外的变故。我们日夜盼着项将军到来，哪里敢谋反啊！希望您详细转告项将军，我是绝不敢忘恩负义的。”项伯答应了，对沛公说：“明天可千万要早点来向项王道歉。”沛公说：“好。”于是项伯又连夜离开，回到军营中，把沛公的话一一报告了项王。接着又说：“如果不是沛公先攻破关中，您怎么敢进关呢？如今人家有大功反而要攻打人家，这是不符合道义的。不如就势好好对待他。”项王答应了。

【原文】

沛公旦日从百余骑来见项王，至鸿门，谢曰：“臣与将军戮力而攻

秦，将军战河北，臣战河南，然不自意[1]能先入关破秦，得复见将军于此。今者有小人之言，令将军与臣有隙[2]。”项王曰：“此沛公左司马曹无伤言之；不然，籍何以至此。”项王即日因留沛公与饮。

【注释】

①不自意：自己没有料想到。

②隙：嫌隙。

【译文】

第二天清晨，沛公带着一百多名侍从来拜见项王，到了鸿门，沛公向项王赔罪说：“我跟将军合力攻秦，将军在河北作战，我在河南作战，却没想到我能先入关攻破秦廷，能够在这里再次见到您。如今一定是有小人说了什么坏话，才使得将军和我之间产生了误会。”项王说：“是您的左司马曹无伤说的；不然，我怎么会这样！”项王当日就让沛公留下一起喝酒。

【原文】

项王、项伯东向坐，亚父❶南向坐。亚父者，范增也。沛公北向坐，张良西向侍。范增数目项王，举所佩玉玦❷以示之者三，项王默然不应。范增起，出召项庄❸，谓曰：“君王为人不忍，若入前为寿。寿毕，请以剑舞，因击沛公于坐，杀之。不者，若属皆且为所虏。”庄则入为寿。

寿毕，曰："君王与沛公饮，军中无以为乐，请以剑舞。"项王曰："诺。"项庄拔剑起舞，项伯亦拔剑起舞，常以身翼蔽❹沛公，庄不得击。

【注释】

①亚父：项羽对范增的敬称。

②玦（jué）：有缺口的玉环。

③项庄：项羽的堂弟。

④翼蔽：遮挡、掩护。

【译文】

项王、项伯面朝东坐，亚父面朝南坐。亚父就是范增。沛公面朝北坐，张良面朝西陪侍着。范增好几次给项王递眼色，又好几次举起身上佩戴的玉玦向他示意，项王只是沉默

着，没有反应。范增起身出去，叫来项庄，对他说："君王为人心肠太软，你进去上前献酒祝寿，然后请求舞剑，趁机刺向沛公，把他杀死在座席上。不然的话，你们这班人都将成为人家的俘虏。"项庄进来，上前献酒祝寿。祝酒完毕，对项王说："君王和沛公饮酒，军营中没有什么可以娱乐的，就让我来舞剑吧。"项王说："好。"项庄就拔剑起舞，项伯也拔剑起舞，一直用身体掩护沛公，项庄没有办法刺击沛公。

【原文】

于是张良至军门，见樊哙❶。

樊哙曰："今日之事何如？"良曰："甚急！今者项庄拔剑舞，其意常在沛公也！"哙曰："此迫矣，臣请入，与之同命！"哙即带剑拥盾入军门。交戟之卫士欲止不内，樊哙侧其盾以撞，卫士仆地，哙遂入。披帷❷西向立，瞋目❸视项王，头发上指，目眦尽裂。

【注释】

①樊哙（kuài）：刘邦妻子吕后的妹夫。

②披帷：打开门帘。

③瞋（chēn）目：瞪大眼睛表示愤怒。

【译文】

见此情景，张良走到军门，找来樊哙。樊哙问道："今天的事情怎么样？”张良说：“很危急！现在项庄正在舞剑，他一直在打沛公的主意呀！”樊哙说：“这太危险啦，让我进去，我要跟沛公同生死！”樊哙带着宝剑拿着盾牌就往军门里闯。交叉持戟的卫士想挡住不让他进去，樊哙侧过盾牌往前一撞，卫士们仆倒在地，樊哙于是闯进军门。他挑开帷帐面朝西站定，睁圆眼睛怒视项王，头发根根竖起，两边眼角都要睁裂了。

【原文】

项王按剑而跽❶曰：“客何为者？”张良曰：“沛公之参乘❷樊哙者也。”项王曰：“壮士！赐之卮

酒!”则与斗卮[3]酒。哙拜谢,起,立而饮之。项王曰:“赐之彘肩[4]!”则与一生彘肩。樊哙覆其盾于地,加彘肩上,拔剑切而啖[5]之。项王曰:“壮士,能复饮乎?”樊哙曰:“臣死且不避,卮酒安足辞!夫秦王有虎狼之心,杀人如不能举,刑人如恐不胜,天下皆叛之。怀王与诸将约曰:‘先破秦入咸阳者王之。’今沛公先破秦入咸阳,毫毛不敢有所近,封闭宫室,还军霸上,以待大王来。故遣将守关者,备他盗出入与非常也。劳苦而功高如此,未有封侯之赏,而听细说[6],欲诛有功之人。此亡秦之续耳,窃为

大王不取也。”项王未有以应，曰：“坐。”樊哙从良坐。坐须臾，沛公起如厕，因招樊哙出。

【注释】

①跽（jì）：长跪，挺直上身两膝着地。此指跪起。

②参乘：此指担任警卫。

③斗卮（zhī）：大酒杯。

④彘（zhì）肩：猪腿。

⑤啖（dàn）：吃。

⑥细说：小人的谗言。

【译文】

项王伸手握住宝剑，挺直身子，问：“这位客人是干什么的？”张良说：“是沛公的护卫樊哙。”项王说：

“真是位壮士！赐他一杯酒！”手下的人给他递上来一大杯酒。樊哙拜谢，起身站着喝了。项王说：“赐他一只猪肘！”手下的人递过来一只生猪肘。樊哙把盾牌反扣在地上，把猪肘放在上面，拔出剑来边切边吃。项王说：“好一位壮士！还能再喝吗？”樊哙说：“我连死都不在乎，一杯酒又有什么可推辞的！那秦王有虎狼一样的凶狠之心，杀人好像杀不完，刑罚好像唯恐用不尽，天下人都叛离了他。怀王曾经和诸将约定说：‘先击败秦军进入咸阳，让他在关中为王。’如今沛公先击败秦军进入咸阳，一草一木都没敢动，封闭秦王宫室，把军队撤回到霸上，等待大王您的到来。特地派遣将士把守函谷关，为的是防备其他盗贼窜入和意外的变故。沛公如此劳苦功高，不但没有得到封侯的赏赐，您反而听信小人的谗言，要杀害有功之人。这只能是走秦朝灭亡的老路，我认为大王您不会采取这种做法！"一番话说得项王无话回答，只是说："坐！坐！"樊哙挨着张良坐下来。坐了一会儿，沛公借口起身上厕所，顺便把樊哙叫了出来。

【原文】

沛公已出，项王使都尉陈平召沛公。沛公曰："今者出，未辞也，

为之奈何？”樊哙曰：“大行不顾细谨，大礼不辞小让。如今人方为刀俎❶，我为鱼肉，何辞为？”于是遂去，乃令张良留谢。良问曰：“大王来何操？”曰：“我持白璧一双，欲献项王；玉斗一双，欲与亚父。会其怒，不敢献。公为我献之。”张良曰：“谨诺。”

【注释】

①俎（zǔ）：切东西用的砧板。

【译文】

沛公出来后，项王派都尉陈平来找沛公回去。沛公对樊哙说：“现在我出来，还没来得及跟项王告辞，怎么办？”樊哙说：“要成就大事业就不必顾及小的缛节，想讲大礼数也无须躲避小的责备，如今人家好比是刀子和砧板，而我们好比是鱼和肉，还告什么辞？”于是一行人离开那里，让张良留下来向项王致歉。张良问：“大王来的时候带了什么礼物？”沛公说：“我拿来白璧一双，准备献给项王；玉斗一对，准备献给亚父。正赶上他们发怒，没敢献上。您替我献上吧。”张良说：“遵命。”

【原文】

当是时，项王军在鸿门下，沛公军在霸上，相去四十里。沛公则置❶车骑，脱身独骑，与樊哙、夏侯

婴、靳彊、纪信等四人持剑盾步走，从郦山❷下，道芷阳间行❸。沛公谓张良曰："从此道至吾军，不过二十里耳。度我至军中，公乃入。"沛公已去，间至军中，张良入谢，曰："沛公不胜杯杓，不能辞。谨使臣良奉白璧一双，再拜献大王足下；玉斗一双，再拜奉大将军❹足下。"项王曰："沛公安在？"良曰："闻大王有意督过❺之，脱身独去，已至军矣。"

【注释】

①置：抛弃，留下。

②郦山：又称"骊山"，今陕西临潼南。

③间行：走小路。

④大将军：指范增。

⑤督过：责备，怪罪。

【译文】

这个时候，项王部队驻扎在鸿门一带，沛公的部队驻扎在霸上，相距四十里。沛公扔下车马、侍从，脱身而走，他独自一人骑马，樊哙、夏侯婴、靳彊、纪信四人手持剑盾，跟在后面徒步奔跑，从骊山而下，顺着芷阳抄小路而行。沛公临行前对张良说："从这条路到我们军营，超不过二十里。估计我们到了军营，您就进去。"沛公等一行离开鸿门，抄小路回到军营，张良进去致歉，说道："沛公酒量不大，喝得多了点，不能跟大王告辞了。谨让臣下张良捧上白璧一双，恭敬地献给大王足下；

玉斗一对，恭敬地献给大将军足下。”项王问道：“沛公在什么地方？”张良答道：“听说大王有意责怪他，他就脱身一个人走了，现在已经回到军营。”

【原文】

项王则受璧，置之坐上。亚父受玉斗，置之地，拔剑撞而破之，曰：“唉！竖子❶不足与谋。夺项王天下者，必沛公也，吾属今为之虏矣。”沛公至军，立诛杀曹无伤。

【注释】

①竖子：小子，对人的蔑称。

【译文】

项王接过白璧，放在座位上。亚

父接过玉斗，扔在地上，拔出剑来击碎了，说：“唉！这帮无用之徒，没法跟他们共谋大事。夺取项王天下的，一定是沛公了，我们这班人就要成为俘虏了！”沛公回到军中，立即杀了曹无伤。

项羽本纪赞

【导读】

本文是《史记》中《项羽本纪》的结尾赞语部分，是司马迁对项羽的评价。项羽崛起于秦末农民起义，是一位悲剧式的英雄。他英勇善战，威震四方，在推翻秦朝暴政的过程中建立了显赫的功勋。不过，秦朝被推翻后，他刚愎自用，试图凭借武力征服天下，渐渐失去民心，最终兵败身亡。司马迁全面评价了项羽的是非功过，对他的结局充满了惋惜之情。

【原文】

太史公曰：吾闻之周生❶曰“舜目盖重瞳子❷”，又闻项羽亦重瞳子。羽岂其苗裔❸邪？何兴之暴❹也！

【注释】

①周生：汉时儒生。生：对前辈学者的尊称。

②重瞳（tóng）子：一只眼睛里有两个

瞳仁（眼珠）。

③苗裔：后代子孙。

④暴：突然、迅猛。

【译文】

太史公说：我听周先生说“舜的眼睛大概是双瞳仁”，我又听说项羽也是双瞳仁。项羽难道是舜的后裔吗？不然他为什么能突然兴起啊！

【原文】

夫秦失其政，陈涉❶首难❷，豪杰蜂起，相与并争，不可胜数。然羽非有尺寸，乘势起陇亩❸之中，三年，遂将五诸侯灭秦，分裂天下而封王侯，政由羽出，号为“霸王”。

位虽不终，近古以来未尝有也。

【注释】

①陈涉：陈胜，秦末农民起义领袖之一。

②首难：首先发难，指首先起义反秦。

③陇亩：田野，此指民间。

【译文】

秦朝政治衰败，陈胜首先发难，然后豪杰蜂拥而起，相互争夺天下，人数多得不可胜数。然而项羽并没有尺寸的封地，他乘势兴起于民间，只用三年时间，就带领五国诸侯灭掉了秦国，划分天下，分封王侯，天下政令全都自他发出，号称“霸王”。他的帝位虽然没有保持到最终，但自古以来像他这样的人还未曾有过。

【原文】

及羽背关❶怀楚❷，放逐义帝❸而自立，怨王侯叛己，难矣。自矜❹功伐，奋其私智而不师古，谓霸王之业欲以力征经营天下，五年卒亡其国，身死东城，尚不觉寤❺而不自责，过矣。乃引“天亡我，非用兵之罪也”，岂不谬哉！

【注释】

①背关：放弃关中（秦国腹地）。

②怀楚：渴望回到楚国旧地建都彭城。

③义帝：楚怀王熊心。公元前208年，项梁立楚怀王的孙子熊心为王，仍称楚怀王。公元前206年，项羽分封诸王，自己号称“西楚霸王”，仍尊

楚怀王熊心为帝，定都彭城（今江苏徐州）。公元前205年，项羽派人杀死义帝。

④矜：夸耀。

⑤觉寤（wù）：觉醒。寤：通“悟”。

【译文】

待到项羽因怀念楚国，舍弃关中，便放逐义帝而自立为王，此时再埋怨诸侯们背叛自己，要巩固基业已经很难了。项羽自恃有功，独显自己的智慧而不效法古人，他认为建立霸王的功业，应当凭借武力征讨天下、治理天下，结果仅过了五年，就亡了国家，他自己也死于东城，且至死仍不觉悟，也不自责，这显然是不对的。而且他还说“是上天要灭亡我，不是我用兵的罪过”，这难道不荒谬吗？

秦楚之际月表

【导读】

“表”是用表格的形式编撰某一时期的历史事件，这是司马迁在《史记》中创造出来的一种史书体例。《史记》中共有十篇表，《秦楚之际月表》是第四篇表的序言。“秦楚之际”指的是秦二世在位时期和项羽统治时期。这一时期时间虽短，但历史事件颇多，因此司马迁选择按月记述，名为“月表”。

【原文】

太史公读秦楚之际，曰：初作难，发于陈涉；虐戾❶灭秦，自项氏；拨乱诛暴，平定海内，卒践帝祚❷，成于汉家。五年之间，号令三嬗❸，自生民以来，未始有受命若斯之亟❹也。

【注释】

①虐戾：残暴，凶狠。

②帝祚（zuò）：帝位。

③嬗（shàn）：更替，变迁。

④亟（jí）：急切，急速。

【译文】

太史公读秦汉时期的历史说：最初先行发难的是陈胜；用武力消灭秦朝的是项羽；荡平乱世、铲除暴虐、平定天下，最后登基称帝建立汉朝大业的是刘邦。仅仅五年时间，天下发号施令的人就变了三次，人类自古以来，还未有过受命于天下的人变化如此快的。

【原文】

昔虞、夏之兴，积善累功数十年，德洽❶百姓，摄行❷政事，考之于天，然后在位。汤、武之王，乃由契❸、后稷❹，修仁行义十余世。不

期而会孟津⑤八百诸侯，犹以为未可，其后乃放弑。

【注释】

①洽：润泽。

②摄行：代理行使职权。

③契（xiè）：传说中商朝的始祖。

④后稷（jì）：古代周族的始祖。

⑤孟津：古黄河渡口，位于今河南孟津东、孟州西南。

【译文】

从前，虞舜、夏禹兴起，全都行善积德数十年，他们广施恩德泽及百姓，参与治理国家政事，经历了上天的重重考验，然后才得以即位。商汤和周武称王于天下，都是因为从他们的祖先契和后稷开始，就注重广修仁德、推行道义，历经十余世。至周武王时代，未经约定便有八百诸侯在孟津会盟，但他们却仍以为时机尚未到来，后来商汤才放逐了自桀，周武王才诛杀了殷纣王。

【原文】

秦起襄公，章❶于文、缪❷，献、孝之后，稍以蚕食六国，百有余载，至始皇乃能并冠带之伦。以德若彼，用力如此，盖一统若斯之难也。

【注释】

①章：显著，显赫。

②缪（mù）：秦穆公。

【译文】

秦朝起始于秦襄公，兴盛于秦文公和秦穆公，到秦献公、秦孝公之后，秦朝才慢慢开始蚕食六国，历时一百多年，直至秦始皇时才最终消灭了其他诸侯国。积累德行到了如此程度，使用武力到了如此程度，可见一统天下的艰难。

【原文】

秦既称帝，患兵革不休，以有诸侯也，于是无尺土之封，堕坏名城，销锋镝❶，钼豪杰，维万世之安。

【注释】

①销锋镝（dí）：销毁各类武器。销：

熔化。锋：刀刃。镝：箭头。

【译文】

秦始皇称帝以后，因为有诸侯存在，所以他担忧战争不止。于是，他就废除了分封土地的制度，不再给任何有功之人封赏尺寸的土地，同时毁坏名城，销毁兵器，铲除各地豪强，希望能维持万世的帝王霸业。

【原文】

然王迹之兴，起于闾巷❶，合从讨伐，轶于三代。乡秦之禁，适足以资贤者为驱除难耳。故愤发其所为天下雄，安在无土不王？此乃传之所谓大圣乎？岂非天哉？岂非天哉？

非大圣孰能当此受命而帝者乎?

【注释】

①闾巷：里巷。借指民间。

【译文】

可是，新的帝王霸业又从民间兴起，众多民间的起义军联合起来讨伐秦国，其发展之疾速甚至超过了夏、商、周三个朝代。之前秦朝颁布的种种禁令，恰巧足以帮助贤者刘邦排除危难。所以他愤发而起，一举成为天下英豪，怎么能说没有土地的人就不能称王呢?这不就是传说中的大圣之人吗?这难道不是天意吗?这难道不是天意吗?如果不是大圣之人，怎么能在这时候受命于天继而称帝为王呢?

高祖功臣侯者年表

【导读】

本表记录了汉初功臣的经历及其后代的兴盛衰亡，是研究西汉开国史和汉初政治史不可多得的史料。本文是年表的序言，司马迁在序言中探究了列侯衰微的原因，指出列侯子嗣因富贵而骄横，往往犯法亡国。

【原文】

太史公曰：古者人臣功有五品：以德立宗庙❶、定社稷曰勋，

以言曰劳，用力曰功，明其等❷曰伐❸，积日曰阅。封爵之誓曰："使河如带，泰山若厉❹，国以永宁，爰及苗裔。"始未尝不欲固其根本，而枝叶稍陵夷❺衰微也。

【注释】

①宗庙：古代帝王、诸侯祭祀祖先的庙宇。

②等：等级。

③伐：通"阀"，功绩。

④厉：同"砺"，磨刀石。

⑤陵夷：高山逐渐变为平地，引申为衰颓、衰落。

【译文】

太史公说：古时大臣的功勋分

为五个等级：依靠仁德开创帝业、安定国家的叫作“勋”；依靠出谋划策立功的叫作“劳”；借助武力立功的叫作“功”；使功劳等级显著的叫作“伐”；日积月累建立功绩的叫作“阅”。我朝的封爵誓词上说：“即使黄河变得细如衣带，泰山变得像磨刀石一样小，各个封国也会永享安宁，对你们的恩泽延及子孙后代。”朝廷最初不是不想使封国的根基牢固，但他们的后代还是渐渐地衰微了。

【原文】

余读高祖侯功臣，察其首封，所以失之者，曰：异哉所闻！《书》曰

“协和万国[1]”，迁于夏、商，或数千岁。盖周封八百，幽、厉[2]之后，见于《春秋》。《尚书》有唐、虞之侯伯，历三代千有余载，自全以蕃卫[3]天子，岂非笃于仁义、奉上法哉？

【注释】

①协和万国：出自《尚书·尧典》。原文为“协和万邦”，汉代为避刘邦的名讳，改“邦”为“国”。

②幽、厉：周幽王和周厉王。

③蕃卫：捍卫。蕃：通“藩”，屏障。

【译文】

我读了汉高祖给功臣们封侯的史料，考察了初次受封、后来失掉爵位的原因，说：分封的传闻跟实际情况不相同啊！《尚书》说“尧之前的各个邦国都和睦相处”，直到夏、商时期，有的邦国竟延续了几千年。周朝分封了约八百个诸侯，经历了周幽王、周厉王的乱世之后，在《春秋》还能看到关于他们的记载。《尚书》上记载了唐尧、虞舜时分封的侯、伯，经历夏、商、周三代，也有一千余年，仍然能自我保全、充当周王室的屏障。这难道不是因为他们坚守仁义、遵行天子的法令吗？

【原文】

汉兴，功臣受封者百有余人。天下初定，故大城名都散亡，户口

可得而数者十二、三，是以大侯不过万家，小者五六百户。后数世，民咸归乡里，户益息，萧、曹、绛、灌❶之属或至四万，小侯自倍，富厚如之。子孙骄溢，忘其先，淫嬖❷。

【注释】

①萧、曹、绛、灌：萧何、曹参、绛侯周勃、灌婴。

②淫嬖（bì）：放纵邪恶。

【译文】

汉朝兴起了，受到爵位封赏的功臣一百多人。当时天下刚刚安定，以前那些大城名都的人口流散逃亡，可以统计的户口不过原来的十分之二三，因此，大侯的封邑不超过万户，小侯的封邑只有五六百户。后来经过几代，老百姓都慢慢回归故乡了，户口才日益多起来。萧何、曹参、周勃、灌婴这些人的后裔有的封邑达到了四万户，小侯的封邑也增加了一倍，财产也像这样不断积累，他们确实富裕厚足了。但是，封国的子孙骄横过度，忘记了祖先创业的艰难，生活荒淫放纵。

【原文】

至太初❶，百年之间，见侯五，余皆坐法陨命亡国，耗矣。罔❷亦少密焉，然皆身无兢兢于当世之禁云。

【注释】

①太初：汉武帝的年号。

②罔：同“网”，法网。

【译文】

从开始受封到太初年间，只有百余年的时间，而原来的侯爵保持至今的只剩下五家，其余的都因犯法而丧命亡国，不复存在了。这固然是因为国家法网稍微严密了些，但是，那些人失去封爵都是因为没有小心翼翼地遵守当时的法令。

【原文】

居今之世，志古之道，所以自镜❶也，未必尽同。帝王者各殊礼而异务，要以成功为统纪，岂可绲❷乎？观所以得尊宠及所以废

辱，亦当世得失之林也，何必旧闻？于是谨其终始，表见其文，颇有所不尽本末，著其明，疑者阙之。后有君子，欲推而列之，得以览焉。

【注释】

①镜：借鉴。

②绲（gǔn）：缝合，比喻混同为一。

【译文】

生活在今天这个社会，汲取古代的处世之道，引以为鉴，不是一定要求与古人完全一样。做帝王的，各自都有不同的礼法和政务，主要还是以成就功业为原则，怎能强求他们完全一样呢？考察这些诸侯王由得到尊宠到遭受贬黜、凌辱的原因，也是当今政治得失的经验教训，何必一定依据古代的传闻呢？于是，我谨慎地考察了诸侯王废立的经过，用表列出文字说明，也还有些没能完全弄清本末的，只记下那些比较可信的材料，疑而不能决的地方只好空着。后世的君子如想推究并论列他们的事迹，可以参阅这里的表。

孔子世家赞

【导读】

本文是《孔子世家》的赞语部分。孔子是春秋时期的思想家、教育家，儒家学派的创始人。“世家”是记载世袭封国诸侯的事迹。孔子不是世袭封爵的王侯，但司马迁为了突出孔子的学术思想对后世的影响，破例将其编入。作者开篇表达了对孔子的无限景仰，继而从遗书、遗物、遗教三个方面，极言自己对孔子的向往，结尾以总评写自己对孔子的崇敬，处处洋溢着对孔子的敬仰之情。

【原文】

太史公曰：《诗》有之："高山仰止，景行行止❶。"虽不能至，然心乡往之。余读孔氏书，想见其为人。适鲁，观仲尼庙堂、车服、礼器，诸生以时习礼其家，余低回❷留之，

不能去云。

【注释】

①高山仰止，景行行止：出自《诗经·小雅·车舝（xiá）》。高山：此处比喻高尚的品德。仰：仰慕、敬仰。景行：大道，此处比喻行为正大光明。

②低回：徘徊。

【译文】

太史公说：《诗经》有这样的句子："像巍峨的高山那样高尚的品德令人仰望，像大道一样光明的行为会吸引人遵从。"尽管我达不到这样的境界，然而内心非常向往。我阅读孔子的著作，可以想象出他的为人。我到过鲁地，观看孔子的宗庙厅堂、车辆服装、礼乐器物，看见儒生们按时在孔子故居演习礼仪，我流连忘返，舍不得离开。

【原文】

天下君王至于贤人众矣，当时则荣，没则已焉。孔子布衣，传十余世，学者宗之。自天子王侯，中国言六艺❶者折中❷于夫子，可谓至圣矣！

【注释】

①六艺：六经，即《诗》《书》《礼》《乐》《易》《春秋》。

②折中：当作判断正误的准则。

【译文】

天下从君王直至贤人，实在是太

多了，生前都荣耀一时，死后也就埋没无闻。孔子是个平民，他的学说已经流传了十几代，读书人至今仍然尊崇他。上起天子、王侯，凡是讲习六经的都要以孔子的学说为标准来判断是非，孔子可以说是至高无上的圣人了！

陈涉世家

【导读】

本文是秦末农民起义领袖陈胜、吴广的传记。作者详细地记述了陈胜起义的全过程，以及相继而起的各路起义军的胜败兴替，表现了陈胜的果敢精神和农民起义军的强大威力，高度评价和歌颂了陈胜在灭秦过程中的历史作用。同时，作者还论述了陈胜起义最终失败的原因：起义领袖缺乏指挥全局的能力，用人不当等。作者引用的贾谊《过秦论上》已单独成篇。

【原文】

陈胜者，阳城❶人也，字涉。吴广者，阳夏❷人也，字叔。陈涉少时，尝与人佣耕，辍耕之垄上，怅恨久之，曰："苟富贵，无相忘。"庸者❸笑而应曰："若为庸耕，何富贵也？"陈涉太息曰："嗟乎，燕雀安知鸿鹄❹之志哉！"

【注释】

①阳城：今河南方城东。

②阳夏：今河南太康。

③庸者：与陈涉一起受雇用的人。庸：通“佣”。

④鸿鹄（hú）：天鹅。

【译文】

陈胜是阳城人，字涉。吴广是阳夏人，字叔。陈涉年轻时，曾经和伙伴一起受雇去给人种地，有一次他停下来到田边高地休息，感慨不已，说：“假如谁将来富贵了，可别忘记大家啊。”那些人笑着回答说：“你不过是个给人家种地的，哪能富贵呢？”陈涉叹息着说：“唉！燕子、麻雀哪里懂得天鹅的志向呢!”

【原文】

二世元年❶七月,发闾左❷適戍❸渔阳❹,九百人屯❺大泽乡。陈胜、吴广皆次当行,为屯长❻。会天大雨,道不通,度已失期。失期,法皆斩。

【注释】

①二世元年:公元前209年。

②闾左:里巷,平民聚居的地方。古代二十五家为一闾。

③適戍:发配戍守。適:通“谪”。

④渔阳:今北京密云西南。

⑤屯:停驻。

⑥屯长：旧时戍边军中的领队。

【译文】

秦二世元年七月，朝廷为防守渔阳而征调贫苦平民前往，中途驻扎在大泽乡时共有九百人。陈胜、吴广都被编入这次征调的队伍，当了小队长。正好赶上大雨，道路不通，他们估计到达渔阳时期限已经耽误了。超过了规定的期限，按秦法是要杀头的。

【原文】

陈胜、吴广乃谋曰：“今亡❶亦死，举大计❷亦死，等死，死国可乎？”陈胜曰：“天下苦秦久矣。吾闻二世少子也，不当立，当立者乃

公子扶苏❸。扶苏以数谏故，上使外将兵。今或闻无罪，二世杀之。百姓多闻其贤，未知其死也。项燕为楚将，数有功，爱士卒，楚人怜之。或以为死，或以为亡。今诚以吾众诈自称公子扶苏、项燕，为天下唱❹，宜多应者。”吴广以为然。

【注释】

①亡：逃走。

②举大计：指造反。

③公子扶苏：秦始皇的长子。

④唱：倡导，发起。

【译文】

陈胜、吴广商量说：“如今逃也是死，起义干一番大事业也是死，同样都是死，为国事而死好不好？”陈胜说：“天下受秦王朝统治之苦已经很久了。我听说二世皇帝是始皇帝的小儿子，不应该他来即位，应该即位的是公子扶苏。扶苏因为屡次规劝皇上，皇上派他领兵在外地驻守。如今有人听说他并没有什么罪，却被二世皇帝杀害。老百姓都听说他很贤德，不知道他已经死了。项燕原是楚国的将军，多次立功，爱护士兵，楚国人都很爱戴他。有的人以为他已经死了，有的人以为他逃亡在外躲藏了起来。现在假使我们冒用公子扶苏和项燕的名义，向天下人民发出起义的号召，应该会有很多人响应。”吴广认为很对。

【原文】

乃行卜。卜者知其指意❶，曰："足下事皆成，有功。然足下卜之鬼乎！"陈胜、吴广喜，念鬼❷，曰："此教我先威众耳。"乃丹书帛曰"陈胜王"，置人所罾❸鱼腹中。卒买鱼烹食，得鱼腹中书，固以怪之矣。又间❹令吴广之次所❺旁丛祠中，夜篝火，狐鸣呼曰"大楚兴，陈胜王"。卒皆夜惊恐。旦日，卒中往往语，皆指目陈胜。

【注释】

①指意：心思。

②念鬼：心中思考卜者所说的"卜之鬼"是什么意思。

③罾（zēng）：渔网。此指捕捞。
④间：私下，暗中。
⑤次所：戍卒所驻之处。

【译文】

于是他就去占卜吉凶。占卜的人知道他们的意图，说道："你们的事都能成，能够建功立业。然而你们向鬼神问过吉凶了吗？"陈胜、吴广很高兴，揣摩占卜人所说向鬼神问吉凶的意思，说："这是教我们先在众人中树立威望。"于是就用朱砂在一块白绸子上写了"陈胜王"三个字，塞进别人用网捕来的鱼肚子里。戍卒买鱼回来煮着吃，发现了鱼肚中的帛书，因此觉得很奇怪。陈胜又暗中派吴广到驻地附近一个草木丛生的古庙里，在夜里燃起篝火，模仿狐狸的声音叫喊“大楚兴，陈胜王”。戍卒们在深更半夜听到这种鸣叫声，都害怕起来。第二天早晨，戍卒们到处议论纷纷，都指指点点地看着陈胜。

【原文】

吴广素爱人，士卒多为用者。将尉❶醉，广故数言欲亡，忿恚❷尉，令辱之，以激怒其众。尉果笞❸广。尉剑挺，广起，夺而杀尉。陈胜佐之，并杀两尉。召令徒属曰：“公等遇雨，皆已失期，失期当斩。藉弟令❹毋斩，而戍死者固十六七。且壮士不死即已，死即举大名耳，王侯将相宁有种乎！”徒属皆曰：“敬受命。”乃诈称公子扶苏、项燕，从民欲也。袒右，称大楚。为坛而盟，祭以尉首。

【注释】

①将尉：统领戍卒的县尉。

②忿恚（huì）：恼怒。此指使将尉恼怒。

③笞（chī）：鞭打。

④藉弟令：即便，即使。藉：假令。弟：但，尽管。

【译文】

吴广向来爱护别人，因此戍卒中很多人都听他的。押送队伍的县尉喝醉了酒，吴广故意多次扬言要逃跑，

以此把县尉激怒，使他当众侮辱自己，这样就会群情激愤。那县尉果然鞭打吴广。县尉又把佩剑拔出来，吴广起身把剑夺下来把县尉杀死了。陈胜帮助他，合力杀死了两个县尉。随即召集属下号召说："各位在这里遇上大雨，大家都误了期限，误期按规定要杀头。即使不被杀头，将来戍边死去的肯定也得十之六七。再说大丈夫不死便罢，要死就要名扬后世，王侯将相难道都是天生的吗！"属下的人听了都异口同声地说："我们心甘情愿地听凭差遣。"于是就假冒公子扶苏和楚将项燕的名义举行起义，以顺应民众的愿望。大家都露出右臂作为标志，号称大楚。他们又筑起高台来宣誓，用将尉的头作祭品。

【原文】

陈胜自立为将军，吴广为都尉。攻大泽乡，收而攻蕲❶。蕲下，乃令符离❷人葛婴将兵徇蕲以东，攻铚❸、酂❹、苦❺、柘❻、谯❼皆下之。行收兵，比至陈，车六七百乘，骑千余，卒数万人。

【注释】

①蕲（qí）：今安徽宿州南。

②符离：今安徽宿州东北。

③铚（zhì）：今安徽宿州西南。

④酂（cuó）：今河南永城西。

⑤苦：今河南鹿邑。

⑥柘（zhè）：今河南柘城西北。

⑦谯（qiáo）：今安徽亳州。

【译文】

陈胜任命自己做将军，吴广做都尉。首先进攻大泽乡，攻克后又攻打蕲县。蕲县攻克后，派符离人葛婴率兵攻取蕲县以东。一连进攻铚、酂、苦、柘、谯几个地方，都攻克了。他们一面进军，一面不断补充兵员扩大队伍。等行进到了陈郡时，拥有兵车六七百辆，骑兵一千多，步卒好几万人。

【原文】

攻陈，陈守令❶皆不在，独守

丞❷与战谯门中。弗胜，守丞死，乃入据陈。数日，号令召三老❸、豪杰❹与皆来会计事。三老、豪杰皆曰："将军身被坚执锐，伐无道，诛暴秦，复立楚国之社稷，功宜为王。"陈涉乃立为王，号为张楚。

【注释】

①陈守令：陈郡的郡守和陈县县令。

②守丞：郡守的副官。

③三老：掌管教化的乡官。

④豪杰：当地有名望、有势力的人物。

【译文】

攻打陈郡时，那里的郡守、县令正好都不在，只有留守的郡丞领兵与起义军在城门下作战。结果郡丞兵败身死，于是起义军就进入城中占领了陈郡。过了几天，陈胜下令召集掌管教化的三老和地方豪杰都来开会议事。与会的人都说："将军您身披铠甲，手执锐利的武器，讨伐无道昏君，诛灭暴虐的秦王朝，重新建立了楚国的政权，论功劳应该称王。"陈涉于是就自立为王，国号为张楚。

【原文】

当此时，诸郡县苦秦吏者，皆刑其长吏，杀之以应陈涉。乃以吴叔为假王，监诸将以西击荥阳。令陈人武臣、张耳、陈馀徇赵地❶，令汝阴❷人邓宗徇九江郡❸。当此时，

楚兵数千人为聚者，不可胜数。

【注释】

①赵地：今河北南部一带。

②汝阴：今安徽阜阳。

③九江郡：今安徽寿县。

【译文】

这时，各个郡县受不了秦朝官吏暴政之苦的人，都将本郡县的官吏抓起来，并把这些人杀掉来响应陈涉。于是以吴广为代理王，率领大军向西进攻荥阳。命令陈县人武臣、张耳、陈馀一起去攻占原来赵国的辖地，命令汝阴人邓宗攻占九江郡。这时候，楚地几千人聚集在一起起义的，多得不计其数。

【原文】

葛婴至东城❶，立襄强为楚王。婴后闻陈王已立，因杀襄强，还报。至陈，陈王诛杀葛婴。陈王令魏人周市北徇魏地❷。吴广围荥阳。李由为三川守，守荥阳，吴叔弗能下。陈王征国之豪杰与计，以上蔡人房君蔡赐为上柱国❸。

【注释】

①东城：今安徽定远东南。

②魏地：梁地，今河南开封一带。

③上柱国：战国时楚国官名，凡破军杀将有大功者可担任，位极尊宠。后为虚衔。

【译文】

葛婴到了东城，立襄强做楚王。后来葛婴听说陈胜已自立为王，就杀了襄强，汇报给陈胜。陈胜一到陈郡，就把葛婴杀了。陈胜命令魏人周市北上攻取原属魏国的地方。吴广包围了荥阳。李由任三川郡守，防守荥阳，吴广久攻不下。陈胜召集国内的豪杰商量对策，任命上蔡人房君蔡赐做上柱国。

【原文】

周文，陈之贤人也，尝为项燕军视日❶，事春申君❷，自言习兵，陈王与之将军印，西击秦。行收兵至关，

车千乘,卒数十万,至戏❸,军焉。

【注释】

①视日:占测时日的吉凶,古时的一种迷信职业。

②春申君:名黄歇,战国四公子之一。

③戏:戏亭,位于今陕西临潼东,有戏水流经其下。

【译文】

周文,是陈郡的贤人,曾经是项燕部队的占卜望日官,也曾服侍楚相春申君黄歇,他自称会用兵,陈王就把将军印授给他,让他带兵西去攻秦。一路上,他边走边召集兵马,到达函谷关的时候,已经有战车千辆,士兵几十万人,到了戏亭时,就驻扎了下来。

【原文】

秦令少府章邯免郦山徒❶、奴产子❷，悉发以击楚大军，尽败之。周文败，走出关，止次曹阳二三月。章邯追败之，复走次渑池❸十余日。章邯击，大破之。周文自刭❹，军遂不战。

【注释】

①郦山徒：在骊山（又称“郦山”）为秦始皇修筑陵墓的苦役犯。

②奴产子：家奴所生的儿子。

③渑池：今河南渑池西。

④自刭（jǐng）：自刎。

【译文】

秦王朝派少府章邯赦免了因犯

罪而在骊山服役的囚犯以及秦地家奴所生的儿子，全部调集来攻打张楚的大军，把楚军全给打败了。周文失败后，逃出了函谷关，在曹阳驻留了两三个月。章邯又追来把他打败了，周文又逃到渑池驻留了十几天。章邯又来追击，把他打得惨败。周文自杀，他的军队也就不能作战了。

【原文】

武臣到邯郸，自立为赵王，陈馀为大将军，张耳、召骚为左、右丞相。陈王怒，捕系武臣等家室，欲诛之。柱国❶曰："秦未亡而诛赵王将相家属，此生一秦也。不如因而

立之。”陈王乃遣使者贺赵，而徙系武臣等家属宫中，而封耳子张敖为成都君，趣赵兵亟入关。

【注释】

①柱国：蔡赐。

【译文】

武臣一到邯郸，就自立为赵王，陈馀做大将军，张耳、召骚任左、右丞相。陈王知道后非常生气，就把武臣等人的家属抓了起来，打算杀掉他们。上柱国蔡赐说：“还没有把秦王朝灭掉就先杀了赵王将相的家属，这等于又来了一个与我们为敌的秦国。不如先这样封立他好些。”于是陈王派遣使者到赵国祝贺，同时把武臣等人的家属转到宫中软禁起来，又封张耳的儿子张敖做成都君，催促赵国的军队速进军函谷关。

【原文】

赵王将相相与谋曰：“王王赵，非楚意也。楚已诛秦，必加兵于赵。计莫如毋西兵，使使北徇燕地以自广也。赵南据大河，北有燕、代，楚虽胜秦，不敢制赵。若楚不胜秦，必重赵。赵乘秦之弊，可以得志于天下。”赵王以为然，因不西兵，而遣故上谷①卒史韩广将兵北徇燕地。

【注释】

①上谷：今河北怀来东南。

【译文】

赵王武臣的将相们商议说："大王您在赵国称王，并不是楚国的本意。等到楚灭秦以后，一定会来攻打赵国。最好的办法莫过于不派兵向西进军，而派人向北攻取原来燕国的辖地以扩大我们自己的土地。赵国南面据黄河天险，北面又有燕、代的广大土地，楚国即使战胜了秦国，也不敢来压制赵国。如果楚国不能战胜秦国，必定就会借重赵国。到时候赵国趁着秦国的疲敝，就可以得志于天下了。"赵王觉得很对，就不向西出兵，而派了原上谷郡卒史韩广领兵北上去攻取燕地。

【原文】

燕故贵人豪杰谓韩广曰："楚已立王，赵又已立王。燕虽小，亦万乘之国也，愿将军立为燕王。"韩广曰："广母在赵，不可。"燕人曰："赵方西忧秦，南忧楚，其力不能禁我。且以楚之强，不敢害赵王将相之家，赵独安敢害将军之家？"韩广以为然，乃自立为燕王。居数月，赵奉燕王母及家属归之燕。

当此之时，诸将之徇地者，不可胜数。周市北徇地至狄❶，狄人田儋杀狄令，自立为齐王，以齐反击周市。市军散，还至魏地，欲立魏后、故宁陵君咎❷为魏王。时咎

在陈王所，不得之魏。魏地已定，欲相与立周市为魏王，周市不肯。使者五反，陈王乃立宁陵君咎为魏王，遣之国。周市卒为相。

【注释】

①狄：今山东高青东南。

②宁陵君咎：魏咎，战国末期魏国公子，曾被封为宁陵君。

【译文】

燕国原先的贵族们劝韩广说："楚国已立了王，赵国也立了王。燕国领地虽然小，但过去也是拥有万辆兵车的国家，希望将军您自立做燕王。"韩广回答说："我的母亲还留在赵国，不行。"燕人说："现在赵国西面怕秦，南面怕楚，他们的力量不能来限制我们。况且以楚国的强大，都不敢杀害赵王将相的家属，赵国又怎敢杀害将军您的家属呢？”韩广认为他们说的有道理，于是就自立为燕王。过了几个月，赵国派人护送燕王的母亲及其家属来到了燕国。

这时，到各地去攻城占地的将领，多得数不过来。周市往北一直打到狄县，狄县人田儋将狄县县令杀死，自立为齐王，凭借齐地的力量来反击周市。周市的军队溃散了，退回到了魏地，打算立魏王的后代、原来的宁陵君咎做魏王。当时咎在陈王那里，不能回到魏地去。魏地平定以后，大家想共同拥立周市做魏王，周市不肯接受。使者先后五次往返于陈王与周市之间，陈王才答应立宁陵君咎做魏王，遣送他回到魏国去。周市最后做了魏国的相。

【原文】

将军田臧[1]等相与谋曰：“周章军已破矣，秦兵旦暮至，我围荥阳城弗能下，秦军至，必大败。不如少遗兵，足以守[2]荥阳，悉精兵迎秦军。今假王骄，不知兵权，不可与计，非诛之，事恐败。”

【注释】

①田臧：吴广的部将。

②守：此指围困。

【译文】

将军田臧等人彼此商量："周章的军队已经溃散，秦国的军队迟早要来进攻，我们又一直攻不下荥阳城，如果秦国的军队到来，我军一定大败。不如将少量的部队留下来，能围住荥阳就行了，其余精锐的军队全部用来迎击秦军。现在假王吴广骄横，又不懂用兵权谋，这样的人无法和他商量议事，不杀了他，我们的计划恐怕会失败。"

【原文】

因相与矫王令以诛吴叔，献其首于陈王。陈王使使赐田臧楚令尹

印，使为上将。田臧乃使诸将李归等守荥阳城，自以精兵西迎秦军于敖仓[1]。与战，田臧死，军破。章邯进兵击李归等荥阳下，破之，李归等死。

【注释】

①敖仓：秦朝储藏粮食的大仓库，故址位于今河南荥阳城北黄河边的敖山上。

【译文】

于是他们就假冒陈王的命令杀掉了吴广，把吴广的头献给了陈王。陈王就派使者赐给田臧楚令尹的大印，任命他做上将军。田臧就派部将李归等人驻守荥阳城，自己带了精锐部队西进敖仓迎战秦军。双方交战时，田臧战死，军队溃散。章邯领兵趁机到荥阳城下来攻打李归这些人，打败了他们，李归等人战死。

【原文】

阳城人邓说将兵居郏❶，章邯别将击破之，邓说军散走陈。铚人伍徐将兵居许❷，章邯击破之。伍徐军皆散走陈。陈王诛邓说。

【注释】

①郏（jiá）：今河南郏县，位于荥阳南，陈县西。

②许：今河南许昌东。

【译文】

阳城人邓说领兵在郏县驻扎，但

被章邯部将所带的一支部队击败，邓说率军溃逃到陈郡。铚人伍徐率兵在许县驻扎，也被章邯的军队击败。伍徐的军队溃逃到了陈郡。陈王把邓说杀了。

【原文】

陈王初立时，陵❶人秦嘉、铚人董绁、符离人朱鸡石、取虑❷人郑布、徐❸人丁疾等皆特起❹，将兵围东海守庆于郯❺。陈王闻，乃使武平君畔为将军，监郯下军。秦嘉不受命，嘉自立为大司马，恶属武平君。告军吏曰："武平君年少，不知兵事，勿听！"因矫以王命杀武平君畔。

【注释】

①陵：《汉书·陈胜传》作“凌”，秦县名，治所在今江苏泗阳西北。

②取虑：治所在今江苏睢宁西南。

③徐：治所在今江苏泗洪县南。

④特起：自成一军而不属他人。

⑤郯（tán）：今山东郯城西北。

【译文】

陈胜刚刚自立为王时，陵县人秦嘉、铚县人董绁、符离人朱鸡石、取虑人郑布、徐县人丁疾等都各自单独起兵攻秦，他们率领大军把东海郡守庆围困在郯城。陈王听说这件事后，就派武平君畔做将军，去督率郯城下的各路军队。秦嘉拒不接受这个命令，自立为大司马，讨厌隶属于武平君畔。便告诉他的军吏说："武平君年轻，不懂得军事，不要听他的！"接着就假托陈王的命令杀死了武平君畔。

【原文】

章邯已破伍徐，击陈，柱国房君死。章邯又进兵击陈西张贺❶军。陈王出监战，军破，张贺死。

【注释】

①张贺：陈涉的部将。

【译文】

章邯将伍徐打败以后，接着进攻陈郡，陈王的上柱国房君蔡赐阵亡。章邯又领兵进攻驻守在陈郡西面的张贺部队。陈王亲自出来督战，楚军战败，张贺阵亡。

【原文】

腊月，陈王之汝阴，还至下城父❶，其御❷庄贾杀以降秦。陈胜葬砀，谥曰隐王。

【注释】

①下城父：今安徽涡阳东南。

②御：车夫。

【译文】

十二月，陈王退到了汝阴，在回到下城父时，他的车夫庄贾把他杀了去投降秦军。陈胜死后埋在砀县，谥号隐王。

【原文】

陈王故涓人❶将军吕臣为仓头军，起新阳❷，攻陈下之，杀庄贾，复以陈为楚。

【注释】

①涓人：也叫“中涓”，为王者主管洒扫、洗涤等内务。此指侍从亲信。

②新阳：今安徽界首北。

【译文】

曾给陈王当过侍从、后来当了将军的吕臣领着一支青巾裹头的“仓头军”，从新阳起兵攻打陈郡，攻克后，把庄贾杀掉，又以陈郡作为根据地继续号称楚国。

【原文】

初，陈王至陈，令铚人宋留将兵定南阳，入武关。留已徇南阳，闻陈王死，南阳复为秦。宋留不能入武关，乃东至新蔡❶，遇秦军，宋留以军降秦。秦传❷留至咸阳，车裂留以徇❸。

【注释】

①新蔡：今河南新蔡。

②传：传车，驿车。此指用传车押解。

③徇：此指载其尸体巡行示众。

【译文】

当初，陈王刚到陈郡的时候，曾命令铚县人宋留领兵去平定南阳，再向武关进兵。宋留攻占了南阳之后，传来了陈王被杀的消息，于是南阳又被秦军夺了回去。宋留进不了武关，就往东到了新蔡，不料又遇上了秦军，宋留带着部队投降了秦军。秦军把宋留押解到了咸阳，将他五马分尸示众。

【原文】

秦嘉等闻陈王军破出走，乃立景驹为楚王，引兵之方与❶，欲击秦军定陶下。使公孙庆使齐王，欲与并力俱进。齐王曰："闻陈王战败，不知其死生，楚安得不请而立王？"公孙庆曰："齐不请楚而立王，楚何故请齐而立王？且楚首事，当令于

天下。”田儋诛杀公孙庆。

【注释】

①方与：今山东鱼台西。

【译文】

秦嘉等人听说陈王的军队已经战败逃走了，就立景驹做了楚王，率兵到了方与，想在定陶附近袭击秦军。就派公孙庆到齐国求见齐王田儋，打算跟他联合进兵。齐王说：“听说陈王战败了，至今生死不明，楚国怎么不来向我请示就立王呢？”公孙庆反驳道：“齐国不请示楚国而立王，为什么楚国要向齐国请示才能立王呢？何况楚是首先起义反秦的，理当号令天下。”于是田儋把公孙庆杀了。

【原文】

秦左右校❶复攻陈，下之。吕将军走，收兵复聚。鄱盗当阳君黥布之兵相收，复击秦左右校，破之青波❷，复以陈为楚。会项梁立怀王孙心为楚王。

【注释】

①左右校：左右校尉，章邯的部将。

②青波：一作“青陂”，今河南新蔡西南。

【译文】

秦的左右校尉率领部队再次进攻陈郡，并将其占领。将军吕臣失败逃跑后，又重新集结兵马。吕臣又跟原来的鄱阳盗贼，后被封为当阳君的黥布所率领的军队联合进攻秦左右校尉的军队，在青波把他们打败了，再度以陈郡为楚都。这时正好项梁立楚怀王的孙子熊心做了楚王。

【原文】

陈胜王凡六月。已为王，王陈。其故人尝与庸耕者闻之，之陈，扣宫门曰："吾欲见涉。"宫门令欲缚之。自辩数❶，乃置，不肯为通。陈王出，遮道❷而呼涉。陈王闻之，乃召见，载与俱归。入宫，见殿屋帷帐，客曰："夥颐❸！涉之为王沈沈者❹！"楚人谓多为夥，故天下传之，"夥涉为王"，由陈涉始。

【注释】

①辩数：分辩诉说。

②遮道：拦路。

③夥（huǒ）颐：感叹词，表示惊羡。

④沈沈者：富丽深邃的样子。

【译文】

陈胜总共做了六个月的王。当了王之后，以陈郡为国都。一位曾经与他一起雇佣给人家种地的伙伴听说他做了王，来到了陈郡，敲着宫门说："我要见陈涉。"守宫门的长官要绑他。经他反复解释，才把他放开，但仍然不肯为他通报。等陈王出门时，他拦路呼喊陈涉的名字。陈王听到了，才召见了他，与他同乘一辆车子回宫。走进宫殿，看见殿堂房屋、帷幕帐帘之后，客人说：“夥颐！陈涉大王的宫殿富丽深邃啊！”楚地人把“多”叫作“夥”，所以天下流传“夥涉为王”的俗语，就是从陈涉开始的。

【原文】

客出入愈益发舒❶，言陈王故情。或说陈王曰：“客愚无知，颛❷妄言，轻威。”陈王斩之。诸陈王故人皆自引去，由是无亲陈王者。

【注释】

①发舒：放纵。

②颛（zhuān）：通“专”，专门，一味地。

【译文】

这客人在宫中出出进进越来越随便放肆，常常跟人讲陈涉从前的一些旧事。有人就对陈王说："您的客人愚昧无知，专门胡说八道，有损于您的威严。"陈王就把来客杀死了。从此之后，陈王的故旧知交都纷纷自动离去，没有再亲近陈王的人了。

【原文】

陈王以朱房为中正❶，胡武为司过❷，主司群臣。诸将徇地，至，令之不是者，系而罪之，以苛察为忠。其所不善者，弗下吏，辄自治之。陈王信用之。诸将以其故不亲

附。此其所以败也。

【注释】

①中正：官名，主管考核官员，确定其升降。

②司过：官名，职掌举发弹劾。

【译文】

陈王任命朱房做中正，胡武做司过，专门督察群臣的过失。将领们攻占了地方回到陈郡来，命令稍不服从，就抓起来治罪，以苛刻地寻求群臣的过失作为对陈王的忠心。凡是他俩不喜欢的人，一旦有错，不交给负责司法的官吏去审理，就擅自予以惩治。陈王却很信任他们。将领们因为这些缘故就不再亲近依附他了。这就是陈王所以失败的原因。

【原文】

陈胜虽已死，其所置遣侯王将相竟亡秦，由涉首事也。高祖时为陈涉置守冢三十家砀，至今血食❶。

【注释】

①血食：指享受祭祀。

【译文】

虽然陈胜已经死了，但他所封立派遣的侯王将相最终将秦王朝灭掉了，这是陈涉首先起义反秦的结果。汉高祖时，安置了三十户人家在砀县为陈涉看守坟墓，到现在仍按时杀牲祭祀他。

【原文】

太史公曰：地形险阻，所以为固也；兵革刑法，所以为治也。犹未足恃也。夫先王以仁义为本，而以固塞❶文法❷为枝叶，岂不然哉！

【注释】

①固塞：坚固的要塞。

②文法：规章律令。

【译文】

太史公说：地形险阻，是用来卫护国家的；武器装备和法制规章，是用来统治国家的。但这些还不是最可靠的。先王以仁义道德作为治国的根本，而把险要的地形、法规制度看成枝叶，难道不是这样吗？

外戚世家序

【导读】

这篇序文陈述了历代帝王的得失，论证后妃对国家治乱的影响，告诫帝王在选择后妃的问题上应谨慎。全文引经据典，情理兼备，议论深中肯綮，对比鲜明。

【原文】

自古受命帝王及继体❶守文❷之君，非独内德茂也，盖亦有外戚之助焉。夏之兴也以涂山❸，而桀

之放也以妺喜[4]。殷之兴也以有娀[5]，纣之杀也嬖妲己[6]。周之兴也以姜原[7]及大任[8]，而幽王之禽也淫于褒姒[9]。

【注释】

①继体：继承帝位。

②守文：遵守成法。

③涂山：古代部落名。传说夏禹娶涂山氏之女。

④妺喜：传说为有施氏之女，后为夏桀的宠妃。

⑤有娀（sōng）：古代部落名。相传帝喾（kù）娶有娀氏之女简狄，生契，为商的始祖。

⑥妲己：有苏氏之女，后成为商纣王

的宠妃。

⑦姜原：一作“姜嫄”。周始祖后稷的母亲。

⑧大任：周文王的母亲。

⑨褒姒：有褒氏女子，周幽王的宠妃。

【译文】

自古以来，接受上天任命的开国帝王和继承正统、遵守先帝法度的历代国君，并不只是因为他们自身德行高尚，也因为他们大都受到外戚相助。夏朝因为涂山氏之女得以兴起，而夏桀却由于宠信妹喜而被放逐。殷商由于有娀氏之女而兴起，商纣王却因为宠爱妲己而遭到灭亡。周代的兴起是由于有姜原及大任，而周幽王的被擒则是因为整日和褒姒淫乱。

【原文】

故《易》基《乾》《坤》[1]，《诗》始《关雎》[2]，《书》美厘降[3]，《春秋》讥不亲迎。夫妇之际，人道之大伦也。礼之用，唯婚姻为兢兢。

【注释】

①《乾》《坤》：《易经》六十四卦的前两卦。乾为阳，坤为阴，乾坤象征天地等。

②《关雎》：《诗经》的第一篇。

③厘降：料理下嫁。厘：料理。

【译文】

所以，《易经》以《乾》《坤》两

卦作为基本，《诗经》以《关雎》作为开篇，《尚书》则赞美尧把女儿下嫁给舜，《春秋》讥讽人娶妻时不亲自前往迎接。夫妇之间的关系，是最重大的伦常关系。礼的应用，在婚姻上最为谨慎。

【原文】

夫乐调[1]而四时和。阴阳之变，万物之统也，可不慎与？人能弘道，无如命何。甚哉，妃匹[2]之爱，君不能得之于臣，父不能得之于子，况卑下乎？既欢合矣，或不能成子姓；能成子姓矣，或不能要其终，岂非命也哉？孔子罕称命，盖难言之也。非

通幽明❸之变，恶能识乎性命哉？

【注释】

①调：和谐。

②妃（pèi）匹：配偶。妃：通“配”。

③幽明：阴阳，男女。

【译文】

乐声协调才会四时和顺。而阴阳变化是万物生长变化的统领，怎么能不慎重对待呢？人能弘扬人伦之道，可是对天命却无可奈何。确实啊，配偶的亲爱之情，作国君的不能从大臣那里得到，做父亲的也不能从儿子那里得到，更何况是地位更卑下的普通人呢？夫妇欢合后，有的不能繁育子孙；即使能繁育子孙，也许还不能得到好的归宿。这难道不是天命吗？孔子很少谈及天命，这大概是由于天命确实很难说得清楚吧。倘若不能通晓阴阳的变化，又怎么能懂得人性和天命的道理呢？

伯夷列传

【导读】

本文是《史记》七十篇列传的首篇。作者用夹叙夹议的手法，讲述伯夷和叔齐两兄弟因为都不愿继承王位，纷纷逃出孤竹国，后因劝谏武王不要讨伐商纣王未果，躲进首阳山以采薇为生，直至饿死。作者将心存仁义的伯夷、叔齐最终饿死于首阳山，而暴虐成性、横行人间的盗跖却骄奢淫逸、得以善终进行对比，抒发了作者对于天道的质疑，同时透露了对自身遭遇的慨叹。

【原文】

夫学者载籍❶极博，犹考信于六艺。《诗》《书》虽缺，然虞、夏之文可知也。

【注释】

①载籍：书籍。

【译文】

学者们虽然读过的书籍非常多，

但还需要借助六艺进行考证。《诗经》《尚书》虽然有所缺失，但关于虞、夏两朝的文字还是可以知道的。

【原文】

尧将逊位❶，让于虞舜。舜、禹之间，岳牧❷咸荐，乃试之于位。典职❸数十年，功用既兴，然后授政，示天下重器。王者大统，传天下若斯之难也。而说者曰：尧让天下于许由❹，许由不受，耻之逃隐；及夏之时，有卞随❺、务光❻者。此何以称焉？

【注释】

①逊位：让位。

②岳牧：四岳（分掌四方诸侯的大臣）、

九牧（九州的行政长官）。

③典职：任职。此指代理职务。

④许由：尧时的隐士。相传许由为躲避尧的让位，他逃到箕山下农耕而食。尧又召他为九州的长官，他跑到颍水边洗耳，表示不愿听闻。

⑤卞随：古代隐士。相传汤战胜夏桀后，要将天下让给卞随，卞随不肯接受，投水而死。

⑥务光：汤建立商朝后，想让位给务光，务光不但推辞不受，并且因为觉得羞耻，投水而死。

【译文】

尧在即将退位时，把帝位让给虞舜。舜和禹在即位之前，都经过四岳、九牧的举荐，于是他们各自在职位上接受考验。他们执政数十年，都政绩卓越，然后才把帝位禅让给他们，这样显示帝王的权力是天下重器。帝王乃是天下最大的统治者，所以把天下传给别人是那样谨慎啊。但有传言说：尧要让天下给许由，许由不接受，并以此为耻，逃走隐居起来；到了夏朝，又出现了不肯接受让位的卞随和务光。这是根据什么如此说的呢？

【原文】

太史公曰：余登箕山❶，其上盖有许由冢云。孔子序列古之仁圣贤人，如吴太伯❷、伯夷之伦详矣。

余以所闻由、光义至高，其文辞不少❸概❹见，何哉？

【注释】

①箕山：位于今河南登封东南。

②太伯：周朝先祖古公亶父的长子，因让位于其弟季历，出走到吴地。

③少：稍微，略微。

④概：梗概。

【译文】

太史公说：我登箕山，据说山上可能有许由的坟墓。孔子将古代的仁人、圣人和贤人依序列出，如吴太伯、伯夷这些人，非常详细。我认为由我的所闻可知，许由、务光的德行是最为高尚的，但史书中关于他们却连概略的文字记载都没有，这是为什么呢？

【原文】

孔子曰："伯夷、叔齐，不念旧恶，怨是用希。""求仁得仁，又何怨乎？"余悲伯夷之意，睹轶诗①可异焉。其传曰：

【注释】

①轶诗：指下文所引的《采薇》诗，该诗未收入《诗经》。轶：通"佚"。

【译文】

孔子说："伯夷、叔齐不计旧仇，所以他们很少有怨恨。"又说："他们求仁而得仁，还有什么可怨恨的呢？"我却为伯夷的意愿感到悲哀，在看到他们所作的未被《诗经》收录的《采薇》诗后深感惊异。他们的传记上说：

【原文】

伯夷、叔齐，孤竹❶君之二子也。父欲立叔齐，及父卒，叔齐让伯夷。伯夷曰："父命也。"遂逃去。叔齐亦不肯立而逃之。国人立其中子❷。于是伯夷、叔齐闻西伯昌❸善养老，"盍往归焉"。

【注释】

①孤竹：古国名，位于今河北卢龙东南。

②中子：第二个儿子。古代兄弟排行按伯仲叔季的次序，伯夷排行第一，叔齐排行第三。

③西伯昌：周文王姬昌，商王命其为西伯（西方诸侯之长）。

【译文】

伯夷、叔齐是孤竹君的两个儿子。父亲想要立叔齐为国君，等到父亲去世后，叔齐让位于伯夷。伯夷说："这是父亲的遗命啊。"然后就逃走了。叔齐也不肯即位所以也逃走了。国人只好立孤竹君的次子为国君。此时，伯夷、叔齐听说西伯侯姬昌能很好地奉养老人，就说："我们何不去投奔西伯呢？"

【原文】

及至，西伯卒，武王载木主❶，

号为文王，东伐纣。伯夷、叔齐叩马❷而谏曰："父死不葬，爰❸及干戈，可谓孝乎？以臣弑君，可谓仁乎？"左右欲兵之，太公曰："此义人也。"扶而去之。

【注释】

①木主：代表死者的木制牌位。

②叩马：勒住马缰绳。叩：通"扣"，拉住。

③爰（yuán）：于是，就。

【译文】

等他们到达那里的时候，姬昌已经死了，他的儿子武王将他的木制灵牌载在车上，并追尊他为文王，正向东准备讨伐商纣。伯夷、叔齐勒住武

王的马头进谏说：“你父亲死了，你不去埋葬他，反而这么快就大动干戈，这样做能说是孝顺吗？身为臣子却去弑君，这样做能说是仁德吗？”武王的左右侍卫想要上前杀死他们，姜太公说：“他们都是仁义之士啊。”便让人将他们扶走了。

【原文】

武王已平殷乱，天下宗周❶，而伯夷、叔齐耻之，义不食周粟，隐于首阳山❷，采薇而食之。及饿且死，作歌，其辞曰：“登彼西山兮，采其薇矣！以暴易暴兮，不知其非矣！神农、虞、夏忽焉没兮，我安适归矣？

于嗟徂❸兮，命之衰矣！”遂饿死于首阳山。由此观之，怨邪非邪？

【注释】

①宗周：以周王室为宗主。

②首阳山：位于今山西永济南。

③徂（cú）：通“殂”，死亡。

【译文】

武王平定了殷商之乱后，天下都归顺了周朝，而伯夷、叔齐却以此为耻，他们坚持节义不吃周朝的粮食，隐居于首阳山，靠采摘野菜充饥。等到他们快要饿死的时候，作了一首歌，歌词为：“登上西山啊，采食山上的野菜！以暴制暴啊，却不知道那是错的！神农、虞舜、夏禹等圣君，都匆匆消失不见了，我们又到哪里寻找归宿啊？唉，我们就要归天了，命运是如此衰微！”然后就饿死在了首阳山。由这首诗看来，他们是有怨恨呢，还是没有怨恨呢？

【原文】

或曰：“天道无亲，常与善人。”若伯夷、叔齐，可谓善人者非邪？积仁洁行❶如此而饿死。且七十子之徒，仲尼独荐颜渊为好学，然回也屡空，糟糠❷不厌，而卒蚤❸夭。天之报施善人，其何如哉？

【注释】

①洁行：品行高洁。

②糟糠：粗劣的食物。糟：酒渣。糠：谷糠。

③蚤：通“早”。

【译文】

有人说：“天道没有偏私，它常帮助善良的人。”像伯夷、叔齐他们，算得上是善人还是不善之人呢？他们积累仁德，保持高洁的德行，这样做还饿死在了首阳山。还有孔子的七十位得意子弟，孔子唯独认为颜渊最为好学，但是颜回却穷困潦倒，连糟糠之类的饭食都常常供应不足，最终早早死去。上天对于善良之人的回报又是怎样的呢？

【原文】

盗跖❶日杀不辜，肝人之肉，暴戾❷恣睢❸，聚党数千人，横行天下，竟以寿终，是遵何德哉？此其尤大彰明较著者也。

【注释】

①盗跖（zhí）：相传为春秋时期的大盗。

②暴戾：残暴凶恶。

③恣睢（suī）：任意胡为。

【译文】

盗跖每日都杀害无辜的百姓，把人肝当肉吃，暴虐凶残，胡作非为，聚集党徒数千人，横行天下，最后竟然能够善终，这又是遵循了什么仁德呢？这些都是贤人遭难、恶人得志的明证。

【原文】

若至近世，操行不轨，事犯忌讳❶，而终身逸乐，富厚累世不绝。或择地而蹈之，时然后出言，行不由径，非公正不发愤，而遇祸灾者，不可胜数也。余甚惑焉，傥❷所谓天道，是邪非邪？

【注释】

①忌讳：此指法令禁止的事。

②傥（tǎng）：假如。

【译文】

至于近代，那些行为不轨，常做违法乱纪之事，又终身安逸享乐的人，他们财富丰厚，历经几代都享用不尽。有的人行事谨慎，行路先选择好地方方才落脚，只在适宜的时候才开口说话，从来不走捷径，不是公正的事情坚决不做，像这样谨小慎微却遭遇灾祸的人，却是不可胜数。我对此非常困惑，假如这就是所谓的天道，那这天道到底是合理还是不合理？

【原文】

子曰："道不同，不相为谋❶。"亦各从其志也。故曰："富贵如可求，虽执鞭之士，吾亦为之；如不可求，从吾所好❷。""岁寒，然后知松柏之后凋❸。"举世混浊，清士乃见。岂以其重若彼，其轻若此哉？

【注释】

①道不同，不相为谋：出自《论语·卫灵公》。

②“富贵”句：出自《论语·述而》。

③岁寒，然后知松柏之后凋：出自《论语·子罕》。

【译文】

孔子说：“主张不同，就不在一起相互谋划。”应当各自遵从各自的志向。所以孔子说：“富贵如果是可以求得的，即使是做执鞭驾车的人，我也愿意；如果富贵是不可求得的，那么我就做我喜欢做的事情。”“到了一年中最寒冷的季节，才知道松柏是最后凋谢的。”全天下都混浊的时候，才能发现谁是清廉之士。难道是因为他们将道义看得过重，将富贵看得太轻吗？

【原文】

“君子疾没世而名不称焉❶。”贾子❷曰：“贪夫徇财❸，烈士徇名，夸者死权，众庶冯❹生。”同明相照，同类相求。“云从龙，风从虎，圣人作而万物睹。”❺

【注释】

①君子疾没世而名不称焉：出自《论语·卫灵公》。

②贾子：贾谊。汉文帝时，贾谊曾担任博士、太中大夫，后为长沙王太傅、梁怀王太傅。

③徇财：为了获得财物而牺牲性命。徇：通“殉”。

④冯（píng）：古同“凭”，依靠，依据。

⑤“云从龙”句：出自《易经·乾卦》。

【译文】

孔子说：“君子最痛恨的就是在去世之后声名不被后世传颂。”贾谊说：“贪婪的人因为财富而死，烈士因为名声而死，夸耀权势的人因为争权而死，平民百姓则只求能够生存。”同样明亮的东西相互映照，同属一类的事物相互感应。《易经》上说：“云随龙而生，风随虎而起，圣人出现，万物才因之引人注目。”

【原文】

伯夷、叔齐虽贤，得夫子而名益彰；颜渊虽笃学，附骥尾❶而行益显。岩穴之士，趋舍有时，若此类名堙灭而不称，悲夫！闾巷之人，欲砥❷行立名者，非附青云之士，恶能施于后世哉！

【注释】

①附骥尾：蚊蝇附在千里马的尾巴上，也可以日行千里。比喻普通人受到名人的提携。骥：千里马。

②砥（dǐ）：磨刀石。此处指磨炼。

【译文】

伯夷、叔齐虽然贤良，但只有得到了孔夫子的赞颂，名声才更加显赫；颜渊虽然专心治学，也是因为跟随了孔子，才使他的德行更加显明。居于岩穴的隐士，不论出仕为官或者隐居山林，都因时而行，他们如果被埋没而不被称颂，是多么可惜啊！普通的士人，想要砥砺意志，广树名声，如果不依靠如孔子这样德高望重的圣人，怎么能留名后世呢！

管晏列传

【导读】

本文是春秋时期齐国政治家管仲和晏婴的合传。司马迁着重选取了管鲍之交、晏婴推荐越石父的故事，娓娓道来，于细微处见精神，字里行间渗透着自己的爱憎。作者惨遭李陵之祸，身受腐刑，平生交游故旧不为一言，故写管鲍之交、晏婴赎越石父，借题发挥，抒发自身知己难遇的叹息。

【原文】

管仲❶夷吾者，颍上❷人也。少时常与鲍叔牙❸游，鲍叔知其贤。管仲贫困，常欺鲍叔，鲍叔终善遇之，不以为言。已而鲍叔事齐公子小白❹，管仲事公子纠❺。及小白立为桓公，公子纠死，管仲囚焉。鲍叔遂进管仲。管仲既用，任政于齐，齐

桓公以霸，九合诸侯，一匡天下，管仲之谋也。

【注释】

①管仲：名夷吾，春秋初期政治家。他由鲍叔牙推荐，辅佐齐桓公成就霸业，被尊为“仲父”。

②颍上：颍水之滨。颍水源出河南登封，流至今安徽寿县汇入淮河。

③鲍叔牙：春秋时齐国大夫。

④公子小白：齐桓公。

⑤公子纠：齐桓公的哥哥。

【译文】

管仲，名夷吾，颍上人。他年轻的时候曾和鲍叔牙交往，鲍叔牙知道他贤明、有才干。管仲家贫，俩人合伙

做生意时，他经常占鲍叔牙的便宜，但鲍叔牙始终待他很好，从不介意。不久，鲍叔牙侍奉齐国公子小白，管仲侍奉公子纠。等到小白即位为齐桓公后，桓公让鲁国杀了公子纠，管仲也被囚禁起来。这时候鲍叔牙向齐桓公推荐管仲。管仲被任用以后，在齐国执政，辅佐桓公称霸，齐桓公以霸主的身份多次召集诸侯会盟，一度稳定了周天子朝内混乱的局面，这都是靠着管仲的谋略。

【原文】

管仲曰："吾始困时，尝与鲍叔贾，分财利多自与，鲍叔不以我为

贪，知我贫也。吾尝为鲍叔谋事而更穷困，鲍叔不以我为愚，知时有利不利也。吾尝三仕三见逐于君，鲍叔不以我为不肖，知我不遭时也。吾尝三战三走❶，鲍叔不以我为怯，知我有老母也。公子纠败，召忽❷死之，吾幽囚受辱，鲍叔不以我为无耻，知我不羞小节而耻功名不显于天下也。生我者父母，知我者鲍子也。”

【注释】

①走：逃跑。

②召忽：齐国人，与管仲一起侍奉公子纠。公子纠被杀后，召忽自杀。

【译文】

管仲说："我从前贫困时，曾经和鲍叔牙一起做买卖，挣了钱我常常多拿一些，但鲍叔牙不认为我贪财，因为他知道我生活贫困。我曾经为鲍叔牙出主意办事，结果使他的事情更糟了，但鲍叔牙不认为我愚笨，他知道时机有时好有时坏。我曾经多次做官，多次都被国君免职，但鲍叔牙不因此认为我没有才干，知道我是没有遇到好时机。我曾多次作战，多次中途逃跑，但鲍叔牙不认为我胆怯，他知道我还有老母需要奉养。公子纠失败，召忽为他自杀身亡，我被囚禁受辱，但鲍叔牙不认为我无耻，他知道我不以小节为耻，却会因为功名不能显耀于天下而感到羞耻。生我的是父母，理解我的是鲍叔牙啊！”

【原文】

鲍叔既进管仲，以身下之。子孙世禄❶于齐，有封邑者十余世，常为名大夫。天下不多管仲之贤而多鲍叔能知人也。

【注释】

①世禄：世世代代享受俸禄。

【译文】

鲍叔牙向齐桓公推荐了管仲以后，自己甘心做下属。他的子孙世世代代在齐国享受俸禄，有十几代拥有封地，多数曾是著名的大夫。因此，天下人不称赞管仲的才干，而是赞美鲍叔牙能够知人善荐。

【原文】

管仲既任政相齐，以区区之齐在海滨，通货积财，富国强兵，与俗同好恶。故其称曰："仓廪实而知礼节，衣食足而知荣辱，上服度❶则六亲固。""四维❷不张，国乃灭亡。""下令如流水之原，令顺民心。"故论卑而易行。俗之所欲，因而予之；俗之所否，因而去之。

【注释】

①服度：遵守法度。

②四维：指礼、义、廉、耻。

【译文】

管仲担任齐相执政以后，凭借着小小的齐国在海滨的条件，发展商业，积聚财富，使得国富兵强，与百姓的好恶相同。所以，他在《管子》一书中说："仓库储备充实了，百姓才懂得讲求礼节；衣食丰足了，百姓才能分辨光荣和耻辱；国君的作为合乎法度，他的亲族才能依靠他。""礼、义、廉、耻四大纲维如果不能很好地提倡，国家就会灭亡。""国家下达政令要像流水起于高山流入平原那样，让其符合百姓的心愿。"所以政论评议浅显就容易推行。百姓想要得到的，就给他们；

百姓反对的，就替他们废除。

【原文】

其为政也，善因祸而为福，转败而为功。贵轻重❶，慎权衡❷。桓公实怒少姬❸，南袭蔡，管仲因而伐楚，责包茅❹不入贡于周室。桓公实北征山戎，而管仲因而令燕修召公之政。于柯❺之会，桓公欲背曹沫之约❻，管仲因而信之，诸侯由是归齐。故曰："知与之为取，政之宝也。"

【注释】

①轻重：分清事情的轻重缓急。

②权衡：衡量事情的得失。

③桓公实怒少姬：齐桓公曾和蔡姬乘船游玩，蔡姬故意摇晃船，戏弄齐桓公，齐桓公受到惊吓，遣其回蔡国。蔡国将蔡姬改嫁，齐桓公大怒，发兵攻蔡。少姬：蔡姬。

④包茅：裹成捆的青茅，祭祀时在上面洒酒。

⑤柯：今山东东阿西南。

⑥曹沫之约：齐桓公五年（前681），齐桓公与鲁庄公在柯地会盟。鲁国将军曹沫用匕首挟持桓公，要求他归还被侵占的鲁国土地，齐桓公只好答应，但不久便想悔约。

【译文】

管仲执政的时候，善于因势利

导，把坏事化为好事，使失败转化为成功。他重视分清事物的轻重缓急，慎重地权衡事情的利弊得失。齐桓公实际上是怨恨少姬改嫁而发兵向南袭击蔡国，管仲却引导他趁势攻打楚国，责备楚国没有向周王室进贡祭祀用的茅草。桓公实际上是出兵救援燕国而向北攻打山戎，而管仲则趁机督促燕国重新实行召公时期的善政。在柯地会盟，桓公本想背弃被曹沫逼迫订立的盟约，管仲则顺应形势劝他立信于天下，诸侯们因此归服齐国。所以说："懂得'给予'也就是'索取'，这是治国的法宝。"

【原文】

管仲富拟于公室，有三归❶，反坫❷，齐人不以为侈。管仲卒，齐国遵其政，常强于诸侯。

【注释】

①三归：说法不一。一说供游赏用的三座高台。

②反坫（diàn）：周代诸侯宴会时，宾主互相敬酒后，将酒杯放在堂屋两根前柱间的土台上。坫：放空酒杯的土台。

【译文】

管仲的富有可以跟国君相比拟，他在府中修建了只有诸侯才享有的三归台和反坫，齐国人却不认为他奢侈僭越。管仲去世后，齐国仍遵循他的施政方针，使得齐国在相当长一段时间里比其他诸侯国强大。

【原文】

后百余年而有晏子焉。

晏平仲婴❶者，莱❷之夷维❸人也。事齐灵公、庄公、景公，以节俭力行重于齐。既相齐，食不重肉❹，妾不衣帛。其在朝，君语及之，即危言；语不及之，即危行。国有道，即顺命；无道，即衡命❺。以此三世显名于诸侯。

【注释】

①晏平仲婴：晏婴，字平仲，春秋时齐

国大夫。

②莱：古国名，位于今山东平度以西。

③夷维：今山东高密。

④重肉：两道肉菜。

⑤衡命：权衡利害得失，然后再行动。

【译文】

此后过了百余年，齐国又出了个晏婴。

晏平仲，名婴，是齐国莱地夷维人。他辅佐了齐灵公、齐庄公、齐景公三代国君，由于节约俭朴和办事尽心尽力，在齐国受到人们的敬重。他担任齐国宰相之后，吃饭不吃两样肉菜，姬妾不穿丝绸衣服。在朝廷上，国君谈到的事，他就直言陈述自己的意见；国君没有谈到的事，他也谨慎地去做。国君能行正道，就顺着他的命令去做；国君无道时，他就权衡利害得失才去做。因此，他在齐灵公、齐庄公、齐景公三朝时，名声显扬于各国诸侯。

【原文】

越石父❶贤，在缧绁❷中。晏子出，遭之途，解左骖❸赎之，载归。弗谢❹，入闺，久之。越石父请绝。晏子戄然❺，摄❻衣冠谢曰："婴虽不仁，免子于厄，何子求绝之速也？"石父曰："不然。吾闻君子诎于不知己而信于知己者。方吾在缧绁中，彼不知我也。夫子既已感寤[7]而赎我，是知己；知己而无礼，固不如在缧绁之中。”晏子于是延入为上客。

【注释】

①越石父：齐国人。

②缧（léi）绁（xiè）：捆绑犯人的绳索。此指囚禁。

③左骖（cān）：车子左边的马。

④谢：告辞。

⑤愯（jué）然：震惊的样子。

⑥摄：整理。

⑦感寤：同“感悟”。此指理解。

【译文】

越石父是个贤才，却被囚禁了。晏子外出时，在路上遇到他，就解下马车左边的马把他赎出来，用车载回家中。晏子没有向越石父告辞就走进内室，过了好久都没出来。越石父就请求与晏子绝交。晏子大吃一惊，匆忙整理好衣帽出来对他道歉说："我即使说不上有仁德，也总算帮助您脱离困境，您为什么这么快就要和我绝交呢？"越石父说："话不能这样说。我听说君子在不了解自己的人那里受到委屈，而会在了解自己的人面前受到礼遇。当我被囚禁时，那些人不了解我。你既然已经了解我的为人，把我赎出来，这就是知己了；是知己却不能以礼相待，还不如让我被囚禁。"晏子于是请他进屋并待为贵宾。

【原文】

晏子为齐相，出，其御❶之妻从门间而窥其夫。其夫为相御，拥大盖，策驷马❷，意气扬扬，甚自得也。既而归，其妻请去。夫问其故，妻曰：“晏子长不满六尺，身相齐国，名显诸侯。今者妾观其出，志念深矣，常有以自下者。今子长八尺，乃为人仆御，然子之意自以为足，妾是以求去也。”其后夫自抑损❸。晏子怪而问之，御以实对，晏子荐以为大夫。

【注释】

①御：驾驶马车。此指赶马车的人。

②驷马：拉一辆车的四匹马。

③抑损：谦逊，不自满。

【译文】

晏子做齐国宰相时，有一次坐车外出，他车夫的妻子从门缝里偷偷地观察自己的丈夫。她丈夫替宰相驾车，头上遮着大伞盖，挥动着鞭子赶着四匹马，神气十足，得意扬扬。车夫回到家里，妻子就请求离开他。车夫问她原因，妻子说："晏子身高不够六尺，却做了齐国的宰相，名声在各国传扬。今天我看他外出，志向思想都非常深沉，态度十分谦和。而你身高八尺，给人家做车夫，但是看你的神态，却是心满意足，因此我要求离开你。"从此以后，车夫就变得谦虚恭谨起来。晏子发现了他的变化，感到很奇怪，就问车夫是怎么回事，车夫如实相告，晏子就推荐他做了大夫。

【原文】

太史公曰：吾读管氏《牧民》《山高》《乘马》《轻重》《九府》及《晏子春秋》❶，详哉其言之也。既见其著书，欲观其行事，故次其传。至其书，世多有之，是以不论，论其轶事。

【注释】

①《晏子春秋》：旧题为晏婴所作，实际上是后人辑录晏子言行的书。

【译文】

太史公说：我读了管仲的《牧

民》《山高》《乘马》《轻重》《九府》和《晏子春秋》，这些著作中都讲得非常详细。读了他们的著作，还想让人们了解他们的所作所为，所以就编写了他们的合传。至于他们的著作，世间到处都是，因此这里不再论述，只记载他们流传的事迹。

【原文】

管仲世所谓贤臣，然孔子小❶之。岂以为周道衰微，桓公既贤，而不勉之至王，乃称霸哉？语曰："将顺其美，匡救其恶，故上下能相亲也❷。"岂管仲之谓乎？

【注释】

①小：轻视。

②“将顺其美”句：出自《孝经·事君》。

【译文】

管仲是世人所说的贤臣，但是孔子小看他。难道是孔子认为周王室衰微，桓公既然贤明，管仲不勉励他实行王道却只辅佐他称霸吗？古语说：“要顺势助成君王的美德，纠正挽救君王的过错，所以君臣上下就能亲密无间。”这难道说的是管仲吗？

【原文】

方晏子伏庄公尸哭之，成礼然后去，岂所谓“见义不为，无勇❶”

者邪？至其谏说，犯君之颜，此所谓“进思尽忠，退思补过❷”者哉？假令晏子而在，余虽为之执鞭，所忻慕❸焉。

【注释】

①见义不为，无勇：出自《论语·为政》。

②进思尽忠，退思补过：出自《孝经·事君》。

③忻慕：欣喜，羡慕。忻：同“欣”。

【译文】

当初晏子伏在齐庄公的尸体上痛哭，完成了君臣之礼然后离去，难道是人们所说的“遇到正义的事情不去做，就是没有勇气”的人吗？至于晏子直言进谏，敢于冒犯国君的威严，这就是人们所说的“在朝时想到竭尽忠心，在野时想到弥补过失”的人吗？假使晏子还活着，我即使替他挥动鞭子赶车，也是我高兴和向往的事。

孟尝君列传

【导读】

战国末期，秦国越来越强大，各诸侯国贵族为了应对秦国的威胁和挽救本国的危亡，竭力网罗人才，而社会上的“士”（包括学士、策士、方士或术士以及食客）也企图依附权贵获得锦衣玉食，因此养“士”之风盛行。当时，以养“士”著称的有齐国的孟尝君、赵国的平原君、魏国的信陵君和楚国的春申君，后人称之为“战国四公子”。本篇是《史记》中《孟尝君列传》的节选，重点表现孟尝君田文“好客喜士”，不论贵贱贤不肖，“皆善遇之”。

【原文】

孟尝君在薛，招致诸侯宾客及亡人有罪者，皆归孟尝君。孟尝君舍业厚遇之，以故倾天下之士。食客数千人，无贵贱一与文等。孟尝君待客坐语，而屏风后常有侍史❶，主记君所与客语，问亲戚居

处。客去，孟尝君已使使存问❷，献遗❸其亲戚。

【注释】

①侍史：此指书记官。

②存问：慰问。

③献遗：赠送。

【译文】

孟尝君在薛邑，招揽各诸侯国宾客及逃亡的人，很多人都来归附。孟尝君宁肯舍弃家业也给其丰厚待遇，因此天下贤士都很向往。食客有几千人，一律与田文待遇相同。孟尝君每当接待宾客，与其坐着谈话时，总是在屏风后安排侍史，让他记录谈话内容，记载所问宾客亲戚的住处。宾客刚刚离开，孟尝君就已派使者到宾客亲戚家里慰问，赠送礼物。

【原文】

孟尝君曾待客夜食，有一人蔽火光❶。客怒，以饭不等，辍食辞去。孟尝君起，自持其饭比之。客惭，自刭。士以此多归孟尝君。孟尝君客无所择，皆善遇之。人人各自以为孟尝君亲己。

【注释】

①蔽火光：背着火光。

【译文】

有一次，孟尝君招待宾客吃晚饭，其中一个人背着火光躲在黑影里吃。有个宾客很恼火，认为饭食的质量肯定不一样，放下碗筷就要辞别。孟尝君马上站起来，亲自端着自己的饭与他的相比。那个宾客惭愧得无地自容，就以刎颈自杀表示谢罪。因此愿意归附孟尝君的贤士更多了。孟尝君对于来到门下的宾客都热情接纳，不挑拣，无亲疏，一律给予优厚的待遇。所以宾客人人都认为孟尝君与自己亲近。

【原文】

秦昭王❶闻其贤，乃先使泾阳君❷为质于齐，以求见孟尝君。孟尝君将入秦，宾客莫欲其行，谏，不

听。苏代❸谓曰："今旦代从外来，见木禺❹人与土禺❺人相与语。木禺人曰：'天雨，子将败矣。'土禺人曰：'我生于土，败则归土。今天雨，流子而行，未知所止息也。'今秦，虎狼之国也，而君欲往，如有不得还，君得无为土禺人所笑乎？"孟尝君乃止。

【注释】

①秦昭王：名则，秦惠文王之子，秦武王之弟。

②泾阳君：秦昭王的弟弟，其封地在泾阳（今陕西泾阳西北）。

③苏代：战国时期纵横家苏秦的弟弟。

④木禺：同"木偶"。木雕的神像。

⑤土禺：同“土偶”。泥塑的神像。

【译文】

秦昭王听说孟尝君贤能，就先派泾阳君到齐国做人质，并请求见到孟尝君。孟尝君准备去秦国，而宾客都不赞成他出行，规劝他，他不听，执意前往。这时有个宾客苏代对他说：“今天早上我从外面来，见到一个木偶人与一个土偶人正在交谈。木偶人说：‘天一下雨，你就要坍毁了。’土偶人说：‘我是由泥土生成的，即使坍毁，也要归回到泥土里。若天真的下起雨来，水流冲着你跑，可不知把你冲到哪里去了。’当今的秦国，是个如虎似狼的国家，而您执意前往，如果一旦回不来，您能不被土偶人嘲笑吗？”孟尝君听后，才停止了出行的准备。

【原文】

齐湣王二十五年①，复卒使孟尝君入秦，昭王即以孟尝君为秦相。人或说秦昭王曰：“孟尝君贤，而又齐族也，今相秦，必先齐而后秦，秦其危矣。”于是秦昭王乃止。囚孟尝君，谋欲杀之。

【注释】

①齐湣王二十五年：应作“齐湣王二年”，即公元前299年。

【译文】

齐湣王二十五年，又派孟尝君出

使秦国，秦昭王就让孟尝君做秦国宰相。有的大臣劝说秦王："孟尝君的确贤能，但他是齐王的同宗，虽然现在做了秦国宰相，做什么事肯定先想着齐国而后考虑秦国，秦国可要危险了。"于是秦昭王罢免了孟尝君的宰相职务。他把孟尝君囚禁起来，打算杀掉孟尝君。

【原文】

孟尝君使人抵❶昭王幸姬求解❷。幸姬曰："妾愿得君狐白裘。"此时孟尝君有一狐白裘，直千金，天下无双，入秦献之昭王，更无他裘。孟尝君患之，遍问客，莫能对。

最下坐有能为狗盗者，曰："臣能得狐白裘。"乃夜为狗，以入秦宫臧❸中，取所献狐白裘至，以献秦王幸姬。幸姬为言昭王，昭王释孟尝君。

【注释】

①抵：到，向。

②求解：求救。

③宫臧：宫廷里的仓库。臧：通"藏"。

【译文】

孟尝君知道情况危急，就派人冒昧地去见昭王的宠妾求救。那个宠妾提出条件说："我希望得到孟尝君的白色狐皮裘。"孟尝君来的时候，带有一件白色狐皮裘，价值千金，天下没有第二件，到秦国后献给了昭王，再也没有别的皮裘了。孟尝君为这件事发愁，问遍了宾客，谁也想不出办法。有一位地位不高但擅长偷盗东西的人，说："我能拿到那件白色狐皮裘。"于是当夜装成狗，钻入了秦宫中的仓库，取出献给昭王的那件狐白裘，拿回来献给了昭王的宠妾。宠妾得到后，替孟尝君向昭王说情，昭王便释放了孟尝君。

【原文】

孟尝君得出，即驰去，更封传，变名姓以出关。夜半至函谷关。秦昭王后悔出孟尝君，求之已去，即使人驰传逐之。孟尝君至关，关法❶

鸡鸣而出客，孟尝君恐追至。客之居下坐者有能为鸡鸣，而鸡齐鸣，遂发传❷出。出如食顷，秦追果至关，已后孟尝君出，乃还。始孟尝君列此二人于宾客，宾客尽羞之，及孟尝君有秦难，卒此二人拔之。自是之后，客皆服。

【注释】

①关法：守关的规定。

②发传：出示通行证。

【译文】

孟尝君获释后，立即逃走，更换了出境证件，改了姓名逃出城关。夜半时分到了函谷关。昭王后悔放出了孟尝君，再寻找他，他已经逃走了，就

小墨香书·传世美文

秦汉六朝作品（四）

纸贵满堂 编
朱宝荣 绘

湖南美术出版社
·长沙·

图书在版编目（CIP）数据

传世美文·秦汉六朝作品 / 纸贵满堂编；朱宝荣绘．长沙：湖南美术出版社，2025.1.--（小墨香书）．
ISBN 978-7-5746-0535-0

Ⅰ．I212.01

中国国家版本馆CIP数据核字第20243E289Y号

小墨香书

传世美文·秦汉六朝作品

CHUANSHI MEIWEN · QIN–HAN LIUCHAO ZUOPIN

出 版 人：黄　啸
编　　者：纸贵满堂
绘　　者：朱宝荣
责任编辑：范　琳
装帧设计：刘　畅
出版发行：湖南美术出版社（长沙市东二环一段622号）
印　　刷：廊坊市颖新包装装潢有限公司
开　　本：787 mm × 1092 mm　1/96
印　　张：12
版　　次：2025年1月第1版
印　　次：2025年1月第1次印刷
定　　价：60.00元（全4册）

如有倒装、破损、少页等印装质量问题，请与印刷厂联系调换。
联系电话：0316-2514166

目录

诸葛亮

作者简介

诸葛亮（181—234），字孔明，号卧龙，东汉末琅邪阳都（今山东沂南）人，三国时期蜀汉丞相。刘备死后，诸葛亮受遗诏辅佐后主刘禅，先后六次出兵北伐曹魏，均未成功。234年死于军中，时年五十四岁。代表作有《出师表》《诫子书》等。

前出师表

【导读】

蜀汉建兴元年(223),刘备病逝,将后主刘禅托付给诸葛亮。诸葛亮在平息南方叛乱之后,于建兴五年(227)北上伐魏,临行前上表向后主进言。作者劝勉刘禅继承先帝遗愿,奋发有为,同时表达了自己的决心。文章议论恳切,情感真挚。

【原文】

臣亮言:先帝❶创业未半而中

道崩殂❷。今天下三分，益州❸疲敝，此诚危急存亡之秋也。然侍卫之臣不懈于内，忠志之士忘身于外者，盖追先帝之殊遇，欲报之于陛下也。诚宜开张圣听，以光先帝遗德，恢宏志士之气，不宜妄自菲薄，引喻失义，以塞忠谏之路也。

【注释】

①先帝：刘备。

②崩殂（cú）：古时指皇帝死亡。殂：死亡。

③益州：相当于今四川大部和云南、贵州部分地区。此指蜀汉。

【译文】

臣诸葛亮呈表进言：先帝开创的

大业还未完成一半就中途驾崩了。如今天下三分，蜀汉国力疲乏，百姓困顿不堪，实在是生死存亡的关头啊。但是，在内，朝廷的官员辅佐陛下丝毫不敢懈怠；在外，忠贞的将士舍生忘死，这都是在缅怀先帝的知遇之恩，想要报答给陛下您啊。陛下委实应该广开言路，把先帝的遗德发扬光大，也使大臣们的士气气贯长虹，而不应该妄自菲薄，说出没道理的话，堵塞了忠良进谏的道路。

【原文】

宫中府中，俱为一体，陟❶罚臧否❷，不宜异同。若有作奸犯科

及为忠善者，宜付有司论其刑赏，以昭陛下平明之理，不宜偏私，使内外异法也。

【注释】

①陟（zhì）：提升。

②臧否（pǐ）：善恶。此指表扬和批评。

【译文】

皇宫中的侍臣和丞相府中的官员，都属于一个整体，奖惩赏罚，不应该区别对待。如果有作奸犯科之徒或者有人忠诚善良，都应该交予有关部门加以处罚或奖赏，以此昭示陛下公平清明的治理，不应该有所偏爱，使得内外法令不同。

【原文】

侍中❶、侍郎❷郭攸之、费祎、董允等，此皆良实，志虑忠纯，是以先帝简拔❸以遗陛下。愚以为宫中之事，事无大小，悉以咨之，然后施行，必能裨❹补阙漏，有所广益。将军向宠，性行淑均，晓畅军事，试用于昔日，先帝称之曰能，是以众议举宠以为督。愚以为营中之事，事无大小，悉以咨之，必能使行阵和穆，优劣得所也。

【注释】

①侍中：侍从皇帝左右，以备应对顾问的官员。

②侍郎：宫廷近侍官员。

③简拔：选拔。

④裨（bì）：增益。

【译文】

侍中、侍郎郭攸之、费祎、董允等都是忠厚老实的人，志气忠贞，心思纯洁，所以先帝把他们选拔出来侍奉陛下。我以为宫中不论大事小事，都拿来问问他们，然后再去处理，一定可以查漏补缺，有所裨益。向宠将军，品行端庄，精通军事，先前被任用时，先帝就夸他是个能人，所以众人推举他担任中部督。我以为军营中不管大事小事，都可以拿来问他，一定能够使军队齐心协力，将士各得其所。

【原文】

亲贤臣，远小人，此先汉❶所以兴隆也；亲小人，远贤臣，此后汉❷所以倾颓也。先帝在时，每与臣论此事，未尝不叹息痛恨于桓、灵也。侍中、尚书、长史、参军，此悉贞亮❸死节之臣也，愿陛下亲之信之，则汉室之隆，可计日而待也。

【注释】

①先汉：西汉。

②后汉：东汉。

③贞亮：忠贞诚实。

【译文】

亲近贤臣，疏远小人，这是汉朝前期强盛的原因；亲近小人，疏远贤臣，这是汉朝后期倾覆的原因。先帝在世时，每每与臣谈论起此事，都要哀叹惋惜桓、灵二帝的做法。侍中郭攸之、费祎，尚书令陈震，长史张裔，参军蒋琬，他们都是忠贞坦荡、能以身殉国之士，但愿陛下亲近并信赖他们，那么汉室的兴隆就为期不远了。

【原文】

臣本布衣，躬耕于南阳，苟全性命于乱世，不求闻达于诸侯。先帝不以臣卑鄙❶，猥❷自枉屈❸，三顾臣于草庐之中，咨臣以当世之事，由是感激，遂许先帝以驱驰❹。后值倾覆，受任于败军之际，奉命于危难

之间，尔来二十有一年矣。先帝知臣谨慎，故临崩寄臣以大事也。

【注释】

①卑鄙：地位、身份低微，见识短浅。

②猥（wěi）：辱。此指降低身份。

③枉屈：枉驾屈就。

④驱驰：奔走效劳。

【译文】

我本来是一介布衣，在南阳耕地犁田，但求在乱世之中苟且偷生，不求闻名显赫于诸侯之列。先帝不介意我出身卑微，学识浅陋，不惜降低身份，屈尊前来，三顾茅庐，向我征询对天下大事的看法。我感激不已，允诺为他奔走效力。后来适逢战争失利，

我临危受命，到如今已有二十一年了。先帝知道我谨言慎行，所以临终前把辅佐陛下兴复汉室的大事托付与我。

【原文】

受命以来，夙夜❶忧叹，恐托付不效，以伤先帝之明。故五月渡泸❷，深入不毛。今南方已定，兵甲已足，当奖帅三军，北定中原，庶竭驽钝❸，攘除❹奸凶，兴复汉室，还于旧都。此臣之所以报先帝，而忠陛下之职分也。至于斟酌损益，进尽忠言，则攸之、祎、允之任也。

【注释】

①夙夜：日夜。

②泸：水名，金沙江的支流。

③驽（nú）钝：比喻才能平庸。此处为诸葛亮自谦的话。

④攘（rǎng）除：铲除。

【译文】

接受任命以来，我日思夜想，忧虑叹息，深恐托付之事不能完成，有伤先帝的明鉴之名。所以五月份我率兵渡过泸水，深入荒芜之地。现在南方已被平定，兵力装备充足，是统率三军，北上收复中原的时候了。我将尽全力铲平曹魏，兴复汉室，打回故都。这也是我回报先帝，向陛下尽责的分内之事。至于权衡治理朝政的得失，向陛下进献忠言，那就是郭攸之、费祎、董允的责任了。

【原文】

愿陛下托臣以讨贼兴复之效，不效，则治臣之罪，以告先帝之灵。若无兴德之言，则责攸之、祎、允之咎，以彰其慢。陛下亦宜自谋，以咨诹❶善道，察纳雅言，深追先帝遗诏，臣不胜受恩感激。

【注释】

①咨诹（zōu）：询问。

【译文】

希望陛下把讨伐曹魏、兴复汉室的大任托付给臣，若不能完成，就请降罪于我，以此告慰先帝的亡灵。如果陛下听不到勉励发扬圣德的劝告，那就追究郭攸之、费祎、董允等人的怠慢之责。陛下自己也应该对国事多加谋虑，探求治理朝政的正道，察明采纳好的主张，深切追念先帝的遗诏，我对此将感激不尽。

【原文】

今当远离，临❶表涕泣，不知所云。

【注释】

①临：面对。

【译文】

现在我即将离朝远征，面对表文，泪流不止，也不知说了些什么。

后出师表

【导读】

《后出师表》载于三国时期吴国张俨的《默记》，一般认为是诸葛亮的作品，为《前出师表》的姊妹篇。建兴六年（228），魏国大举进军东吴，魏将曹休为吴将陆逊所败，魏军精锐东下，关中虚弱。诸葛亮认为北伐时机已到，准备出兵伐魏。但是，蜀汉朝廷内部出现了一些反对的声音。为此，诸葛亮再次上表，向后主刘禅阐明北伐不仅是为实现先帝的遗愿，也是关系到蜀汉的生死存亡，最后以“鞠躬尽力，死而后已”表达了自己的决心。

【原文】

先帝虑汉、贼❶不两立，王业不偏安❷，故托臣以讨贼也。以先帝之明，量臣之才，故知臣伐贼，才弱敌强也，然不伐贼，王业亦亡，惟坐而待亡，孰与❸伐之？是故托臣而弗疑也。

【注释】

①贼：指曹魏。

②偏安：指封建王朝失去中原而苟安于仅存的部分领土。

③孰与：何如。

【译文】

先帝考虑到汉室和曹贼不能并存，帝王之业不能苟且偷安于一地，所以托付臣下去讨伐曹魏。以先帝的英明，估量臣下的才干，本来就知道臣下要去征讨曹贼，我的才能微弱而敌人强大，但是，不去讨伐曹贼，王业也会败亡，与其坐而待毙，何不主动去征伐敌人呢？因此毫不迟疑地把讨贼兴汉的大业托付给我了。

【原文】

臣受命之日，寝不安席，食不甘味。思惟北征，宜先入南，故五

月渡泸，深入不毛，并日而食❶。臣非不自惜也，顾王业不可得偏安于蜀都，故冒危难以奉先帝之遗意也，而议者谓为非计❷。今贼适疲于西，又务于东，兵法乘劳❸，此进趋之时也。谨陈其事如左：

【注释】

①并日而食：两天只吃一天的饭。

②非计：不是上策。

③劳：劳顿。

【译文】

我从接受任命的那天起，睡不安稳，食无滋味。想到要去北伐，应该先南征，所以五月率军渡过泸水，深入不毛之地，两天才吃一日的军

粮。我不是不爱惜自己啊，而是看到帝王之业不可能偏安于蜀地，所以冒着危险来执行先帝的遗愿，可是群臣却说这不是上策。如今敌人恰好在西面疲于对付边县的叛乱，东面又要竭力去应付孙吴的进攻，兵法要求抓住敌人疲劳的机会发动进攻，当前正是赶快进军的时机。我恭敬地把对这些事的看法陈述如下：

【原文】

高帝明并日月，谋臣渊深，然涉险被创，危然后安。今陛下未及高帝，谋臣不如良、平❶，而欲以长策取胜，坐定天下，此臣之未解一也。

【注释】

①良、平：张良和陈平，都是汉高祖的谋士。

【译文】

高祖皇帝的英明，可以和日月相比，他的谋臣见识广博，谋略深远，但还是要经历艰险，身受战争创伤，遭遇危难然后才得以安定。现在，陛下比不上高祖皇帝，谋臣也不如张良、陈平，而想用长期对峙的战略来取胜，坐等着平定天下，这是我所不能理解的第一点。

【原文】

刘繇、王朗各据州郡，论安言

计，动引圣人，群疑满腹，众难塞胸。今岁不战，明年不征，使孙策坐大❶，遂并江东，此臣之未解二也。

【注释】

①坐大：自然地强大起来。

【译文】

刘繇、王朗，各自占据州郡，在议论安守策略时，动不动就引用古代圣贤的话，大家满腹疑虑，各种非议充塞胸中。他们今年不去伐战，明年不去征讨，结果让孙策安然强大起来，终于并吞了江东，这是我所不能理解的第二点。

【原文】

曹操智计殊绝于人，其用兵也，仿佛孙、吴❶，然困于南阳❷，险于乌巢❸，危于祁连❹，逼于黎阳❺，几败北山❻，殆死潼关❼，然后伪定❽一时耳。况臣才弱，而欲以不危而定之，此臣之未解三也。

【注释】

①孙、吴：孙膑和吴起，都是战国时的军事家。

②困于南阳：建安二年（197），曹操在宛城（今河南南阳）为张绣所败，身中流矢。

③险于乌巢：建安五年（200），曹操与袁绍在官渡相持，因焚烧掉袁绍

在乌巢所屯的粮草才得以险胜。

④危于祁连：建安九年(204)，曹操围困邺(今河北临漳南)，袁尚败守祁山，曹操两次打败他，又围困邺城，险被袁将审配的伏兵射中。祁连：疑指邺附近的祁山。

⑤逼于黎阳：建安八年(203)，袁谭、袁尚固守黎阳(今河南浚县东北)，曹操连战不克。

⑥几败北山：建安二十四年(219)，曹操与刘备争夺汉中，运粮经北山，为蜀将赵云所败。

⑦殆死潼关：建安十六年(211)，曹操与马超、韩遂战于潼关，险些丧命。

⑧伪定：曹操统一北方，取得了政权。诸

葛亮以蜀汉为正统，称曹魏为“伪”。

【译文】

曹操的智谋远超常人，他用兵像孙膑、吴起那样，但是在南阳受困，在乌巢遇险，在祁山遭到厄难，在黎阳被敌困逼，几乎惨败于北山，差一点死在潼关，然后才僭称国号于一时。何况我才能低下，而竟想不冒艰险来平定天下，这是我所不能理解的第三点。

【原文】

曹操五攻昌霸❶不下，四越巢湖❷不成，任用李服❸而李服图之，委任夏侯❹而夏侯败亡。先帝每称操为能，犹有此失，况臣驽下，何能

必胜？此臣之未解四也。

【注释】

①昌霸：建安四年（199），东海昌霸叛曹，归附刘备。

②四越巢湖：曹魏以合肥为军事重镇，巢湖在其南面。孙吴在巢湖以南长江边上的濡须口设防，曹操与孙吴曾多次在这一带作战。

③李服：此处应为王服。建安四年（199），车骑将军董承联络将军吴子兰、王服和刘备等谋诛曹操，董承、吴子兰、王服等被杀。

④夏侯：曹魏大将夏侯渊。夏侯渊镇守汉中，建安二十四年（219）在定军山（今陕西勉县东南）为蜀将黄

忠所杀。

【译文】

曹操五次攻打昌霸而没能攻下，四次想跨越巢湖而未成功，任用李服，而李服图谋杀死他，委用夏侯渊，而夏侯渊却战败身亡。先帝常常称赞曹操有能耐，可还是有这些挫败，何况我才能低劣，怎能保证一定获胜呢？这是我所不能理解的第四点。

【原文】

自臣到汉中，中间期年耳，然丧赵云、阳群、马玉、阎芝、丁立、白寿、刘郃、邓铜等及曲长、屯将❶七十余人，突将、无前、賨、叟、青、羌❷散

骑、武骑一千余人，此皆数十年之内所纠合四方之精锐，非一州之所有。若复数年，则损三分之二也，当何以图敌？此臣之未解五也。

【注释】

①曲长、屯将：部曲中的将领。曲、屯都是军队的编制单位。

②賨（cóng）、叟、青、羌：均为西南地区的少数民族。

【译文】

自从我进驻汉中以来，已经有一年的时间，然而这期间丧失了赵云、阳群、马玉、阎芝、丁立、白寿、刘郃、邓铜等将领，以及部曲将官、屯兵将官七十余人，突将、无前、賨、叟、青、羌散骑、武骑等一千余人。这些都是几十年内从各处招集起来的精锐力量，不是蜀地一州所能拥有的。如果再过几年，就会损失原有兵力的三分之二，那时拿什么去对付敌人呢？这是我所不能理解的第五点。

【原文】

今民穷兵疲，而事[1]不可息，事不可息，则住与行劳费正等，而不及早图之，欲以一州之地与贼持久，此臣之未解六也。

【注释】

①事：战事。

【译文】

如今百姓贫穷兵士疲乏，但战争不可能停息，战争不能停息，那么防守和进攻，在劳力和费用上实际相等，不趁此时去征讨敌人，却想用一州之地来和敌人长久对峙，这是我所不能理解的第六点。

【原文】

夫难平❶者，事也。昔先帝败军于楚❷，当此时，曹操拊手❸，谓天下已定。然后先帝东连吴、越，西取巴、蜀，举兵北征，夏侯授首❹，此操之失计而汉事将成也。然后吴更违盟，关羽毁败❺，秭归蹉跌❻，

曹丕称帝❼。凡事如是，难可逆料。臣鞠躬尽力，死而后已，至于成败利钝，非臣之明所能逆睹❽也。

【注释】

①平：同“评”，评论。

②败军于楚：建安十三年（208），曹操大军南下，刘备在当阳长坂被打败。当阳属古楚地。

③拊（fǔ）手：拍手。

④授首：交出脑袋。

⑤关羽毁败：刘备入川时，关羽镇守荆州。建安二十四年（219），孙权乘关羽北攻曹魏，袭取荆州，关羽父子被杀。

⑥秭归蹉跌：蜀汉章武元年（221），

刘备亲自领兵伐吴，破吴军于秭归（今属湖北）。次年，刘备为吴将陆逊所败，逃到秭归，收拢残部。蹉跌：比喻失败。

⑦曹丕称帝：建安二十五年（220），曹丕废汉献帝为山阳公，建立魏国，自立为魏文帝。

⑧逆睹：预知。

【译文】

在所有事情中最难预测的，就是战事。当初先帝兵败于楚地，那时曹操拍手称快，以为天下局势已定。但是，后来先帝东面与孙吴联合，西面夺取了巴蜀之地，出兵北伐，斩了夏侯渊的头，这是曹操没有算计到的，眼看复兴汉室的大业快要成功了。但是，后来孙吴改变立场违背盟约，关羽战败被杀，先帝伐吴时在秭归遭到挫败，而曹丕就此称帝。凡事都像这样，难以预料。我只有竭尽全力，到死方休罢了，至于伐魏兴汉是成功还是失败，是顺利还是遭遇挫折，那不是我的智力所能预见的。

李密

作者简介

李密（224—287），字令伯，犍为武阳（今四川彭山）人，西晋时期大臣、文学家。曾任蜀国尚书郎。晋灭蜀后，晋武帝召他任职，他以祖母年老多病，无人奉养为由推辞，直到祖母去世后才出任太子洗马、尚书郎、汉中太守等职，后被罢官，死于家中。

陈情表

【导读】

本文是李密写给晋武帝司马炎的奏章。李密年幼丧父，母亲不久就改嫁了，由其祖母刘氏养育成人，后以孝闻名于世。晋武帝屡次召他入仕，李密以年老体弱的祖母需要人照顾为由，呈上《陈情表》，说明无法应诏的原因。据说晋武帝看后，被李密的孝心感动，不仅同意了他的请求，还赐给他赡养祖母的费用。

【原文】

臣密言：臣以险衅❶，夙遭闵❷凶。生孩六月，慈父见背；行年四岁，舅夺母志❸。祖母刘，愍❹臣孤弱，躬亲抚养。臣少多疾病，九岁不行❺，零丁孤苦，至于成立。既无叔伯，终鲜兄弟。门衰祚❻薄，晚有儿息❼。

【注释】

①险衅（xìn）：恶兆，厄运。衅：征兆。

②闵（mǐn）：同“悯”，忧患。

③舅夺母志：舅父逼迫母亲放弃守寡的意志而改嫁。夺：逼迫改变。志：此指守节不嫁之志。

④愍（mǐn）：怜悯。

⑤不行：不会走路。

⑥祚（zuò）：福分。

⑦儿息：儿子。

【译文】

臣李密呈言：我命运多舛，自幼年即开始遭遇不幸。刚生下六个月，我的父亲就离开了人世；四岁的时候，舅舅逼着母亲改嫁了。我的祖母刘氏怜悯我孤身只影，又体弱多病，于是亲自养育我。我孩提时经常病魔缠身，到九岁的时候还不能直立行走，孤苦伶仃，直至成人。我没有叔伯，也没有兄弟。门庭衰微，福祚不深，很晚才有儿子。

【原文】

外无期功❶强近之亲，内无应门❷五尺之童❸，茕茕孑立❹，形影相吊。而刘夙婴❺疾病，常在床蓐❻，臣侍汤药，未曾废离。

【注释】

①期（jī）功：代指血缘关系较近的亲属。古代丧礼，凡为祖父母、伯叔父母、兄弟姐妹、妻子服丧一年，叫期服；凡为堂伯叔、堂兄弟等服丧九个月或五个月，叫功服。

②应门：照应门户。

③童：僮仆。

④茕（qióng）茕孑（jié）立：孤独无依的样子，形容无依无靠，非常孤单。

茕茕：孤立无援的样子。孑立：单独而立。

⑤婴：纠缠，缠绕。

⑥蓐（rù）：草席。

【译文】

外面没有血缘深厚的亲戚，家里又没有帮忙看家的仆人，无依无靠。我的祖母常年疾病缠身，卧床不起，我端汤送药，对她不离不弃。

【原文】

逮❶奉圣朝，沐浴清化。前太守臣逵，察臣孝廉❷；后刺史臣荣，举臣秀才。臣以供养无主❸，辞不赴命。

【注释】

①逮：及，到。

②孝廉：当时选拔人才的科目，指孝事父母，品行清廉的人。汉武帝时，令各郡每年向中央推举孝廉一名，晋代仍沿袭此制。

③供养无主：祖母无人料理。

【译文】

等到圣朝成立后，我沐浴着清明的政治教化。先有郡太守逵考察举荐臣为孝廉，后有益州刺史荣选拔臣为秀才。臣因为没有人赡养祖母，所以辞谢，没有赴命。

【原文】

诏书特下，拜❶臣郎中❷。寻❸蒙国恩，除❹臣洗马❺。猥以微贱，当侍东宫❻，非臣陨首❼所能上报。臣具以表闻，辞不就职。

【注释】

①拜：授官。

②郎中：官名，晋时为各曹司的长官。

③寻：不久。

④除：除去旧职授予新职。

⑤洗（xiǎn）马：太子的属官。

⑥东宫：借指太子，太子居东宫。

⑦陨（yǔn）首：杀身。

【译文】

朝廷又下诏书，赐臣郎中的职位。

紧接着，国恩浩荡，又任命臣为洗马。以我的卑微之身，东宫侍奉太子，臣就是杀身捐躯也不能回报朝廷。对此，我以表文细细陈述，推辞没有去上任。

【原文】

诏书切峻❶，责臣逋慢❷；郡县逼迫，催臣上道；州司临门，急于星火。臣欲奉诏奔驰，则以刘病日笃❸；欲苟顺私情，则告诉不许。臣之进退，实为狼狈。

【注释】

①切峻：急切而严厉。

②逋（bū）慢：回避怠慢。

③日笃：一天天沉重。

【译文】

然而诏书急迫严厉，以回避、轻慢之责问臣。郡县官吏不停催促我上路，州官光临寒舍，显得比流星还要急。我也想奉旨为朝廷效力，但祖母的病日见加重，想以私事为重，又不被批准。我进退两难，委实狼狈。

【原文】

伏惟❶圣朝以孝治天下，凡在故老，犹蒙矜育，况臣孤苦，特为尤甚。且臣少事伪朝❷，历职郎署❸，本图宦达，不矜❹名节。

【注释】

①伏惟：旧时奏表中臣对君常用的敬词。

②伪朝：指已灭亡的蜀汉。
③郎署：郎官的衙署。
④矜（jīn）：顾惜，爱惜。

【译文】

想到圣明的王朝是以孝道来治理天下的，但凡年老之人皆有所养，何况我的孤苦无助又特别严重。而且我曾经在蜀汉任过职，做过郎中和尚书郎，图的就是一个通达显赫，无意以守节死志为荣。

【原文】

今臣亡国贱俘❶，至微至陋，过蒙拔擢，宠命优渥❷，岂敢盘桓❸，有所希冀？但以刘日薄❹西山，气

息奄奄，人命危浅，朝不虑夕。

【注释】

①亡国贱俘：指蜀汉旧臣。

②优渥（wò）：优厚。

③盘桓：徘徊观望。此指辞不赴命。

④薄：迫近。

【译文】

如今我也只是一个亡国之奴，地位卑贱低下，承蒙过度提拔，赏赐的官禄优厚，哪还敢踌躇不前，还抱有其他的想法呢？但是祖母身体日渐衰微，生命已是危在旦夕。

【原文】

臣无祖母，无以至今日；祖母

无臣，无以终余年❶。祖孙二人，更相为命，是以区区不能废远。臣密今年四十有四，祖母刘今年九十有六，是臣尽节于陛下之日长，报养刘之日短也。乌鸟私情❷，愿乞终养。

【注释】

①余年：剩下的日子，即残年。

②乌鸟私情：相传乌鸦能反哺，幼鸟长大后会捕虫哺养老鸟。

【译文】

我没有祖母的养育，不会有今天；我不去侍奉祖母，祖母将无人照料，不能安然度过余生。我和祖母相依为命，实在不忍抛弃祖母，远行赴任。如今我四十四岁，我的祖母已经九十六岁，我能效力于陛下的时间还很长，而向祖母尽孝的日子却不多了。乌鸦尚能反哺，我乞求准许侍奉祖母终老。

【原文】

臣之辛苦，非独蜀之人士及二州牧伯❶所见明知，皇天后土❷，实所共鉴。

愿陛下矜愍愚诚，听臣微志。庶❸刘侥幸，卒保余年。臣生当陨首，死当结草❹。臣不胜犬马怖惧之情，谨拜表以闻。

【注释】

①牧伯：古代称州长官为牧或方伯，

此处代指刺史。

②皇天后土：天和地。

③庶：庶几，或许。

④结草：报恩。春秋时，晋国大夫魏武子临终时，嘱咐儿子魏颗将其爱妾杀死殉葬，魏颗没有照办，而是让她改嫁。后来魏颗与秦将杜回作战，一位老人用草打结将杜回绊倒，帮助魏颗擒获杜回。晚上，魏颗梦见那个老人，老人自称是那名爱妾的父亲，特来报恩。

【译文】

我内心的辛酸苦楚，非但蜀地百姓及益、梁二州的长官有目共睹，就是天地鬼神也一起明鉴。

希望陛下体会我愚笨忠诚的心，恩准我小小的请求，让我陪伴祖母，使她安享余年。我活着定当杀身捐躯尽忠报国，死了也要结草衔环回报恩德。我掩饰不住难以承受的惶恐心情，谨慎地奉上此表让您知道。

陆机

作者简介

陆机（261—303），字士衡，吴郡吴县（今江苏苏州）人，西晋文学家、书法家。书法代表作有《平复帖》。原有文集，已佚，宋人辑有《陆士衡文集》。

文赋

【导读】

本文是中国文学理论史上的经典之作，作者系统地讨论了文学创作问题，不仅具有重要的理论价值，还具有文学之美，是一篇不可多得的佳作。本文以辞赋的形式写成，全篇用词考究，注重对仗、节奏、音律、物象、色彩之美。比如，它以音乐作喻，借音乐“靡应”“不和”“不悲”“不雅”“不艳”五种弊病，批判文章中的文病，形象具体，匠心独具。

【原文】

余每观才士之所作，窃有以得其用心。夫放言❶遣辞，良多变矣。妍蚩❷好恶，可得而言。每自属文，尤见其情。恒患意不称物，文不逮意。盖非知之难，能之难也。故作《文赋》，以述先士之盛藻❸，因论作文之利害所由，他日殆可谓曲尽其妙❹。至于操斧伐柯❺，虽取则❻不远，若夫随手之变❼，良难以辞逮。盖所能言者，具于此云。

【注释】

①放言：运用语言。

②蚩：通"媸"，即丑。

③盛藻：优秀的作品。

④曲尽其妙：穷尽文章写作的奥妙。

⑤操斧伐柯：指借鉴前人的创作经验。柯：斧柄。

⑥则：法则，标准。

⑦随手之变：指临文之际随时出现的变化。

【译文】

每当我品读那些才气纵横的文士的大作时，自以为能体会到他们创作时的心路历程。他们的遣词造句的确变化多端，不易揣摩，但是其文章的美丑、好坏仍可深入体会并加以评论。我自己进行创作时，尤其能体会到别人创作的艰辛。文士写作时，常常苦恼的是意不表物，词不达意。大概意识到这个问题不难，难的是如何解决。所以我作《文赋》，借品论前人的佳作，来谈谈创作成败的关键。或者也可以说，前人的佳作已将行文的要诀婉转地表达出来了。至于向前人学习，就好像是按照斧子的大小来做斧柄，样式已有，但是其中的技巧还得自己揣摩，因为它实在难以言表。凡是能用语言表达出来的都在这篇《文赋》里了。

【原文】

伫中区以玄览❶，颐情志于《典》《坟》❷。遵四时以叹逝，瞻万物而思纷。悲落叶于劲秋，喜柔

条于芳春。心懔懔❸以怀霜，志眇眇❹而临云。咏世德之骏烈❺，诵先人之清芬。游文章之林府❻，嘉丽藻之彬彬。慨投篇而援笔❼，聊宣之乎斯文。

【注释】

①玄览：深刻地观察。

②《典》《坟》：《三坟》《五典》。此处泛指古代书籍。

③懔懔：危惧的样子。

④眇（miǎo）眇：高远的样子。

⑤骏烈：丰功伟绩。

⑥林府：指众多的文章。

⑦慨投篇而援笔：有所感慨，就把所阅读的作品放在一边，提起笔准备

写作。

【译文】

伫立于天地之间，细致观察万事万物；博览古籍，以陶冶情操。随着四季的变化而叹光阴易逝，观万物盛衰而感慨良多。为深秋落叶而暗自神伤，为阳春新芽吐露而心生愉悦。心存敬畏好像胸怀冰霜，志存高远而如临云间。讴歌前人的盛业，诵读先贤的佳作。尽情穿行于文章之林，品味文辞优美的篇章。心有所感，于是毅然提笔作文。

【原文】

其始也，皆收视反听❶，耽思❷

傍讯，精骛八极❸，心游万仞。其致也，情曈昽❹而弥鲜，物昭晢❺而互进。倾群言之沥液❻，漱六艺之芳润。浮天渊以安流，濯下泉而潜浸。于是沉辞怫悦❼，若游鱼衔钩，而出重渊之深；浮藻联翩，若翰鸟❽缨缴，而坠曾❾云之峻。收百世之阙文，采千载之遗韵。谢❿朝华于已披，启夕秀于未振。

【注释】

①收视反听：不视不听，集中思想。

②耽思：深思，专心思考。

③八极：八方极远之处。

④曈（tóng）昽（lóng）：由暗而渐明的样子。

⑤昭晢（zhé）：清晰，明白。

⑥沥液：点滴，指文籍的精华。

⑦怫悦：指吐辞艰涩。

⑧翰鸟：高飞之鸟。

⑨曾：通“层”。

⑩谢：弃。

【译文】

创作之初，要停止视听，精心思索，精神飞驰于八极之远，思想神游于万仞之高。灵感涌现的时候，犹如日出，刚开始略显模糊，而后慢慢明朗，物象随之清晰。饱览过的群书精髓纷纷浮现脑海，六经精华集于笔尖。神思或上到天河安然浮游，或深入地泉潜游其中。有时吐辞艰难，犹如将咬钩之鱼从深渊处一点点拉出水面；有时文思泉涌，像中箭的鸟从高空坠落。寻百世未竟之语，采千载未达之意。要避免使用前人那些像已开的朝花般陈旧的辞藻，而要采用那些像晚上含苞待放的花朵般秀丽的新词。

【原文】

观古今于须臾❶，抚四海于一瞬。然后选义按部，考辞就班❷，抱景❸者咸叩，怀响者毕弹。或因枝以振叶，或沿波而讨源；或本隐以之显，或求易而得难；或虎变而兽扰，或龙见而鸟澜❹；或妥帖而易施，或岨峿❺而不安。罄澄心以凝思，眇❻众虑而为言。笼天地于形内，挫万物于笔端。

【注释】

①须臾：形容极短的时间。

②选义按部，考辞就班：指安排文义，组织章句。

③景：通“影”。

④澜：散。

⑤岨（jǔ）峿（yǔ）：也作“龃龉”，抵触。

⑥眇：通“妙”。

【译文】

在构思时，想象要在刹那间博古通今，在瞬间抚念四海。要按照文章内容安排结构，按照结构挑选词语。有形状的物体要尽力描绘它的形状，有声音的物体要全力呈现其声。有时就像以枝条振动带动树叶振动，有时又像随水波寻找源头。或者从隐处着手慢慢阐述明白，或者由浅入深，层层递进。有时如虎啸深山，百兽驯服；有时又如龙现碧海，群鸟惊飞。有时信手拈来就十分妥帖，有时苦思所得却也词意难合。这时要凝神静气地思索，将各种思绪整理成语言。纳天地为形象，描万物于笔下。

【原文】

始踯躅❶于燥吻，终流离于濡❷翰。理扶质以立干，文垂条而结繁。信情貌之不差，故每变而在颜。

思涉乐其必笑，方言哀而已叹。或操觚❸以率尔❹，或含毫而邈然❺。

【注释】

①踯（zhí）躅（zhú）：徘徊不前。

②濡（rú）：渍。

③觚：古代用来书写的木简。

④率尔：不经意。

⑤邈然：渺茫。

【译文】

动笔之时，如干唇吐字，断断续续，最终文如泉涌，一泻如注。思想如同树木的主体，要使之突出成为主干；辞藻犹如树木的枝丫，要用繁枝茂叶作为树干的装饰。思想与文辞应该一致，就像内心情感变化表现于脸。

一想到快乐必面带笑容，当谈到悲伤就叹息不已。有时一挥而就，便作得佳篇；有时苦思冥想，却无从下笔。

【原文】

伊兹事❶之可乐，固圣贤之所钦。课虚无以责有，叩寂寞而求音。函绵邈于尺素，吐滂沛❷乎寸心。言恢之而弥广，思按之而逾深。播芳蕤❸之馥馥，发青条之森森。粲❹风飞而飙❺竖，郁云❻起乎翰林❼。

【注释】

①兹事：指写作之事。

②滂沛：气势盛大。

③蕤（ruí）：草木花垂貌。也指花。

④粲：鲜明。

⑤飙（biāo）：暴风。

⑥郁云：浓云。

⑦翰林：文坛。

【译文】

文章创作乐在其中，因此一直为圣贤们所喜爱。抽象的就赋予其具体形状，无声的就给它配以声响。大事件缩于小篇幅，大道理出于寸心间。扩充辞藻容量，使构思更为宏大，思想也就越来越深刻。佳作如鲜花一样散发出浓浓清香，又如柳枝一般茂密繁盛。文思喷涌如疾风突起，又如浓云升起在文坛。

【原文】

体有万殊，物无一量。纷纭挥霍❶，形难为状。辞程❷才以效伎❸，意司契❹而为匠。在有无而僶俛❺，当浅深而不让。虽离方而遁员，期穷形而尽相。故夫夸目❻者尚奢，惬心者贵当。言穷者无隘，论达者唯旷。

【注释】

①挥霍：轻捷迅疾的样子。

②程：同“呈”，显示。

③伎：技艺，才能。

④司契：文辞能恰切地传情达意。

⑤僶（mǐn）俛（miǎn）：勤奋。

⑥夸目：炫耀。

【译文】

文章体裁各种各样，事物形态千差万别。它们变化万千，状况实难描述。文辞好比竞相献技的能工，构思犹如掌握全局的巧匠。文章内容的丰简在于是否努力寻求，用词的深浅要视文章内容而定。有时尽管不遵常理，但依然能逼真地描绘出事物的形状。所以，喜欢华丽辞藻的人就崇尚浮艳，喜欢讲道理的人就主张语言要准确严谨，喜欢铺陈的人就不受形式所限，喜欢论理畅达的人文章便旷达。

【原文】

诗缘情而绮靡，赋体物而浏

亮。碑披文以相质❶，诔❷缠绵而凄怆。铭博约而温润，箴顿挫而清壮。颂优游以彬蔚❸，论精微而朗畅❹。奏平彻❺以闲雅，说炜晔❻而谲诳❼。虽区分之在兹，亦禁邪而制放。要辞达而理举，故无取乎冗长。

【注释】

①质：实质，事实。

②诔（lěi）：哀悼死者的文章。

③彬蔚：指富有文采。

④朗畅：明白畅达。

⑤平彻：气平和而说理透彻。

⑥炜（wěi）晔（yè）：光明的样子。

⑦谲（jué）诳（kuáng）：语言奇诡而有诱惑力。

【译文】

诗歌用以抒发感情，因而文辞要绚丽、细腻；赋用以体察事物，因而要有条有理、明快清晰；碑记述生平，故而要质文相符；诔哀悼死者，所以要缠绵凄切；铭记述功劳，故而要言简意赅，语言温雅；箴讽刺得失，所以声音要顿挫有别，文辞要掷地有声；颂歌功颂德，所以要文气舒畅，辞藻丰茂；论偏重评论，因而要逻辑缜密，语言顺畅；奏用以上奏叙事，故而要平整得体，通顺在理；说用以明辨是非，故而要鲜明锋利，令人信服。文体虽有如上区分，但皆不能淫邪、放浪。要词意准确，条理清晰，但是篇幅不能冗长。

【原文】

其为物也多姿，其为体也屡迁。其会意也尚巧，其遣言也贵妍。暨❶音声之迭代，若五色之相宣。虽逝止之无常，故崎锜❷而难便❸。苟达变而识次❹，犹开流以纳泉。如失机而后会，恒操末以续颠。谬玄黄之秩叙❺，故淟涊❻而不鲜。

【注释】

①暨（jì）：及，到。

②崎（qí）锜：不安。

③便：适宜。

④次：次序。

⑤秩叙：次序。

⑥淟（tiǎn）涊（niǎn）：污浊。

【译文】

事物姿态万千，文章体裁也经常变化。构思要巧妙，造句要华美。音韵要高低长短相间，好像五色互相配合、渲染。尽管对于辞藻的取舍没有固定的标准，可文辞的安排也很难有最合适的，但是了解了变化的规律，就会像疏河引水那样自然。如果错过了变化的时机再去更改，就会本末倒置。就好像弄错了黑色和黄色的顺序，文章就浑浊不清，不能光鲜动人了。

【原文】

或仰逼❶于先条❷，或俯侵于后章❸；或辞害而理比❹，或言顺

而义妨。离之则双美，合之则两伤。考殿最❺于锱铢，定去留于毫芒；苟铨衡❻之所裁，固应绳其必当。

【注释】

①逼：侵迫。

②先条：此指上文。

③后章：此指下文。

④比：和顺。

⑤殿最：古代考核军功或政绩，以上等为最，下等为殿。此指文辞的高下。

⑥铨（quán）衡：衡量轻重的器具。

【译文】

有时后文对前文有抵触，有时前文对后文有侵害。有时文辞芜杂但道理通顺，有时言辞畅通但道理不对。

将二者分离，则都有好处；将二者合起来，则互伤。从细微处去考究词义的优劣，严格决定辞藻的取舍。如果衡量到文章有不足之处，就应该纠正，务必使内容文辞一致。

【原文】

或文繁理富，而意不指适❶。极无两致，尽不可益。立片言而居要，乃一篇之警策。虽众辞之有条，必待兹而效绩。亮功多而累寡，故取足而不易❷。

【注释】

①适：主旨。

②易：改变。

【译文】

有时文章词语丰富，道理繁多，但要表达的意思却不清楚。文章的主旨只有一个，阐述清楚了便无须多言。将几句精练的话放在关键的地方，突出其是中心警句。尽管通篇词句条理分明，但有了警句才更能发挥出整体功效。如果文章出彩之处众多，败笔较少，便不需要多改了。

【原文】

或藻思绮合，清丽芊眠。炳❶若缛绣❷，凄若繁弦。必所拟之不殊，乃暗合乎曩❸篇。虽杼轴❹于予怀，怵他人之我先。苟伤廉而愆

义❺，亦虽爱而必捐❻。

【注释】

①炳：明亮。

②缛绣：锦绣。

③曩（nǎng）：从前。

④杼轴：织布机上的梭子和筘子。此处比喻诗文的组织、构思。

⑤愆（qiān）义：违反道义。

⑥捐：弃。

【译文】

有时文情并茂，鲜明夺目，如锦绣彩色缤纷，如繁弦凄切动人。假如所写缺少特色、平淡无奇，就可能与前人雷同。尽管是自己独立所写，也恐怕前人早已用过。如果对自己廉洁有伤、道义有损，即使心生喜爱，也要弃之不用。

【原文】

或苕❶发颖竖，离众绝致。形不可逐，响难为系。块❷孤立而特峙，非常音之所纬。心牢落而无偶，意徘徊而不能揥❸。石韫玉而山辉，水怀珠而川媚。彼榛楛❹之勿翦，亦蒙荣于集翠❺。缀《下里》❻于《白雪》❼，吾亦济夫所伟。

【注释】

①苕（tiáo）：苇花。

②块：孤独。

③揥（dì）：除去。

④榛（zhēn）楛（hù）：丛生的杂木。此处比喻平庸的语句。

⑤翠：翠鸟。

⑥《下里》：《下里》《巴人》，楚国通俗的民间乐曲。

⑦《白雪》：《阳春》《白雪》，楚国高雅的歌曲。

【译文】

有时偶得佳句，这些句子已臻绝美之境；就像拴不住的声音，追不上的影子。这些句子鹤立鸡群，不是普通的句子能够比拟的。心下茫然而有所失，犹豫不决不忍将之舍去。文章有佳句，就如石含玉使山放光，水怀珠使川妩媚一样。没有修剪过的灌木虽然不美，但翠鸟栖息其上就会为它增添生机。就好像《下里》《巴人》的小调点缀在《阳春》《白雪》的雅乐之中，更增添了一种奇伟之美。

【原文】

或托言❶于短韵❷，对穷迹而孤兴。俯寂寞而无友，仰寥廓而莫承。譬偏弦之独张，含清唱而靡应。

【注释】

①托言：寄托话语。

②短韵：小文，即诗。

【译文】

有的文章篇幅短小，内容贫乏，意趣索然。下文孤独无词句相应，上文空荡无词句相接。就像单弦独奏，虽然清韵犹在，却无和声。

【原文】

或寄辞于瘁音❶，言徒靡而弗华。混妍蚩而成体，累良质而为瑕。象❷下管❸之偏疾，故虽应而不和。

【注释】

①瘁音：哀苦憔悴之音，指病弱、不刚健的言辞。

②象：如同。

③下管：古代举行大祭等仪式，在堂下吹奏管乐，故称管乐为下管。

【译文】

有时美文中混入庸句，词虽美，

却缺乏光泽。美丑相混，原本出色的美文便有了瑕疵。这就好像是堂下的伴乐调音过急，虽然与堂上的主乐相配，但却因调子急促而使整个音律不和谐了。

【原文】

或遗理以存异，徒寻虚以逐微。言寡情而鲜爱，辞浮漂而不归。犹弦幺❶而徽❷急，故虽和而不悲。

【注释】

①幺：细小。

②徽：同“挥”，弹奏。

【译文】

有的文章丢掉义理，单纯地追求

辞藻的瑰丽，徒然寻求文字的浮夸和细微。语言苍白，缺少感情，爱憎不分明，辞轻浮而不逼真。这就好比在短弦上弹奏急调，虽然和谐，却并不使人感到悲伤。

【原文】

或奔放以谐合，务嘈囋❶而妖冶。徒悦目而偶俗，故高声而曲下。寤《防露》❷与《桑间》❸，又虽悲而不雅。

【注释】

①嘈囋（zá）：嘈杂，语声繁碎。

②《防露》：古曲名。

③《桑间》：指桑间、濮上之音，古代

情歌。

【译文】

有时文章奔放和谐，声韵杂乱而浮华妖艳。仅仅看着好看，是迎合世俗之作，声调虽高但格调低俗。就像民间小调《防露》和《桑间》，虽然动人却不高雅。

【原文】

或清虚以婉约，每除烦而去滥。阙大羹❶之遗味，同朱弦❷之清泛❸。虽一唱而三叹，固既雅而不艳。

【注释】

①大羹：不和五味的肉汁，古代祭祀时

所用。

②朱弦：古代乐器上的深红色丝弦。

③泛：浮。

【译文】

有时文章清新婉约，舍弃了多余的修饰成分。但却如清水煮肉那样寡味，像琴弦弹奏清曲那样凄清。虽然一人唱而三人和，但也仅仅典雅而不艳美动听。

【原文】

若夫丰约之裁，俯仰之形，因宜适变，曲有微情。或言拙而喻巧，或理朴而辞轻；或袭故而弥新，或沿浊而更清；或览之而必察，或研之

而后精。譬犹舞者赴节❶以投袂❷，歌者应弦而遣声。是盖轮扁❸所不得言，故亦非华说❹之所能精。

【注释】

①赴节：跟随音乐的节奏、节拍。

②投袂：甩袖起舞。

③轮扁：春秋时齐国工匠，擅长造车轮。

④华说：华美的言辞。

【译文】

至于文章的繁简，上下文的编排，要灵活变通，当中也有微妙之处。有时文字粗糙但比喻精巧，有时道理朴实而辞藻轻佻；有时沿袭旧辞而用出新意，有时遵循浊音却奏出清音；有时粗略浏览便能将文义了然于胸，有时需精心深研才可晓悟其道。这就像是舞者随节拍舞动衣袖，歌者和弦而高歌，其中的奥妙是轮扁难以言说的，也不是华美言辞能够表达的。

【原文】

普辞条与文律，良余膺❶之所服。练世情之常尤，识前修之所淑。虽浚发于巧心，或受嗤❷于拙目。彼琼敷与玉藻，若中原之有菽。同橐籥❸之罔穷，与天地乎并育。虽纷蔼❹于此世，嗟不盈于予掬。患挈瓶❺之屡空，病昌言之难属。故踸踔❻于短垣，放庸音以足曲。恒遗恨以终篇，岂怀盈而自足？惧

蒙尘于叩缶，顾取笑乎鸣玉。

【注释】

①膺（yīng）：内心。

②嗤：讥笑。

③橐（tuó）籥（yuè）：古代冶炼时用以鼓风吹火的装置。类似于今天的风箱。

④纷葳：纷繁。

⑤挈（qiè）瓶：汲水用的小瓶。比喻才智浅小。

⑥踸（chěn）踔（chuō）：跛行的样子。引申为迟滞。

【译文】

先贤们写作的文法和规范，让我心里十分敬佩。熟悉世人写作的缺陷，就知前人的长处。前人的文章虽然发自内心，安排精巧，却也不免为庸人所耻笑。那些像琼花玉藻的美文，如同地上的大豆，不难采集。华美的文字如风箱中的鼓风没有穷尽，和天地同在。世上的美文好辞虽多，可惜我能运用的不足一捧。我担心自己文思匮乏，如汲水的小瓶常空，恨自己难以妙语美辞组成文章。艰难地写成短文，就像是用平淡无奇的音调凑成曲调。写完后总觉得遗憾，又岂能骄傲自足呢？害怕自己的文章像蒙尘的瓦盆，无人问津，只能被悦耳的鸣玉取笑。

【原文】

若夫应感[1]之会，通塞之纪，来不可遏，去不可止，藏若景灭，行犹响起。方天机[2]之骏利，夫何纷而不理？思风发于胸臆，言泉流于唇齿。纷葳蕤[3]以馺遝[4]，唯毫素之所拟。文徽徽[5]以溢目，音泠泠[6]而盈耳。及其六情底滞[7]，志往神留，兀若枯木，豁若涸流。揽营魂[8]以探赜[9]，顿精爽而自求。理翳翳[10]而愈伏，思轧轧其若抽。是以或竭情而多悔，或率意而寡尤。虽兹物之在我，非余力之所戮；故时抚空怀而自惋，吾未识夫开塞之所由。

【注释】

①应感：交相感应。

②天机：天赋的悟性，指文思。

③葳蕤：草木茂盛的样子。

④馺（sà）遝（tà）：前后相继不断，引申为盛多。

⑤徽徽：灿烂。

⑥冷冷：同“泠泠”，形容声音清越。

⑦底滞：停滞。

⑧营魂：指心灵、精神。

⑨赜（zé）：深奥，玄妙。

⑩翳（yì）翳：晦暗不明的样子。

【译文】

至于当灵感忽现之时，文思畅达或阻塞，来时无法阻止，去时也无法挽留。隐如影子消失，显如声音响起。当灵感涌现的时候，什么样纷繁复杂的思绪会理不清？文思就如风从胸间向外吹拂，言辞就像清泉从唇齿间涌出一样。文思不断涌现之时，只需挥笔疾书。文采溢于眼前，声音盈于耳际。等到六情凝滞，神志停顿，人像枯树兀立，像河水断流的时候，只能凝神静气，整顿心绪，再去寻找。灵感若即若离，越来越隐蔽，文思如抽丝，断断续续。因此，有时费尽心神所作之文反让人懊悔不已，有时随性之作却很少出现错误。尽管文由我作，但灵感却非我所能左右。所以，我经常抚心感叹，因为我难以了解文思畅达、阻塞的原因。

【原文】

伊兹文之为用，固众理之所因。恢万里而无阂❶，通亿载而为津。俯贻则❷于来叶❸，仰观象乎古人。济文武于将坠，宣风声❹于不泯。涂无远而不弥，理无微而弗纶。配沾润于云雨，象变化乎鬼神。被金石❺而德广，流管弦而日新。

【注释】

①阂（hé）：阻隔不通。

②贻则：遗留的法则。

③来叶：将来，后世。

④风声：风俗教化。

⑤金石：指钟、鼎、碑、碣等。

【译文】

文章作用很大，世间之理都靠它传播。文章传万里而不受阻隔，流传亿载而成为文化传承的桥梁。往下可垂范后世，往上可借鉴古人。它能将周文王、周武王的道统延续下去而不至于衰落，也能弘扬圣贤的教化而使之保存下来。它的内容包罗万象，道理涵盖宇内。其作用可以和滋润万物的雨露相比，手法又像鬼神般变化莫测。文章刻在金石之上可推广德化，配上音乐可以常葆新鲜。

王羲之

作者简介

王羲之（321—379），字逸少，琅邪（今山东临沂）人，东晋文学家、书法家，被后世誉为『书圣』。代表作有楷书《黄庭经》等，行书《兰亭集序》《快雪时晴帖》等，草书《十七帖》等。

兰亭集序

【导读】

永和九年（353）三月初三，王羲之和友人谢安等在山阴（今浙江绍兴）兰亭集会，会上各人作诗，王羲之将他们的诗赋集成一册，并写了序。这篇《兰亭集序》记叙了兰亭周围山水之美和聚会的欢乐之情，抒发了作者对于生死无常的感慨，透露出对生活的热爱。

【原文】

永和九年❶，岁在癸丑。暮春之初，会于会稽❷山阴之兰亭，修禊❸事也。

【注释】

①永和九年：353年。永和：东晋穆帝司马聃的年号。

②会（kuài）稽（jī）：郡名，今浙江绍兴。

③修禊（xì）：古代习俗，在阴历三月上旬的巳日（曹魏以后固定为三月三日），人们聚集在水边嬉戏，以消除不祥和求福。

【译文】

永和九年，正值癸丑年。晚春之初，为了到水边祭祀，减灾祈福，我们在会稽郡山阴县的兰亭集会。

【原文】

群贤毕至，少长咸集。此地有崇山峻岭，茂林修竹，又有清流激湍❶，映带❷左右，引以为流觞曲水❸。列坐其次❹，虽无丝竹管弦之盛，一觞一咏，亦足以畅叙幽情。

【注释】

①激湍：流势急猛。

②映带：景物互相衬托，彼此相连。

③流觞（shāng）曲水：用漆制的酒杯盛酒，放入弯曲的水道中任其漂流，酒杯停在某人面前，某人就取杯饮酒。

④次：顺序。

【译文】

很多贤德之人都来了，大家不分老少，齐聚在一起。这里崇山峻岭，森林茂密，竹子修长，又有清澈湍急的河流映衬、环绕着亭子，大家利用这曲折的溪流，让酒杯顺水漂流。人们则在水边按顺序排列而坐，虽然没有众多乐器一起演奏的盛况，但是边喝酒边吟诗，也足以畅述情怀。

【原文】

是日也，天朗气清，惠风和畅。仰观宇宙之大，俯察品类❶之盛，所以游目❷骋怀，足以极视听之娱，

信可乐也。

【注释】

①品类：自然界的万物。

②游目：随意观看。

【译文】

这一天，天空晴朗，空气新鲜，清风徐徐，拂面而来。抬头看，宇宙无边无际，俯身瞧，地大物博，纵目四望，胸怀开阔，足以尽享目观耳闻的快乐，实在值得高兴。

【原文】

夫人之相与，俯仰一世，或取诸怀抱，晤言❶一室之内；或因寄所托，放浪形骸❷之外。虽取舍万

殊，静躁不同，当其欣于所遇，暂得于己，快然自足，曾不知老之将至。

【注释】

①晤言：面对面地谈话。

②形骸：身体、形体。

【译文】

人与人之间交往相处，俯仰之间，一辈子就过去了。有人喜欢敞开胸怀，诉说自己，与知己在房子里面对面谈心；有的人为自己找到喜欢的东西作为寄托，倡导无拘无束的生活方式。虽然爱好不一样，有的喜静，有的喜动，但是一旦碰到喜欢的东西，就忘形于一时，知足知乐，不知道自己正在慢慢走向衰老。

【原文】

及其所之既倦，情随事迁，感慨系之矣。向之所欣，俯仰之间，已为陈迹，犹不能不以之兴怀，况修短❶随化❷，终期于尽。古人云："死生亦大矣！"岂不痛哉！

【注释】

①修短：人的生命长短。

②随化：由天地造化决定。化：造化。

【译文】

等到他厌倦这些东西，感情也随之变化，于是就生发出感慨来。以前为之欣欣然的东西，不大工夫，已经变成过去，对此不能不有所感触，何况生命的短长，各有各的造化，最终都将归结于无。古人说："死生是大事呀！"难道不让人悲痛吗！

【原文】

每览昔人兴感之由，若合一契❶，未尝不临文嗟悼，不能喻之于怀。固知一死生为虚诞，齐彭❷殇❸为妄作。后之视今，亦犹今之视昔，悲夫！故列叙时人，录其所述。虽世殊事异，所以兴怀，其致一也。后之览者，亦将有感于斯文。

【注释】

①契：古代的合同文书，左右两份，中间切断，双方各执一份作为凭信。后常用来比喻符合、契合。

②彭：彭祖，传说他活了八百岁。

③殇：未成年而死。

【译文】

每每得知古人兴怀伤感的缘由，竟和我的不谋而合时，我总是对着文章不断感叹，心里面也不知道是怎么了。把生死等同对待本来就是荒诞的，把长寿的彭祖和未成年而死的人看作一样也是虚妄的。后人看当今，估计和现在看待过去是一样的吧，悲哀啊！所以，我一一记下今天在座的人，抄录他们的诗作。虽然事随时变迁，但是人们的感触还是差不多的。后来看到这本诗集的人，也会对此有所感触吧。

陶渊明

作者简介

陶渊明（365—427），名潜，字元亮，别号五柳先生，浔阳柴桑（今江西九江）人，曾任江州祭酒、彭泽令等小官，四十一岁即辞官归隐。有《陶渊明集》等传世。

归去来辞

【导读】

本文是陶渊明记述辞官归田的抒怀之赋。他在文中讲述了归隐后感受到的田园乐趣，表达了热爱自然、洁身自好、不苟于世俗的情操。作者笔下的田园农耕生活是朴素自然的，犹如一幅静美舒雅的水墨画。此文立意高远，充满生活情趣，富含人生哲理。

【原文】

归去来❶兮！田园将芜，胡不

归？既自以心为形役，奚惆怅而独悲？悟已往之不谏❷，知来者之可追，实迷途其未远，觉今是而昨非。

【注释】

①归去来：归去吧。来：语气词。

②谏：劝阻，挽回。

【译文】

回去吧！田园快要荒废了，为什么不回去呢？既然自己的心为形体所驱使，为什么还要失意，独自伤悲呢？我悔悟过去的错误不可挽救，但坚信未来可以追补。实际上我走错的路还不算很远，已觉悟到退隐才是我想要的，而做官不是。

【原文】

舟遥遥以轻扬，风飘飘而吹衣。问征夫以前路，恨晨光之熹微❶。乃瞻衡宇❷，载欣载奔。僮仆欢迎，稚子候门。三径❸就荒，松菊犹存。携幼入室，有酒盈樽。

【注释】

①熹微：天色微明。

②衡宇：以横木为门的简陋房子。

③三径：庭院里的小路。西汉末年，王莽篡权，蒋诩免官回家，在院子里的竹林下开辟了三条小路，只同几个高雅的人往来。

【译文】

船在水上轻轻飘荡，微风吹拂着

衣裳。向行人打听前面的路，只恨早晨的阳光还没照亮天空。啊！终于看到故居了，虽然简陋，但我仍充满欢喜地向前飞奔。家童欢快地迎接我，孩子们守候在门庭。院里的小路长满了荒草，只有松和菊花还是原样。我带着孩子们进了屋，美酒已经斟满了酒杯。

【原文】

引壶觞以自酌，眄❶庭柯以怡颜。倚南窗以寄傲，审容膝❷之易安。园日涉以成趣，门虽设而常关。策扶老以流憩❸，时矫首而遐观。云无心以出岫❹，鸟倦飞而知还。景翳翳以将入，抚孤松而盘桓。

【注释】

①眄（miàn）：悠闲地看着。

②容膝：形容屋子狭小，仅能容纳两膝。

③流憩：步游或休息。

④岫（xiù）：山峰。

【译文】

我端起酒杯自斟自饮，观赏着院中树木非常开心。我倚着南窗寄托自己的志向，心想这狭小之地容易使我心安。每天独自在园中散步兴味无穷，小园的门经常关闭着。拄着拐杖或散步或休息，时时抬头望着远方的天空。白云自然而然地从山峦里飘浮而出，倦飞的小鸟也知道飞回巢中。日光暗淡，即将落山，我手抚孤松，流连不忍离去。

【原文】

归去来兮，请息交以绝游。世与我而相遗，复驾言❶兮焉求？悦亲戚之情话，乐琴书以消忧。农人告余以春及，将有事于西畴❷。或命巾车❸，或棹孤舟。既窈窕❹以寻壑，亦崎岖而经丘。木欣欣以向荣，泉涓涓而始流。善万物之得时，感吾生之行休。

【注释】

①驾言：驾车。言：语助词。

②畴（chóu）：田亩。

③巾车：有帷幕的车。

④窈窕：山水幽深曲折的样子。

【译文】

回去吧！我要跟世俗之人断绝交往。世俗的一切都跟我的志趣不合，再驾车出去又有何求？跟乡里故人谈心何等快乐，弹琴读书能使我消愁。农夫告诉我春天到了，将要去西边的田地耕作。有时驾着有帷幕的小车，有时划着扁舟，既要探寻那深深的沟壑，又要走过那高低不平的苍翠山丘。树木长得兴盛茂密，泉水缓缓流动，我羡慕万物各得其时，感叹自己一生行将告终。

【原文】

已矣乎！寓形宇内复几时，曷

不委心任去留？胡为遑遑欲何之？富贵非吾愿，帝乡不可期。怀良辰以孤往，或植杖而耘耔[1]。登东皋[2]以舒啸，临清流而赋诗。聊乘化[3]以归尽，乐乎天命复奚疑！

【注释】

①耘耔（zǐ）：锄草培土。

②皋：水边的高地。

③乘化：顺应自然变化的规律。

【译文】

算了吧！活在世上还有多少时光，为什么不将心放下来顺其自然呢？为什么心神不定还想去什么地方？富贵不是我所求，仙境不是可预期的。遇见那良辰美景我独自去欣赏，要不就放下手杖除草培苗。要么登上东边山坡我放声长啸，要么面对清清的溪流把诗歌吟唱。姑且顺应造化了结一生，以天命为乐，还有什么可犹豫彷徨的呢？

桃花源记

【导读】

本文是《桃花源诗》前的序言。作者用小说的笔法，借武陵渔人行踪这一线索，把现实和理想境界联系起来，通过对桃花源的安宁和乐、自由平等生活的描绘，表现了作者对当时社会黑暗现实的不满与否定，以及对大同社会的向往。

【原文】

晋太元❶中，武陵❷人捕鱼为业。缘❸溪行，忘路之远近。忽逢桃花林，夹岸数百步，中无杂树，芳草鲜美，落英❹缤纷。渔人甚异之，复前行，欲穷其林。

【注释】

①太元：东晋孝武帝司马曜的年号。

②武陵：今湖南常德一带。

③缘：沿着。

④落英：落花。

【译文】

东晋太元时期，武陵有一个渔夫，

划船沿着小溪前行。不知不觉间，走了多远也忘记了。忽然看到一片桃花林，夹岸而生，达百步之遥。中间没有其他树木，芳草鲜美，桃花纷纷飘落。渔人对此感到非常惊讶，忍不住继续往前走，想看看桃林的尽头是什么。

【原文】

林尽水源，便得一山。山有小口，仿佛若有光。便舍船从口入。初极狭，才通人❶。复行数十步，豁然开朗。土地平旷，屋舍俨然，有良田、美池、桑竹之属，阡陌❷交通❸，鸡犬相闻。其中往来种作，男女衣着，悉如外人。黄发垂髫❹，并怡然自乐。

【注释】

①才通人：仅容一人通过。

②阡陌：田间小路。

③交通：交错相通。

④黄发垂髫（tiáo）：老人和小孩。黄发：头发变白、变黄的老人。垂髫：小孩子。髫：小孩垂下的短发。

【译文】

溪水发源的地方，就是桃花林的尽头，然后看到一座山。山上有个小洞，洞口依稀有些光亮。渔夫就丢下船，从这个洞口进去。刚开始洞口窄得只能过一个人。再走几十步，突然间就变得明朗开阔起来。这里土地辽阔平坦，房屋排列井井有条，肥沃的农田，清澈的湖水，桑树、翠竹满目皆是，田间小道，纵横相通，鸡鸣狗吠，声声不绝于耳。桃花源中来来往往种植劳作的人穿着都和外人一样，老人小孩都悠然自得。

【原文】

见渔人，乃大惊，问所从来，具答之。便要❶还家，设酒杀鸡作食。村中闻有此人，咸来问讯。自云先世避秦时乱，率妻子邑人❷来此绝境，不复出焉，遂与外人间隔。问今是何世，乃不知有汉，无论魏、晋。此人一一为具言所闻，皆叹惋。余人各复延至其家，皆出酒食。停

数日，辞去。此中人语云：“不足为外人道也。”

【注释】

①要：同“邀”。

②邑人：同乡的人。

【译文】

他们看到渔人后，大吃一惊，问他从哪里来。渔人一一据实回答。他们于是纷纷邀请他到自家去，杀鸡备酒，盛情款待。村里其他人听说来了这么一个人，都赶过来向他打听外界的情况。他们说先辈为了躲避秦时的纷乱，带着妻子儿女、乡里乡亲一起来到这个与世隔绝的地方，后来一直就没出去过，跟外界也隔绝了。又问现在是谁的天下，竟然不知道经历了汉朝，魏晋就更不用说了。渔人把自己知道的一一都告诉了他们，他们都很感慨。其他人又各自邀请他到家中，拿出酒食招待。过了几天，渔夫请辞，这里的人对他说："里面的情形没必要告诉外人啊。"

【原文】

既出，得其船，便扶向路，处处志❶之。及郡下，诣❷太守说如此。太守即遣人随其往，寻向所志，遂迷不复得路。

【注释】

①志：做标记。

②诣（yì）：到，拜访。

【译文】

渔人出来后，找到自己的船，依着来时路往回走，处处做了标记。回到郡县，他立即拜见太守，如此这般讲述一番。太守当即派人跟随他一同前往，步步遵循先前做的标记，然而还是迷了路。

【原文】

南阳刘子骥，高尚士也。闻之，欣然规往，未果，寻病终。后遂无问津❶者。

【注释】

①问津：问路。此指访求、探求。津：

渡口。

【译文】

南阳刘子骥是个隐士，为人高雅，他听说了之后，欣欣然决定前去，但是没多久就病死了。之后就再没有人去探访这个地方了。

五柳先生传

【导读】

陶渊明自号五柳先生，因此本文其实是他借第三人称作的一篇自传。作者在文中表明了自己的三大志趣：一是读书，二是饮酒，三是写文章。

作者以独特的笔触，塑造了一个超然世外的隐士形象，表达了自己不慕名利、不拘于俗，自得其乐、淡泊名利的志趣。本文行文简洁，语言洗练，笔调诙谐。

【原文】

先生不知何许人也，亦不详其姓字。宅边有五柳树，因以为号焉。闲静少言，不慕荣利。好读书，不求甚解，每有会意，便欣然忘食。性嗜酒，家贫不能常得。亲旧知其如此，或置酒而招之。造❶饮辄尽，期在必醉。既醉而退，曾❷不吝情❸去留。

【注释】

①造：往，到。

②曾：竟。

③吝情：舍不得。

【译文】

五柳先生不知道是哪里人，也弄不清楚他姓甚名谁。他的住宅旁边有五棵柳树，因此就以“五柳”作为他的别号吧。五柳先生喜静不喜动，寡言少语，也不羡慕荣华富贵和功名利禄。喜好读书，却不死啃书本、钻牛角尖。每当对书中的内容有所领会的时候，便兴奋得忘了吃饭。生性爱酒，因家境贫寒不能经常喝到。亲戚朋友了解他这种情况，有时就准备了酒邀请他来喝。他只要去喝酒就会喝个尽兴，一醉方休。醉了之后就回家，不顾惜诚恳的挽留。

【原文】

环堵❶萧然，不蔽风日，短褐穿结❷，箪❸瓢屡空，晏如❹也。常著文章自娱，颇示己志。忘怀得失，以此自终。

【注释】

①环堵：房屋的四壁。

②短褐穿结：粗布短衣上打补丁。短褐：粗布短衣。穿：破。结：缝补。

③箪（dān）：盛饭的竹器。

④晏如：安然自在的样子。

【译文】

家徒四壁，挡不住风吹、遮不住日晒；粗布短衣破烂不堪，盛饭的筐篓和舀水的瓜瓢经常是空的，但心里泰然自若。经常撰文赋诗自娱自乐，以此流露自己的志向。心中没有得失之念，希望就这样直到终老。

【原文】

赞曰：黔娄❶有言，不戚戚❷于贫贱，不汲汲❸于富贵。其言兹若人之俦❹乎？衔觞❺赋诗，以乐其志，无怀氏❻之民欤？葛天氏之民欤？

【注释】

①黔（qián）娄：春秋时鲁国隐士，虽

家贫却不求仕进，死时衣不蔽体。

②戚戚：忧伤悲戚的样子。

③汲汲：急切想要得到的样子。

④俦（chóu）：类。

⑤觞（shāng）：酒杯。

⑥无怀氏：与下文的“葛天氏”都是传说中的上古帝王。

【译文】

赞语说：黔娄曾经说过，不因为贫贱而忧愁悲伤，不为了追求富贵而四处钻营。这番话说的不就是五柳先生那样的人吗？一边饮酒，一边作诗，使自己的心情愉悦，是无怀氏时代的人还是葛天氏时代的人呢？

江淹

作者简介

江淹（444—505），字文通，济阳考城（今河南商丘民权）人，南朝政治家、文学家，曾官至金紫光禄大夫，封醴陵侯。代表作有《恨赋》《别赋》等。

别赋

【导读】

本文是抒情小赋中的名篇。作者以浓郁的抒情笔调，以环境烘托、情绪渲染、心理刻画等艺术方法，通过对戍人、富豪、侠客、游宦、道士、情人别离的描写，生动具体地反映出南朝齐、梁时期社会动乱的侧影。全文语言清丽，声情婉谐，脍炙人口。

【原文】

黯然❶销魂❷者，唯别而已

矣。况秦吴[3]兮绝国[4]，复燕宋[5]兮千里。或春苔兮始生，乍秋风兮暂起。是以行子[6]肠断，百感凄恻。

【注释】

①黯然：神情忧伤，容颜失色。

②销魂：失魂落魄，精神涣散。

③秦吴：指周代的秦国和吴国。秦国在今陕西一带，吴国在今江苏、浙江一带。

④绝国：隔绝不通的国家，指远方异国。

⑤燕宋：指周代的燕国和宋国。燕国在今河北北部，宋国在今河南东部。

⑥行子：离家外出的游子、旅人。

【译文】

最叫人悲伤愁苦的事，莫过于

别离啊。何况秦、吴两国相距极远，燕、宋两国遥隔千里，离别后就很难再相见了。有时离别在苔痕刚刚滋生的早春，有时离别在凉风乍起的初秋。因此出门的游子感到心情悲痛，各种感触凄凉而悲伤啊。

【原文】

风萧萧而异响，云漫漫而奇色。舟凝滞❶于水滨，车逶迟❷于山侧。棹容与❸而讵前❹，马寒鸣而不息。掩❺金觞而谁御❻，横玉柱❼而沾轼。居人愁卧，恍❽若有亡。日下壁而沉彩❾，月上轩❿而飞光。见红兰之受露，望青楸⓫之罹⓬霜。巡层楹⑬而空掩，抚锦幕而虚凉。知离梦之踯躅，意⑭别魂之飞扬。

【注释】

①凝滞：遇阻困顿。

②逶迟：行动缓慢的样子。

③容与：缓慢荡漾不前的样子。

④讵（jù）前：怎么前进，意为前进缓慢。

⑤掩：覆盖。

⑥御：用，指饮酒。

⑦玉柱：琴瑟上的系弦之木。此指琴。

⑧恍：丧神失意的样子。

⑨沉彩：日光西沉。

⑩轩：门窗。

⑪楸（qiū）：楸树，落叶乔木。

⑫罹（lí）：遭受。

⑬层楹：高高的楼房。楹：厅堂前部的柱子，此指房屋。

⑭意：料想。

【译文】

秋风发出的声响不同于其他的声音，春云漫漫而呈现出奇异的颜色。船在水边滞留着不动，车在山道旁徘徊不前。船桨迟缓无法向前划动，马儿嘶鸣凄凉不已。盖住金杯，谁还有心思喝酒；横放琴瑟，泪水打湿车前的轼木。留在家中的人怀着愁思而卧，神情恍惚像丢了魂一样。映在墙上的阳光渐渐消失了，月亮升起清辉洒满了长廊。看到红兰缀着秋露，又见青楸沾上了寒霜。看着这四周的房屋，所有的门都关着。手抚摸着丝绸做的帷帐，人走了，物还在，心里感到异常悲凉。想必别离后的游子，在梦中也迟迟徘徊不前，料想离家的灵魂也在故乡上空飞扬。

【原文】

故别虽一绪，事乃万族❶。至若龙马❷银鞍，朱轩❸绣轴❹，帐饮❺东都❻，送客金谷❼。琴羽张兮箫鼓陈，燕赵歌兮伤美人。珠与玉兮艳暮秋，罗与绮兮娇上春❽。惊驷马之仰秣❾，耸渊鱼之赤鳞。造❿分手而衔涕，感寂寞而伤神。

【注释】

①万族：不同的种类。

②龙马：此指八尺以上的马，即高头大马。

③朱轩：指贵官所乘红色车厢。

④绣轴：绘有彩饰的车轴。

⑤帐饮：古人送别时在城郊水边设帐饯饮，敬酒祝行。

⑥东都：此指长安城东门。

⑦金谷：指晋代石崇在洛阳西北金谷涧的别墅金谷园。

⑧上春：初春。

⑨仰秣（mò）：抬起头吃草。

⑩造：等到。

【译文】

所以，离别的感情看似一样，但具体情况却又不尽相同。至于那些骑着高头大马、坐着华贵车子的人，有的在长安城东门外搭起帐篷饯行，有的在洛阳西北的金谷涧饯行。琴瑟箫鼓一齐演奏，燕赵悲歌令美人哀伤。明珠和美玉在晚秋时节艳丽无比，美丽的装束在初春尽显娇艳。歌声使驷马呆呆地仰头咀嚼，深渊的鱼也跃出水面来聆听。等到分手之时噙着泪水，深感别后孤单而黯然神伤。

【原文】

乃有剑客惭恩❶，少年报士❷。

韩国❸赵厕❹，吴宫❺燕市❻。割慈忍爱，离邦去里。沥泣❼共诀，抆❽血相视。驱征马而不顾，见行尘之时起。方衔感❾于一剑，非买价❿于泉里⓫。金石震而色变，骨肉悲而心死。

【注释】

①惭恩：受恩未报，感到惭愧。

②报士：心怀报恩之念的侠士。

③韩国：战国时侠士聂政受韩国严仲子百金结交，替他到韩国刺杀韩相侠累。

④赵厕：战国时豫让受晋国智伯礼遇，智伯为赵襄子所灭，豫让改名换姓，装成罪奴，隐藏在赵国宫中厕所，伺

机刺杀赵襄子，为智伯报仇。

⑤吴宫：春秋时专诸将匕首藏在鱼腹中，在宴席间为吴国公子光刺杀吴王僚。

⑥燕市：战国时卫国荆轲在燕国街市上与朋友饮宴歌唱，后受燕太子丹的恩遇，到秦国刺杀秦王嬴政，被秦王杀死。

⑦沥泣：洒泪哭泣。

⑧抆（wěn）：擦拭。

⑨衔感：满含感激之情。

⑩买价：买取声价。

⑪泉里：黄泉下，指赴死地。

【译文】

有自惭未报主人恩遇的剑客和志在报恩的少年侠士，如聂政击杀韩相侠累，豫让欲刺赵襄子于宫厕，专诸杀吴王，荆轲刺秦王。他们舍弃慈母娇妻的温情，离开自己的家国，哭泣着与家人诀别，甚至擦拭血泪相互凝视。他们骑上战马就义无反顾、不再回头，那些身影远去，只见路上的尘土不断飞扬。这正是怀着感恩之情以一剑相报，并不是为了追求声名而舍身黄泉。秦武阳听到钟鼓之声并发而面色如土，聂嫈为弟弟牺牲无人认识其尸而悲伤不止。

【原文】

或乃边郡未和，负羽❶从军。辽水❷无极，雁山❸参云。闺中风

暖，陌上[4]草薰[5]。日出天而耀景[6]，露下地而腾文[7]。镜朱尘之照烂，袭青气之烟煴[8]。攀桃李兮不忍别，送爱子兮沾罗裙。

【注释】

①负羽：背着弓箭。

②辽水：辽河，位于今辽宁西部。

③雁山：指今山西北部雁门山。

④陌上：指家乡田野小道。

⑤薰：散发香气。

⑥耀景：光辉照耀。

⑦腾文：形容露珠依附草木闪烁光彩。

⑧烟煴（yūn）：云气笼罩弥漫的样子。

【译文】

有时边境战乱，将士挟带弓箭毅

然出征。辽河的水一望无际，雁门的山高耸入云。闺房里风晴日暖，野外道路上绿草芬芳。太阳升到空中照耀着万物，露珠落下后色彩斑斓。阳光照射得尘埃明亮灿烂，春野郊外的雾霭分外绚丽。攀折桃李不忍离别，为心爱的儿子送行啊泪水沾湿了衣裙。

【原文】

至如一赴绝国，讵相见期？视乔木❶兮故里，决北梁❷兮永辞。左右❸兮魂动，亲宾兮泪滋。可班❹荆❺兮赠恨，惟樽❻酒兮叙悲。值秋雁兮飞日，当白露兮下时。怨复怨兮远山曲❼，去复去兮长河湄❽。

【注释】

①乔木：高大的树木。古代以乔木为故乡的标志。

②北梁：指诀别地点。

③左右：指仆从。

④班：铺设。

⑤荆：树枝条。

⑥樽：酒器。

⑦曲：拐角。

⑧湄：水边。

【译文】

离别到非常遥远的国度，哪里还会有相见的日期呢？望着高大的树木啊记下这故乡旧里，在北面的桥梁上啊诀别告辞。送行的左右仆从啊魂魄牵动，亲戚宾客啊落泪伤心。可以铺设荆条而坐啊把怨情倾诉，只有凭借杯酒啊叙述心中的伤悲。秋天大雁南飞之日，正是白霜欲降之时。哀怨又惆怅啊在那远山的拐弯处，越走越远啊那长长的河岸哪有尽头？

【原文】

又若君居淄右[1]，妾家河阳[2]。同琼佩[3]之晨照，共金炉[4]之夕香。君结绶[5]兮千里，惜瑶草[6]之徒芳[7]。惭[8]幽闺之琴瑟，晦[9]高台[10]之流黄[11]。春宫[12]闷[13]此青苔色，秋帐含兹明月光，夏簟[14]清兮昼不暮，冬釭[15]凝兮夜何长！织锦曲兮

泣已尽，回文诗兮影独伤。

【注释】

①淄右：淄水西边。

②河阳：黄河北岸。

③琼佩：美玉的佩饰。

④金炉：薰香的铜香炉。

⑤结绶：指做官。

⑥瑶草：仙山中的芳草。此处比喻闺中少妇。

⑦徒芳：比喻虚度青春。

⑧惭：此指对琴有愧，无心弹琴。

⑨晦：昏暗不明。

⑩高台：指闺楼。

⑪流黄：黄色丝绢。此指黄绢做成的帷幕。

⑫春宫：指闺房。

⑬閟（bì）：关闭。

⑭簟（diàn）：竹席。

⑮釭（gāng）：油灯。

【译文】

再假如丈夫住在淄水西面，妻家住在黄河北岸。他们曾经白天一起佩戴琼玉沐浴晨光，晚上一起坐在燃满香气的金炉旁。现在丈夫在千里外做官，可怜的妻子只能独守空房。对不起深闺中的琴瑟，因别离而无心弹奏；深掩黄色帷幕，使高台晦暗，以免远眺伤怀。春天女子的住处关闭着绿苔春色，秋天帷帐里笼罩着洁白的月光，夏天在竹席上辗转反侧，白天迟迟未暮，冬天一人凝视着灯火，黑夜何等漫长！为织锦成诗已流尽了泪水，凝视着回文诗独自顾影悲伤。

【原文】

傥❶有华阴❷上士❸，服食❹还山❺。术既妙而犹学，道已寂❻而未传。守丹灶❼而不顾，炼金鼎❽而方坚。驾鹤上汉❾，骖鸾❿腾天。暂游万里，少别千年。惟世间兮重别，谢主人兮依然。

【注释】

①傥（tǎng）：倘。

②华阴：华山。

③上士：得道之士。

④服食：吃丹药。

⑤还山：成仙。

⑥寂：寂静无声，道家悟道的境界。

⑦丹灶：炼丹炉。

⑧炼金鼎：在金鼎里炼丹。

⑨汉：云汉，银河，指天上。

⑩骖（cān）鸾：鸾拉的乘车。骖：三匹马驾车。鸾：古代神话传说中凤凰一类的鸟。

【译文】

倘有华山石室中修行的道士，服用丹药以求成仙。他的法术已很高妙却仍在修炼，道行已很高却还没有得到真传。一心炼丹而不问世事，为了炼丹他意志坚定。想骑着黄鹤直上银河，欲乘上鸾鸟飞升青天。一刹那可游行万里，天上小别人间已是千年。唯有世间最看重别离，因此要辞别世人也难免留恋。

【原文】

下有芍药之诗❶，佳人之歌❷。桑中❸卫女，上宫❹陈娥。春草碧色，春水渌波❺，送君南浦❻，伤如之何！至乃秋露如珠，秋月如珪❼，明月白露，光阴往来，与子之别，思心徘徊。

【注释】

①芍药之诗：指《诗经·郑风·溱（zhēn）洧（wěi）》，是男女相爱的情歌。

②佳人之歌：指汉代李延年的诗："北方有佳人，绝世而独立。一顾倾人城，再顾倾人国。"赞美绝代佳人，此用以表示爱慕美人的情恋。

③桑中：指《诗经·鄘风·桑中》，写男女约会。

④上宫：《诗经·鄘风·桑中》所说的上宫，是约会地点。

⑤渌（lù）波：清澈的水波。

⑥南浦：南边水口。

⑦珪（guī）：古代玉制礼器，上尖下方。

【译文】

还有"芍药"那样的诗句，和"佳人"那样的歌谣。卫国采桑的多情少女，陈国上宫美貌的春娥。春草染成青翠的颜色，春水泛起碧绿的微波，在南浦送别心爱的人儿令人如此哀伤！至于深秋的霜露像珍珠，秋夜的明月似玉珪，皎洁的月光和珍珠般的露珠，只觉时光逝去又复来，与心爱的人分别，使我相思徘徊。

【原文】

是以别方❶不定，别理❷千名，有别必怨，有怨必盈，使人意夺神骇，心折骨惊。虽渊❸云❹之墨妙，严❺乐❻之笔精，金闺❼之诸彦❽，兰台❾之群英，赋有凌云❿之称，辩有雕龙⓫之声，谁能摹暂离之状，写永诀之情者乎！

【注释】

①别方：离别的地方去向。

②别理：离别的原因道理。

③渊：指汉代辞赋家王褒，字子渊。

④云：指汉代辞赋家扬雄，字子云。

⑤严：指汉代文学家严安。

⑥乐：指汉代文学家徐乐。

⑦金闺：汉代长安金马门，文臣学士待诏的地方。

⑧彦：有学识才干的人。

⑨兰台：汉代皇宫藏书的地方。

⑩凌云：据《史记·司马相如列传》载，汉武帝读司马相如的《大人赋》，赞其“飘飘有凌云之气，似游天地之间”。

⑪雕龙：据《史记·孟子荀卿列传》载，战国时的驺衍、驺奭善于辩论，有谈天衍、雕龙奭之称。

【译文】

所以离别的种类有很多，原因也各不相同，但有别离必有哀怨，有哀怨必然充塞于心，使人意志丧失神魂沮丧，心理、精神受到巨大的打击。即使王褒、扬雄绝妙的辞赋，严安、徐乐精深的撰述，金马门前的才子，兰台上的群英，辞赋如司马相如有"凌云之气"的美称，文章像驺奭有"雕镂龙文"的名声，然而有谁能描摹出分离时瞬间的情状，写出永别时的难舍难分之情呢！

恨赋

【导读】

本文通过对秦始皇、赵王迁、李陵、王昭君、冯衍、嵇康这六个历史人物各自不同遗恨的描写，刻画了从得志皇帝到失意士人的诸多哀伤怨恨，概括了人世间各种人生归途，以此说明人人有遗憾，遗憾各不相同的普遍现象。全文音律和谐，语言精美。

【原文】

试望平原，蔓草❶萦骨，拱木❷

敛魂。人生到此，天道宁论！于是仆❸本恨人❹，心惊不已，直念古者，伏恨而死。

【注释】

①蔓草：爬藤的野草。

②拱木：坟墓上的树木。

③仆：作者自称的谦词。

④恨人：失意抱恨之人。

【译文】

我眺望着平原，藤蔓、草叶缠绕着地上的白骨，坟墓上的树木聚敛着魂魄。人生到了这样的地步，难道还能讨论什么天道吗！我本是一个怀着遗憾的人，看到此种景象，心中惊骇不已，于是想到古代的一些人物，感叹他们抱恨而终。

【原文】

至如秦帝①按剑，诸侯西驰②，削平天下，同文共规③。华山为城，紫渊④为池。雄图既溢，武力未毕。方架鼋⑤鼍⑥以为梁，巡海右以送日。一旦魂断，宫车晚出⑦。

【注释】

①秦帝：秦始皇嬴政。

②西驰：指为秦所俘虏，西入咸阳。

③同文共规：统一文字和制度。

④紫渊：水名。

⑤鼋（yuán）：大鳖，俗称癞头鼋。

⑥鼍（tuó）：扬子鳄。

⑦宫车晚出：古时讳言帝王死亡，用宫车晚出代指。宫车：皇帝乘坐的车。

【译文】

就像秦始皇按着手中的剑，各国诸侯向西奔来，臣服于他。秦始皇一统天下，统一了文字和法律。他把华山当作都城，把紫渊当作护城河。秦始皇雄伟的谋略已经满溢，武力征讨还没有终止。这才把鼋鼍架着作为梁，巡狩西海以观看日落。然而一朝断魂，皇帝也驾崩了。

【原文】

若乃赵王既虏❶，迁于房陵❷。薄暮心动，昧旦❸神兴。别艳姬与

美女，丧金舆及玉乘。置酒欲饮，悲来填膺。千秋万岁，为怨难胜。

【注释】

①赵王既虏：指赵王迁在秦王政十九年（前228）被秦将王翦虏获。

②房陵：今湖北房县。

③昧（mèi）旦：黎明。

【译文】

至于赵王被虏，迁至房陵，一到傍晚心思就被触动，次日清晨仍然神往不已。想到当初离开众多美艳的女子，失去镶金嵌玉的车驾。置办酒席准备喝酒，不知不觉悲愤填满胸怀。千秋万代的怨恨，恐怕也不过如此了。

【原文】

至如李陵❶降北，名辱身冤。拔剑击柱，吊影❷惭魂。情往上郡❸，心留雁门❹。裂帛系书❺，誓还汉恩。朝露溘至❻，握手何言！

【注释】

①李陵：李广之孙，曾率步兵五千出居延击匈奴，战败投降。

②吊影：形影相吊，形容非常孤独。

③上郡：今陕西榆林东南。

④雁门：今山西右玉南。

⑤裂帛系书：用帛写信，系在雁足上。

⑥溘(kè)至：忽然而至，比喻人生短暂。

【译文】

就像李陵向匈奴投降，含冤受

辱。只有拔出长剑击打屋柱，对影自悼而心中羞愧。思绪飞回了上郡之内，而身体却滞留在雁门关外。于是他撕裂布帛写信，发誓要报答汉皇的恩德。然而家人的死讯忽然来到，这时再示好又有什么话说呢！

【原文】

若夫明妃❶去时，仰天太息。紫台❷稍远，关山无极。摇风忽起，白日西匿。陇雁少飞，代云寡色。望君王兮何期？终芜绝❸兮异域。

【注释】

①明妃：王昭君。

②紫台：紫宫，皇宫的居所。

③芜绝：埋没。

【译文】

再说当年王昭君离开汉宫，前往匈奴和亲，仰望苍天长叹。汉宫渐渐遥远了，一座座关山好像没有尽头。忽然狂风大作，夕阳西下。陇西郡附近连鸿雁都很少飞起，代郡地区云朵的颜色十分惨淡。想念着君王不知何时才是归期，最终只能终老异域。

【原文】

至乃敬通[1]见抵[2]，罢归田里。闭关却扫[3]，塞门不仕。左对孺人[4]，顾弄稚子。脱略[5]公卿，跌宕文史。赍志[6]没地，长怀无已。

【注释】

①敬通：冯衍，字敬通，东汉光武帝时曾官至司隶从事，因与外戚交往而被罢官。

②见抵：被排挤。

③却扫：停止洒扫，指谢客。

④孺人：指妻子。

⑤脱略：不以为意。

⑥赍（jī）志：怀抱着志愿。

【译文】

还有冯衍遭人诋毁、排挤，罢官还乡。他闭门谢客，与外人断绝往来，堵上了门不再做官。他一边陪着妻子说话，一边照顾儿女。他沉浸在史书之中，毫不在意公卿之事。最终他只能怀揣志向长眠地下，空令后人怀念不已。

【原文】

及夫中散❶下狱，神气激扬。浊醪❷夕引❸，素琴晨张。秋日萧索，浮云无光。郁青霞❹之奇意，入修夜❺之不旸❻。

【注释】

①中散：指嵇康，三国魏文学家、思想家，曾官至中散大夫，世称嵇中散。

②浊醪（láo）：浑酒。

③引：举杯。

④青霞：比喻志向高远。

⑤修夜：长夜。

⑥旸（yáng）：明亮。

【译文】

至于嵇康，受诬入狱，依旧神情气质激愤昂扬。傍晚饮着浑浊的酒，清晨给琴上弦。秋日因之而更显萧瑟，浮云因之而惨淡无光。他怀抱着高洁的志向，从容地走向死亡。

【原文】

或有孤臣危涕，孽子❶坠心。迁客海上，流戍陇阴。此人但闻悲风汩❷起，血下沾衿；亦复含酸茹叹，销落湮沉。

【注释】

①孽子：庶子。

②汩：迅疾的样子。

【译文】

又有孤立无助的直臣哭泣，不被重视的庶子痛心。被放逐客居海上的，被流放驻守陇西的，像这些人听见悲戚的风急速地刮起，血泪就落下沾湿了衣襟；又只能含着辛酸叹息，然后消失埋没在这世间。

【原文】

若乃骑叠迹，车屯轨❶；黄尘匝地❷，歌吹四起。无不烟断火绝，闭骨泉里。

【注释】

①车屯轨：战车的轨迹重叠屯集。

②匝（zā）地：满地、遍地。

【译文】

像战马驰骋重叠千遍的痕迹，车乘穿行聚集的轨迹；战场上遍地黄沙，战歌吹奏的声音从四面响起。而现在无不烟火断绝，埋骨在九泉之下。

【原文】

已矣哉！春草暮兮秋风惊，秋风罢兮春草生。绮罗毕兮池馆尽，琴瑟灭兮丘垄平❶。自古皆有死，莫不饮恨而吞声。

【注释】

①丘垄平：指坟墓坍塌毁坏。

【译文】

该停止了吧！春草已经衰败，秋风惊起，而当秋风消退时春草又重新焕发了生机，周而复始，没有停歇的时候。那些华丽的饰物已经灰飞烟灭，曾经繁荣的地界也已经荒芜，那些曾发出美妙声音的乐器都被毁坏了，那些高大的坟墓也已经夷为了平地。自古以来都是有死亡的，而当人们死去的时候没有不带着无法言说的遗恨的。

孔稚珪

作者简介

孔稚珪（447—501），字德璋，会稽山阴（今浙江绍兴）人，南朝宋、齐文学家。曾任尚书殿中郎、太子詹事等，死后追赠金紫光禄大夫。他不乐世务、热爱自然山水，有《北山移文》等传世。

北山移文

【导读】

“移”是古代的一种官府文书，一般用来颁布命令、晓谕民众。北山，即今南京紫金山。本文借北山神灵的口吻，将当时的名士周颙（yóng）隐居时与出仕后截然不同的行为对比，嘲讽了其假隐士的嘴脸。全篇音韵铿锵，朗朗上口，是六朝骈文中的代表作。

【原文】

钟山❶之英，草堂之灵，驰烟

驿路❷，勒❸移山庭。

【注释】

①钟山：紫金山，因在建康（今南京）北面，故又名北山。

②驰烟驿路：腾云驾雾般驰骋在驿道上。

③勒：刻石。

【译文】

钟山的英灵，草堂的神灵，如腾云驾雾般在驿路上奔驰，要把这篇移文刻在山崖之上。

【原文】

夫以耿介❶拔俗❷之标❸，潇洒出尘之想，度白雪以方洁，干❹

青云而直上，吾方知之矣。若其亭亭物表，皎皎霞外，芥❺千金而不盼，屣❻万乘其如脱，闻凤吹❼于洛浦❽，值薪歌于延濑，固亦有焉。

【注释】

①耿介：正直不阿，廉洁自持。

②拔俗：超出世俗之上。

③标：风度。

④干：犯，凌驾。

⑤芥：小草。此处指视为小草。

⑥屣（xǐ）：草鞋。此处指视为草鞋。

⑦凤吹：相传周灵王的太子晋不愿继承王位，善吹箫，如凤鸣，常在伊水、洛水之间游玩。

⑧浦：水边。

【译文】

有的人，他们有刚正秉直、超出世俗的气节，潇洒出尘的思想，高洁如白雪的品格，凌云般的志向，我知道这样的人是存在的。至于亭亭玉立，超脱世俗，光彩远在彩霞之上，将千金视为草芥，不屑一顾，将帝位看作草鞋，随手抛弃，在洛水之滨听如凤鸣的吹笙仙乐，在延濑遇砍柴人引吭高歌，这种人本来也是有的。

【原文】

岂期终始参差❶，苍黄❷反复，泪翟子❸之悲，恸朱公❹之哭，乍回迹以心染，或先贞而后黩❺，何其谬

哉！呜呼！尚生❻不存，仲氏❼既往，山阿寂寥，千载谁赏？

【注释】

①参（cēn）差（cī）：长短不一致。

②苍黄：青色和黄色。

③翟子：墨翟。相传他见到白色的丝便悲伤哭泣，因其可以染成黄色，也可以染成黑色。

④朱公：杨朱。杨朱见到歧路便哭泣，因其可以向南，也可以向北。

⑤黩（dú）：污染。

⑥尚生：尚长，字子平，东汉隐士。王莽时有人推荐他做官，他坚决推辞。

⑦仲氏：仲长统，东汉末年人。每当州郡召他做官，他就称病不去。

【译文】

但岂料他们前后不一，反复无常，如墨子面对白丝般悲伤不已，如杨朱面对歧路般伤心痛哭。刚隐居山林，内心却恋着尘世的名利，起初还很坚贞，后来就同流合污，这是多么荒谬的事情啊！唉！尚子平已经不在了，仲长统也已经去了，这寂寥空旷的山林啊，千百年来，还有谁来欣赏？

【原文】

世有周子❶，俊俗之士，既文既博，亦玄亦史。然而学遁东鲁❷，习隐南郭❸，窃吹草堂，滥巾❹北岳，诱我松桂，欺我云壑。虽假容于

江皋，乃缨情❺于好爵。

【注释】

①周子：周颙，字彦伦，汝南安城（今河南驻马店）人，南朝宋、齐文学家。

②东鲁：春秋时鲁国的颜阖（hé）。《庄子·让王》有他逃官的故事。

③南郭：南郭子綦（qí），《庄子·齐物论》中的隐士。

④滥巾：穿戴隐士的衣裳和头巾，冒充隐士。

⑤缨情：钟情。缨：系。

【译文】

世上有一个姓周的人，他是一个超凡脱俗的俊雅士人，既有文采又很博学，既通老庄又懂历史，但是他偏偏学习东鲁颜阖的遁世，效仿南郭子綦的隐居，冒充避世者居住在草堂，头戴隐士巾出入北山，迷惑翠松香桂，欺骗白云深壑。他虽然假装在江边隐居，但是心里却念念不忘高官厚禄。

【原文】

其始至也，将欲排巢父❶，拉许由❷，傲百氏❸，蔑王侯，风情张❹日，霜气横秋。

【注释】

①巢父：尧时的隐士。

②许由：尧时的隐士。相传许由为躲避尧的让位，他逃到箕山下农耕而食。尧又召他为九州的长官，他跑

到颍水边洗耳，表示不愿听闻。

③百氏：诸子百家。

④张：张大。

【译文】

他刚刚隐居的时候，似乎想要排斥巢父，挤压许由，傲视诸子百家，轻蔑将相王侯。风度情致胜于太阳，凛然的心志严如秋霜。

【原文】

或叹幽人❶长往，或怨王孙❷不游。谈空空❸于释部❹，核玄玄❺于道流。务光❻何足比？涓子❼不能俦。

【注释】

①幽人：隐士。

②王孙：隐士。

③空空：佛家认为世上一切都是空的，虚幻的。

④释部：佛经。

⑤玄玄：道家语。道家用“玄之又玄”形容道的微妙。

⑥务光：汤建立商朝后，想让位给务光，务光不但推辞不受，并且因为觉得羞耻，投水而死。

⑦涓子：传说中的高士。

【译文】

他有时感叹隐士幽居不返，有时抱怨王孙不来山林交游。他能谈四大皆空的佛学，也能聊玄而又玄的道家学说。他自以为上古的务光、涓子之辈不足以与其相比。

【原文】

及其鸣驺❶入谷，鹤书❷赴陇，形驰魄散，志变神动。尔乃眉轩席次，袂耸❸筵上，焚芰制❹而裂荷衣，抗尘容❺而走俗状。风云凄其带愤，石泉咽而下怆，望林峦而有失，顾草木而如丧。

【注释】

①鸣驺（zōu）：使者所乘坐的车马。鸣：喝道。驺：皇帝的骑卒。

②鹤书：指征召的诏书。因诏板所用

的字形如鹤头，故称。

③袂（mèi）耸：衣袖高举。

④芰（jì）制：以菱叶制作的隐士衣裳。

⑤尘容：世俗的仪容。

【译文】

而一旦朝廷的使臣进入幽谷，征召他入朝，他又立刻手舞足蹈，意志动摇。于是在席间忍不住眉飞色舞，得意扬扬。然后焚烧隐居时穿的用芰荷做成的衣服，显出尘世中俗恶的嘴脸。山中的风云悲戚愤怒，石上的清泉幽怨悲怆。回望这山林，似乎怅然若失，环顾这草木，仿佛万分沮丧。

【原文】

至其纽❶金章，绾❷墨绶❸，跨属城之雄，冠百里之首，张英风于海甸❹，驰妙誉于浙右❺。道帙❻长摈，法筵❼久埋。敲扑喧嚣犯其虑，牒诉❽倥偬❾装其怀。

【注释】

①纽：系。

②绾（wǎn）：系。

③墨绶：挂印用的黑色丝带。

④海甸：海滨。

⑤浙右：浙西。

⑥道帙（zhì）：道家的经典。帙：书套。此指书籍。

⑦法筵：讲佛法的坐席。

⑧牒诉：公文和诉讼。

⑨倥（kǒng）偬（zǒng）：事务繁忙迫切的样子。

【译文】

后来他佩戴黄金的官印，系着墨黑的绶带，掌管一郡中所属各县中最大的县，成为威风百里的县令时，威名传遍海滨，美誉传至浙西。道家的书籍早已扔掉，讲佛法的座席也已丢弃。鞭笞罪犯的喧嚣扰乱了他的思虑，公文案牍一类的公务填满了他的胸怀。

【原文】

琴歌既断，酒赋无续。常绸缪❶于结课❷，每纷纶于折狱❸，笼张、

赵❹于往图❺，架卓、鲁❻于前录。
希踪❼三辅❽豪，驰声九州牧。

【注释】

①绸（chóu）缪（móu）：纠缠。

②结课：考课，考核官吏的成绩。

③折狱：判理案件。

④张、赵：西汉的张敞、赵广汉，二人都做过京兆尹，是当时闻名的能吏。

⑤往图：史书的记载。

⑥卓、鲁：东汉的卓茂、鲁恭，两人都做过县令，很有政绩。

⑦希踪：追慕踪迹。

⑧三辅：汉代称京城附近的京兆尹、左冯翊、右扶风为三辅。

【译文】

琴歌之声已经断绝，酒赋之事也不再继续。经常纠缠于考核官吏的事务，每天为断案而劳碌，想要政绩超越史书中所记的张敞和赵广汉，又想让官声凌驾于卓茂和鲁恭。希望能赶上三辅的英豪，声誉传遍九州同僚。

【原文】

使其高霞孤映，明月独举，青松落荫，白云谁侣？磵❶户摧绝❷无与归，石径荒凉徒延伫❸。至于还飙❹入幕，写❺雾出楹，蕙帐空兮夜鹤怨，山人去兮晓猿惊。昔闻投簪❻逸海岸，今见解兰❼缚尘缨❽。

【注释】

①磵：同“涧”。

②摧绝：崩塌。

③延伫（zhù）：长久站立等候。

④还飙（biāo）：回风。

⑤写：同“泻”。

⑥投簪：抛弃固定帽冠的簪子。比喻弃官归隐。

⑦解兰：脱下兰花编成的佩饰，比喻放弃隐居生活。

⑧缚尘缨：束缚于尘网，指走上仕途。

【译文】

这使得山中的彩霞孤独地映照着天空，明月独自悬挂在夜幕，青松落寞地投下浓荫，有谁与白云为伴？

涧间的草屋坏了也无人归来，荒凉石径仍寂寥地等待着来人。还有猛烈的山风吹入草堂的帷幕，云雾穿梭进窗楹，蕙帐空空，夜鹤哀怨，隐士离去，山猿惊啼。从前，听说有人弃官而去，隐居海岸，现在则见有人解下隐士的兰佩，系上了尘世的冠带。

【原文】

于是南岳献嘲，北陇腾笑，列壑争讥，攒峰❶竦诮。慨游子之我欺，悲无人以赴吊❷。故其林惭无尽，涧愧不歇，秋桂遣风，春萝罢月，骋西山之逸议，驰东皋之素谒❸。

【注释】

①攒(cuán)峰：聚在一起的山峰。

②吊：慰问。

③素谒：朴实的言语。

【译文】

于是南岳嘲笑，北陇讥讽，所有山谷都争相讥嘲，全部山峰都竞相讥笑。慨叹游子欺骗了山林，伤心没有人来安慰。所以，山林深感惭愧，山涧羞愧不已，秋桂失去了香风，春萝远离了月色，而西山间似乎还回荡着隐士们的清议，东皋里仿佛还散播着布衣的高论。

【原文】

今又促装❶下邑❷，浪枻❸上京。虽情投于魏阙❹，或假步于山扃❺。岂可使芳杜❻厚颜，薜荔❼蒙耻，碧岭再辱，丹崖重滓❽，尘游躅❾于蕙路，污渌池❿以洗耳？

【注释】

①促装：束装，打点行李。

②下邑：相对京城而言，县称下邑。

③浪枻（yì）：划动船桨。枻：桨。

④魏阙：宫门上巍然高出的观楼。这里指朝廷。

⑤山扃（jiōng）：山门。此指北山。

⑥杜：杜若，香草名。

⑦薜荔：香草名。

⑧重滓（zǐ）：再次蒙受污辱。

⑨躅（zhú）：足迹。

⑩渌池：清水池。

【译文】

现在又急促地收拾行装准备离开县邑，乘船前往京城。虽然心中牵挂的是朝廷，但或许还想借路重游北山。果真如此，岂能让山中的芳草丢尽脸面，让薜荔蒙上耻辱，让碧岭再次受辱，让丹崖重被污染，让世俗尘游践踏长满香草的山路，让清澈的泉水变得污浊？

【原文】

宜扃岫幌❶，掩云关，敛轻雾，

藏鸣湍，截来辕于谷口，杜妄辔于郊端。

【注释】

①岫幌：山的门户。幌：帷幕。

【译文】

应当锁上北山的门户，关闭白云的门窗，敛起轻雾，藏好泉流，在山口将驰来的马车截住，在郊外将他的坐骑堵住。

【原文】

于是从条瞋❶胆，叠颖❷怒魄，或飞柯以折轮，乍低枝而扫迹。请回俗士驾，为君谢逋客❸。

【注释】

①瞋：发怒。

②叠颖：重重叠叠的草芒。颖：尖端。

③逋（bū）：逃跑的人。此指周颙。

【译文】

此时，山中丛集的枝条义愤填膺，重叠的草芒勃然大怒，有的飞起树枝要打折他的车轮，有的垂下枝叶要扫除他的行迹。请你这位世俗之人回转马车，我代表北山之神拒绝你这样的逃客回来。

丘迟

作者简介

丘迟（464—508），字希范，吴兴乌程（今浙江湖州）人，南朝文学家，曾任殿中郎、司空从事中郎等职。代表作有《与陈伯之书》等。明朝张溥辑有《丘司空集》。

与陈伯之书

【导读】

南朝梁武帝天监四年（505），临川王萧宏领兵北伐，陈伯之屯兵寿阳（今安徽寿县）与梁军对抗。萧宏命咨议参军丘迟写信劝降陈伯之。丘迟在信中晓之以利害，动之以乡情，喻之以大义，陈伯之为书信的情理所慑服，迫于形势，率军投降了。

【原文】

迟顿首❶。陈将军足下❷：无

恙❸，幸甚，幸甚！

【注释】

①顿首：叩拜。古人书信开头和结尾常用的客气语。

②足下：书信中对对方的尊称。

③无恙：古人常用的问候语。

【译文】

丘迟拜上。陈大将军足下：一向安好，万分荣幸。

【原文】

将军勇冠三军，才为世出，弃燕雀之小志，慕鸿鹄以高翔。昔因机变化，遭遇明主，立功立事，开国❶称孤❷。朱轮华毂，拥旄万里❸，何

其壮也！如何一旦为奔亡之虏，闻鸣镝❹而股战❺，对穹庐❻以屈膝，又何劣邪！

【注释】

①开国：梁时封爵，皆冠以“开国”之号。

②孤：王侯的自称。此指受封爵。

③拥旄（máo）万里：拿着朝廷颁发的旄节，号令一方。旄：用牦牛尾装饰的旗子。此指旄节。

④鸣镝（dí）：响箭。

⑤股战：大腿颤抖。

⑥穹庐：原指少数民族居住的毡帐。此处指代北魏政权。

【译文】

将军的英勇是全军之首，是当代

杰出的人才。您摈弃燕雀的小志，仰慕鸿鹄高飞的远大抱负。当初您顺应时势，改换门庭，遇到了贤明的君主梁武帝，建立了功勋，成就了事业，得以封爵称孤。车驾华丽，拿着朝廷颁发的旌节，号令一方，这是多么雄壮、显赫！怎么一下子竟成了逃跑投降异族的叛逆，听见胡人的响箭就双腿发抖，面对毡帐就双膝下跪，这是多么低贱啊！

【原文】

寻君去就❶之际，非有他故，直以不能内审诸己，外受流言，沉迷猖蹶❷，以至于此。圣朝赦罪责

功，弃瑕录用，推赤心于天下，安反侧于万物，将军之所知，不假仆一二谈也。朱鲔涉血于友于❸，张绣剚刃于爱子❹，汉主不以为疑，魏君待之若旧。况将军无昔人之罪，而勋重于当世。夫迷途知返，往哲是与；不远而复❺，先典❻攸高。主上屈法申恩，吞舟❼是漏；将军松柏不剪，亲戚安居，高台未倾，爱妾尚在。悠悠尔心，亦何可言！

【注释】

①去就：指陈伯之弃梁投降北魏。

②猖（chāng）蹶（jué）：狂妄、放肆。

③朱鲔（wěi）涉血于友于：朱鲔是王莽末年绿林军将领，曾劝说刘玄杀

死刘秀的哥哥刘缜。后来刘秀攻打洛阳，朱鲔坚守城池。刘秀派岑彭前去劝降，说建大功业的人不计小恩怨，如果朱鲔投降，不仅不会被杀，还能保住官爵。朱鲔于是投降。友于：兄弟。

④张绣剸（zì）刃于爱子：据《三国志》记载，建安二年（197），张绣投降曹操不久又反叛，杀了曹操的长子曹昂、侄子曹安民等。建安四年（199），张绣又率众投降曹操，被封为列侯。剸：用刀刺进去。

⑤不远而复：迷途不远而返回。

⑥先典：古代典籍，指《易经》。

⑦吞舟：指吞舟之鱼。

【译文】

我推究您离开梁朝投奔北魏，并不是有其他特殊的原因，只不过是因为自己内心考虑不周，又听信了谣言，被狂妄之人迷惑，一时不能明辨是非，才到了今天这个地步。梁朝赦免罪人，要求被赦者立功赎罪，不计较罪人的过失，量才使用，以赤诚之心对待天下人，在所有人面前安抚那些疑惧不安的人，这您都是清楚的，无须我再一一细说了。朱鲔曾参与杀害汉光武帝的哥哥刘縯，张绣曾杀了曹操的爱子曹昂，光武帝刘秀并不因此疑忌朱鲔，反而诚心诚意地招降了他，魏王曹操在张绣归降后待他仍像过去一样。况且，您既无朱、张二人的罪过，在当代功绩又显赫。误入迷途而知返，这是古代贤明之人所赞许的做法；走弯路不远就返回，这是《易经》所推崇的行为。梁武帝废法加恩，连像吞船的大鱼这样罪恶深重的都可漏网；您家的祖坟未被损毁，亲人父母也都安在，家中住宅完好、爱妾仍在。您好好想想吧，还有什么可说的呢！

【原文】

今功臣名将，雁行有序❶，佩紫❷怀黄❸，赞帷幄之谋；乘轺❹建节❺，奉疆埸❻之任，并刑马作誓，传之子孙。将军独靦颜❼借命，驱

驰毡裘之长❽，宁不哀哉！

【注释】

①雁行：大雁飞行的行列，比喻按尊卑排列次序。

②紫：紫绶，系官印的紫色丝带。

③黄：黄金印。

④轺（yáo）：轻便的马车。

⑤建节：将皇帝赐予的符节插在车上。

⑥疆埸（yì）：边境。

⑦靦（tiǎn）颜：厚着脸。

⑧长：头目。此指拓跋族北魏君长。

【译文】

现在，满朝的功臣名将都各有封赏任命，井然有序，佩戴着紫绶，怀揣着黄金印，在军帐中帮助谋划军事；乘着轻便的马车，拥有皇帝的符节，接受保卫边疆的重任，而且朝廷杀马立誓，功臣名将的爵位可以传给子孙后代。唯独您还在羞愧中苟活，为北魏君主奔走效力，岂不可悲！

【原文】

夫以慕容超[1]之强，身送东市[2]；姚泓[3]之盛，面缚西都[4]。故知霜露所均，不育异类；姬汉[5]旧邦，无取杂种。北虏[6]僭[7]盗中原，多历年所[8]，恶积祸盈，理至焦烂[9]。况伪孽[10]昏狡，自相夷戮，部落携离，酋豪猜贰[11]。方当系颈蛮邸，悬首藁街[12]。而将军鱼游于沸鼎之中，燕巢于飞幕之上，不亦惑乎！

【注释】

①慕容超：十六国时南燕君主。晋末宋初曾骚扰淮北，刘裕北伐将其擒获，解至建康（今江苏南京）斩首。

②东市：汉代长安处决犯人的地方。泛指刑场。

③姚泓：十六国时后秦君主。刘裕北伐破长安，姚泓出降，解至建康斩首。

④西都：长安。

⑤姬汉：汉族。姬：周天子的姓。

⑥北虏：指北魏。

⑦僭（jiàn）：假冒帝号。

⑧年所：年代。

⑨焦烂：溃败灭亡。

⑩伪孽：指北魏宣武帝。

⑪猜贰：猜忌别人有二心。

⑫藁（gǎo）街：汉代长安街名。

【译文】

凭南燕王慕容超的强横，最终也身死刑场；凭后秦君主姚泓的强盛，也落得被生擒押往长安的下场。因此知道天降雨露，分布各地，只是不养育异族；我中原汉族的故国，决不容有异族同生。北魏窃取中原已有好多年了，罪大恶极，照理说将自取灭亡。更何况伪朝妖孽昏聩狡诈，自相残杀，国内各部四分五裂，部族首领互相猜忌，各怀心思，他们也正将要从自己的官邸被绑缚到京城斩首示众。而将军您却像鱼一样，在开水锅里游泳，像燕子一样，在悬挂于空中的帷幕上筑巢，难道不糊涂吗！

【原文】

暮春三月，江南草长，杂花生树，群莺乱飞。见故国之旗鼓，感平生于畴日❶，抚弦登陴❷，岂不怆悢！所以廉公❸之思赵将，吴子之泣西河❹，人之情也，将军独无情哉？想早励良规❺，自求多福。

【注释】

①畴日：往日。

②陴（pí）：城上的女墙。

③廉公：廉颇，赵国名将。

④吴子之泣西河：吴起驻守魏国西河时，魏武侯听信谗言，使人召回吴起。吴起预料西河必将被秦国夺取，故车至于岸门，望着西河哭泣。后来，西河果然被秦国夺取。

⑤良规：妥善的安排。

【译文】

暮春三月，江南绿草遍野，各种各样的花朵竞相盛开，一群一群的黄莺振翅翻飞。看见故国的旌旗、战鼓，回忆往日的生活，手抚弓弦登上城墙，难道不感到悲恨吗！这就是当年逃到魏国的廉颇仍想担任赵国的将帅，魏将吴起曾望着西河哭泣的原因，这些都是人之常情。难道您没有这种感情吗？希望您能早定良策，弃暗投明。

【原文】

当今皇帝盛明，天下安乐。白环西献❶，楛矢❷东来。夜郎滇池，解辫请职❸；朝鲜昌海❹，蹶角❺受化。唯北狄野心，掘强沙塞之间，欲延岁月之命耳！中军临川殿下❻，明德茂亲❼，总兹戎重，吊民洛汭❽，伐罪秦中❾，若遂不改，方思仆言。聊布❿往怀，君其详之。丘迟顿首。

【注释】

①白环西献：相传舜时，西王母向其进献白环和玉玦。

②楛（hù）矢：用楛木做的箭。

③解辫请职：解开盘结的发辫，请求封职。即表示愿意归顺。

④昌海：蒲昌海，今新疆罗布泊。

⑤蹶角：以额角叩地。

⑥中军临川殿下：指萧宏。临川王萧宏时任中军将军。

⑦茂亲：至亲。萧宏是梁武帝萧衍的弟弟。

⑧洛汭：洛水入黄河处，在洛阳、巩义一带。

⑨秦中：今陕西中部地区，当时属北魏。

⑩聊布：聊且陈述。

【译文】

当今皇上圣明，天下百姓安居乐业。有人从西方献上白玉环，有人从东方进贡楛木箭。西南边远地方的夜郎、滇池两国，解开辫发改随汉族习俗，请求封官；东方的朝鲜、西方的昌海两地的百姓，都叩头接受梁朝的教化。只有北方的北魏野心勃勃，横行在沙漠边塞之间，作出执拗不驯的样子，企图苟延残喘罢了！我梁朝全军统帅临川王萧宏，有英明的德行，是梁武帝的至亲，总领这次北伐军事重任，到洛阳一带的中原地区慰问受迫害的百姓，在秦中一带讨伐罪魁。倘若您仍执迷不悟，不思悔改，再想想我说的这一番话。姑且用这封信来表达我们往日的情谊，希望您能仔细地考虑这件事。丘迟拜上。

钟嵘

作者简介

钟嵘（约468—约518），字仲伟，颍川长社（今河南许昌长葛）人，南朝文学批评家。历任中军临川王行参军、西中郎将晋安王记室等职。代表作有《诗品》等。

《诗品》序（一）

【导读】

《诗品》是继《文心雕龙》之后的又一部诗歌评论著作，它的出现标志着中国古代文艺理论与文学批评发展到了新的阶段。本文是作者为《诗品》写的序言第一部分。作者在文中对诗歌创作中的一些重要问题正面提出了自己的见解，一是“诗有三义”，二是重视诗味等。

【原文】

气之动物，物之感人，故摇荡性情，形诸舞咏。照烛三才❶，晖丽万有❷，灵祇❸待之以致飨，幽微藉之以昭告。动天地，感鬼神，莫近于诗。

【注释】

①三才：天、地、人。

②万有：万物。

③灵祇（qí）：天地之神，亦泛指神明。

【译文】

气候的不停变化改变了景物，景物又时刻影响着人的心理，因而人的情绪会有起伏波动，并通过舞蹈歌唱等方式表现出来。它的光芒映照着天、地、人，使万物有了光辉，天地之神依靠它享受祭祀，幽冥之灵因为它接受昭明祷告。要说感动天地鬼神的办法，最有效的非诗歌莫属。

【原文】

昔《南风》❶之辞，《卿云》❷之颂，厥义夐矣。夏歌曰“郁陶乎予心”，楚谣云“名余曰正则”，虽诗体未全，然是五言之滥觞❸也。逮汉李陵，始著五言之目矣。古诗❹眇邈❺，人世难详，推其文体，固是炎汉之制，非衰周之倡也。自王、扬、枚、马❻之徒，词赋竞爽，而吟咏靡闻。从李都尉❼迄班婕妤❽，将百

年间，有妇人焉，一人而已。诗人之风，顿已缺丧。东京二百载中，惟有班固《咏史》，质木无文。

【注释】

①《南风》：《南风歌》，相传为舜帝所作的民歌。

②《卿云》：《卿云歌》，相传为上古舜时的诗歌。

③滥觞：比喻事情的开始或事物的发端。

④古诗：指《古诗十九首》及其他同题诗。

⑤眇邈：久远，遥远。

⑥王、扬、枚、马：汉代辞赋家王褒、扬雄、枚乘、司马相如。

⑦李都尉：李陵。

⑧班婕妤：辞赋家，汉成帝的嫔妃。

【译文】

久远的《南风歌》《卿云歌》，其歌词和颂词都有着深远意义。夏代《五子之歌》里的“我心忧郁啊”以及楚国歌谣《离骚》中的“给我取名叫正则”，尽管作为诗来说格式不那么完备，但可看作是五言诗的起源。从汉朝的李陵开始，五言诗的样式才开始真正创作。因年代久远，《古诗十九首》及其他同题诗的作者和时间都难以查考，根据其文体推测，它并非首创于周代，而应是写于西汉。自从王褒、扬雄、枚乘、司马相如等人，习惯于辞赋的创作并以此相互竞争开始，就再没有人作诗了。从李陵到班婕妤这一百年，唯有李陵可称为诗人，女作家也只有班婕妤。诗人创作诗歌的氛围，仿佛突然消失了。而后东汉漫漫两百年之久，只有班固的《咏史》这一首诗，而且并没有太多的文采。

【原文】

降及建安❶，曹公父子❷，笃好斯文；平原兄弟❸，郁为文栋；刘桢、王粲❹，为其羽翼。次有攀龙托凤，自致于属车❺者，盖将百计，彬彬之盛，大备于时矣。尔后陵迟衰微，迄

于有晋。太康❻中，三张❼、二陆❽、两潘❾、一左❿，勃尔复兴，踵武前王⓫，风流未沫，亦文章之中兴也。永嘉⓬时，贵黄老⓭，稍尚虚谈。于时篇什，理过其辞，淡乎寡味。爰及江表⓮，微波尚传，孙绰⓯、许询⓰、桓⓱、庾⓲诸公诗，皆平典似《道德论》，建安之风尽矣。

【注释】

①建安：汉献帝的年号。文学史多指汉末包括魏初。

②曹公父子：指曹操及其子曹丕。

③平原兄弟：指曹植及其异母弟白马王曹彪。曹植曾封平原侯。

④刘桢、王粲：均为建安七子。刘桢字

公干，王粲字仲宣。

⑤属车：侍从之车。

⑥太康：晋武帝的年号。

⑦三张：张载、张协和张亢。

⑧二陆：陆机和陆云。

⑨两潘：潘岳与潘尼。

⑩左：左思。

⑪踵武前王：此指继建安的盛况。踵：追。武：迹。

⑫永嘉：晋怀帝的年号。

⑬黄老：黄帝与老子，道家所奉的始祖，用以代称道家。

⑭江表：指长江以南地区。

⑮孙绰：东晋玄言诗代表作家。

⑯许询：东晋著名玄言诗人。

⑰桓：桓温。

⑱庾：庾亮。

【译文】

接着是建安时期，曹操、曹丕父子二人，极为热爱文辞；曹植、曹彪兄弟更是起到了文坛栋梁的作用；刘桢、王粲也成为他们的羽翼。之后有攀龙附凤，自己来做附属，这种情况有百年之久。文质兼备的风气兴盛，在那个时代来说很是齐备。可惜此后这种氛围渐渐衰落下去，并一直持续至晋代。而后到了太康年间，“三张”（张载、张协、张亢）、“二陆”（陆机、陆云）、“两潘”（潘岳、潘尼）、“一左”（左思）突然复兴，继承前人宏伟的足迹，并且风韵久久未散，是诗文的中兴时期。永嘉年间，因为比较重视黄帝、老子的学说，文化上崇尚清谈，因此这个阶段的诗文，玄理的叙述要多于文辞，这就使得文章枯燥且平淡乏味。即便在东晋渡江南下后，诗文受以前的影响，清谈玄理的风气还在延续。孙绰、许询、桓温、庾亮这几位诗人的作品，居然像《道德论》一样平淡，建安文学的气势荡然无存。

【原文】

先是郭景纯❶用俊上之才，变创其体；刘越石❷仗清刚之气，赞

成厥美。然彼众我寡，未能动俗。逮义熙[3]中，谢益寿[4]斐然继作，元嘉[5]中，有谢灵运[6]，才高词盛，富艳难踪，固已含跨刘、郭，凌轹潘、左。故知陈思为建安之杰，公幹、仲宣为辅。陆机为太康之英，安仁[7]、景阳[8]为辅；谢客为元嘉之雄，颜延年[9]为辅。斯皆五言之冠冕，文词之命世也。

【注释】

①郭景纯：郭璞，东晋游仙诗祖师，代表作为《游仙诗》。

②刘越石：刘琨，今存诗三首。

③义熙：东晋安帝的年号。

④谢益寿：即谢混，谢安之孙。

⑤元嘉：南朝宋文帝的年号。

⑥谢灵运：南朝宋著名诗人。

⑦安仁：潘岳的字。

⑧景阳：张协的字。

⑨颜延年：南朝宋文坛领袖人物，“元嘉三大家”之一。

【译文】

此前，郭璞凭借其非凡的才华，大胆创新，变革了诗歌的体裁；刘琨靠自身清新而又刚硬的诗风，造就了诗歌的美感。可惜，孙绰、许询、桓温、庾亮等人在当时文坛上的势力较广，郭璞、刘琨在人数上处于劣势，因此也没能从根本上改变这种文章创作的风气。而后的义熙中期，谢混孜孜不倦地继续着创作。元嘉年间的谢灵运，才高八斗且文辞华丽，其文采之艳丽实在让人难以追随。他的才华事实上已经超越了刘琨、郭璞，甚至凌驾于潘岳、左思。所以说，曹植是建安文学的俊杰，刘桢、王粲作为辅佐；陆机是太康文学的精英，潘岳、张协作为辅佐；谢灵运是元嘉文学的雄才，颜延之作为辅佐。这便是最有才华的五言诗作者，他们的文章也是举世闻名的。

【原文】

夫四言，文约意广，取效《风》《骚》，便可多得。每苦文繁而意

少，故世罕习焉。五言居文词之要，是众作之有滋味者也，故云会于流俗。岂不以指事造形，穷情写物，最为详切者邪？故诗有三义焉：一曰兴，二曰比，三曰赋。文已尽而意有余，兴也；因物喻志，比也；直书其事，寓言写物，赋也。宏斯三义，酌而用之，干之以风力，润之以丹采，使咏之者无极，闻之者动心，是诗之至也。若专用比兴，则患在意深，意深则辞踬❶。若但用赋体，则患在意浮，意浮则文散。嬉成流移❷，文无止泊，有芜漫❸之累矣。

【注释】

①踬（zhì）：受挫折。

②流移：油滑。

③芜漫：冗杂散乱。

【译文】

四言诗字数虽少，但表达的内容很多，只要多观看并且模仿《国风》《离骚》，就差不多能琢磨出它的大体。创作时，诗人们总是苦恼文字烦琐而表达的意境不足，因此大多数人不怎么去学习它。五言诗于诗体而言非常重要，也是众多诗歌中最具有滋味的。所以说，它能够迎合世俗的喜好与品味。这难道不是因为它评论事物，塑造形象，抒发感情，描写景物，都最为详细贴切吗？故此，诗应该有三种表现手法：一叫“兴”，二叫

“比”，三叫“赋”。文章已经写完但意思还没结束，是“兴”；用事物来指喻其情志，是“比”；直接对事实进行描写，虽写的是物但寓意在字里行间，是“赋”。引申这三种思路，斟酌着使用，用风骨来加强它，用文采来修润它，令欣赏它的人回味无穷，听到它的人怦然心动，这也就是诗歌的最高境界了。假若只用比兴手法，弊病在于表意过于深远，文辞会因为附带的意义太深广而显得干涩。假若只用赋法，弊病在于其用意过于浅薄，而令结构显得松散，甚至造成主题流移不定、文辞飘忽，使文章被芜乱散漫的感觉拖累。

【原文】

若乃春风春鸟，秋月秋蝉，夏云暑雨，冬月祁寒，斯四候之感诸诗者也。嘉会寄诗以亲，离群托诗以怨。至于楚臣❶去境❷，汉妾❸辞宫；或骨横朔野，或魂逐飞蓬；或负戈外戍，或杀气雄边；塞客衣单，孀闺泪尽；又士有解佩出朝，一去忘反；女有扬蛾❹入宠，再盼倾国：凡斯种种，感荡心灵，非陈诗何以展其义，非长歌何以骋其情？故曰：“《诗》可以群，可以怨。”使穷贱易安，幽居靡闷，莫尚于诗矣。

【注释】

①楚臣：指屈原。

②去境：被放逐。

③汉妾：指王昭君。

④蛾：蛾眉。

【译文】

至于那春风春鸟，秋月秋蝉，夏云暑雨，冬月酷寒，这是四季的气候变化在诗人作品里所表现出的形态。和睦地聚集在一起时，通过诗歌来寄寓亲情；离开群体时，则依靠诗歌来表达自己的怨恨。至于楚国的臣子离开国境，汉朝的妾媵辞别宫廷；有的尸骨遍横北方的郊野，灵魂追逐空中的蓬蒿；有的架着长矛外出守卫，雄壮的部队戍边时杀气腾腾；边关流连的异乡人穿着单薄的衣衫，家中的寡妇早已将泪水流尽；有的士人解下印章离开朝廷，一旦走了就再也不想回来；女子扬起秀丽的眉毛，进入宫廷受到宠幸，再次看到她时，已经是倾国倾城。这样的场景，令心灵震撼，除了用诗歌，还能靠什么方式来表达这些感情呢？不用长篇的歌咏，用什么来畅抒它的情怀？因此孔子说："《诗经》可以使人合群，可以让人抒发怨恨。"它使得贫困低贱的人更易获得心安，让隐居于世外的人没有那些苦闷，没有比诗更适合他们的了。

【原文】

故词人作者，罔不爱好。今之

士俗，斯风炽矣。才能胜衣❶，甫就小学，必甘心而驰骛焉。于是庸音杂体，人各为容。至使膏腴子弟，耻文不逮，终朝点缀，分夜呻吟。独观谓为警策，众视终沦平钝。次有轻荡之徒，笑曹、刘❷为古拙，谓鲍照❸羲皇上人❹，谢朓❺今古独步。而师鲍照，终不及"日中市朝满❻"，学谢朓，劣得"黄鸟度青枝❼"。徒自弃于高明，无涉于文流矣。

【注释】

①胜衣：儿童稍长，体力足以承受得起成人衣服的重量。

②曹、刘：曹植、刘桢。

③鲍照：南朝宋著名诗人。

④羲皇上人：伏羲时代以上的人。

⑤谢朓：南朝齐著名诗人。

⑥日中市朝满：鲍照《代结客少年场行》中的诗句。

⑦黄鸟度青枝：南朝齐虞炎《玉阶怨》中的诗句。

【译文】

所以词人和其他作家，没有不喜欢作诗的。现在的士人和俗夫当中，作诗的气氛倒是非常热烈。刚勉强能撑起衣服，就要去学习文字，必定会心甘情愿为了写出好诗而奔波忙碌。也因此，一些庸俗的符号和杂乱的文体充斥着文坛，人人都自认为容貌可人。而那些富家子弟，因为觉得自己的文章不如别人而感到耻辱，于是终日细细琢磨自己的诗，不停吟诵。自己一个人欣赏时总觉得是绝妙的文章，众人观看后便感觉平淡无奇。另外，有些轻浮的人嘲笑曹植、刘桢的诗是古板而丑陋的作品，认为鲍照是超越伏羲时代的人，谢朓的诗更是无论古今皆被引为绝唱。以鲍照为老师，终究比不过“日中市朝满”；学习谢朓，只能学到低劣的“黄鸟度青枝”之类。自我逐渐被高明的道理遗弃，与真正的文学主流再无关系。

【原文】

观王公搢绅❶之士，每博论之

余，何尝不以诗为口实。随其嗜欲，商榷②不同，淄渑③并泛④，朱紫相夺⑤，喧议竞起，准的无依。近彭城刘士章⑥，俊赏之士，疾其淆乱，欲为当世诗品，口陈标榜。其文未遂，嵘感而作焉。昔九品论人⑦，《七略》裁士⑧，校以宾实，诚多未值。至若诗之为技，较尔可知，以类推之，殆均博弈。

【注释】

①搢（jìn）绅：也作“缙绅”，古代高级官员的装束，即在腰带里插上上朝时用的笏板，代指有身份地位的人。搢：插。绅：腰带。

②商榷（què）：商讨。

③淄渑：淄水和渑水，位于今山东境内。

④并泛：混合在一起。

⑤夺：竞争。

⑥彭城刘士章：刘绘，字士章，南朝齐彭城（今江苏徐州）人。

⑦九品论人：班固在《汉书·古今人表》中将历史人物分为九等，分别是：上上、上中、上下、中上、中中、中下、下上、下中、下下，并列有详表。

⑧《七略》裁士：《汉书·艺文志》载，刘歆整理群书，汇编成《七略》，即《辑略》《六艺略》《诸子略》《诗赋略》《兵书略》《术数略》《方技略》，是我国最早的目录学著作。此指分七类以划分作家。

【译文】

看那些王公大臣和士大夫之类的人，每每在高谈阔论的空隙，总喜欢把诗作为谈论的内容。而随着他们的喜好，探讨的方式不尽相同，就好似淄水和渑水泛滥到一起，紫色和红色争艳，各种嘈杂的意见不断涌现，根本没有所谓正确的标准来加以衡量。最近，彭城的刘绘，是一个有才干的诗歌鉴赏者，他厌恶文坛的杂乱风气，想要写出当代的诗品，他也说出了一些对于诗歌的很好的评价。只可惜，他的高作最终没有完成，尽管如此，也是他有感而作。昔日班固将人分为九等加以评论，刘歆则以《七略》界定别人，根据称谓来评审事物，事实上这有很多不恰当的地方。如果论写诗才干的高低，是可以比较出来的，按照分类来推断，就能像鉴定下棋的输赢那样简单明了。

【原文】

方今皇帝❶，资生知之上才，体沉郁之幽思，文丽日月，学究天人，昔在贵游❷，已为称首。况八纮❸既奄❹，风靡云蒸❺，抱玉者联肩，握珠者踵武❻。固以瞰汉魏而弗顾，吞晋宋于胸中。谅非农歌辕议，敢致流别。嵘之今录，庶周游于闾里，均之于谈笑耳。

【注释】

①方今皇帝：指梁武帝萧衍。

②昔在贵游：指萧衍称帝前和另外一些文士的交游。

③八纮（hóng）：八方极远之地。泛指天下。

④奄：包有。

⑤风靡云蒸：有许多人才出来辅佐。

⑥抱玉者联肩，握珠者踵武：抱玉、握珠均指有才华的文人。

【译文】

当今皇上，拥有过人的才华和天赋，同时有着博大而又深邃的思想，其文章华丽似日月光辉，学识能探究自然和人世之间的关系。以前和贵族们游历交流时，就已经被誉为首领。更何况现在有宇内八方的拥戴，天下支持他的人更是风一般吹来，像云一般蒸腾，胸中才华像玉石般闪亮的人，接踵摩肩，络绎不绝。本来对汉魏的作品不屑一顾，气吞晋宋的文章，这实在不该是农民的歌谣和车夫的议论所敢于加以评价的。我现在写的这些事情，几乎都是游历于各处街道小巷时所听到的，都把它们当作谈笑吧。

郦道元

作者简介

郦道元（约470—527），字善长，范阳涿县（今河北涿州）人，南北朝时北魏地理学家、文学家、教育家。代表作为《水经注》等。

三峡

【导读】

本文节选自《水经注》第三十四卷《江水》，描绘了长江三峡的雄伟险峻和独具特色的四季风光。全文结构严谨，布局巧妙，言简意赅，情景交融，生动传神。

【原文】

自三峡❶七百里中，两岸连山，略无阙处。重岩叠嶂，隐天蔽日，自非亭午夜分，不见曦月❷。

【注释】

①三峡：瞿塘峡、西陵峡和巫峡的总称。在长江上游四川东部、湖北西部一带。

②曦（xī）月：日月。曦：日光，此指太阳。

【译文】

在三峡七百里的沿途中，峡谷两岸都是相连的高山，几乎没有一处中断的地方。山岭重重叠叠，连绵不断，不仅遮住了天，而且连太阳也挡住了。如果不是正午，就看不见太阳；如果不是午夜，就看不见月亮。

【原文】

至于夏水襄❶陵，沿溯❷阻

绝。或王命急宣，有时朝发白帝❸，暮到江陵，其间千二百里，虽乘奔御风，不以疾也。

【注释】

①襄：淹上，漫上。

②溯：逆流而上。

③白帝：白帝城，位于今四川奉节东白帝山上。

【译文】

到了夏天江水漫上山丘的时候，顺水和逆水航行的船只都受到阻碍，不能通行。有时候遇到皇帝有命令需要紧急传达，就清晨坐船从白帝城出发，傍晚就到了江陵。两地相距一千二百里，即使是乘上快马顺着风

向跑，也没有这样快。

【原文】

春冬之时，则素湍❶绿潭，回清倒影。绝巘❷多生怪柏，悬泉瀑布，飞漱❸其间。清荣峻茂，良多趣味。

【注释】

①素湍：激起白色浪花的急流。素：白色。

②巘（yǎn）：极高的山峰。

③飞漱：飞速地往下冲荡。漱：冲荡。

【译文】

春冬两季的时候，雪白的急流回旋着清波，碧绿的潭水倒映着各种景物的影子。险峻的山峰上生长着许多奇形怪状的柏树，悬泉和瀑布飞流冲荡在岩崖之间。水清，树荣，山高，草茂，实在是趣味无限。

【原文】

每至晴初霜旦❶，林寒涧肃，常有高猿长啸，属引凄异，空谷传响，哀转久绝。故渔者歌曰：“巴东❷三峡巫峡长，猿鸣三声泪沾裳！”

【注释】

①霜旦：下霜的早晨，指秋季。

②巴东：汉郡名，治所在今四川奉节东。

【译文】

每逢雨后初晴或秋霜始降的早晨，林中寒凉，山间溪涧在寂静地流涧，经常有攀上高处的猿猴放声高叫，声音连续不断，非常凄凉怪异。那声音在空谷中鸣荡，哀婉凄切，久久不绝。所以当地打鱼的人在歌中唱道：“巴东三峡巫峡长，猿鸣三声泪沾裳！”

吴均

作者简介

吴均（469—520），字叔庠，南朝梁文学家、史学家，吴兴故鄣（今浙江安吉）人。工于写景，尤以小品书札见长。代表作有《与朱元思书》《与施从事书》《与顾章书》等。

与朱元思书

【导读】

本文是吴均写给好友朱元思（一作宋元思，字玉山，生平不详）的信中的一个片段，被视为骈文中写景的佳作。作者用简洁传神的文笔，描写了富春江两岸清朗秀丽的景色，既用人的感受反衬出山水之美，也抒发了对功名利禄的鄙弃，对官场政务的厌倦，含蓄地流露出爱慕美好的大自然，避世退隐的高洁志趣。

【原文】

风烟俱净❶，天山共色，从流飘荡，任意东西。自富阳❷至桐庐❸，一百许里，奇山异水，天下独绝。

【注释】

①净：消散尽净。

②富阳：位于今浙江杭州西南部，因地处富春江之北而得名。

③桐庐：位于今浙江杭州西南部，富春江沿岸。

【译文】

风和烟都消散了，天和山变成了相同的颜色。我乘船随着江流飘荡，随意地向东或向西漂流。从富阳到桐庐，一百里左右，奇异的山，奇异的水，是天下独一无二的。

【原文】

水皆缥碧❶，千丈见底；游鱼细石，直视无碍。急湍甚❷箭，猛浪若奔。

【注释】

①缥碧：青白色。

②甚：胜过，超过。

【译文】

水都是青白色的，十分清澈，即使千丈深也可以看见水底；水中游动的鱼儿和水底细小的石头都可以直接看见，毫无障碍。湍急的水流比箭还快，凶猛的巨浪就像奔腾的骏马。

【原文】

夹岸高山，皆生寒树。负❶势竞上，互相轩邈❷，争高直指，千百成峰。泉水激石，泠泠作响；好鸟相鸣，嘤嘤成韵❸。蝉则千转❹不穷，猿则百叫无绝。鸢❺飞戾❻天者，望峰息心；经纶❼世务者，窥谷忘反。横柯❽上蔽，在昼犹昏；疏条交映，有时见日。

【注释】

①负：凭借。

②轩邈：指高山仿佛都在争着往高处和远处伸展。

③韵：声音和谐。

④转：形容蝉鸣声。

⑤鸢（yuān）：俗称老鹰。

⑥戾（lì）：至。

⑦经纶：筹划、治理。

⑧柯：树木的枝干。

【译文】

夹江两岸的高山上，树木浓绿，让人心生寒意。高山仿佛争着向上，往高处和远处伸展。群山竞争着高耸，笔直地向上形成了无数个山峰。泉水飞溅在山石之上，发出清越泠泠的响声；美丽的鸟相互和鸣，鸣声嘤嘤，和谐动听。蝉叫个不停，猿猴也叫个不停。追求名利极力攀高的人，看到这些雄奇的高峰，功利之心也会平静下来。那些整天忙于政务的人，看到这些幽美的山谷，就会流连忘返。横斜的树枝遮蔽着天空，即使在白天也像黄昏时那样晦暗；稀疏的枝条交相掩映，有时也可以见到阳光。

萧统

作者简介

萧统（501—531），字德施，小字维摩，南兰陵郡兰陵县（今江苏丹阳）人。南朝梁梁武帝萧衍长子，谥号昭明。他主持编撰的《文选》（史称《昭明文选》）是我国现存最早的大型诗文总集。

《文选》序

【导读】

本文是萧统为编撰的《文选》所作的一篇序，包括了文章的发展历程、文体的流派以及本选集的收录标准，从中体现出作者对文学的一些看法。文章阐述了《文选》的编排标准、选录标准等。总体而言，它对文学内容的划分以及内涵的发展起了推动作用。

【原文】

式❶观元始❷，眇觌❸玄风。冬穴夏巢之时，茹毛饮血之世，世质民淳，斯文未作。逮乎伏羲氏❹之王天下也，始画八卦，造书契，以代结绳之政，由是文籍生焉。《易》曰："观乎天文，以察时变；观乎人文，以化成天下。"文之时义远矣哉！若夫椎轮❺为大辂❻之始，大辂宁有椎轮之质？增❼冰为积水所成，积水曾微增冰之凛。何哉？盖踵其事而增华，变其本而加厉。物既有之，文亦宜然。随时变改，难可详悉。

【注释】

①式：发语词。

②元始：原始，指远古时代。

③觌（dí）：看。

④伏羲氏：传说中的上古帝王。

⑤椎轮：没有辐条，由整块木料做成的车轮。

⑥大辂（lù）：天子之车。

⑦增：通“层”。

【译文】

我回顾原始社会那遥远的民风，那时候人类冬天住山洞，夏天住巢穴，吃连皮的生肉，喝动物的鲜血。社会风气质朴，人与人之间情意淳厚，文章和文字还没有被创造出来。这种状态一直延续到伏羲氏当上皇帝治理天下，这时候开始画八卦，造文字，用来代替结绳记事的方法，由此文章典籍正式诞生了。《易经》上写道："观察日月星辰，用来考察四季的变化；观察诗书礼乐，用来教化世人，使之有所成就。"可见文章的意义实在是深远啊！如果说椎轮这种简易的车子是由帝王乘坐的大辂的原始模样，那大辂怎么没有椎轮的质朴？说硕大的冰层是积水凝固而成的，可积水却没有冰层的寒冷。这是为什么？大概是因为被用于造车从而增加了装饰，变化了水本来的结构从而变得更为寒冷。世上事物的发展都有如此变化，文章也应该是这样的。文章随着时代的改变不断变化着，我们实在难以摸清它的全部规律。

【原文】

尝试论之曰，《诗序》云：“诗有六义焉：一曰风，二曰赋，三曰比，四曰兴，五曰雅，六曰颂。”至于今之作者，异乎古昔。古诗之体，今则全取赋名。荀、宋❶表之于前，贾、马❷继之于末。自兹以降，源流实繁，述邑居，则有“凭虚”“亡是”之作❸；戒畋游，则有《长杨》《羽猎》之制❹。若其纪一事，咏一物，风云草木之兴，鱼虫禽兽之流，推而广之，不可胜载矣。

【注释】

①荀、宋：战国时的荀子与宋玉。荀子曾作《赋篇》，宋玉曾作《风赋》。

②贾、马：西汉贾谊与司马相如。贾谊有《鹏鸟赋》等，司马相如有《子虚赋》等。

③"凭虚""亡是"之作：指东汉张衡的《西京赋》（托"凭虚公子"立言）和西汉司马相如的《上林赋》（托"亡是公"立言）。

④《长杨》《羽猎》之制：指东汉扬雄的《长杨赋》《羽猎赋》，写田猎游乐而寓劝诫之义。

【译文】

试着讨论一下这个问题吧，《毛

诗序》写道："《诗经》有六义，第一是风，第二是赋，第三是比，第四是兴，第五是雅，第六是颂。"而到了现在，写作的人与古代区别太大了。作为古代诗歌中的一种写作方式，"赋"在今天却演变成了一种单独的文体。荀卿、宋玉最先用了这种手法，贾谊、司马相如则将其继续发扬下去。从那往后，赋一直流传下来，开始在文坛繁荣起来。叙述城市风貌的有张衡的《西京赋》和司马相如的《上林赋》等佳作；告诫皇帝不要沉溺于游乐的有扬雄的《长杨赋》《羽猎赋》之类的文章。要是将这些题材的范围扩大，比如记录一些小事，赞美一些事物，风云草木之赋的兴起，鱼虫禽兽之赋的出现，由此推而广之，实在是太多，不能都详尽地登载出来。

【原文】

又楚人屈原，含忠履洁，君匪从流，臣进逆耳，深思远虑，遂放湘南。耿介之意既伤，壹郁①之怀靡诉。临渊有怀沙之志，吟泽有憔悴之容。骚人之文，自兹而作。

【注释】

①壹郁：抑郁。

【译文】

另外有楚国人屈原，内心忠诚而

又品行正直，可惜没有遇到那种从善如流的君主，对臣子的忠言，楚王并不是那么听得入耳。屈原在对待社稷百姓的问题上总是深谋远虑，可居然被放逐湘南一带。正直忠诚的心受到了伤害，抑郁不安的情怀又无处声诉。屈原遂在江水边萌发了投江报国的决心，吟唱于泽畔的时候形容憔悴。《离骚》等骚人的作品也是由此而写。

【原文】

诗者，盖志之所之也，情动于中而形于言。《关雎》《麟趾》❶，正始之道著；《桑间》《濮上》，亡国之

音表。故风雅之道，粲然可观。自炎汉中叶，厥涂渐异：退傅❷有“在邹”之作，降将❸著“河梁”之篇。四言五言，区以别矣。又少则三字，多则九言，各体互兴，分镳并驱。颂者，所以游扬德业，褒赞成功。吉甫❹有“穆若”之谈，季子❺有“至矣”之叹。舒布❻为诗，既言如彼；总成❼为颂，又亦若此。次则箴兴于补阙，戒出于弼匡，论则析理精微，铭则序事清润，美终则诔发，图像则赞兴。又诏诰教令之流，表奏笺记之列，书誓符檄之品，吊祭悲哀之作，答客指事之制，三言八字之文，篇辞引序，碑碣志状，众制锋

起，源流间出。譬陶匏异器，并为入耳之娱；黼黻❽不同，俱为悦目之玩。作者之致，盖云备矣。

【注释】

①《关雎》《麟趾》：《诗经·国风·周南》中的篇名。

②退傅：西汉韦孟曾担任楚王傅，后退居邹地，作四言的《在邹》诗。

③降将：指李陵。相传他曾作诗与苏武赠别，其中有“携手上河梁”之句。

④吉甫：尹吉甫，周宣王时重臣。相传《诗经·大雅·烝民》为其所作，其中有“穆如清风”之句。“穆若”即“穆如”。

⑤季子：吴公子季札。季札在鲁国观乐

时，听到《颂》感叹说：“至矣哉……盛德之所同也。”

⑥舒布：展开，铺陈。

⑦总成：总括而成。

⑧黼（fǔ）黻（fú）：古代礼服上绣的华美花纹。

【译文】

诗歌，是思想到达某种境界后的一种表达方式，感情在内心激荡，然后再通过言语表现出来。《关雎》《麟趾》纠正了诗歌刚开始发展的道路，《桑间》《濮上》是亡国之音的代表。所以，《诗经》所引领的那正确的道路，是那么光芒四射，值得观赏。从汉朝中期开始，诗歌的发展逐渐出现差异：既有韦孟退居邹地讽谏这样的作品，又出现了降将李陵“携手上河梁”那样的诗篇。四言诗和五言诗开始成形并相互区分开来。还出现少则三个字、多则九个字的诗歌，各种诗体相互影响，虽具体方式不同，但都并行不悖，发展兴盛。“颂”是歌颂功德、褒扬赞赏丰功伟绩的一种体裁。尹吉甫有“穆若清风”的赞辞，季札有“至矣哉”的感叹。有感而发所写，就像刚才所说的《诗经》之“风雅”和韦、李的诗歌；概括歌颂功绩的，就像刚才所说的尹吉甫、季札的作品。其次，“箴”的兴起是用于寄寓规诫，“戒”的出现是为了匡正时弊，“论”要求分析道理细致微妙，“铭”则要求在论述事理方面清晰明润，由赞美死者生前的事迹而产生了“诔”，为歌颂人物德行功业则衍生了“赞”，另外还有诏诰教令、表奏笺记、书誓符檄、吊祭哀文等体裁，“答客”“指事”这样的作品，“三言”“八字”这一类文体以及篇辞引序、碑碣志状等，各类作品像群蜂一样涌现，旧文体和新文体交替发展。譬如埙和篪虽然不是相同的乐器，但都能发出悦耳的声音；黼和黻尽管颜色有区别，但都是让人看着很舒服的玩物。作者的各种情趣，能通过这么多不同的体裁详尽地表达出来。

【原文】

余监抚❶余闲，居多暇日。历观文囿，泛览辞林，未尝不心游目想，移晷❷忘倦。自姬、汉以来，眇焉悠邈，时更七代，数逾千祀。词人才子，则名溢于缥囊❸；飞文染翰，则卷盈乎缃帙❹。自非略其芜秽，集其清英，盖欲兼功，太半难矣！

【注释】

①监抚：监国抚军。

②移晷（guǐ）：日影移动，指时间很长。

③缥囊：用淡青色丝帛做成的书袋。

④缃（xiāng）帙：用浅黄色丝帛做成的书套。缃：浅黄色。

【译文】

我在监国抚军期间，平时有较多空余时间。广泛阅览了很多不同类别的文章，总是不知疲倦地边看边想，一整天地读下去。自周朝、汉朝以来，时间也较久远，共经历了七个朝代，跨越了千年之久。其间的词人可以说是人才辈出，名满天下。他们才华横溢，展纸染墨马上就可以写出装满书套的文章。若不省略其中的糟粕，集中精华部分，多半是难以事半功倍的。

【原文】

若夫姬公❶之籍，孔父❷之书，

与日月俱悬，鬼神争奥，孝敬之准式，人伦之师友，岂可重以芟夷[3]，加之剪截？老、庄[4]之作，管、孟[5]之流，盖以立意为宗，不以能文为本。今之所撰，又以略诸。

【注释】

①姬公：指周公。

②孔父：指孔子。

③芟（shān）夷：原指除草，此谓删节文章。

④老、庄：指老子与庄子。

⑤管、孟：指管子与孟子。

【译文】

周公旦、孔尼父所编撰的书籍，能够与太阳、月亮一并悬挂在天上，能够和鬼神争辩世间的奥妙，是尊孝礼敬方面的道德准则、处理人伦关系的良师益友，岂能对它们进行修改，加以剪裁？老子、庄子的作品，管子、孟子的流派，大多以表达他们的思想、看法为主要目的，着重点不在于文章本身的写作。因此我今天所编撰的这部文集，对其加以忽略。

【原文】

若贤人之美辞，忠臣之抗直，谋夫之话，辨士之端，冰释泉涌，金相玉振。所谓坐狙丘，议稷下，仲连之却秦军❶，食其之下齐国❷，留侯之发八难❸，曲逆之吐六奇❹，

盖乃事美一时，语流千载，概见坟籍❺，旁出子史，若斯之流，又亦繁博。虽传之简牍，而事异篇章，今之所集，亦所不取。至于记事之史，系年之书，所以褒贬是非，纪别异同。方之篇翰，亦已不同。若其赞论之综缉辞采，序述之错比文华，事出于沉思，义归乎翰藻❻，故与夫篇什，杂而集之。

【注释】

①仲连之却秦军：赵孝成王时，秦国围困邯郸，魏王使者辛垣衍劝赵尊秦为帝。齐国人鲁仲连当时在赵国，严斥辛垣衍。恰逢魏信陵君率兵救赵，秦遂退兵。

②食其之下齐国：楚汉战争时，刘邦的谋士郦食其说服齐王田广归汉，下齐七十余城。

③留侯之发八难：汉高祖刘邦准备采纳郦食其之策，复封六国之后，留侯张良提出八条理由予以反驳，使刘邦回心转意。

④曲逆之吐六奇：曲逆侯陈平曾六出奇计助刘邦建立和巩固汉王朝。

⑤坟籍：《三坟》《五典》。此处泛指古代书籍。

⑥翰藻：文采辞藻。

【译文】

至于说圣贤美妙的词汇、忠正的臣子对帝王耿直的进言、谋士的话语、辩手的言论，仿佛冰雪融化、泉水喷涌而出，又像金质玉声般文质兼美。人们总说，古时候的辩手坐在狙丘之上议论着国家大事。鲁仲连的雄辩让秦国大军退却数里，郦食其的劝降说服了齐国众臣，张良连续的八个难题，陈平献出的六条奇招，这些事迹在当时都被引为美谈，他们的辩词更是千古流传，大多已经在主要书籍里有所记录，或本身就来源于诸子百家的历史作品，这样的例子实在过于繁多。即便它们被书籍记录下来，可跟文学性的文章还是不一样的，因此这部文集不对它们进行收录。至于说一些记录事件和编年体的史书，主要用作记下事件的详细过程，褒贬事物，分辨正确与否，它们与文学作品始终不同。而那些在称赞中使用的一连串华丽辞藻，以及其中精妙的字词编排，出自成熟的构思，最后可以归为优美的文辞，因此称得上是文学作品，我便杂取搜集，将其放到文集内。

【原文】

远自周室，迄于圣代❶，都为三十卷，名曰《文选》云尔。凡次文之体，各以汇聚。诗赋体既不一，又以类分；类分之中，各以时代相次。

【注释】

①圣代：指南朝梁。

【译文】

收录的作品从遥远的周朝开始直到当代，总共三十卷，取名《文选》。编排大概的结构，是按门类将它们收录在一起。诗和赋自身体裁就不一样，所以又按照类别进行细分；再以时代的先后顺序来编次。

小墨香書

上架建议：大众读物

ISBN 978-7-5746-0535-0

9 787574 605350 >

定价：60.00元（全4册）

小墨香书·传世美文

秦汉六朝作品（三）

纸贵满堂 编
朱宝荣 绘

湖南美术出版社
·长沙·

图书在版编目（CIP）数据

传世美文·秦汉六朝作品 / 纸贵满堂编；朱宝荣绘.
长沙：湖南美术出版社，2025.1.--（小墨香书）.
ISBN 978-7-5746-0535-0

Ⅰ. I212.01

中国国家版本馆CIP数据核字第20243E289Y号

小墨香书

传世美文·秦汉六朝作品

CHUANSHI MEIWEN · QIN-HAN LIUCHAO ZUOPIN

出 版 人：黄　啸
编　　者：纸贵满堂
绘　　者：朱宝荣
责任编辑：范　琳
装帧设计：刘　畅
出版发行：湖南美术出版社（长沙市东二环一段622号）
印　　刷：廊坊市颖新包装装潢有限公司
开　　本：787 mm × 1092 mm　1/96
印　　张：12
版　　次：2025年1月第1版
印　　次：2025年1月第1次印刷
定　　价：60.00元（全4册）

目录

贾谊

作者简介

贾谊（前200—前168），洛阳（今河南洛阳）人，汉文帝时期杰出的政治家、文学家，曾任博士、太中大夫等职。因多次上疏提出改革建议，遭到执政大臣的排斥和打击，被贬为长沙王太傅，后改任梁怀王太傅。代表作有《过秦论》《论积贮疏》《吊屈原赋》等，后人辑有《贾长沙集》。

过秦论上

【导读】

“过秦论”，即论述秦朝的过失。作者铺叙了秦国如何走向强盛，建立中国历史上第一个统一而强大的封建王朝，然而却被一群“斩木为兵”的农民起义军推翻。通过对比，作者得出结论：“仁义不施，而攻守之势异也。”文章气势磅礴，张弛有度。

【原文】

秦孝公❶据殽、函❷之固，拥

雍州❸之地，君臣固守，以窥周室。有席卷天下，包举宇内，囊括四海之意，并吞八荒❹之心。

【注释】

①秦孝公：战国时秦国的国君，名渠梁。他任用商鞅变法，使秦富国强兵，称雄诸侯。

②殽、函：崤山（今河南洛宁北）和函谷关（今河南灵宝东北）。殽：同“崤”。

③雍州：古九州之一，相当于今陕西、甘肃、青海等部分地区。

④八荒：八方。

【译文】

秦孝公占据崤山和函谷关的险要地势，拥有整个雍州地区，君主臣民牢固把守，觊觎着周王朝的政权。他大有席卷天下，统领所有诸侯国，囊括四海的劲头，有并吞八方极远之地的心气。

【原文】

当是时也，商君❶佐之，内立法度，务耕织，修守战之具；外连衡❷而斗诸侯。于是秦人拱手而取西河❸之外。

【注释】

①商君：商鞅，战国时卫国人，姓公孙，名鞅，也称公孙鞅。初为魏相公叔痤的家臣，公叔痤死后入秦，辅佐秦孝公变法图强，任左庶长、

大良造，因功封于商（今陕西商州东南）地，故称商君、商鞅。

②连衡：连横。

③西河：又称河西，今陕西东部黄河西岸地区。

【译文】

就在这个时候，商鞅辅佐秦孝公，对内建立法令制度，致力于耕种纺织，整治攻守的武器；对外用连横的策略使诸侯们互相争斗。于是秦国像两手相合那样不费吹灰之力就取得了黄河以西的大片土地。

【原文】

孝公既没❶，惠文、武、昭❷

蒙❸故业，因❹遗策，南取汉中，西举巴蜀，东割膏腴之地，收要害之郡。诸侯恐惧，会盟而谋弱秦。不爱珍器、重宝、肥饶之地，以致天下之士，合从❺缔交，相与为一。

【注释】

①没：通“殁”，死。

②惠文、武、昭：指秦惠文王驷、秦武王荡、秦昭襄王则。

③蒙：继承。

④因：沿袭。

⑤合从：“合纵”，联合六国共同对付秦国的策略。从：同“纵”。

【译文】

秦孝公死后，秦惠文王、武王、昭

襄王陆续继承了秦孝公的治国事业，他们遵循着先人留下来的策略，往南把汉中夺下，往西将巴蜀占领，往东把肥沃的土地割占，往北又将险要的郡邑据为己有。因此诸侯惊慌失措，聚会结盟商量对策来削弱秦国。他们不吝惜珍稀的财宝和富饶的土地，用来招纳天下的人才，采取合纵策略缔结盟约，互相支援，结为一体。

【原文】

当此之时，齐有孟尝[1]，赵有平原[2]，楚有春申[3]，魏有信陵[4]。此四君者，皆明知而忠信，宽厚而爱人，尊贤而重士。约从离衡，兼

韩、魏、燕、赵、宋、卫、中山之众。于是六国之士，有宁越、徐尚、苏秦、杜赫之属为之谋，齐明、周最、陈轸、召滑、楼缓、翟景、苏厉、乐毅之徒通其意，吴起、孙膑、带佗、兒良、王廖、田忌、廉颇、赵奢之伦制其兵。尝以什倍之地，百万之师，叩关而攻秦。

【注释】

①孟尝：孟尝君田文。

②平原：平原君赵胜。

③春申：春申君黄歇。

④信陵：信陵君魏无忌。

【译文】

在这个时候，齐国有孟尝君，赵

国有平原君，楚国有春申君，魏国有信陵君。这四位公子，都英明智慧而忠诚信义，宽宏厚道而爱惜人才，尊重贤者而器重士人。他们互相约定实行合纵联合抗秦，破坏秦国的连横策略，联合韩、魏、燕、赵、宋、卫、中山等国的人。于是六国的人才，有宁越、徐尚、苏秦、杜赫这些人替他们策划；有齐明、周最、陈轸、召滑、楼缓、翟景、苏厉、乐毅这些人沟通他们的意见；有吴起、孙膑、带佗、兒良、王廖、田忌、廉颇、赵奢这些人统率他们的军队。诸侯们曾经用相当于秦国十倍的土地，百万的大军，攻打函谷关而进击秦国。

【原文】

秦人开关而延敌，九国[1]之师遁逃而不敢进。秦无亡矢遗镞[2]之费，而天下诸侯已困矣。于是从散约解，争割地而赂秦。秦有余力而制其弊，追亡逐北，伏尸百万，流血漂橹[3]。因利乘便，宰割天下，分裂河山。强国请服，弱国入朝。施及孝文王、庄襄王，享国之日浅，国家无事。

【注释】

①九国：指韩、魏、燕、楚、齐、赵、宋、卫、中山。

②镞（zú）：箭头。

③橹：大盾牌。

【译文】

秦国开关迎敌，九国的军队反倒逃跑而不敢前进。秦国没有耗费一支箭、一个箭头，而天下的诸侯却已陷入困境了。于是合纵解散，盟约解除，各自争相割地贿赂秦国。秦国有充裕的力量来利用诸侯的弱点，追赶逃亡败走的敌人，杀得他们横尸百万，流的血把大盾牌都漂浮起来。秦国趁着有利的形势，方便的时机，割取天下土地，使各国山河破碎。因而强国请求臣服，弱国前来朝拜称臣了。延续到秦孝文王、庄襄王的时候，他们在位的时间并不长，国家没发生什么大事。

【原文】

及至始皇❶，奋六世❷之余烈，振长策而御宇内，吞二周❸而亡诸侯，履至尊❹而制六合❺，执敲扑❻以鞭笞天下，威振四海。

【注释】

①始皇：秦始皇嬴政。

②六世：指秦孝公、秦惠文王、秦武王、秦昭襄王、秦孝文王、秦庄襄王。

③二周：战国末年的东周和西周。西周都洛（今河南洛阳），东周都巩（今河南巩义）。西周亡于秦昭襄王五十一年（前256），东周亡于秦庄襄王元年（前249），均不在秦始皇时。

④履至尊：登帝位。

⑤六合：上、下及东、南、西、北四方。此指天下。

⑥敲扑：鞭打的刑具。短的叫敲，长的叫扑。

【译文】

到了秦始皇，振兴六代传下来的功业，像驾车似的挥动长鞭来驾驭各诸侯国，将东周和西周吞并，将诸侯六国灭掉，登上了皇帝的宝座而统治天下，手持刑杖震慑天下百姓，威名气势震慑四海。

【原文】

南取百越❶之地，以为桂林、

象郡。百越之君俯首系颈❷，委命下吏。乃使蒙恬北筑长城而守藩篱❸，却匈奴七百余里，胡人不敢南下而牧马，士亦不敢弯弓而报怨。

【注释】

①百越：泛指东南少数民族各部。

②系颈：颈上系绳，表示投降。

③藩篱：屏障。藩：篱笆。

【译文】

往南将百越的土地据为己有，将其设为桂林和象郡。百越的君长们低着头，用绳子拴住自己的脖子来投降，把自己的性命交给秦王朝的官吏们。又派蒙恬到北方去修筑万里长城，作为边疆上的屏障来防守，把匈奴向北驱赶了七百多里。匈奴人不敢到南边来牧马，兵士也不敢搭起弓箭来报仇。

【原文】

于是废先王之道，燔❶百家之言，以愚黔首❷。隳名城，杀豪俊，收天下之兵聚之咸阳，销锋鍉❸，铸以为金人十二，以弱天下之民。

【注释】

①燔（fán）：烧。

②黔首：百姓。

③销锋鍉（dí）：销毁各类武器。销：熔化。锋：刀刃。鍉：通“镝”，箭头。

【译文】

于是废弃了先王的治国之道，焚烧了诸子百家的著作，用来使老百姓愚昧无知。他还毁坏各地的名城，杀戮豪杰，收集天下的武器集中到咸阳，熔化刀剑和箭头，铸成十二个金属人像，来削弱天下人民的反抗力量。

【原文】

然后践❶华❷为城，因河❸为池，据亿丈之城，临不测之溪以为固。良将劲弩，守要害之处，信臣精卒，陈利兵而谁何。天下已定，始皇之心，自以为关中之固，金城千里，子孙帝王万世之业也。

【注释】

①践：占据。

②华：华山。

③河：黄河。

【译文】

然后依凭华山当作城墙，凭借黄河作为护城河，上据亿丈高的城防，下临深险莫测的河流，自以为固若金汤。良将拿着强弓，防守要道，可靠的大臣带领精干的士兵，摆列着锋利的武器，严厉盘查过往的行人。天下已经平定，秦始皇的心中，自以为关中这样坚固，是千里金城，可以作为子子孙孙万世当皇帝的基业了。

【原文】

始皇既没，余威震于殊俗。然而陈涉❶瓮牖绳枢❷之子，氓隶❸之人，而迁徙之徒也。

【注释】

①陈涉：陈胜，秦末农民起义领袖之一。

②瓮牖（yǒu）绳枢：以破瓮作窗户，用草绳绑着门枢，形容房屋简陋。此处形容陈涉出身贫寒。牖：窗户。

③氓隶：古代统治者对低贱者的称呼。

【译文】

秦始皇死后，他的余威还震慑着边远之地。然而陈涉是一个用破瓮作窗户、用草绳系门轴的穷人家的儿子，是种地的农民，是供人役使的奴隶，是被征发戍守边境的小卒子。

【原文】

材能不及中人❶，非有仲尼、墨翟之贤，陶朱❷、猗顿❸之富。蹑足行伍之间，俯起阡陌之中，率罢弊之卒，将数百之众，转而攻秦。

【注释】

①中人：一般人。

②陶朱：范蠡，春秋末越国大夫。晚年到陶地（今山东菏泽定陶）经商，成为巨富，自称陶朱公。

③猗顿：春秋时鲁国人，在猗氏经营畜牧业而成巨富。

【译文】

他的才能甚至都赶不上普通人，既没有孔子、墨子那样的贤明，也没有陶朱、猗顿那样的富有。他置身在戍卒的行列之中，兴起在乡野之间，带领着疲乏散乱的戍卒，统率着几百个人，辗转攻打秦国。

【原文】

斩木为兵，揭竿为旗，天下云集响应，赢❶粮而景❷从，山东豪俊遂并起而亡秦族矣。

【注释】

①赢：担负。

②景：同“影”。

【译文】

他们砍下木棍当武器，高举竹竿为旗帜，民众就像云那样迅速汇集起来，像回响那样应声而起，挑着粮食，像影子一样跟着他。崤山以东的英雄豪杰一齐起来，合力把秦王朝推翻了。

【原文】

且夫天下非小弱也，雍州之地，殽、函之固，自若也；陈涉之位，不尊于齐、楚、燕、赵、韩、魏、宋、卫、中山之君也；锄耰❶、棘矜❷，不铦❸于钩、戟、长铩❹也；谪戍之众，非抗于九国之师也；深谋远虑，

行军用兵之道，非及曩时⑤之士也。然而成败异变，功业相反。试使山东之国与陈涉度长絜⑥大，比权量力，则不可同年而语矣。

【注释】

①锄櫌（yōu）：锄头柄。

②棘矜：戟柄。棘：通“戟”。

③铦（xiān）：锋利。

④铩（shā）：古代一种长刃的矛。

⑤曩（nǎng）时：从前。

⑥絜（xié）：衡量。

【译文】

那秦王朝的天下并没有缩小削弱，雍州的土地还归属着秦朝，崤山、函谷关还像从前一样险要坚固；陈涉的地位，比不上齐、楚、燕、赵、韩、魏、宋、卫、中山的国君尊贵；锄把、戟柄，比不了钩戟、长矛锋利；被征发戍守边地的民众，比不上九国的军队强大；深谋远虑，行军与指挥作战的本领，也比不上先前六国的那些才智之士。但是成功失败完全不同，功业完全相反。假使拿崤山、函谷关以东各国诸侯来跟陈涉量量长短，比比大小，比较一下他们的权威，衡量衡量他们的实力，那简直不能够相提并论。

【原文】

然秦以区区之地，致万乘之权，招八州❶而朝同列，百有余年

矣。然后以六合为家，殽、函为宫。一夫作难而七庙②隳，身死人手，为天下笑者，何也？仁义不施，而攻守之势异也。

【注释】

①八州：古时天下分为九州，秦居雍州，六国分别居于其他八州。

②七庙：天子宗庙。古代天子有七庙，供奉七代祖先。

【译文】

然而秦国当初凭借很小的地方，发展为有万辆兵车的强国，进而控制了其他八州，与它地位相同的诸侯国都来向秦国朝拜称臣，已经有一百多年的历史了。然后把天地四方当作家，把崤山、函谷关当作宫墙。可是陈涉一个人首倡起义，秦王朝的七代宗庙就被毁坏，连秦朝的帝王也死在别人手中，被天下的人讥笑，这是什么原因呢？这是因为不施行仁政，而攻取天下和后来防守天下的形势发生了变化啊。

治安策一

【导读】

本文又名《陈政事疏》，是贾谊针对时政的一篇奏疏。西汉开国之初，曾大肆分封诸侯。汉文帝时，同姓诸侯王势力膨胀，他们“出入拟于天子”，甚至“不听天子诏”，时刻想举兵夺取皇位。贾谊就此问题向汉文帝提出“众建诸侯而少其力”的建议，以削弱诸侯王的势力，保证中央政权的集中与统一。

【原文】

夫树国固，必相疑❶之势，下数被其殃，上数爽❷其忧，甚非所以安上而全下也。今或亲弟谋为东帝❸，亲兄之子西乡而击❹，今吴又见告❺矣。

【注释】

①疑：猜忌。

②疚：担心。

③亲弟谋为东帝：汉文帝的弟弟淮南厉王刘长谋反，被人告发后绝食而死。刘长的封地位于今安徽淮河以南地区，在长安的东方，故称“谋为东帝”。

④亲兄之子西乡而击：汉文帝三年（前177），济北王刘兴居谋反，向西进攻荥阳，兵败而死。刘兴居是汉文帝的哥哥齐悼惠王刘肥的儿子，故称“亲兄之子”。乡：同“向”。

⑤见告：被告发。此指吴王刘濞抗拒朝廷法令而被告发。

【译文】

如果封立的诸侯国过于强大，必

然会造成天子与诸侯互相疑忌，诸侯王经常遭受这种灾祸，皇上也经常为此而忧伤，这实在不是安定朝廷、保全诸侯的办法。如今皇上的亲弟弟图谋在东方称帝，亲侄子也向西攻击朝廷，现在吴王的谋反活动又被人告发。

【原文】

天子春秋鼎盛❶，行义未过，德泽有加焉，犹尚如是，况莫大诸侯，权力且十此者乎！然而天下少安，何也？大国之王幼弱未壮，汉之所置傅❷、相❸方握其事。数年之后，诸侯之王大抵皆冠❹，血气方刚，汉之傅、相称病而赐罢，彼自

丞尉❺以上遍置私人，如此，有异淮南、济北之为邪？此时而欲为治安，虽尧、舜不治。

【注释】

①春秋鼎盛：比喻正当壮年。鼎：正值。

②傅：朝廷为年幼诸侯设的太傅、少傅。

③相：朝廷派到诸侯国的最高行政长官。

④冠：成年。古时男子二十岁举行冠礼。

⑤丞尉：县的文武官员。

【译文】

当今天子年富力强，德行、道义上没有过失，道德恩泽遍施天下，而他们尚且如此，何况最大的诸侯国权力比他们还要大十倍呢！虽然如此，但是天下还比较安定，这是什么原因呢？因为大国的诸侯王年纪还小，朝廷设置在那里的太傅、丞相还掌握着政事。几年以后，诸侯王大都加冠成人，血气方刚，而朝廷委派的太傅、丞相都要称病辞官，诸侯王会把丞、尉以上的官职遍插亲信，如果这样的话，他们的行为同谋反的淮南厉王、济北王有什么不同呢？到了那时，再想求得天下安定，即使是尧、舜也办不到。

【原文】

黄帝曰："日中必熭[1]，操刀必割。"今令此道顺而全安，甚易。不肯早为，已乃堕骨肉之属而抗刭[2]之，岂有异秦之季世乎？夫以天子之位，乘今之时，因天之助，尚惮以危为安，以乱为治，假设陛下居齐桓之处，将不合诸侯而匡天下乎？臣又以知陛下有所必不能矣。

【注释】

①熭（wèi）：暴晒。

②抗刭：杀头。

【译文】

黄帝说："到了中午要抓紧暴晒，拿着刀子一定要宰割牲畜。"如今要使安治之道顺利而稳妥地推行，还是很容易做到的。如果不肯及早行动，到头来就要毁掉亲骨肉，使其人头落地，这同秦朝末年的情形还有什么不同吗？凭着天子的权位，趁着当今的有利时机，靠着上天的庇佑，尚且对转危为安、改乱为治的措施有所顾虑，假设陛下处在齐桓公当年的地位，难道就不肯会合诸侯匡正天下吗？我知道陛下是一定不会行动的了。

【原文】

假设天下如曩时，淮阴侯尚王楚，黥布王淮南，彭越王梁，韩信王韩，张敖王赵，贯高为相，卢绾王

燕，陈豨在代，令此六七公者皆亡恙❶，当是时而陛下即天子位，能自安乎？臣有以知陛下之不能也。

【注释】

①亡恙：无病。亡：同“无”。

【译文】

假使当今天下的局势还像从前那样，淮阴侯韩信仍然在楚国为王，黥布在淮南为王，彭越在梁国为王，韩王信在韩国为王，张敖在赵国为王，贯高担任赵国的相，卢绾在燕国为王，陈豨在代国为王，假使这六七位都还健在，这时陛下即位做天子，能感到安全吗？我有理由知道陛下是不会感到安全的。

【原文】

天下淆乱❶，高皇帝与诸公并起，非有仄室❷之势以豫席❸之也。诸公幸者乃为中涓❹，其次廑❺得舍人❻，材之不逮至远也。高皇帝以明圣威武即天子位，割膏腴之地以王诸公，多者百余城，少者乃三四十县，惠至渥❼也，然其后七年之间，反者九起。陛下之与诸公，非亲角材而臣之也，又非身封王之也，自高皇帝不能以是一岁为安，故臣知陛下之不能也。然尚有可诿❽者，曰疏。臣请试言其亲者。

【注释】

①淆乱：混乱。

②仄室：侧室，非正妻所生之子。
③豫席：预先凭借。豫：同“预”。
④中涓：宫中的侍从官。
⑤廑（jǐn）：同“仅”。
⑥舍人：地位次于中涓的近侍官员。
⑦渥：优厚。
⑧诿：推诿，推托。

【译文】

天下混乱时，汉高祖和这些王公们共同起事，并没有皇帝侧室之子的身份作为依靠。这些王公幸运地成了亲近的侍从，差一点的仅当个管理宫中事务的官员，他们的才能远不及高祖。高祖凭着他的圣明威武，即位做了天子，划出肥沃的土地，使他们成为诸侯王，多的封地有一百多个城邑，少的也有三四十个县，恩泽非常优厚。但是，在以后的七年当中，反叛朝廷的事发生了九次。陛下跟这些王公，不是亲自量才授给他们官职的，也不是亲自封他们当诸侯王的，即使高祖也不能因此而得到一年的安宁，所以我知道陛下更做不到这一点。不过，上面这些情况，还有可以推托的理由，说是“关系疏远”。那就请允许我试着谈谈那些亲属诸侯王吧。

【原文】

假令悼惠王王齐，元王王楚，中子❶王赵，幽王王淮阳，共王王

梁，灵王王燕，厉王王淮南，六七贵人皆亡恙，当是时陛下即位，能为治乎？臣又知陛下之不能也。

【注释】

①中子：赵隐王如意。

【译文】

假如让齐悼惠王统治着齐，楚元王统治着楚，刘如意统治着赵，幽王统治着淮阳，恭王统治着梁，灵王统治着燕，厉王统治着淮南，这六七位贵人都还健在，这时陛下即皇帝位，能够做到天下太平吗？我又知道陛下是不能的。

【原文】

若此诸王，虽名为臣，实皆有布衣昆弟①之心，虑亡不帝制而天子自为者。擅爵人，赦死罪，甚者或戴黄屋②。汉法令非行也。虽行，不轨如厉王者，令之不肯听，召之安可致乎！幸而来至，法安可得加！

【注释】

①昆弟：兄弟。

②黄屋：黄缯车盖。皇帝专用。

【译文】

像这些诸侯王，虽然名义上是臣子，实际上他们都怀有百姓那种兄弟关系的想法，大概没有不想采用天子的制度，而把自己当作天子的。他们擅自把爵位赏给别人，赦免死罪，甚至有人乘坐天子专用的黄屋车。他们不执行汉朝的法令。有的即使执行了，但是像厉王那样行为不轨的人，命令他都不肯听从，一旦要召见他们，他们又怎么肯来呢！侥幸召来了，法律怎么能施加到他们身上呢！

【原文】

动一亲戚，天下圜视❶而起，陛下之臣虽有悍如冯敬❷者，适启其口，匕首已陷其胸矣。陛下虽贤，谁与领此？故疏者必危，亲者必乱，已然之效也。

【注释】

①圜（huán）视：向四方看。圜：通“环”，围绕。

②冯敬：御史大夫，曾弹劾淮南厉王刘长谋反，被刘长的刺客杀死。

【译文】

如果触动一个亲戚，天下诸王都会怒目而起。陛下的臣子当中虽然有冯敬那样勇敢的人，但是他刚开口揭发诸侯王的不法行为，刺客的匕首已经刺进他的胸膛了。陛下虽然贤明，谁能和您一起来治理这种行为呢？所以说，关系疏远的诸侯王必定危险，关系亲近的诸侯王也一定会作乱，这是事实已经证明了的。

【原文】

其异姓负强而动者，汉已幸胜之矣，又不易其所以然。同姓袭❶是迹而动，既有征矣，其势尽又复然。殃祸之变，未知所移❷，明帝处之尚不能以安，后世将如之何！

【注释】

①袭：沿袭。

②移：改变。

【译文】

那些异姓诸侯王自恃强大而发动叛乱的，汉朝已经侥幸地战胜他们了，可是却没有改变酿成他们恃强发动叛乱的根源。同姓诸侯王也沿袭了这种做法，发动叛乱，如今已有征兆了，形势似乎又一样了。灾祸的变化，还不知道要如何发展，圣明的天子处在这种情况下，尚且不能使国家安宁，后代又将怎么办呢！

【原文】

屠牛坦❶一朝解十二牛，而芒刃❷不顿❸者，所排击剥割，皆众理解也。至于髋❹髀❺之所，非斤则斧。夫仁义恩厚，人主之芒刃也；权势法制，人主之斤斧也。今诸侯王皆众髋髀也，释斤斧之用，而欲婴❻以芒刃，臣以为不缺则折。胡不用之淮南、济北？势不可也！

【注释】

①屠牛坦：春秋时的一位宰牛人。

②芒刃：利刃。

③顿：通“钝”，不锋利。

④髋（kuān）：胯骨。

⑤髀（bì）：大腿骨。

⑥婴：触动。

【译文】

屠牛坦一天可以宰割十二头牛，而他的刀刃却不会变钝，这是因为他用屠刀刮、剔、割、剥，都是沿着关节缝隙来下刀。等碰到胯骨、大腿骨，不是用小斧头就是用大斧头去砍。仁义恩厚好比是君王手中的刀刃，权势、法制好比是君王的大、小斧头。

如今的诸侯王好比是胯骨、大腿骨，如果放弃大、小斧头不用，而要用刀刃去劈，我认为刀刃不是出现缺口就是被折断。为什么仁义恩厚不能用在反叛的淮南厉王、济北王身上呢？因为形势不容许啊！

【原文】

臣窃迹❶前事，大抵强者先反。淮阴王楚最强，则最先反；韩信倚胡，则又反；贯高因赵资，则又反；陈豨兵精，则又反；彭越用梁，则又反；黥布用淮南，则又反；卢绾最弱，最后反。长沙❷乃在二万五千户耳，功少而最完，势疏

而最忠，非独性异人也，亦形势然也。曩令樊、郦、绛、灌❸据数十城而王，今虽以残亡，可也，令信、越❹之伦列为彻侯而居，虽至今存，可也。然则天下之大计可知已。

【注释】

①迹：追寻，考察。

②长沙：长沙王吴芮。

③樊、郦、绛、灌：舞阳侯樊哙、曲周侯郦商、绛侯周勃、颍阴侯灌婴。

④信、越：淮阴侯韩信、梁王彭越。

【译文】

我私下里考察从前的事情，大多是势力强大的诸侯王先反。淮阴侯韩信统治着楚，势力最强，就最先反叛；韩王信依靠了匈奴的力量，接着也反叛了；贯高借助了赵国的条件，接着也反叛了；陈豨部队精锐，接着也反叛了；彭越凭借梁国的实力，接着也反叛了；黥布凭借淮南国的实力，接着也反叛了；卢绾势力最弱，就最后反叛。长沙王封地只有二万五千户，功劳很少，却保全了下来，权势最小而对汉朝最忠顺，这不只是由于性情和别人不同，也是由于形势使他这样。倘若从前让樊哙、郦商、周勃、灌婴占据几十个城为王，那么如今他们的家族已经因此而破残衰亡，也是可能的；假使让韩信、彭越之流，只居于通侯的地位，即便他们的后代存活到今天，也还能保全，这也是有可能的。既然如此，那么治理天下的策略就可以知道了。

【原文】

欲诸王之皆忠附，则莫若令如长沙王；欲臣子之勿菹醢❶，则莫若令如樊、郦等；欲天下之治安，莫若众建诸侯而少其力。力少则易使以义，国小则亡邪心。令海内之势如身之使臂，臂之使指，莫不制从。诸侯之君不敢有异心，辐凑❷并进而归命天子，虽在细民，且知其安，故天下咸知陛下之明。

【注释】

①菹(zū)醢(hǎi)：把人杀死剁成肉酱。

②辐凑：人或物像车轮的辐条聚集于车轮中央一样聚在一起。辐：车轮中连接轮圈与轮轴的直木。

【译文】

要想使天下的诸侯王都忠心依附汉朝，莫过于让他们都像长沙王那样；要想让臣下不至于像韩信那样遭杀身之祸，那最好让他们像樊哙、郦商那样；要想使天下安定，莫过于多分封诸侯国减弱他们的力量。力量弱小就容易用信义管理他们，封国小就不会有反叛的邪念。这样就使全国的形势，如同身体使唤手臂，手臂使唤手指似的，没有不听从指挥的。诸侯王不敢有反叛的想法，如同辐条聚向车轮中央一样，都听命于天子，即使是老百姓也知道这样很安稳。这样，天下就都知道陛下的圣明。

【原文】

割地定制，令齐、赵、楚各为若干国，使悼惠王、幽王、元王之子孙毕以次各受祖之分地，地尽而止，及燕、梁它国皆然。其分地众而子孙少者，建以为国，空而置之，须其子孙生者，举使君之。诸侯之地，其削❶颇❷入汉者，为徙其侯国及封其子孙也，所以数偿之。一寸之地，一人之众，天子亡所利焉，诚以定治而已，故天下咸知陛下之廉。地制一定，宗室子孙莫虑不王，下无倍畔❸之心，上无诛伐之志，故天下咸知陛下之仁。法立而不犯，令行而不逆，贯高、利几❹之谋不生，柴奇、开章之计不萌，细民乡善，大臣致顺，故天下咸知陛下之义。

【注释】

①削：汉制，诸侯有罪，根据罪的轻重大小，有的削减封地，有的全部削除封地，被削的封地并入郡县。

②颇：大量。

③倍畔：背叛。倍：通“背”。

④利几：项羽的部将，投降刘邦后被

封为颍川侯，后反叛被杀。

【译文】

分割土地，确定诸侯国的大小规格，把齐、赵、楚三国分成若干侯国，让齐王、赵王、楚王的子孙，全都依次继承先人的那份封地，一直到把领地分完为止。对燕、梁等其他诸侯国也是这样。有些封地大而子孙少的，也都分成若干侯国，暂时空着搁置起来，等着他们的子孙出生以后，再封他当侯。诸侯王的封地，有因犯罪大量削减而划入朝廷管辖的，那就替他们调整侯国所在的地区，等到要封他的子孙到别的地方去的时候，再按照削地的面积数量补偿。他们的一寸土地、一个百姓，天子都丝毫不图利，确实只是为了安定太平罢了。这样，天下就都知道陛下的廉洁。分封土地的制度一旦确定，宗室子孙没有一个忧虑自己当不上诸侯王，臣子没有背叛的念头，皇帝没有诛伐的想法。所以天下就都知道陛下的仁爱。法令制定了，没有人触犯；政令推行了，没有人抵触，贯高、利几的阴谋不会出现，柴奇、开章的诡计不会萌生，百姓都向往良善，大臣都向皇上表示恭顺。所以天下就都知道陛下的信义。

【原文】

卧赤子天下之上而安，植遗

腹[1]，朝委裘[2]，而天下不乱。当时大治，后世诵圣。一动而五业附[3]，陛下谁惮而久不为此？

【注释】

①遗腹：遗腹子。

②委裘：死去的皇帝留下的衣冠。

③附：归附。

【译文】

这样，即使让幼主当皇帝，天下也很安定；即使立一个遗腹子为天子，让臣子朝拜先帝留下来的衣冠，天下也不会发生动乱。这样，天下安定无事，后代也会称颂陛下的圣明。只要采取这样的措施，上述五个方面的功业也就随之而来了，陛下还担心什么而久久不这样做呢？

【原文】

天下之势方病大瘇❶。一胫❷之大几如要❸，一指❹之大几如股❺，平居不可屈信❻，一二指搐❼，身虑无聊。

【注释】

①瘇（zhǒng）：腿脚浮肿。

②胫：小腿。

③要：同“腰”。

④指：脚趾。

⑤股：大腿。

⑥信：通“伸”。

⑦搐（chù）：抽搐。

【译文】

当今，天下的形势像得了腿脚肿大的疾病。小腿粗得几乎像腰，脚趾粗得几乎像大腿，平时都不能屈伸自如，一两个脚趾抽搐，浑身就觉得没有依靠。

【原文】

失今不治，必为锢疾❶，后虽有扁鹊，不能为已。病非徒瘇也，又苦跖❷盭❸。元王之子❹，帝之从弟也；今之王者，从弟之子也。惠王之子❺，亲兄子也；今之王者，兄子之子也。亲者或亡分地以安天下，疏者或制大权以逼天子。臣故曰非徒

病瘇也，又苦跖盭。可痛哭者，此病是也。

【注释】

①锢疾：不能医治的病症。

②跖（zhí）：脚掌。

③盭（lì）：扭折。

④元王之子：楚元王刘交的儿子刘郢客。

⑤惠王之子：齐悼惠王刘肥的儿子刘襄。

【译文】

如果丧失了今天的机会而不医治，一定会发展成难治的顽症。以后即使有扁鹊那样良医，也都无能为力了。这个病还不只是浮肿，还苦于脚掌扭折不能走动。楚元王的儿子是陛下的叔伯兄弟，当今的楚王是叔伯兄弟的儿子。齐悼惠王的儿子是陛下亲哥哥的儿子，当今的齐王是陛下哥哥的孙子。陛下自己的子孙，有的还没有分封土地以便安定天下，旁支的子孙倒有人掌握大权对陛下构成威胁。所以，我说不仅是得了腿脚肿大的疾病，还苦于脚掌扭折了不能走动。我所说的令人痛哭的就是这样一种病啊！

晁错

作者简介

晁错（前200—前154），颍川（今河南禹州）人，西汉时期著名的政治家，曾任内史、御史大夫等职。他力主『削藩』，遭到诸侯王的忌恨。前154年，吴王刘濞为首的七个诸侯王以『诛晁错、清君侧』为名发动叛乱，汉景帝为了缓和矛盾，杀了晁错。主要著作有《论贵粟疏》《言兵事疏》等。

论贵粟疏

【导读】

西汉初年，国家经济凋敝，汉高祖采取休养生息的政策恢复农业生产。汉文帝即位后继续奉行这一政策，但随着商业的发展，出现了谷贱伤农，大地主、大商人对农民兼并侵夺加剧，农民流离失所的社会现象。针对这一问题，晁错在这篇奏疏中进行了详细的论述，提出了“贵粟”的主张。

【原文】

圣王在上而民不冻饥者，非能耕而食之，织而衣之也，为开其资财之道也。故尧、禹有九年之水，汤有七年之旱，而国无捐瘠❶者，以畜积多而备先具也。

【注释】

①捐瘠：饥饿而死。

【译文】

圣明的君主在位时，子民不会饥寒交迫，这不是因为君王能亲自耕作供给他们粮食，亲自纺织提供他们衣物，而是因为他会为他们开创增加财富的道路。所以，尧、禹时期连续九年发洪水，商汤时连续七年干旱，而国家都没有因此出现因饥饿而死的人，这是因为国家储备积聚得多，提前做好准备了。

【原文】

今海内为一，土地人民之众不避❶禹、汤，加以亡天灾数年之水旱，而畜积未及者，何也？地有余利，民有余力，生谷之土未尽垦，山泽之利未尽出也，游食之民未尽归农也。

【注释】

①不避：不让，不次于。

【译文】

如今四海归一，土地面积之大、

子民数量之多不逊于禹、汤之时，也没有连年的水旱天灾，而国家的储备却不及禹、汤之时，这是为什么呢？土地没有完全开发，劳力没有全部使用，能生长谷物的田地没有完全开垦出来，森林河海没有充分利用，无所事事的人尚未全部回家种地罢了。

【原文】

民贫，则奸邪生。贫生于不足，不足生于不农，不农则不地著❶，不地著则离乡轻家，民如鸟兽。虽有高城、深池、严法、重刑，犹不能禁也。

【注释】

①地著（zhuó）：定居一地。

【译文】

民生艰难，奸邪的念头就会生发出来。贫困是由于物产不丰富，物产不丰富是由于不务农，不务农就不能扎根于一个地方，不扎根就会远走他乡，轻视家园，如鸟兽般四散各地。即便是有高高的城墙，深不可测的护城河，用严法重刑也不能阻止啊。

【原文】

夫寒之于衣，不待轻暖；饥之于食，不待甘旨❶；饥寒至身，不顾廉耻。人情，一日不再食则饥，终岁不制衣则寒。夫腹饥不得食，肤寒不得衣，虽慈母不能保其子，君安

能以有其民哉？明主知其然也，故务民于农桑，薄赋敛，广畜积，以实仓廪，备水旱，故民可得而有也。

【注释】

①甘旨：甜美的食物。

【译文】

人受冻的时候不会还想着要有了裘衣才穿，挨饿的时候不会等着有了珍馐才吃，忍饥挨饿时，哪还顾得上尊严。通常情况下，人一天不吃上两顿饭就会饿，整年不添衣服就会觉得冷。肚子饿时没有充饥的，身上冷时没有御寒的，便是那慈母也不能保住她的孩子，国君又怎能留住他的子民呢？圣明的君主深明这个道理，所以致力于让百姓养蚕种地，降低赋税、减轻征敛，增加粮食储备，以便充实粮仓，防备水涝干旱，然后才能够保住子民。

【原文】

民者，在上所以牧❶之，趋利如水走下，四方无择也。夫珠玉金银，饥不可食，寒不可衣，然而众贵之者，以上用之故也。其为物轻微易藏，在于把握，可以周海内而无饥寒之患。此令臣轻背其主，而民易去其乡，盗贼有所劝，亡逃者得轻资❷也。粟米布帛，生于地，长于时，聚于力，非可一日成也。数石之

重，中人弗胜，不为奸邪所利，一日弗得而饥寒至。是故明君贵五谷而贱金玉。

【注释】

①牧：治理，统治。

②轻资：轻便的物资。

【译文】

作为百姓，要看君王如何管理，他们本身追逐利益，如同往低处流的水一样，无论东南西北。金银珠宝这些玩意儿，不能当饭吃，不能当衣服穿，然而众人都认为它很宝贵，乃是因为皇帝对它的需要。这些物品小且轻，收藏方便，握在手上就可以周游四海，而不会忍饥挨饿。这会导致臣

子很容易就背叛他们的君王，百姓易于离乡背井，鸡鸣狗盗之徒也得到鼓舞，逃亡的人携带财物更加方便。粮食布匹原来都长在地里，在相应的季节里生长，还要消耗一定的人力，不是一天可以长成的。几石重的粮食，一般人搬不动，所以不为奸邪之人看上；但是一天没有粮食，饥寒就会找上门来。所以圣明的君主看重五谷甚于金玉。

【原文】

今农夫五口之家，其服役者不下二人，其能耕者不过百亩，百亩之收不过百石。春耕，夏耘，秋获，

冬藏，伐薪樵，治官府，给徭役。春不得避风尘，夏不得避暑热，秋不得避阴雨，冬不得避寒冻，四时之间无日休息。又私自送往迎来，吊死问疾，养孤长幼❶在其中。

【注释】

①养孤长幼：抚养孤老，养育幼儿。长：养育。

【译文】

当今农民五口之家，能够参与劳作的不下两人，只有不到百亩的田地可供耕作，而这百亩田地的农作物收成不超过百石。春天犁地，夏天除草，秋天收获，冬天贮藏，还加上砍柴火，修缮官府，服劳役。春天不能躲避风尘，夏天不能避暑，秋天不能逃避阴雨，冬天不得御寒。春夏秋冬，日日劳作。此外，还有个人的应酬交际，凭吊逝者，探望病人，侍奉老的，抚育幼儿。

【原文】

勤苦如此，尚复被水旱之灾，急政❶暴虐，赋敛不时，朝令而暮改。当其有者半贾❷而卖，亡者取倍称之息；于是有卖田宅、鬻❸子孙以偿债者矣。

【注释】

①急政：催逼征收赋税。

②贾（jià）：价。

③鬻（yù）：卖。

【译文】

如此劳累，还要经常遭受水涝干旱，官府又急征暴敛，赋税无度，早上下命令，晚上就更改。有粮食的时候半价就卖了，然后交税，没有粮食时就只好借高利贷。于是就有了变卖田产，卖子孙来还债的人。

【原文】

而商贾大者积贮倍息，小者坐列贩卖，操其奇赢❶，日游都市，乘上之急，所卖必倍。故其男不耕耘，女不蚕织，衣必文采，食必粱肉，亡农夫之苦，有阡陌❷之得。因

其富厚，交通❸王侯，力过吏势，以利相倾；千里游敖❹，冠盖相望，乘坚策肥，履丝❺曳缟❻。此商人所以兼并农人，农人所以流亡者也。

【注释】

①奇赢：利润。

②阡（qiān）陌（mò）：田间小路。此处代指田地。

③交通：交结。

④游敖：同“遨游”，本指游玩，此指奔走。

⑤履丝：穿丝织的鞋。

⑥曳缟：拖着丝织的白绢。

【译文】

而那些为商的，有本事的就囤积

放贷，赚取成倍的利息，能力小的就开店摆摊，牟取利润，每天穿梭在集市里，趁朝廷需要急切的时候以成倍的价格卖出。所以，他们男的不耕地，女的不纺织，衣着华美，饮食精致，不像农民那样辛苦，却能享有他们的劳动果实。凭借富贵，结交王侯，权势压过官吏，彼此借助钱财倾轧不休。他们四处巡游，所到之处，冠盖云集，络绎不绝，车辆牢固，马儿壮实，足蹬丝鞋，绸衣曳地。这就是商人剥削农民，农民流离失所的原因了。

【原文】

今法律贱商人，商人已富贵

矣；尊农夫，农夫已贫贱矣。故俗之所贵，主之所贱也；吏之所卑，法之所尊也。上下相反，好恶乖迕❶，而欲国富法立，不可得也。

【注释】

①乖迕（wǔ）：违背。

【译文】

如今，虽然法律轻贱商人，但是商人却很富贵；法律尊崇农民，但农民却贫贱不堪。所以，一般人所看重的，正是您所轻贱的；而官吏鄙夷的，却是法律所尊崇的。上下相反，喜好与厌恶相违背，都已经这样了，还想要国家富强、法律有效，是不可能的了。

【原文】

方今之务，莫若使民务农而已矣。欲民务农，在于贵粟。贵粟之道，在于使民以粟为赏罚。今募天下入粟县官，得以拜爵，得以除罪。如此，富人有爵，农民有钱，粟有所渫❶。夫能入粟以受爵，皆有余者也。取于有余，以供上用，则贫民之赋可损，所谓"损有余、补不足"，令出而民利者也。顺于民心，所补者三：一曰主用足，二曰民赋少，三曰劝农功。

【注释】

①渫（xiè）：分散。此指流通。

【译文】

当今之要务，没有甚于让百姓务农的了。想要使百姓愿意务农，就要抬高粮价。要想抬高粮价，就要让百姓能用粮食求赏免责。号召天下人向官府缴纳粮食，或用来封爵，或用来免罪。如此一来，富人享有爵位，农民手中有钱，粮食也得到合理流通。那些能上缴粮食以求得到爵位的人，都是有钱人。把他们多余的财富取来供朝廷使用，贫苦人民的赋税就可以降低，正所谓“损有余、补不足”，只要一实施这个法令，老百姓就能获利。顺应民心，有三大优点：一是国君的取用充足，二是百姓的赋税减轻，三是能促进农业生产。

【原文】

今令民有车骑马一匹者，复卒❶三人。车骑者，天下武备也，故为复卒。神农之教曰："有石城十仞，汤池❷百步，带甲百万，而亡粟，弗能守也。"

【注释】

①复卒：免除兵役。

②汤池：比喻险要的城防。汤：沸水。池：护城河。

【译文】

现在的规定是百姓进奉一匹战马的，可以免除三个人的兵役。战马是战备物资，所以可以代替兵役。神农氏这样教导："即便有十仞高石头砌成的城墙，百步宽沸腾的护城河水，百万枕戈待旦的军士，如果没有粮食，那也是守不住的。"

【原文】

以是观之，粟者，王者大用，政之本务。令民入粟受爵至五大夫❶以上，乃复一人耳，此其与骑马之功相去远矣。

【注释】

①五大夫：汉代的爵位有二十级，五大夫是第九级。

【译文】

由此看来，粮食是国君最重要的东西，是国家政务之本。现在老百姓纳粮封爵，到五大夫往上，才免除一个人的兵役，与进奉战马相比，功用太小了。

【原文】

爵者，上之所擅❶，出于口而无穷；粟者，民之所种，生于地而不乏。夫得高爵与免罪，人之所甚欲也。使天下人入粟于边，以受爵免罪，不过三岁，塞下之粟必多矣。

【注释】

①擅：专有。

【译文】

爵位，是皇上所独有的，开口就能赐予，而且取之不竭；而粮食，是老百姓种出来的，生长在土地中，也不会缺乏。能封得很高的爵位，还能用来免罪，是人们非常向往的事。若使天下百姓缴纳粮食，支援边防，换得爵位与无罪，那么用不着三年，边地的粮食就会日见其多了。

邹阳

作者简介

邹阳（约前206—前129），临淄（今山东淄博）人，西汉文学家。初为吴王刘濞门客，刘濞阴谋叛乱，邹阳上书劝谏无效，便与枚乘等人改投梁孝王门下。邹阳被人诬陷入狱，险被处死。他在狱中上书梁孝王，表白心迹。梁孝王见信后将他释放，并奉为上宾。有《上书吴王》《狱中上梁王书》等传世。

狱中上梁王书

【导读】

本文是邹阳在狱中写给梁孝王刘武的书信。梁孝王是窦太后的小儿子，一直有继汉景帝帝位的计划，邹阳坚决反对。羊胜、公孙诡向梁孝王进谗言，导致邹阳被投入监狱。邹阳在狱中上书，借古喻今，慷慨陈词，最终打动了梁孝王而获释。

【原文】

邹阳从梁孝王游。阳为人有智

略，慷慨❶不苟合，介于羊胜、公孙诡之间。胜等疾阳，恶之孝王。孝王怒，下阳吏，将杀之。阳乃从狱中上书，曰：

【注释】

①慷慨：此指充满正气，意气激昂。

【译文】

邹阳跟随梁孝王做谋士。邹阳为人有智谋和才略，性格慷慨，不屈就求全，地位与羊胜、公孙诡相当。羊胜等人嫉恨邹阳，在梁孝王面前说他的坏话。梁孝王很生气，把邹阳交给司法官吏议罪，准备杀掉他。邹阳从监狱里上书给梁孝王，写道：

【原文】

臣闻"忠无不报，信不见疑"，臣常以为然，徒虚语耳。昔荆轲❶慕燕丹❷之义，白虹贯日❸，太子畏之；卫先生为秦画长平之事❹，太白食昴❺，昭王疑之。夫精变天地而信不谕两主，岂不哀哉！今臣尽忠竭诚，毕议愿知，左右不明，卒从吏讯，为世所疑。是使荆轲、卫先生复起，而燕、秦不寤也。愿大王熟察之。

【注释】

①荆轲：战国末期卫国人，喜好读书击剑，为人慷慨侠义。

②燕丹：燕太子丹，燕国最后一个君

王燕王喜之子。

③白虹贯日：传说荆轲为燕太子丹刺杀秦王，出发时出现了白色长虹贯穿太阳而过的天象。

④长平之事：秦昭王四十七年（前260），秦将白起在长平大败赵军，想趁势灭赵，派卫先生去见秦昭王，请求增兵。应侯范雎从中破坏，使秦昭王怀疑白起，不发兵粮。

⑤太白食昴（mǎo）：太白星侵入了昴星座，象征赵国将有战争灾难。太白：金星。昴：二十八宿之一，其对应的是赵的分野。

【译文】

我听说“忠心就一定会得到报

答，诚信就一定不会被怀疑”，我过去也这样认为，但现在想来这些不过是空话罢了。从前，荆轲仰慕燕太子丹的仁义并决定为其舍身刺秦，以使上天感动，出现白虹贯穿太阳的景象，而太子丹却对其并不放心；卫先生为秦国谋划长平之战，以至上天出现太白星进入昴宿的景象，但是秦昭王却疑心他。荆轲与卫先生的精诚使得天地动容，而两位君主却仍不相信他们，这难道不令人感到悲哀吗！现在，为臣尽忠竭诚，将我的全部见解全盘托出，但由于您听信左右的谗言，最终还是让狱吏审讯我，使我被世人怀疑。就像使荆轲和卫先生再生，而燕太子丹和秦昭王却仍未觉悟。但愿大王能够对此事予以明察。

【原文】

昔玉人❶献宝，楚王诛之；李斯竭忠，胡亥极刑。是以箕子❷阳狂，接舆❸避世，恐遭此患也。愿大王察玉人、李斯之意，而后楚王、胡亥之听，毋使臣为箕子、接舆所笑。臣闻比干剖心，子胥鸱夷❹，臣始不信，乃今知之。愿大王熟察，少加怜焉。

【注释】

①玉人：指卞和。

②箕子：商纣王的叔父，名胥余，因封

于箕，故称箕子。

③接舆：春秋时楚国的隐士，人称楚狂，曾劝孔子避世隐居。

④子胥鸱（chī）夷：伍子胥自杀后，吴王夫差把他的尸体装进皮袋子投入江中。鸱夷：皮袋子。

【译文】

从前卞和献宝给楚王，却被楚王砍掉双腿；李斯一心为秦国尽忠，最后被秦二世处以极刑。所以，箕子佯装疯狂，接舆避世隐居，都是因为害怕遭受这种祸害啊。希望大王能够认真考察卞和和李斯的诚心，将楚王与秦二世的偏听偏信抛诸脑后，不要让我被箕子和接舆嘲笑。臣听说比干被剖心，伍子胥被装入皮囊抛入江中，臣之前不相信，现在才明白是真的。希望大王能够对此事明察秋毫，对臣稍加怜悯。

【原文】

语曰："有白头如新❶，倾盖如故❷。"何则？知与不知也。故樊於期❸逃秦之燕，藉荆轲首以奉丹事；王奢❹去齐之魏，临城自刭，以却齐而存魏。夫王奢、樊於期非新于齐、秦而故于燕、魏也，所以去二国死两君者，行合于志，慕义无穷也。

【注释】

①白头如新：相识多年，直到头发白了

也不相知，还像新交的朋友一样。

②倾盖如故：在路上相遇，停车交谈，就好像是有多年交情的老朋友。盖：车盖，形如伞。

③樊於期：原为秦国将军，因得罪秦王，逃亡到燕国，受到太子丹的礼遇。秦王以千金、万户邑悬赏捉拿樊於期。荆轲要行刺秦王，樊於期慷慨自刎而死，将头送给荆轲。

④王奢：战国时齐国大臣，因得罪齐王，逃到魏国。后来齐伐魏，王奢跑到城墙上对齐将说："现在你们来，不过是因为我王奢的缘故。我决不会为了自己使魏国受牵累。"说完自刎而死。

【译文】

俗话说："有人相处到了白头仍然彼此陌生，而有人刚一见面便如同故交。"这是为什么呢？关键在于知心与不知心。所以，樊於期从秦国逃奔到燕国，将自己的头借给荆轲以帮助燕太子丹成就刺秦之事；王奢从齐国逃奔到魏国，在城门上自杀以退却齐军从而保全魏国。王奢和樊於期并非与齐国和秦国是新交，也并非与魏国和燕国是故交。他们之所以离开齐、秦两国，而愿以死报效魏文侯和燕太子丹，是因为他们彼此志向相投，他们对道义的仰慕之情永无穷尽。

【原文】

是以苏秦[1]不信于天下，为燕尾生[2]；白圭[3]战亡六城，为魏取中山。何则？诚有以相知也。苏秦相燕，人恶之燕王，燕王按剑而怒，食以駃騠[4]；白圭显于中山，人恶之于魏文侯，文侯赐以夜光之璧。何则？两主二臣，剖心析肝相信，岂移于浮辞哉！

【注释】

①苏秦：战国时洛阳人，游说六国合纵对抗秦国，身佩六国相印。因暗中助燕，苏秦被齐国车裂。

②尾生：相传尾生和一名女子相约在桥下见面，女子没来，河水暴涨，

尾生抱着桥柱淹死了。古人认为他是守信的典范。此处用尾生来比喻苏秦以生命守信于燕。

③白圭：战国时中山国大将，因连失六城，论罪当死，于是逃到魏国。魏文侯厚待白圭，于是他帮助魏国攻灭了中山国。

④駃（jué）騠（tí）：骏马名。

【译文】

因此，苏秦不被各诸侯国信任，却对燕国如尾生那样守信而亡；白圭为中山国作战连失六座城池，却帮助魏国夺取了中山国。这是为什么呢？因为君臣之间的彼此相知。苏秦在燕国担任宰相时，有人向燕王进谗言，燕王怒而按剑，却将良马的肉赏赐给苏秦；白圭因为攻取中山国而在魏国显贵，有人向魏文侯进谗言，文侯却将夜光璧赏赐给白圭。这是为什么呢？因为这两对君臣，彼此推心置腹、肝胆相照，这种信任岂能因他人的不实言辞而有所改变！

【原文】

故女无美恶，入宫见妒；士无贤不肖，入朝见嫉。昔司马喜❶膑脚于宋，卒相中山；范雎❷拉❸胁折齿于魏，卒为应侯。此二人者，皆信必然之画，捐❹朋党之私，挟孤独之交，故不能自免于嫉妒之

人也。是以申徒狄❺蹈雍之河，徐衍❻负石入海，不容于世，义不苟取比周于朝，以移主上之心。

【注释】

①司马喜：战国时宋国人，在宋受膑刑，逃到中山国，做了中山国宰相。

②范雎：战国时魏国人，初为魏中大夫须贾的家臣，曾随须贾出使齐国。回国后遭到须贾的中伤，被相国魏齐痛打，肋骨和牙齿都被打折。后来，范雎逃到秦国，当了宰相，被封为应侯。

③拉：折断。

④捐：抛弃。

⑤申徒狄：复姓申徒，名狄，相传其因

劝谏君主未果，愤而投雍水而死。

⑥徐衍：周末人，因不满乱世，背着石头投海而死。

【译文】

所以，女人无所谓美丑，只要入了宫就会受人嫉妒；士人无所谓贤良与不贤良，只要入了朝廷就会受人排挤。从前，司马喜在宋国遭受膑刑，后来在中山国担任丞相；范雎在魏国被打断了肋骨、敲碎了牙齿，后来被秦国封为应侯。这两个人，都对自己的计谋十分确信，因而不会结党营私，而是独来独往，因而不免会受人嫉妒。所以，申徒狄跳进雍水，徐衍负石入海，他们不容于世俗，却仍能坚持正义，不肯与其他朝臣蝇营狗苟，以求改变君主的心意。

【原文】

故百里奚[1]乞食于道路，缪公委之以政；宁戚[2]饭牛车下，桓公任之以国。此二人者，岂素宦于朝，借誉于左右，然后二主用之哉？感于心，合于行，坚如胶漆，昆弟不能离，岂惑于众口哉？故偏听生奸，独任成乱。昔鲁听季孙[3]之说逐孔子，宋任子冉之计囚墨翟[4]。夫以孔、墨之辩，不能自免于谗谀，而二国以危。何则？众口铄金，积毁销骨也。

【注释】

①百里奚：虞国大夫，晋灭虞时被俘，后作为晋献公女儿的陪嫁入秦。百里奚逃亡到楚国，被楚国抓住。秦穆公用五张黑公羊皮将其赎出，并任用为上大夫，故称“五羖大夫”。

②宁戚：春秋时卫国人。一次，宁戚到齐国经商，夜里边喂牛边敲着牛角感叹“生不遭尧与舜禅”。齐桓公知道他是贤者，举用为大夫。

③季孙：鲁国大夫季桓子。鲁定公十四年（前496），孔子由大司寇代理国相，齐国将八十名能歌善舞的美女送给鲁国，季桓子接受了女乐，三天不上朝，孔子为此弃官离

开鲁国。

④墨翟（dí）：墨子，墨家的创始人。

【译文】

所以，百里奚在路上乞讨，秦穆公将他委以重任；宁戚在车下喂牛，齐桓公任他为宰相。他们难道是素来在朝廷做官，依靠结交的亲信为其美言，然后才被两位君主任用的吗？心有灵犀，言行相和，彼此信任如胶似漆，即便是亲兄弟也不能离间他们，难道还会被其他人的言辞迷惑吗？所以偏听偏信容易产生奸邪，单听一个人的言辞容易酿成祸乱。从前鲁国听信季孙氏的谗言驱逐了孔子，宋国采纳子冉的计谋囚禁了墨子。以孔子、墨子的辩才，尚且不能使自己免受谗言的危害，从而使鲁、宋两国处于危险境地。这是为什么呢？因为众人的言辞能将金子熔化，日积月累的诽谤能将骨头销蚀。

【原文】

秦用戎人由余❶而伯❷中国，齐用越人子臧❸而强威、宣。此二国岂系于俗，牵于世，系奇偏之浮辞哉？公听并观，垂明当世。故意合则胡越为兄弟，由余、子臧是矣；不合则骨肉为仇敌，朱、象、管、蔡❹是矣。今人主诚能用齐、秦之明，后宋、鲁之听，则五伯不足侔❺，

而三王易为比。

【注释】

①由余：春秋时晋国人，逃亡到西戎。戎王命他出使秦国，秦穆公见其贤能，招其归秦。秦穆公用由余的计谋，称霸西戎。

②伯：同“霸”。

③子臧：春秋时越国人。

④朱、象、管、蔡：朱：丹朱，尧的儿子，相传他顽凶不肖，因而尧禅位给舜。象：舜的同父异母弟，曾和父亲谋划杀掉舜。管、蔡：管叔和蔡叔，周武王的弟弟。周武王死后，周成王年幼，由周公摄政。管叔、蔡叔与纣王之子武庚发动叛乱，周公东征，

诛杀武庚、管叔，放逐了蔡叔。

⑤侔（móu）：相等。

【译文】

秦国任用戎人由余称霸了中原，齐国任用越人子臧使齐威王、齐宣王两代昌盛。这两个国家岂是为世俗所牵制、为片面的言辞所左右的？公正地听取各种意见，全面地考察各种情况，就能给当世树立一个明智的典范。所以，如果情投意合，则西戎和越国也可成为兄弟，譬如由余和子臧；彼此不和，就是亲兄弟也会成为仇敌，譬如丹朱、象、管叔、蔡叔。现在的君主，如果能借鉴齐国和秦国的明智，而抛弃宋国、鲁国的偏听偏信，那么春秋五霸不足以相比，三王的业绩也是容易做到的。

【原文】

是以圣王觉寤，捐子之❶之心，而不说田常❷之贤，封比干之后，修孕妇之墓❸，故功业覆于天下。何则？欲善无厌也。夫晋文亲其仇，强伯诸侯；齐桓用其仇，而一匡天下。何则？慈仁殷勤，诚加于心，不可以虚辞借也。

【注释】

①子之：战国时燕王哙的相。燕王哙让子之代行王事，导致国家大乱。齐国乘机伐燕，燕王哙、子之被杀。

②田常：齐简公时担任左相，曾杀了简公的宠臣，拥立简公的弟弟平公，后又夺取了齐国王位。

③修孕妇之墓：传说商纣王曾剖孕妇之腹，验证胎儿的性别。周武王灭商后，为被残杀的孕妇修了墓。

【译文】

因此，圣明的君主如果能觉悟这一点，就会舍弃子之那样的忠心，厌恶田常那样的贤良，而像周武王那样封赐比干的后人，并为被纣王残害的孕妇修建坟墓，因此他成就的功业才能覆盖天下。这是为什么呢？因为他们向善的心永无止境。晋文公愿意亲近昔日的仇敌，终于成为诸侯中的霸主；齐桓公任用昔日的仇人管仲，终于一统天下。这是为什么呢？因为他们仁慈亲切，对臣民以诚相待，而不是以虚情假意可以替代的。

【原文】

至夫秦用商鞅之法，东弱韩、魏，立强天下，卒车裂❶之。越用大夫种❷之谋，禽劲吴而伯中国，遂诛其身。是以孙叔敖❸三去相而不悔，於陵子仲❹辞三公为人灌园。

【注释】

①车裂：古代酷刑，俗称五马分尸。

②大夫种：春秋时越国大夫文种，曾辅佐越王勾践攻灭吴国，称霸中

原，后被勾践赐死。

③孙叔敖：春秋时楚国人，曾三次担任楚相。

④於陵子仲：陈仲子，战国时齐国人，隐居在於陵（今山东邹平东南）。楚王派使者持重金聘他为相，他和妻子一起逃走，为人灌园。

【译文】

至于秦国任用商鞅变法，往东削弱韩国、魏国，很快就在天下诸侯之间强盛起来，最后却将商鞅处以车裂之刑。越王采纳大夫文种的计谋，擒获吴王夫差而称霸中原，最后却命文种自杀。所以，孙叔敖三次辞谢楚国丞相之职而不后悔，於陵子仲辞掉三公之聘而为人灌溉菜园。

【原文】

今人主诚能去骄傲之心，怀可报之意，披心腹，见情愫❶，堕❷肝胆，施德厚，终与之穷达，无爱于士，则桀之犬可使吠尧，跖❸之客可使刺由❹，何况因万乘之权、假圣王之资乎！然则荆轲湛❺七族，要离燔妻子，岂足为大王道哉！

【注释】

①愫：真诚。

②堕：毁坏。引申为剖开。

③跖（zhí）：盗跖，春秋末期鲁国人，相传他是大盗，无恶不作。

④由：许由，传说中的隐士。

⑤湛（chén）：通“沉”，湮灭。

【译文】

现在的君主如果能摒除骄傲之心，心中怀有令人甘愿报效的诚意，袒露心迹，流露真情，披肝沥胆，广施恩惠，自始至终与人同患难、共甘苦，对士人的喜爱毫不吝啬，那么夏桀的狗也可向着尧狂吠，盗跖的门客也可去刺杀许由，更何况还有君主的权势、圣王的地位可以凭借呢！然而，荆轲因刺杀秦王被诛灭七族、要离为刺杀庆忌烧死妻子儿女之事，难道还用我给大王仔细陈述吗！

【原文】

臣闻明月之珠，夜光之璧，以暗投人于道，众莫不按剑相眄[1]者。何则？无因而至前也。蟠木根柢，轮囷离奇[2]，而为万乘器者，以左右先为之容也。故无因而至前，虽出随珠、和璧，只怨结而不见德；有人先游，则枯木朽株，树功而不忘。

【注释】

①眄（miàn）：斜视。

②轮囷（qūn）离奇：屈曲盘绕的样子。

【译文】

我听说明月珠、夜光璧，如果在暗中抛给路上的人，人们无不手按宝剑、怒目相向。为什么呢？因为它们是无缘无故被抛掷到眼前来的。弯曲的树枝和树根，虽然形状古怪，反而能成为君主的玩物，这是因为君主左右的人对它进行了装饰。所以，无缘无故到来的东西，即使是随侯珠、和氏璧，也只会让人结怨而不会受到爱护；有人先行为其美言，就算是枯木朽株，也会被重视而加以利用。

【原文】

今夫天下布衣穷居之士，身在贫羸❶，虽蒙尧、舜之术，挟伊、管❷之辩，怀龙逢❸、比干之意，而素无根柢之容，虽竭精神，欲开忠于当世之君，则人主必袭按剑相眄

之迹矣。是使布衣之士不得为枯木朽株之资也。

【注释】

①羸（léi）：瘦弱。

②伊、管：伊尹和管仲。

③龙逢：关龙逢，又作龙逄（páng），夏末贤臣，因屡次劝谏夏桀被处死。

【译文】

如今，天下间出身平民、家境贫苦的士人，即使胸怀尧、舜那样的治国方略，拥有伊尹、管仲那样的辩才，怀有龙逢、比干那样的忠心，但是因为缺乏树根那样的装饰，虽然竭尽全力，想要效忠当今的君主，君主也一定会蹈袭手按宝剑怒目相向的做法。

这样就使得平民之士连枯木朽株的机遇都无法得到。

【原文】

是以圣王制世御俗，独化于陶钧❶之上，而不牵乎卑乱之语，不夺乎众多之口。故秦皇帝任中庶子❷蒙嘉❸之言以信荆轲，而匕首窃发；周文王猎泾、渭，载吕尚归，以王天下。

【注释】

①陶钧：制作陶器所用的转轮。此处比喻政权。

②中庶子：官名，太子的属官。

③蒙嘉：秦王的宠臣。荆轲为了刺杀秦

王，以千金之礼贿赂蒙嘉，蒙嘉答应劝说秦王接见荆轲。

【译文】

因此，圣明的君主治理天下，应当心有主见，像陶钧制作的转轮运转自如，而不被阿谀奉承牵制，不为众人的意见所左右。所以，秦始皇因听信中庶子蒙嘉的谗言轻信了荆轲，使得荆轲得以图藏匕首行刺；周文王在泾水、渭水狩猎，带着吕尚回国，从而得以称王于天下。

【原文】

秦信左右而亡，周用乌集❶而王。何则？以其能越挛拘❷之语，驰

域外之议，独观乎昭旷❸之道也。今人主沉谄谀之辞，牵帷廧❹之制，使不羁之士与牛骥同皂❺，此鲍焦❻所以愤于世也。

【注释】

①乌集：像乌鸦那样猝然聚集在一起。此指偶然相遇的人，即吕尚。

②挛（luán）拘：拘束。

③昭旷：光明宽广。

④廧（qiáng）：同“墙”，此指宫墙。

⑤皂：马槽。

⑥鲍焦：春秋时齐国人，因不满当时的政治，抱木而死。

【译文】

秦始皇听信左右而导致亡国，周

文王任用偶然相识的吕尚而称王天下。这是为什么呢？因为文王能摆脱成见，不受拘束，独自看到了光明而开阔的大道。当今的君主沉浸在阿谀奉承之中，受制于宫中妃嫔，使得那些思想不被世俗约束的士子与牛马同槽，这就是鲍焦之所以嫉恨俗世的原因。

【原文】

臣闻盛饰入朝者不以私污义，底厉❶名号者不以利伤行。故里名“胜母”，曾子不入❷；邑号“朝歌”，墨子回车❸。今欲使天下寥廓之士笼于威重之权，胁于位势之贵，回面污行，以事谄谀之人，而求亲近于

左右，则士有伏死堀❹穴岩薮❺之中耳，安有尽忠信而趋阙下者哉！

【注释】

①底厉：同"砥砺"。

②故里名"胜母"，曾子不入：曾子以纯孝著名，他经过一个名叫"胜母"（胜过母亲）的乡里时，认为其名不合孝道，便不进入。

③邑号"朝歌"，墨子回车：墨子主张"非乐"，他经过朝歌时，认为其名与自己的主张不合，所以回车离开。

④堀：同"窟"。

⑤薮（sǒu）：湖泽。

【译文】

臣听说身着盛装入朝为官的人，

不会为徇私情而使自己的节操受到玷污；磨砺自己的意志、珍爱自己名声的人，不会因为私利而败坏自己的言行。所以，遇到以“胜母”为名的里巷，曾子就不愿进入；遇到以“朝歌”命名的都城，墨子就调转车头。如今，想让天下所有志向高远的人都被有权有势之人笼络，然后在地位显贵之人的胁迫下，回过头来玷污自己的德行，去侍奉那些善于阿谀奉承之人，以求能被君主亲近，那么，士人们宁可隐居于山泽土窟之间直至老死，哪里还会有人来竭诚投奔君主、效忠君主呢！

司马相如

作者简介

司马相如（前179—前118），字长卿，蜀郡成都（今四川成都）人，『汉赋四大家』之一。汉景帝时，曾担任武骑常侍，因病免职，与邹阳、枚乘同为梁孝王的门客。汉武帝时，因辞赋受到赏识，召为郎，升任孝文园令。其赋以《上林赋》《子虚赋》为代表。

上书谏猎

【导读】

汉武帝刘彻喜好游猎，经常亲自骑马追逐野兽。司马相如上书劝谏汉武帝，希望天子看到打猎暗藏的各种隐患，以身体和国家为重，不要再冒险狩猎。全文文字朴实，语气委婉诚恳。

【原文】

相如从上至长杨❶猎。是时天子方好自击熊豕❷，驰逐野兽。相如因上疏谏曰：

【注释】

①长杨：宫殿名，位于今陕西周至东南。

②豕：猪。此指野猪。

【译文】

司马相如跟随皇上到长杨宫打猎。当时的天子正喜欢亲自射杀熊和野猪，驱车奔驰追逐野兽。相如因此上书劝谏道：

【原文】

“臣闻物有同类而殊能者，故力称乌获❶，捷言庆忌❷，勇期贲、育❸。臣之愚，窃以为人诚有之，兽亦宜然。

【注释】

①乌获：战国时秦国力士。

②庆忌：吴王僚的儿子。据说他有万人莫当之勇，奔跑速度极快。

③贲、育：孟贲、夏育，二人都是战国时著名的勇士。

【译文】

“我听说物有族类相同而能力却超常，所以论力气要称誉乌获，论速度要说起庆忌，论勇敢要提到孟贲、夏育。以臣下愚见，私下认为人类确实有这种现象，兽类也应该是这样。

【原文】

“今陛下好陵阻险，射猛兽，

卒然❶遇逸材之兽，骇不存之地，犯属车❷之清尘，舆不及还辕，人不暇施巧，虽有乌获、逢蒙❸之技不得用，枯木朽枝尽为难矣。是胡、越❹起于毂下，而羌、夷❺接轸❻也，岂不殆哉！虽万全而无患，然本非天子之所宜近也。

【注释】

①卒然：突然。卒：同“猝”。

②属车：随从之车。

③逢（páng）蒙：夏代善于射箭的人。

④胡、越：古代对北方、南方少数民族的泛称。

⑤羌、夷：古代对西方和东方少数民族的泛称。

⑥轸（zhěn）：车箱底部四围的横木。代指车。

【译文】

“现在陛下喜欢涉足险峻难行之处，射猎猛兽，万一突然遇到特别凶猛的野兽，它们因无藏身之地而惊起，冒犯了圣驾，车子来不及掉头，卫士来不及随机应变，即使有乌获、逢蒙的本领也派不上用场，枯树朽枝全都成了障碍。这就像胡人、越人从车轮下窜出，羌人、夷人紧跟在车子后面一样，岂不危险啊！即使一切预备周全没有危险，但那种地方本来不是皇上应该接近的啊。

【原文】

“且夫清道而后行，中路而驰，犹时有衔橛之变①，况乎涉丰草，骋丘虚，前有利兽之乐，而内无存变之意，其为害也不亦难矣。夫轻万乘之重，不以为安，乐出万有一危之途以为娱，臣窃为陛下不取。

【注释】

①衔橛（jué）之变：指马络头、车钩心一类的断裂。

【译文】

“况且清扫了道路而后出行，驰骋在大路中间，还不时会出现拉断了马嚼子、车钩心断裂之类的事故，更何况在荒林草莽里穿过，在丘陵山野里奔驰，前面有猎获野兽的快乐在引诱，心里却没有应付事故的准备，这样很容易发生灾祸。不以天子身份为重，不安于此，乐于外出到可能发生危险的道路上并以此为乐，我个人以为陛下这样做不可取。

【原文】

“盖明者远见于未萌，而知者避危于无形，祸固多藏于隐微，而发于人之所忽者也。故鄙谚曰：‘家累千金，坐不垂堂❶。’此言虽小，可以喻大。臣愿陛下留意幸察。”

【注释】

①垂堂：靠近屋檐处。屋檐处的瓦片

容易掉下来伤人。垂：靠近。

【译文】

“大凡聪明的人在事情尚未萌生时就能预见，智慧的人在危险还未露头时就能避开它，灾祸往往潜伏在细小隐蔽之处，而发生在人疏忽大意之时。所以俗语说：‘家里积聚了千金，就不坐在靠近屋檐的地方。’这说的虽是小事，却可以反映大道理。我希望陛下留意明察。”

李陵

作者简介

李陵（？—前74），字少卿，西汉陇西成纪（今甘肃秦安）人，名将李广之孙。汉武帝时，曾任骑都尉。天汉二年（前99），李陵率步兵五千人袭击匈奴，被匈奴八万大军围困，因粮尽矢绝，被迫投降。李陵被匈奴单于封为右校王，后病死在匈奴。

答苏武书

【导读】

李陵投降匈奴后，曾与被扣留的苏武多次会面。始元六年（前81），苏武归汉，写信劝李陵也回汉朝，李陵作了这篇回信。不过，多数学者认为这是后人伪造的一封书信。这篇书信重点在于揭露汉王朝对“妨功害能之臣”与“亲戚贪佞之类”倍加优容，而对某些有功之人则刻薄寡恩。

【原文】

子卿❶足下❷：勤宣令德❸，策名❹清时，荣问❺休畅，幸甚，幸甚！远托异国，昔人所悲，望风怀想，能不依依！昔者不遗，远辱还答，慰诲勤勤，有逾骨肉。陵虽不敏，能不慨然！

【注释】

①子卿：苏武的字。

②足下：对人的敬称。

③令德：美德。

④策名：出仕，做官。古时士人担任官职，主管长官将其姓名登记在简策上，称为策名。

⑤荣问：好名声。问：通“闻”。

【译文】

子卿足下：您如此辛劳地宣扬着美德，于政治清明之际在朝为官，美名传遍天下，是多么的幸运啊！而我流落在异国他乡，这是前人所无比悲伤的；遥望故国，怀念家乡，怎能不让人留恋！之前蒙您不弃，从远方传递音信给我，慰问殷勤，教诲不倦，这种情谊超过了骨肉。我虽不聪敏，但又怎能不为之感慨！

【原文】

自从初降，以至今日，身之穷困，独坐愁苦。终日无睹，但见异类。韦韝❶毳幕❷，以御风雨；膻肉

酪浆，以充饥渴。举目言笑，谁与为欢？胡地玄❸冰，边土惨裂，但闻悲风萧条之声。

【注释】

①韦韝（gōu）：皮制的臂套。

②毳（cuì）幕：毡帐。

③玄：黑色。

【译文】

我自从投降以来，直至今日，身处穷困之中，一个人孤独地坐着暗自忧愁。每天所看到的，都是与我们不同种族的人。戴着皮臂套，住着毡帐，以此抵挡风雨；吃着腥膻的肉食酪浆，以此充饥解渴。举目四望，有谁能和自己一起笑语欢颜呢？匈奴之地遍地玄冰，边塞的土都被冻裂，耳边只有凄凉的风声。

【原文】

凉秋九月，塞外草衰，夜不能寐，侧耳远听，胡笳❶互动，牧马悲鸣，吟啸成群，边声❷四起。晨坐听之，不觉泪下。嗟乎，子卿！陵独何心，能不悲哉！

【注释】

①胡笳：古时北方少数民族的管乐器。

②边声：胡笳、马嘶等边地特有的声音。

【译文】

凉秋九月，塞外的草木纷纷衰败，夜里睡不着觉，侧耳静听，可以听到远处的胡笳之声此起彼伏，牧马们悲鸣长嘶，曲声夹杂着马嘶声，在边塞四处响起。清晨坐着听这些声音，不知不觉泪流满面。子卿啊，我李陵也非铁石心肠，怎么能不悲伤呢？

【原文】

与子别后，益复无聊。上念老母，临年❶被戮；妻子无辜，并为鲸鲵❷。身负国恩，为世所悲。子归受荣，我留受辱，命也何如！身出礼义之乡，而入无知之俗，违弃君亲之恩，长为蛮夷之域，伤已！令先君之嗣，更成戎狄之族，又自悲矣！功大罪小，不蒙明察，孤负陵心区区之

意。每一念至，忽然忘生。

【注释】

①临年：垂老之年。

②鲸鲵（ní）：鲸鱼。雄的叫鲸，雌的叫鲵。此处比喻无辜被杀戮的人。

【译文】

与您分别之后，我更加无聊。上念及老母，在垂老之年还惨遭杀戮，妻子、儿女都是无辜的，也一并遭到残害。我有负皇恩，为世人所悲叹。您回去后得尽荣耀，而我留下来却蒙受耻辱，这都是命啊，我们能奈之何！我出身于礼仪之乡，却加入愚昧无知的风俗中生活，背弃了皇上和父母的恩情，长久地居住在这个蛮夷之地，实在伤心啊！想到先父的后代，竟然成了戎狄之族，不禁又悲伤起来！我与匈奴作战，功大于过，却不被皇上明察，辜负了我李陵的一片赤诚之心。每当念及此，我就会忘了活着的意义。

【原文】

陵不难刺心以自明，刎颈以见志，顾国家于我已矣，杀身无益，适足增羞，故每攘臂❶忍辱，辄复苟活。左右之人，见陵如此，以为不入耳之欢，来相劝勉。异方之乐，只令人悲，增忉怛❷耳。

【注释】

①攘（rǎng）臂：捋袖伸臂，表示发怒

或振奋精神。

②忉(dāo)怛(dá):悲痛。

【译文】

我不难做到以刺心而明己,以自刎而明志,但想到国君已经对我断绝恩情,我自杀也毫无益处,只是徒增羞辱。所以每每勉强振作,却只能忍辱苟活。身边的人看到我这样,就用那些难以入耳的乐事来劝慰我。但是,异国他乡的快乐,只能令我更加悲伤,更添忧虑。

【原文】

嗟乎,子卿!人之相知,贵相知心。前书仓卒,未尽所怀,故复略而

言之。昔先帝❶授陵步卒五千，出征绝域。五将失道❷，陵独遇战，而裹万里之粮，帅徒步之师，出天汉之外，入强胡之域，以五千之众，对十万之军，策疲乏之兵，当新羁之马。然犹斩将搴旗，追奔逐北，灭迹扫尘，斩其枭帅❸，使三军之士视死如归。陵也不才，希当大任，意谓此时，功难堪矣。

【注释】

①先帝：指汉武帝。

②失道：迷路。此指没有按预定的日期与地点会合。

③枭帅：骁勇的将领。

【译文】

唉，子卿啊！人们之间彼此相知，贵在知心。我的上封书信太过仓促，未能充分表达我的心情，所以我又在此简略地加以叙述。从前先帝授予我五千步兵，让我出征到极远的匈奴居所。五位将军都迷了路，只有我最后与匈奴军相遇并与之作战。我带着出征万里的粮草，率领由步兵组成的军队，来到汉朝天子统治外的地方，进入强大的匈奴的地盘，以五千兵马，与对方十万大军作战，指挥疲乏不堪的士兵，抵挡对方精力充沛的骑兵。最后仍然斩杀了他们的将领，拔掉了敌方的军旗，并乘胜追击，如同扫落尘土一样，斩杀了敌军骁勇的将帅，使我方兵将个个视死如归。我李陵不才，也很少担负重任，我心中以为，这一次的战功恐怕是其他时候难以比拟的。

【原文】

匈奴既败，举国兴师，更练精兵，强逾十万。单于❶临阵，亲自合围。客主之形，既不相如；步马之势，又甚悬绝。疲兵再战，一以当千，然犹扶乘创痛❷，决命争首。死伤积野，余不满百，而皆扶病，不任干戈。然陵振臂一呼，创病皆起，举刃指虏，胡马奔走。兵尽矢穷，人无

尺铁，犹复徒首奋呼，争为先登。当此时也，天地为陵震怒，战士为陵饮血。单于谓陵不可复得，便欲引还，而贼臣❸教之，遂使复战，故陵不免耳。

【注释】

①单（chán）于：匈奴君主的称号。

②扶乘创痛：扶持、忍着创伤疼痛。

③贼臣：指李陵的军候管敢，因受罚叛逃匈奴，将李陵军中的机密告诉了匈奴。

【译文】

匈奴兵败后，又发动了全国士兵，从中挑选十万精兵。单于亲自上阵，指挥兵马将我们合围。客军与主军的气势不能相比，步兵与骑兵之间的差距更是悬殊。已经疲乏的士兵再次作战，何况一个人还要抵挡一千人，但士兵们仍忍着伤痛，与敌兵决一死战。死伤的士兵遍布荒野，剩下的不到一百人，都是伤痕累累，无法拿起武器。但是我振臂一呼，受伤的士兵们又都奋而站起，拿起兵刃，刺向匈奴兵，匈奴骑兵纷纷逃走。兵器已经耗尽，士兵们手无寸铁，但仍然空手昂头震天高呼，争先恐后地冲向前去。此时，天地为我震怒，士兵们为我泣血。单于认为不能俘虏我，又怕有汉军埋伏，于是便要引兵归还。但是叛臣管敢把我军情况泄露给单

于，于是双方重新交战，最终我未能避免被俘获的命运。

【原文】

昔高皇帝以三十万众，困于平城❶。当此之时，猛将如云，谋臣如雨，然犹七日不食，仅乃得免。况当陵者，岂易为力哉？而执事者云云，苟怨陵以不死。然陵不死，罪也；子卿视陵，岂偷生之士而惜死之人哉？宁有背君亲、捐妻子而反为利者乎？然陵不死，有所为也。

【注释】

①平城：今山西大同东北。汉高祖七年（前200），汉高祖亲征韩王信至

平城，被匈奴人围困了七天，后采用陈平的计策脱险。

【译文】

从前，汉高祖率领三十万大军，被匈奴兵围困在平城。那时候，他身边猛将如云，谋臣如雨，仍然被断粮七日，最后才勉强脱身。何况像我李陵这样的人，难道就能轻易有所作为吗？但是朝中执事之人却纷纷抱怨，谴责我为何不以死殉国。当然，我没有以死殉国，这是我的罪过；但子卿，你认为我是苟且偷生、贪生怕死的人吗？我是那种宁愿背弃皇上、抛妻弃子以谋取自己利益的人吗？我之所以不死，是想有所作为。

【原文】

故欲如前书之言，报恩于国主耳。诚以虚死不如立节，灭名不如报德也。昔范蠡❶不殉会稽之耻，曹沫❷不死三败之辱，卒复勾践之仇，报鲁国之羞。区区之心，窃慕此耳。何图志未立而怨已成，计未从而骨肉受刑，此陵所以仰天椎心而泣血也！

【注释】

①范蠡（lǐ）：春秋末年越国大夫。

②曹沫：春秋时鲁国将军，三战三败于齐国后，趁齐、鲁两国在柯（今山东东阿西南）地会盟，劫持了齐桓公，逼迫其退还了占领的鲁国土地。

【译文】

就像我前一封信所说，本来想要报恩于皇上。因为白白死去不如树立名节，身死名灭不如报答皇上的恩德。从前范蠡没有因为会稽山的耻辱就以死殉国，曹沫没有因为三战三败的耻辱自杀，最终，范蠡协助勾践报了仇，曹沫也为鲁国雪了耻。我的小小心愿，只是仰慕他们而已。只是没有料到，我的心愿未了，就已经遭受了谴责；我的计谋未能实施，我的家人已经遭受刑戮，这是我之所以仰望苍天椎心泣血的原因啊！

【原文】

足下又云："汉与功臣不薄。"子为汉臣，安得不云尔乎？昔萧、樊囚絷❶，韩、彭菹醢❷，晁错受戮，周、魏❸见辜，其余佐命立功之士，贾谊、亚夫❹之徒，皆信命世之才，抱将相之具，而受小人之谗，并受祸败之辱，卒使怀才受谤，能不得展。

【注释】

①囚絷（zhí）：拘禁。

②菹（zū）醢（hǎi）：剁成肉酱。

③周、魏：周勃和魏其侯窦婴。

④亚夫：周勃的儿子周亚夫。

【译文】

您又说："汉朝待功臣不薄。"您

身为汉朝大臣，怎敢不如此说呢？昔日，萧何、樊哙被囚禁，韩信、彭越被剁成肉酱，晁错被戮，周勃、窦婴被判罪受罚，其他辅佐皇帝的有功之人，如贾谊、周亚夫等人，都确实怀有旷世之才，身怀将相之谋略，却遭到小人谗害，受到灾祸和失败的耻辱，最后空怀奇才而受诽谤，不能施展才华。

【原文】

彼二子之遐举❶，谁不为之痛心哉？陵先将军，功略盖天地，义勇冠三军，徒失贵臣之意，到身绝域之表。此功臣义士所以负戟而长叹者也！何谓“不薄”哉？

【注释】

①遐（xiá）举：死的饰辞。

【译文】

他们这两人的死，谁不为之痛心？我的祖父李广将军，功勋盖天地，义勇冠三军，只因不愿屈膝迎合权贵，结果在边远地域自杀。这就是功臣义士负戟长叹的原因啊！怎么能说汉朝对功臣不薄呢？

【原文】

且足下昔以单车之使❶，适万乘之虏，遭时不遇，至于伏剑不顾，流离辛苦，几死朔北之野。丁年❷奉使，皓首❸而归，老母终堂，生妻

去帷❹，此天下所希闻，古今所未有也。蛮貊❺之人尚犹嘉子之节，况为天下之主乎？

【注释】

①单车之使：指苏武出使匈奴带的人很少。

②丁年：壮年，成丁之年。

③皓首：白头，指年老。

④去帷：离开帷内。此指改嫁。

⑤蛮貊（mò）：泛指四方少数民族。此指匈奴。

【译文】

您当初势单力薄出使强大的匈奴，正赶上时机不好，以至于不顾性命拔剑自杀，又颠沛流离，辛苦异常，几次都差点死在塞北的荒野之中。您在壮年奉命出使匈奴，直至白发苍苍才被召回。此时，您的老母已经故去，结发的妻子也已改嫁。这是天下从没有听说过的事情，也是古今从没有发生过的事情。未开化的异族之人尚且称赞您的忠节，何况是天下之主的汉室呢？

【原文】

陵谓足下当享茅土之荐❶，受千乘之赏。闻子之归，赐不过二百万，位不过典属国❷，无尺土之封，加子之勤。而妨功害能之臣尽为万户侯；亲戚贪佞之类悉为廊

庙宰。子尚如此，陵复何望哉？

【注释】

①茅土之荐：受到分封土地的奖赏。古代帝王社祭的坛以五色土建成，分封诸侯时，按封地所在方向取一种颜色的泥土用茅草包好送给受封的人，作为分得土地的象征。

②典属国：掌管少数民族事务的官员。

【译文】

我认为，您应当享有诸侯的待遇，接受千乘之国的赏赐。但我听说您回去后，不过只有两百万钱的赏赐，地位也不过在典属国之列，此外并没有寸土的封地赏赐给您，以奖励您多年来的贡献。而那些排挤功臣、陷害贤良的奸臣都成了万户侯；那些皇亲国戚，那些贪赃枉法、奸佞狡诈的小人都做了高官。您尚且遭遇如此待遇，我李陵还敢有什么指望呢？

【原文】

且汉厚诛陵以不死，薄赏子以守节，欲使远听之臣望风驰命，此实难矣，所以每顾而不悔者也。陵虽孤恩，汉亦负德。昔人有言："虽忠不烈，视死如归。"陵诚能安，而主岂复能眷眷❶乎？男儿生以不成名，死则葬蛮夷中，谁复能屈身稽颡❷，还向北阙，使刀笔之吏弄其文墨耶？愿足下勿复望陵。

【注释】

①眷眷：依恋不舍。

②稽颡（sǎng）：屈膝下拜，以额触地行礼。

【译文】

况且，汉朝因为我未能以死殉国，就大肆诛杀，而对您的坚守节操赏赐微薄，如此对待功臣，还想让远方的朝臣急切地为其奔命，实在很难，所以我每每回顾往事却并不后悔。我李陵虽然辜负了圣恩，但汉朝亦辜负了我的功德。古人曾经说过："忠诚之人虽然未能以死殉国，但也能做到视死如归。"假若我李陵果真安心赴死，皇上难道还会眷念我吗？

男儿生前如果未能成就英明，死后就葬在蛮夷之地吧，谁还会弯腰叩头回到汉朝，遭受那些舞文弄墨的刀笔吏们的口诛笔伐呢？希望您不要再抱希望让我回归汉朝了。

【原文】

嗟乎子卿，夫复何言？相去万里，人绝路殊。生为别世之人，死为异域之鬼。长与足下，生死辞矣。幸谢故人，勉事圣君。足下胤子❶无恙，勿以为念。努力自爱。时因北风，复惠德音。李陵顿首。

【注释】

①胤（yìn）子：儿子。苏武与匈奴女子

所生，名通国。

【译文】

子卿啊，我还能说什么呢？我们相隔万里，往来断绝，所走道路也不相同。我生时活在不同的国度，死后也是异域的鬼魂。我与您永生不能再见了。请代我问候故友，劝勉他们尽心尽力侍奉圣君。您的儿子安然无恙，不要挂念。希望您自己珍重。盼您乘便时常来信，惠赐您的教诲。李陵叩头致敬。

路温舒

作者介绍

路温舒，字长君，西汉巨鹿（今河北平乡西南）人，曾任狱吏、廷尉史等职。汉宣帝时，路温舒升为临淮太守，很有政绩，卒于任上。

尚德缓刑书

【导读】

汉宣帝即位后，路温舒上书劝谏其崇尚德政，宽理刑狱，改变自汉武帝以来法令烦苛、冤狱四起的情况。文章除了对狱政黑暗、用刑酷烈的现象进行痛斥，还对造成冤狱的刑讯逼供表示深恶痛绝，并进行了深入的剖析，深刻揭露了治狱之吏的危害，最后归结到“扫亡秦之失，尊文、武之德”。

【原文】

昭帝❶崩，昌邑王贺废❷，宣帝❸初即位。路温舒上书，言宜尚德缓刑。其辞曰：

【注释】

①昭帝：名刘弗陵，汉武帝少子。

②昌邑王贺废：汉昭帝病逝，汉武帝之孙昌邑王刘贺被拥立即位，后被大将军霍光用太后的名义废黜。

③宣帝：汉武帝的曾孙刘询。大将军霍光废黜刘贺后，立其为帝。

【译文】

汉昭帝驾崩后，昌邑王刘贺刚继位不久就被废黜，宣帝开始登上皇位。路温舒呈上奏章，主张崇尚德治、减缓刑罚。奏章中说：

【原文】

*臣闻齐有无知*❶之祸，而桓公以兴；晋有骊姬❷之难，而文公❸用伯。近世赵王❹不终，诸吕作乱，而孝文❺为太宗。由是观之，祸乱之作，将以开圣人也。

【注释】

①无知：春秋时齐国公子，杀齐襄公，自立为君，后被人杀死。

②骊姬：春秋时晋献公的宠姬。

③文公：晋文公重耳。

④赵王：汉高祖刘邦的宠姬戚夫人的儿子，名如意，封为赵王。汉高祖

死后，赵王被吕后毒死。

⑤孝文：汉文帝刘恒，庙号太宗。

【译文】

我听说齐国有了公孙无知杀死襄公的祸乱，齐桓公才得以兴起；晋国发生了骊姬进谗那样的灾难，晋文公才能在诸侯中称霸。近世赵王未能寿终而死，诸吕发动叛乱，而孝文帝被尊为太宗皇帝。由此看来，产生祸乱，其实是为圣明君主的出现开创了条件。

【原文】

故桓、文扶微兴坏，尊文、武之业，泽加百姓，功润诸侯，虽不及

三王❶，天下归仁焉。文帝永思至德，以承天心，崇仁义，省刑罚，通关梁，一远近，敬贤如大宾，爱民如赤子，内恕情之所安而施之于海内，是以囹圄❷空虚，天下太平。夫继变化之后，必有异旧之恩，此贤圣所以昭天命也。

【注释】

①三王：夏禹、商汤、周文王。

②囹（líng）圄（yǔ）：牢狱。

【译文】

所以齐桓公、晋文公扶植弱小的国家振兴衰败的旧业，尊崇周文王、周武王建立的功业，恩泽施于百姓，功劳惠及诸侯，虽然赶不上夏禹、商汤、周文王，可是天下百姓都归附于他们的仁德。孝文帝常常思考如何具备最高的德行，来秉承上天的旨意，他崇尚仁义，减轻刑罚，打通关隘、架起桥梁，远近一视同仁，敬重贤人如同对待贵宾一样，爱护百姓如同爱护婴儿，他用宽恕之心考虑觉得心安的事，然后推行到全国，因此监狱里空无一人，天下太平安宁。大凡经历政局动乱之后，必定有不同于以往的恩惠，这是贤明的圣人用来显明上天授予使命的途径。

【原文】

往者，昭帝即世而无嗣，大臣

忧戚，焦心合谋，皆以昌邑尊亲，援而立之。然天不授命，淫乱其心，遂以自亡。深察祸变之故，乃皇天之所以开至圣也。故大将军受命武帝，股肱❶汉国，披肝胆，决大计，黜亡义❷，立有德，辅天而行，然后宗庙以安，天下咸宁。

【注释】

①股肱（gōng）：大腿和手臂。此指辅佐。

②黜亡义：指废黜昌邑王刘贺。亡：无。

【译文】

从前昭帝去世时没有儿子，大臣们为此十分忧愁，怀着焦急的心情共同商量，都认为昌邑王是地位尊贵的皇室亲属，推举他，把他立为皇帝。但是上天并不授予他帝王的使命，而是把他的心弄乱，于是便自取灭亡。深入地探究祸患发生的原因，这是上天借此为至圣君主的出现开创条件啊。所以大将军霍光接受武帝的遗命，成为汉朝君主最得力的辅臣，他披肝沥胆，决定国家大计，黜退无道昏君，立有德行的人为帝，辅助上天行事，从此朝廷得以稳定，天下一片安宁。

【原文】

臣闻《春秋》正即位❶，大一统❷而慎始也。陛下初登至尊，与

天合符，宜改前世之失，正始受命❸之统，涤烦文，除民疾，存亡继绝，以应天意。

【注释】

①正即位：古代帝王即位都要改历法，即改正（一年的开始）朔（一月的开始）。

②大一统：重视天下统一的事业。

③始受命：初即位。

【译文】

我听说《春秋》讲帝王即位之初就要改变历法，意思是尊崇天下统一并慎重地对待开创的事业。陛下刚登上帝位，与天意符合，应该纠正前代的过失，在承受天命继承帝业时慎重对待开始做的每一件事，去掉烦苛的法令，解除老百姓的疾苦，让灭亡的家族得到生存，断绝的祭祀得到延续，用这些行动来顺应上天的旨意。

【原文】

臣闻秦有十失，其一尚存，治狱之吏是也。秦之时，羞文学❶，好武勇，贱仁义之士，贵治狱之吏，正言者谓之诽谤，遏过❷者谓之妖言，故盛服先生❸不用于世，忠良切言皆郁于胸，誉谀之声日满于耳，虚美熏心，实祸蔽塞。此乃秦之所以亡天下也。

【注释】

①文学：先秦时期曾将哲学、历史、文学等书面著作都称为文学。此指文教。

②遏过：防止过失。

③盛服先生：戴儒冠，穿儒服，衣冠整齐的先生。指有修养的儒者。

【译文】

我听说秦朝有十大过失，其中一条现在仍然存在，就是负责审案的官吏违法判案的问题。秦朝时，贬黜儒术，崇尚武勇，轻视奉行仁义的人，尊崇主管刑狱的官吏，正直的言论被认为是诽谤，阻止过错的话被称为妖言，所以那些衣冠整齐的儒生不被重

锻练而周内之。盖奏当之成，虽咎繇❷听之。犹以为死有余辜。何则？成练❸者众，文致❹之罪明也。是以狱吏专为深刻，残贼而亡极，偷❺为一切，不顾国患，此世之大贼也。

【注释】

①棰楚：古代刑具。棰：木棍。楚：荆条。

②咎繇：又作“皋陶”，舜时掌管刑法的官员。

③成练：构成各种罪名。

④文致：玩弄法律条文而使人获罪。

⑤偷：苟且，马马虎虎。

【译文】

人之常情是安适的时候就会显得快乐，痛苦的时候就想要死掉，在

木棍荆杖鞭打的时候，有什么口供得不到呢？所以被囚之人忍受不了痛苦，就用编造的假话招供。审案的官吏就利用这种情况，指出某种罪名，点明罪犯应该招认的罪状。结案上报时担心案子被驳回，于是又违法罗织罪状使其周密，陷人于罪。大凡罪名一经定案，即使是皋陶来审讯，也会认为犯人死有余辜。为什么呢？这是因为审案的官吏广列罪名，玩弄法律条文把罪状写得十分明显。因此审案的官吏专门苛刻严峻地对待犯人，无止境地残害他人，为了一时的裁决结案，而不顾给国家带来的后患，这是世上的大祸害。

【原文】

故俗语曰：“画地为狱，议不入；刻木为吏，期不对。”此皆疾吏之风，悲痛之辞也。故天下之患，莫深于狱；败法乱正，离亲塞道，莫甚乎治狱之吏。此所谓一尚存者也。

【译文】

所以俗话说：“在地上画一座监狱，人们也不会考虑进去；面对着木刻的狱吏，人们也决不会跟它对质。”这反映出社会上痛恨狱吏的风气，是很悲痛的议论啊。所以天下的祸害，没有什么比刑狱更严峻的；败坏法纪，扰乱是非，离散亲人，堵塞道义，没有比负责判案的官吏更厉害的。这就是前文所说的到现在仍存在的秦朝十大过失之一。

【原文】

臣闻乌鸢❶之卵不毁，而后凤皇集；诽谤之罪不诛，而后良言进。故古人有言："山薮藏疾，川泽纳污，瑾瑜❷匿恶，国君含诟。"唯陛下除诽谤以招切言，开天下之口，广箴❸谏之路，扫亡秦之失，尊文、武之德，省法制，宽刑罚，以废治狱，则太平之风可兴于世，永履和乐，与天亡极。天下幸甚！

上善其言。

【注释】

①鸢（yuān）：老鹰。

②瑾瑜：美玉。

③箴（zhēn）：劝告。

【译文】

我听说乌鸦、老鹰下的蛋不会遭到毁坏，然后才有凤凰飞来；犯了诽谤罪的人不被处死，然后才有人向朝廷进献良言。所以古人说："山林水泽隐藏着毒害人的东西，河流湖泊容纳污秽的东西，美玉隐藏斑瑕，国君应能容忍辱骂。"愿陛下除去诽谤人的罪名，用来招致恳切的忠言，让天下人都敢开口说话，广开劝谏之路，扫除亡秦的过失，尊崇周文王、周武王的德政，减省法律条文，宽缓刑罚，以求废止刑狱。那么天下就可以出现太平的气象，长期和平安乐，和天地一样没有穷尽，百姓将无比庆幸！

皇上认为路温舒讲得对。

杨恽

作者简介

杨恽（？—前54），字子幼，弘农华阴（今陕西华阴）人，司马迁的外孙。汉宣帝地节四年（前66），杨恽因揭发霍光的后代霍禹谋反有功，被封为平通侯，迁中郎将。后被人告发，以大逆不道的罪名被处以极刑。

报孙会宗书

【导读】

本文是杨恽写给孙会宗的一封回信。杨恽曾与太仆戴长乐不和，因受戴长乐的弹劾而失去爵位。杨恽被免职后广治产业，大修宅院，友人孙会宗写信告诫他犯了错误应该闭门思过，表现出服罪惶恐的样子，杨恽不以为然，写了此信作答。信中对孙会宗的指责一一分辩，讽刺了孙会宗汲汲于功名的势利和浅薄。

【原文】

恽既失爵位家居，治产业，起室宅，以财自娱。岁余，其友人安定太守西河孙会宗，知略士也，与恽书，谏戒之。为言大臣废退，当阖[1]门惶惧，为可怜之意，不当治产业，通宾客，有称誉。恽宰相子，少显朝廷，一朝暗昧[2]语言见废，内怀不服。报会宗书曰：

【注释】

①阖：关。

②暗昧：愚昧，昏庸。

【译文】

杨恽失去了爵位在家，就治理产业，兴建住宅，以经营家财自娱自乐。

过了一年多，他的朋友安定太守、西河人孙会宗，一位有智谋的士人，给杨恽写了一封信，对他加以劝诫。信中说大臣免职之后，应当惶恐地闭门思过，博取同情，而不应该治理产业，结交宾客，博取赞誉。杨恽是丞相的儿子，年轻时就在朝廷扬名，因为一时糊涂，说话不慎而被罢免官职，心里却不服气。他给孙会宗回信说：

【原文】

恽材朽行秽❶，文质无所底❷，幸赖先人余业，得备宿卫。遭遇时变❸，以获爵位，终非其任，卒与祸会。足下哀其愚蒙，赐书教督以所

不及，殷勤甚厚。然窃恨足下不深惟其终始，而猥④随俗之毁誉也。言鄙陋之愚心，若逆指而文过；默而息乎，恐违孔氏“各言尔志”之义。故敢略陈其愚，唯君子察焉。

【注释】

①材朽行秽：才能低劣，品行肮脏。

②所底：无所作为。底：通“抵”，到，成就。

③时变：指杨恽告发霍禹谋反之事。

④猥（wěi）：随意。

【译文】

我才能低下，操行也无所取，外在表现和内在品质都未能修养到家，侥幸依赖祖上留下的功绩，才得以充任宫中侍从官。又遭遇非常事变，因而被封为侯爵，但这终究不是我所能胜任的，最终遭到灾祸。您哀怜我的愚昧，特地来信教导我不够检点的地方，恳切的情意甚为深厚。但我私下却怪您没有深入思考事情的原委，轻率地跟着世俗舆论来褒贬我。我对您直说我浅陋的看法吧，却似乎是在违逆您的意思而文过饰非；沉默不说吧，又恐怕违背了孔子“各言尔志”的教诲。因此我才敢简略地谈谈我的愚见，希望您能明察。

【原文】

恽家方隆盛时，乘朱轮❶者十

人，位在列卿❷，爵为通侯❸，总领从官❹，与闻政事。曾不能以此时有所建明，以宣德化，又不能与群僚同心并力，陪辅朝廷之遗忘，已负窃位素餐之责久矣。怀禄贪势，不能自退，遭遇变故❺，横被口语，身幽北阙❻，妻子满狱。

【注释】

①朱轮：红色的车轮。汉制，公卿列侯及二千石以上的官员可以乘朱轮马车。

②列卿：九卿之列，汉代中央政府主管各部署的长官。

③通侯：列侯。汉制，刘姓子孙封侯者叫诸侯，异姓功臣封侯者叫列

侯，也叫彻侯。后为避汉武帝刘彻的名讳，改“彻侯”为“通侯”。

④从官：皇帝的侍从官。

⑤变故：此指杨恽被戴长乐上书告其诽谤朝廷之事。

⑥北阙：古代宫殿北面的门楼，大臣上书奏事或被皇帝召见的地方。

【译文】

我家正兴盛的时候，做大官乘坐朱轮车的有十人，我本人官位在九卿之列，爵封通侯，总管宫内的侍从官，参与国家大政。然而我竟不能在这样的时候有所建树，来宣扬皇帝的德政，又不能与同僚齐心协力，辅佐朝廷做些补缺拾遗的工作，已经背负窃据官位白吃俸禄的指责很久了。我贪恋禄位和权势，不能自动引退，终于遭到意外的变故，平白地被人告发，本人被囚禁在宫殿北面的楼观内，妻子儿女全都进了监狱。

【原文】

当此之时，自以夷灭不足以塞责，岂意得全首领，复奉先人之丘墓乎？伏惟❶圣主之恩不可胜量。君子游道❷，乐以忘忧；小人全躯，说以忘罪。窃自私念，过已大矣，行已亏矣，长为农夫以没世矣。是故身率妻子，戮力耕桑，灌园治产，以给公上，不意当复用此为讥议也。

【注释】

①伏惟：伏在地上想，表敬之辞。

②游道：游于正道，即修养道德。

【译文】

在这时候，自己觉得即使被诛灭全家也不足以抵偿罪责，哪里想得到竟能保住性命，再去奉祀祖先的坟墓呢？想来，那圣明君主的恩德真是无法计量。君子的身心沉浸在道义之中，快乐得忘记忧愁；小人保全了性命，快活得忘掉了自身的罪过。我私下里反思，过错已经太大了，德行已经有了亏缺，那就长期当个农夫度过此生罢了。因此亲自率领妻子儿女，齐心协力耕田种粮，植桑养蚕，灌溉果园，经营产业，用来向官府交纳赋税，想不到又因为这样做而被人议论和讥笑。

【原文】

夫人情所不能止者，圣人弗禁，故君父至尊亲，送其终也，有时而既❶。臣之得罪，已三年矣。田家作苦，岁时伏腊❷，烹羊炰❸羔，斗酒自劳❹。

【注释】

①既：尽，终。

②伏腊：夏天的伏日、冬天的腊日，秦汉时都是节日。

③炰（páo）：裹起来烤。

④自劳：自己慰劳自己。

【译文】

凡是从人情上说不能禁止的事，圣人也不会加以禁止，所以即使是最尊贵的君王和最亲近的父亲，为他们送终服丧也有结束的时候。我获罪已经三年了。种田人家劳作辛苦，一年中遇上伏日或腊日的祭祀，就烧煮羊肉、烤炙羊羔，斟上一壶酒慰劳自己。

【原文】

家本秦也，能为秦声。妇赵女也，雅善鼓瑟。奴婢歌者数人。酒后耳热，仰天拊❶缶而呼乌乌。其诗曰："田彼南山，芜秽不治。种一顷豆，落而为萁。人生行乐耳，须富

贵何时!"是日也,拂衣而喜,奋褎❷低昂,顿足起舞,诚淫荒无度,不知其不可也。恽幸有余禄,方籴贱贩贵,逐什一之利。此贾竖❸之事,污辱之处,恽亲行之。

【注释】

①拊(fǔ):拍,轻击。

②褎(xiù):同"袖"。

③贾竖:旧时对商人的蔑称。

【译文】

我的老家本在秦地,因此我能唱秦地的歌谣。妻子是赵地的女子,平素擅长鼓瑟。奴婢中也有几个会唱歌的。喝酒以后耳根发热,昂首面对苍天,信手拍打着瓦缶,按着节拍唱出呜呜的秦声来。歌词是："在南山上辛勤种田，荆棘野草多得没法除清。种下了一顷地的豆子，豆子掉了只剩杆。人生还是及时行乐吧，等享富贵谁知要到哪一天！"碰上这样的日子，我兴奋得两袖甩得高高低低，跺着脚跳舞，的确是纵情玩乐没有节制，但我不懂这有什么过错。我幸而还有些余财，正经营着贱买贵卖的生意，追求那十分之一的薄利。这是商贩们做的事，备受轻视和污辱，可我却亲自去做了。

【原文】

下流之人，众毁所归，不寒而

栗。虽雅知恽者，犹随风而靡❶，尚何称誉之有？董生❷不云乎：“明明求仁义，常恐不能化民者，卿大夫意也；明明求财利，常恐困乏者，庶人之事也。”故“道不同，不相为谋”。今子尚安得以卿大夫之制而责仆哉！

【注释】

①靡（mǐ）：倒下。

②董生：董仲舒。

【译文】

地位卑贱的人，大家都对他进行诋毁，我常因此不寒而栗。即使是素来了解我的人，尚且跟随世俗讥刺我，哪里还有人为我说好话呢？董仲舒不是说过吗："急急忙忙地求仁求义，常担心不能用仁义感化百姓，这是卿大夫的心意。急急忙忙地追求财利，常担心贫困匮乏，这是平民百姓的事情。"所以"主张不同的人，就不在一起商量事情"。现在您怎能还用卿大夫的标准来责备我呢！

【原文】

夫西河魏土❶，文侯❷所兴，有段干木❸、田子方❹之遗风，漂然❺皆有节概，知去就之分。顷者，足下离旧土，临安定，安定山谷之间，昆戎❻旧壤，子弟贪鄙，岂习俗之移人哉？于今乃睹子之志矣。方当盛汉之隆，愿勉旃❼，毋多谈。

【注释】

①西河魏土：战国时期魏国的西河在今陕西合阳一带，与汉代的西河郡不是一个地方。杨恽故意把孙会宗的家乡说成是战国时魏国之地，目的是与下文的安定郡对照，讽刺孙会宗。

②文侯：战国时魏国的魏文侯。

③段干木：战国时期魏国的贤人，魏文侯拜他为宰相，他坚辞不受。魏文侯于是以客礼待之，尊他为师。

④田子方：魏文侯的老师。

⑤漂然：志节高远的样子。

⑥昆戎：古代西周时的西戎。

⑦旃（zhān）：“之焉”的合音字。

【译文】

西河郡原来是魏地，是魏文侯设置的，那里有贤人段干木、田子方留下来的好风气，他们都具有高尚的节操，懂得什么时候该辞官、什么时候该出来做官。近来，您离开了故乡，到了安定郡。安定郡位于山谷中间，过去是昆戎族的地界，那里的人大多贪婪卑鄙，难道是当地的风俗习惯改变了您的品性吗？现在我可看清您的志节了。如今正值大汉隆盛的时期，望您努力，不多谈了。

后汉书

作品介绍

《后汉书》是南朝刘宋时范晔编撰的一部纪传体断代史，记载了东汉一代的史事。该书属『二十四史』之一，与《史记》《汉书》《三国志》合称『前四史』。

光武帝临淄劳耿弇

【导读】

本文是光武帝刘秀表彰大将军耿弇的一段话。建武五年（29），光武帝刘秀为了巩固新政权，派遣建威将军耿弇率领大军讨伐割据青州的军阀张步。耿弇胜利在望，光武帝亲临临淄慰劳。他先表彰耿弇的功劳，以淮阴侯韩信作衬托；再用“有志者事竟成”激励耿弇争取最后的胜利。

【原文】

车驾至临淄❶，自劳军，群臣大会。帝谓弇❷曰："昔韩信破历下❸以开基，今将军攻祝阿❹以发迹，此皆齐之西界❺，功足相方。

【注释】

①临淄：原春秋战国时齐国的都城，位于今山东淄博。

②弇（yǎn）：耿弇，字伯昭，扶风茂陵（今陕西兴平东北）人，曾随刘秀起兵，后任建威大将军，封好畤侯。

③韩信破历下：汉高祖三年（前204），韩信袭击历下（今山东济南东），占领齐国都城临淄。

④祝阿：今山东济南历城区西南。光

武帝建武五年春，张步屯军祝阿，耿弇率兵大破张步。

⑤西界：历下、祝阿都是古时齐、鲁两国的分界，在齐国西部。

【译文】

光武帝来到临淄，亲自慰劳军队，群臣在这里隆重地聚会。光武帝对耿弇说："从前韩信因攻破历下而开创汉朝的基业，现在将军你攻取祝阿而立身扬名，历下和祝阿都是齐国西部的边界，你的功劳足以与韩信相比。

【原文】

"而韩信袭击已降❶，将军独

拔勍敌❷，其功乃难于信也。又田横烹郦生❸，及田横降，高帝诏卫尉❹不听为仇。张步前亦杀伏隆，若步来归命，吾当诏大司徒❺释其怨。又事尤相类也。将军前在南阳建此大策❻，常以为落落难合，有志者事竟成也。”

【注释】

①韩信袭击已降：秦朝末年，田儋自立为齐王，后田儋的儿子田横立兄田荣的儿子广为齐王，自己为相。刘邦派郦食其游说齐王归降，田横同意了，并解除了历下军。韩信趁其不备发动袭击，攻灭了齐国。

②勍（qíng）敌：劲敌。

③田横烹郦生：韩信袭击历下时，田横以为郦食其出卖了自己，便将其烹杀。郦生：郦食其。

④卫尉：西汉时掌管宫门警卫的官名。此指郦食其的弟弟郦商，刘邦即位后封信成侯。刘邦曾警告郦商不得为其兄报仇。

⑤大司徒：相当于汉初的丞相。此指伏湛，其子光禄大夫伏隆为张步所杀。

⑥大策：指耿弇当初在南阳时向刘秀提出的战略计划，包括消灭张步、平定齐地等。

【译文】

“但韩信袭击的是已经降伏的敌人，而将军却独力战胜强大的敌人，这个功绩的取得，确实要比韩信更难。再说田横烹杀了郦生，等到田横投降，汉高帝下诏告诫卫尉郦商，不许他与田横结仇。张步从前也杀了伏隆，如果张步前来归降，我也要下诏给大司徒伏湛，要他放下和张步的仇怨。这两件事又更加相似了。将军从前在南阳时，就提出了这项重大的计策，我原以为这事脱离实际而难以实现，现在看来，真是有志者事竟成啊！”

马援诫兄子严敦书

【导读】

马援的两个侄子马严和马敦平时喜欢抨击时政，与游侠结交。马援很担心侄子的情况，虽远在交趾军中，还是写下这封信进行规劝。马援告诫他们“闻人过失，如闻父母之名，耳可得闻，口不可得言”，并以龙伯高和杜季良两人为例，明确提出希望侄子们多向伯高学习，而不要学习季良。整封信言辞恳切，情感真挚，字里行间饱含了长辈对晚辈的深切关爱和殷切希望。

【原文】

援❶兄子严、敦并喜讥议，而通轻侠客。援前在交趾❷，还书诫之曰：

【注释】

①援：马援，东汉初扶风（今陕西兴平东北）人，字文渊，曾任伏波将军。

②交趾：汉郡名，在今越南河内。

【译文】

马援兄长的儿子马严、马敦都喜欢讥讽和议论他人，而且还和一些轻薄的侠客结交往来。马援之前在交趾的时候还写信回来训诫他们说：

【原文】

“吾欲汝曹[1]闻人过失，如闻父母之名，耳可得闻，口不可得言也。好议论人长短，妄是非[2]正法，此吾所大恶也，宁死不愿闻子孙有此行也。汝曹知吾恶之甚矣，所以复言者，施衿结缡[3]，申父母之戒，欲使汝曹不忘之耳。

【注释】

①汝曹：你辈。

②是非：评论，褒贬。

③施衿结缡（lí）：父母在女儿出嫁时，要给她系上佩带和佩巾。衿：佩带。缡：佩巾。

【译文】

“我希望你们听到别人的过失，就像听到父母的名字一样，耳朵可以听到，但口里不能说出来。喜好议论别人的长短，妄自褒贬国家的法制，这是我最厌恶的行为，我宁死也不愿意听到子孙们有此种行径。你们知道我厌恶这种行为到了何种程度，我之所以反复说，就好比嫁女的父母在临别之际为女儿系上佩带和佩巾时，申明父母的劝诫一样，想要让你们不忘记我的话。

【原文】

“龙伯高❶敦厚周慎，口无择

言，谦约节俭，廉公有威，吾爱之重之，愿汝曹效之。杜季良[2]豪侠好义，忧人之忧，乐人之乐，清浊无所失，父丧致客，数郡毕至。吾爱之重之，不愿汝曹效也。效伯高不得，犹为谨敕之士，所谓刻鹄[3]不成尚类鹜[4]者也；效季良不得，陷为天下轻薄子，所谓画虎不成反类狗者也。迄今季良尚未可知，郡将下车辄切齿，州郡以为言，吾常为寒心，是以不愿子孙效也。”

【注释】

①龙伯高：东汉名士，时任山都长，光武帝看到马援的这封信后，提拔他为零陵郡太守。

②杜季良：原为越骑司马，因仇家告他“为行浮薄，乱群惑众”，被光武帝罢官。

③鹄（hú）：天鹅。

④鹜（wù）：鸭子。

【译文】

“龙伯高敦厚、周到、谨慎，从来不讲是非，他谦虚节俭，廉洁公正，颇有威望，我非常喜爱他，敬重他，我希望你们可以学习他。杜季良豪侠好义，以他人之忧为忧，以他人之乐为乐，不论他人是何身份，都与他们相交，他办理父亲丧事的时候，几个郡的人都来参加。我虽然喜爱他，敬重他，但是不希望你们效仿他。因为即便学习伯高不成，至少还是个谨慎严肃的人，所谓刻画天鹅不成至少还能像鸭子；而学习季良不成，就会沦落为轻薄之人，所谓画虎不成反类犬。如今，季良的未来还不知道会怎么样，新到任的郡县官对他恨得咬牙切齿，州郡的官员也都对他议论纷纷，我常常为此感到寒心，所以不愿意子孙效仿他。”

王粲

作者简介

王粲（177—217），字仲宣，山阳郡高平县（今山东微山两城镇）人，东汉末年文学家，「建安七子」之一。明人张溥辑有《王侍中集》。

登楼赋

【导读】

这篇赋抒发了作者遭遇战乱、久客他乡，一身抱负得不到施展而生出的怀乡思归之情，表达了作者渴望天下统一、建功立业的心愿。此赋结构严谨，脉络清晰，以登楼游览的活动为序，以“忧”统领全篇。开头写登楼四望，点出登楼是希望借观览胜境以“销忧”，结尾下楼却“气交愤于胸臆”，首尾呼应，有和谐回环之美。

【原文】

登兹楼以四望兮，聊暇日❶以销忧。览斯宇之所处兮，实显敞而寡仇❷。挟清漳❸之通浦❹兮，倚曲沮之长洲。背坟❺衍❻之广陆兮，临皋❼隰❽之沃流。北弥❾陶牧❿，西接昭丘⓫。华实蔽野，黍稷盈畴。虽信美而非吾土兮，曾何足以少留！

【注释】

①暇日：假借此日。暇：通“假”，借。

②仇：匹敌。

③清漳：指漳水，发源于湖北南漳，流经当阳，与沮水会合，经江陵注入长江。

④通浦：两条河流相通之处。

⑤坟：土地高起。

⑥衍：土地广平。

⑦皋：水边的高地。

⑧隰（xí）：低湿地。

⑨弥：接。

⑩陶牧：地名，春秋时越国陶朱公范蠡的墓葬于此。牧：郊外。

⑪昭丘：春秋时楚昭王墓。

【译文】

我登上这座楼朝四面眺望，想借这时光消解忧愁。我看这座楼宇所处的地方，实在是明亮宽敞，少有匹敌。漳水和沮水在此汇聚，此楼倚靠着弯曲的沮水上的一块狭长小岛。这座楼的背面是高而平坦的广阔陆地，对面的洼地紧临可供浇灌的河流。这

座楼向北连接着陶朱公范蠡的坟墓，西边连接着楚昭王的陵墓。花果遮蔽原野，谷物长满田地。这地方的确很美，却不是我的乡土，这怎么值得我在此暂居呢!

【原文】

遭纷浊而迁逝兮，漫逾纪❶以迄今。情眷眷❷而怀归兮，孰忧思之可任!凭轩槛以遥望兮，向北风而开襟。平原远而极目兮，蔽荆山之高岑❸。路逶迤而修迥兮，川既漾而济深。悲旧乡之壅隔兮，涕横坠而弗禁。昔尼父之在陈兮，有归欤之叹音。钟仪幽而楚奏兮，庄舄

显而越吟。人情同于怀土兮，岂穷达而异心！

【注释】

①纪：十二年。

②眷（juàn）眷：形容念念不忘。

③高岑：小而高的山。

【译文】

遇到战乱而四处奔走逃亡啊，到现在已经超过十二年。心中思念故乡希望归去啊，谁能忍受这种愁思啊！凭靠栏杆眺望啊，面对北风敞开衣襟。平原极其遥远使我纵目远望啊，视线为荆山的高峰所遮蔽。道路蜿蜒而遥远啊，河水浩荡深不可测。悲叹故乡被阻隔啊，禁不住泪流满面。昔日孔子在陈国面临危难的时候啊，发出过“归欤”的叹息。钟仪被囚弹奏楚国的乐曲啊，庄舄身居要职却还说越地的家乡话。人思念故乡的感情是一样的，岂会因为贫穷或腾达而改变心志！

【原文】

惟日月之逾迈兮，俟河清❶其未极！冀王道之一平兮，假高衢❷而骋力。惧匏瓜之徒悬兮，畏井渫❸之莫食。步栖迟❹以徙倚兮，白日忽其将匿。风萧瑟而并兴兮，天惨惨而无色。兽狂顾❺以求群兮，鸟相鸣而举翼。原野阒❻其无人兮，征夫行而未息。心凄怆以感发兮，意

忉怛❼而憯恻❽。循阶除❾而下降兮，气交愤于胸臆。夜参半而不寐兮，怅盘桓以反侧。

【注释】

①河清：比喻天下太平。

②高衢：大道。

③渫（xiè）：淘去污泥。

④栖迟：徘徊。

⑤狂顾：惊恐地回头望。

⑥阒（qù）：静寂。

⑦忉（dāo）怛（dá）：忧伤，悲痛。

⑧憯（cǎn）恻：悲痛。憯：同“惨”。

⑨除：台阶。

【译文】

念及时光的流逝啊，等待天下太

平要到什么时候！期望国家能够统一稳定啊，借此在太平盛世发挥自己的才能。担心像匏瓜一样徒然挂在那里没有用处啊，也害怕清澈的井水无人饮用。在楼上来来回回地踱步啊，太阳很快就下山了。林涛阵阵，八面风动，天空昏暗不明。野兽慌忙顾盼寻找兽群啊，鸟雀也纷纷鸣叫着展翅高飞。原野沉寂空无一人啊，离家远行的人还在着急赶路。我被周围的景物感动啊，内心充满了悲凉哀伤，心情悲痛而无限伤怀。沿着台阶走下楼啊，心中却气愤难平。直到半夜还不能入睡啊，伤感徘徊翻来覆去睡不着。

曹操

作者简介

曹操（155—220），字孟德，小字阿瞒，沛国谯县（今安徽亳州）人，东汉末年权臣，曹魏政权的奠基者。曹魏建立后，被追尊为太祖，谥号武皇帝。代表作有《观沧海》《龟虽寿》《述志令》《蒿里行》《孟德新书》等。

述志令

【导读】

曹操统一北方后，政权逐渐巩固，继而图谋统一全国。当时孙权、刘备两大军事势力除在军事上联盟抗曹外，在政治上抨击曹操“托名汉相，实为汉贼”，“欲废汉自立”。在这种形势下，曹操发布了这篇令文，借退还皇帝加封的三县之名，表明自己的政治抱负和平生志向，反击朝野的谤议。

【原文】

孤❶始举孝廉❷，年少，自以本非岩穴知名之士，恐为海内人❸之所见凡愚，欲为一郡守，好作政教以建立名誉，使世士❹明知之。故在济南，始除残去秽，平心选举，违迕❺诸常侍。以为强豪所忿，恐致家祸，故以病还。

【注释】

①孤：古代王侯自谦之称。曹操当时任丞相，封武平侯，故此自称。

②孝廉：汉代从汉武帝开始，规定地方长官按期向中央推举各科人才，分孝廉、贤良、方正等科目，听候使用，东汉时每年由各郡国从二十万

人中荐举一人。孝：善事父母。廉：清廉方正。

③海内人：天下人。

④世士：世人。

⑤违迕：违背、触犯。

【译文】

我被举为孝廉时，年龄不大，自认不是那种在深山隐居的有名望的人，担心被天下人看作是平庸之辈，所以想当一个郡的太守，做好政治和教化，建立自己的名望，让世人都能清楚地了解我。所以，我在济南担任国相时，开始革除弊政，公正地选拔、推荐人才，结果触犯了那些朝廷的权贵。因为被豪强权贵忌恨，我担心给家族招来灾祸，所以托病还乡了。

【原文】

去官之后，年纪尚少，顾视同岁❶中，年有五十，未名为老。内自图之：从此却去二十年，待天下清，乃与同岁中始举者等耳。故以四时归乡里，于谯❷东五十里筑精舍，欲秋夏读书，冬春射猎，求底下之地❸，欲以泥水自蔽，绝宾客往来之望，然不能得如意。

【注释】

①同岁：同一年被举为孝廉的人。

②谯（qiáo）：今安徽亳州。

③底下之地：低洼之地，指瘠薄的土地。

【译文】

辞官后，我的年龄仍然不大，回头看看与我同一年被荐举的人，当中有的年纪已五十多岁了，还没有被称作老年人。我心中盘算：从现在起，再过二十年，等到天下太平了，我才跟同岁中那些刚被举为孝廉的人一样大罢了。所以我返回家乡，整年不出，在谯县东面五十里的地方建了学社，打算在夏天和秋天在那里读书，冬天和春天在那里打猎，只希望得到一点下等的土地，有终老于荒野、不为人所知，断绝和宾客交往的念头。但是，这个愿望没有能够实现。

【原文】

后征为都尉❶，迁典军校尉❷，意遂更欲为国家讨贼❸立功，欲望封侯作征西将军❹，然后题墓道言“汉故征西将军曹侯之墓”，此其志也。而遭值董卓之难，兴举义兵。是时合兵能多得耳，然常自损，不欲多之。所以然者，多兵意盛，与强敌争，倘更为祸始。故汴水之战❺数千，后还到扬州更募，亦复不过三千人。此其本志有限也。

【注释】

①都尉：武官名。

②典军校尉：武官名，掌管近卫禁军，多由皇帝的亲信担任。

③讨贼：指讨伐地方军阀和镇压农民起义军。

④征西将军：官名，因西进征赤眉军而得名。曹操借此表示愿做东汉王朝的功臣。

⑤汴水之战：初平元年（190），以袁绍为盟主的关东各州郡联合讨伐董卓，因惧怕董卓兵强，不敢先进。曹操独自率军西进，与董卓部将徐荣在汴水（今河南荥阳西南）一带交战，因兵少无援失败。

【译文】

后来我被朝廷征召，担任都尉，又升为典军校尉，心里就想着为国家讨贼，建立功业。我希望能够封侯，当上征西将军，死后墓碑上题词“汉故征西将军曹侯之墓”，这就是我当时的志向。然而，遇上董卓犯上叛乱，各地纷纷起兵讨伐。这时我完全可以招集更多的兵马，然而我却常常裁减，不愿扩充。我之所以这样做，是因为手里兵多了就容易意气骄盛，要与强敌抗争，可能引起祸端。所以汴水之战时，我的兵马只有几千人，后来再到扬州去招募，仍不超过三千人。这是因为我本来的志向有限。

【原文】

后领兖州❶，破降黄巾三十万众。又袁术僭号❷于九江❸，下皆称

臣，名门曰建号门，衣被皆为天子之制，两妇预争为皇后。志计已定，人有劝术使遂即帝位，露布❹天下。答言：“曹公尚在，未可也。”后孤讨禽其四将，获其人众，遂使术穷亡解沮❺，发病而死。及至袁绍据河北，兵势强盛，孤自度势，实不敌之。但计投死为国，以义灭身，足垂于后。幸而破绍，枭其二子。又刘表自以为宗室，包藏奸心，乍前乍却❻，以观世事，据有当州❼。孤复定之，遂平天下。身为宰相，人臣之贵已极，意望已过矣。今孤言此，若为自大，欲人言尽，故无讳耳。设使国家无有孤，不知当几人称帝，几人称王！

【注释】

①兖（yǎn）州：辖今山东西南部和河南东部。

②僭（jiàn）号：盗用皇帝的称号。

③九江：郡名，辖今安徽寿春、合肥、当涂等地。

④露布：布告，宣示。

⑤解沮：瓦解崩溃。

⑥乍前乍却：忽进忽退。比喻投机。

⑦当州：荆州。

【译文】

再后来，我担任兖州刺史，击败了黄巾农民军，收编了三十多万人。再有袁术在九江盗用皇帝的称号，部下都向他称臣，改称城门为建号门，衣冠、服饰都按照皇帝的规格，两个老婆抢着当皇后。计划已定，有人劝说袁术立即登基称帝，向天下人公开宣布。袁术回答说："曹公尚在，还不能这样做。"此后，我出兵讨伐，生擒拿了他的四员大将，抓获了大量部属，致使袁术势穷力尽，土崩瓦解，最后病死。待到袁绍占据黄河以北，兵势强盛，我估计自己的力量，实在无法和他匹敌。但想到这正是我为国家献身，为正义而牺牲的机会，这样也足以扬名后世。我侥幸打败了袁绍，还斩杀了他的两个儿子。还有荆州牧刘表自诩皇室同族，其实包藏奸心，忽进忽退，观察形势，占据荆州，

我又平定了他，才使天下太平。我担任丞相，作为一个臣子已经显贵到极点，超过我原来的愿望了。今天我说这些，你们以为我很自大，其实我是想消除人们的非议，所以才毫无保留罢了。假使国家没有我，还不知道会有多少人称帝，多少人称霸呢！

【原文】

或者人见孤强盛，又性不信天命之事，恐私心相评，言有不逊之志❶，妄相忖度，每用耿耿❷。齐桓、晋文所以垂称至今日者，以其兵势广大，犹能奉事周室也。《论语》云：“三分天下有其二，以服事殷，

周之德可谓至德矣。”夫能以大事小[3]也。昔乐毅走赵[4]，赵王欲与之图燕。乐毅伏而垂泣，对曰：“臣事昭王，犹事大王；臣若获戾，放在他国，没世然后已，不忍谋赵之徒隶[5]，况燕后嗣乎？”胡亥[6]之杀蒙恬也，恬曰：“自吾先人及至子孙，积信于秦三世矣。今臣将兵三十余万，其势足以背叛，然自知必死而守义者，不敢辱先人之教以忘先王也。”孤每读此二人书，未尝不怆然流涕也。孤祖、父以至孤身，皆当亲重之任，可谓见信者矣，以及子桓[7]兄弟，过于三世矣。

【注释】

①不逊之志：不忠顺的想法。指别人认为曹操有代汉自立为皇帝的野心。

②每用耿耿：常常因此忧虑。

③以大事小：以强大的诸侯来侍奉弱小的天子。

④乐毅走赵：乐毅是战国燕昭王时的名将，曾率赵、楚、韩、魏、燕五国军队破齐国，攻下齐国七十余城，后封为昌国君。燕昭王去世后，即位的燕惠王中了齐将田单的反间计，让骑劫代乐毅为将，乐毅担心留在燕国被害，于是投奔赵国。

⑤徒隶：犯人和奴隶，此泛指地位低贱的人。

⑥胡亥：秦始皇嬴政的小儿子，继始皇位称秦二世。

⑦子桓：曹操次子曹丕的字。

【译文】

可能有的人看到我的势力强大，又生性不相信所谓的天命，恐怕会私下议论，说我有夺取帝位的野心，这种胡乱猜测，常使我内心不得安宁。齐桓公、晋文公之所以名声被传颂至今，是因为他们虽然兵势强大，但是仍能侍奉周天子。《论语》说："周文王虽然取得了三分之二的天下，但仍能尊奉殷王朝，他的道德可说是最崇高的了。"因为他能以强大的诸侯来侍奉弱小的天子啊。从前燕国人乐毅投奔赵国，赵王想与他商议攻打燕国。乐毅跪在地上哭泣，回答说：“我侍奉燕昭王，就像侍奉大王您；我如果获罪，被放逐到别国，直到死为止也不忍心谋害赵国的普通百姓，何况是燕国的后代呢？”秦二世胡亥要杀蒙恬的时候，蒙恬说：“从我的祖父、父亲到我这三代，长期受到秦国的信任和重用。现在我领兵三十多万，势力足以背叛朝廷，但是我自知就是死也要恪守君臣之义，是因为不敢辱没先辈的教诲，忘记先王的恩德啊。”我每次读到有关这两个人的书，总是感动得悲伤流泪。从我的祖父、父亲直到我，都担任皇帝的亲信和重臣，可以说是被信任的，再到了曹丕兄弟，已经超过三代了。

【原文】

孤非徒对诸君说此也，常以语妻妾，皆令深知此意。孤谓之言：“顾我万年❶之后，汝曹皆当出嫁，欲令传道我心，使他人皆知之。”孤此言皆肝鬲之要❷也。所以勤勤恳恳叙心腹者，见周公有《金縢》❸之书以自明，恐人不信之故。然欲孤便尔❹委捐❺所典兵众，以还执事❻，归就武平侯国❼，实不可也。何者？诚恐己离兵为人所祸也。既为子孙计，又己败则国家倾危，是以不得慕虚名而处实祸，此所不得为也。前朝恩封三子为侯，固辞不受，今更欲受之，非欲复以为荣，欲以为外援，为万安计。

【注释】

①万年：死的代称。

②肝鬲（gé）之要：出自内心的至要之言。鬲：同“膈”，胸膈。

③《金縢（téng）》：《尚书》篇名，记述周武王病时，周公曾作祷词祭告于神，请求代周武王死，祭毕将祷词封藏在金属柜中。周武王去世后，年幼的成王即位，由周公摄政。周成王的叔父管叔、蔡叔等诽谤周公篡位，引起成王怀疑。周公避居

东都(今河南洛阳)。后来，周成王打开密封的金属柜，发现了周公的祷词，大为感动，亲自迎回周公。縢：封缄。

④便尔：就此。

⑤委捐：交出。

⑥执事：朝廷执政者。

⑦武平侯国：建安元年(196)，汉献帝任命曹操为大将军，封武平侯。武平：今河南鹿邑西。

【译文】

我不仅仅是对诸位来诉说这些，还常常将这些话告诉妻妾，让她们都深知我的心意。我告诉她们说："等我死后，你们都应当改嫁，希望能传述我的心意，让人们都知道。”这些话都是我的肺腑之言。我所以这样勤勤恳恳地叙说这些心里话，是看到周公有《金縢》之书可以表明心迹，担心别人不相信的缘故。但要我就此放弃统率的军队，把军权交还给朝廷，回到武平侯的封地去，这实在是不行的。为什么呢？我担心放弃了兵权，就会遭到别人的陷害。我既要为子孙考虑，又要顾及自己一旦倒下，国家也会发生危机，因此我不能只贪图虚名而招来实际的祸患，这就是我不能这样做的原因。以前朝廷降恩封赐我的三个儿子为侯，我都坚辞不受，现在改变了想法想要接受，并不是想再以此为荣耀，而是考虑到以他们作为外援，为国家的安危着想。

【原文】

孤闻介推之避晋封[1]，申胥之逃楚赏[2]，未尝不舍书而叹，有以自省也。奉国威灵，仗钺[3]征伐，推弱以克强，处小而禽大。意之所图，动无违事，心之所虑，何向不济，遂荡平天下，不辱主命。可谓天助汉室，非人力也。然封兼四县[4]，食户三万，何德堪之！江湖未静，不可让位；至于邑土，可得而辞。今上还阳夏、柘、苦三县户二万，但食武平万户，且以分损[5]谤议，少减孤之责也。

【注释】

①介推之避晋封：介子推是春秋时晋国人，曾随晋公子重耳出亡十九年。后重耳回国即位，大封随从谋士。介子推不挂念自己的功劳，与母亲隐居绵山。

②申胥之逃楚赏：春秋时，伍子胥率吴军伐楚，攻下郢都。楚国大夫申包胥求救于秦，痛哭七日，终于感动秦哀公，发兵击退吴军。楚昭王回到郢都，赏赐功臣，申包胥不肯受赏，逃走了。

③钺（yuè）：形似大斧的兵器，也是天子出征时的仪仗。皇帝授钺给主将，即象征代表天子出征。

④四县：指武平、阳夏（今河南太康）、柘（今河南柘城西北）、苦（今河南鹿邑东）。

⑤分损：减少，平息。

【译文】

每当我读到介子推逃避晋文公的封爵，申包胥逃避楚昭王的赏赐，没有一次不放下书感叹，并反省自己的。我仰仗着国家的威望，代表天子征讨四方，以弱胜强，以小胜大。想要办到的事，做起来无不如意，心里有所考虑的事，实行时无不成功。就这样扫平了天下，没有辜负天子的差使。这可以说是上天在扶助汉家皇室，不是人力所能企及的。然而，我的封地有四个县，享受三万户的赋税，我有什么功德配得上它呢！现在天下还没有安定，我不能让位；至于封地，可以辞退一些。现在，我把阳夏、柘、苦这三县的二万户赋税交还给朝廷，只享受武平县一万户的赋税。姑且以此来平息外界的诽谤和议论，稍稍减少天下人对我的指责吧！

祀故太尉桥玄文

【导读】

这是建安七年（202）曹操为悼念桥玄作的一篇祭文。祭文首先赞颂桥玄的美德，回忆了幼年时接受桥玄教诲、获其提携的往事，点明了祭悼桥玄的原因。接着作者描写桥玄生前对作者的戏言，显示出桥玄幽默风趣的性格，并传达出二人的交谊之厚以及桥玄之死带给自己的伤痛之深。作者将历历往事和现实之情结合起来，情感朴素真挚。

【原文】

故太尉❶桥公❷，诞敷❸明德，泛爱博容❹。国念明训❺，士思令谟❻。灵幽体翳❼，邈哉晞❽矣！

【注释】

①太尉：东汉时掌管全国军事大权的

职务。

②桥公：桥玄，字公祖，睢阳（今河南商丘西南）人，东汉灵帝光和年间曾担任太尉。

③诞敷：光大传播。

④博容：胸怀宽大，能广容事物。

⑤训：可以作为法则的言论。

⑥谟：谋略、见地。

⑦翳（yì）：埋藏，此指桥玄已被埋葬。

⑧晞（xī）：露水干了，此指人死亡。

【译文】

已去世的前太尉桥公美德广布，胸怀宽大，国家怀念您那些可以作为法则的光辉言论，士人思念您那些高明的谋略。如今您的灵魂归附幽冥，肉体已经埋葬，离开人世很长时间了！

【原文】

吾以幼年，逮升堂室❶，特以顽鄙之姿，为大君子❷所纳。增荣益观，皆由奖助。犹仲尼❸称不如颜渊❹，李生之厚叹贾复❺。士死知己，怀此无忘。

【注释】

①升堂室：升堂入室，到他家去，指亲近。

②大君子：对桥玄的敬称。

③仲尼：孔子，名丘，字仲尼。

④颜渊：颜回，字子渊，孔子的得意弟子。

⑤贾复：东汉南阳冠军（今河南邓州）

人，少年好学，拜李生为师。李生曾对其他学生感慨说："贾复有将相之才。"后来，贾复投奔光武帝刘秀，以军功封冠军侯，累封胶东侯。

【译文】

我在幼年得以和您亲近，以愚笨的资质受到德高望重的您的款待。为我增加了荣誉，开阔了眼界，都是由于您的奖掖扶助。就像孔子自称不如颜回、李生赞叹贾复一样。士为知己者死，我怀念您的知遇之恩，至死不忘。

【原文】

又承从容约誓之言："殂逝❶之后，路有经由，不以斗酒只鸡过

相沃酹❷，车过三步，腹痛勿怪。”虽临时戏笑之言，非至亲之笃好，胡肯为此辞乎？匪谓灵忿，能诒❸己疾，旧怀惟顾❹，念之凄怆。

奉命东征，屯次乡里，北望贵土，乃心陵墓，裁致❺薄奠，公其尚飨❻！

【注释】

①殂（cú）逝：去世。

②沃酹（lèi）：洒酒祭奠。

③诒（yí）：给予。

④惟顾：思念。

⑤裁致：备送。

⑥飨：享用。

【译文】

又承您从容地和我约定："我死后，路过坟墓时，如果不用一斗酒、一只鸡相祭祀，车子过了三步，别怪我让你肚子疼。"虽是一时的玩笑话，若不是最亲密无间的朋友，怎么肯说出这样的话呢？不是相信您的魂灵发怒能使我生病，只是回顾往日的交情，想起来就悲伤。

我如今奉命东征，驻扎在家乡，北望您的故乡，到您的坟墓致送一点菲薄的祭品，请您来享用！

曹植

作者简介

曹植（192—232），字子建，沛国谯县（今安徽亳州）人，曹操与卞皇后所生第三子，魏文帝曹丕的弟弟，生前曾为陈王，谥号思，又称陈思王。三国时期文学家，诗人。代表作有《洛神赋》《与杨德祖书》《与吴季重书》《求自试表》等。

洛神赋

【导读】

洛神，传说为始祖伏羲的小女儿宓妃，淹死在洛水，因此被封为洛水之神。作者以近似于梦幻的手法，描写出人神之间的真挚爱情，想象丰富、格调凄婉。全文词采华丽而不矫饰，清新而舒雅；语言精练、生动而奇崛；排偶对仗联用，音韵优美。

【原文】

黄初三年❶，余朝京师，还济❷

洛川❸。古人有言，斯水之神，名曰宓妃。感宋玉对楚王神女之事❹，遂作斯赋。其词曰：

【注释】

①黄初三年：222年。黄初：魏文帝曹丕的年号。

②济：渡。

③洛川：洛水，源出陕西，东南入河南，流经洛阳。

④宋玉对楚王神女之事：相传宋玉所作《高唐赋》和《神女赋》，都记载宋玉与楚襄王对答梦遇巫山神女之事。

【译文】

黄初三年，我去京城洛阳觐见朝拜，回来的时候要渡过洛水。古人曾说过，洛水之神的名字叫宓妃。我有感于宋玉将楚王遇神女的故事写成《神女赋》，于是也写下了这篇赋。内容如下：

【原文】

余从京域，言归东藩❶。背伊阙❷，越轘辕❸，经通谷❹，陵❺景山❻。日既西倾，车殆❼马烦。尔乃税驾乎蘅皋，秣驷❽乎芝田，容与❾乎阳林，流眄❿乎洛川。于是精移神骇，忽焉思散，俯则未察，仰以殊观，睹一丽人，于岩之畔。乃援御者而告之曰："尔有觌⓫于彼者乎？彼何人斯？若此之艳也！"御者对曰："臣闻河洛之神，名曰宓妃。然则君王所见，无乃日乎？其状若何？臣愿闻之。"

【注释】

①东藩：东方藩国，指曹植的封地。黄初三年，曹植被立为鄄城（今山东鄄城）王。

②伊阙：又叫龙门山，在河南洛阳南。

③轘（huán）辕：山名，位于今河南偃师东南。

④通谷：山谷名，位于洛阳城南。

⑤陵：登。

⑥景山：山名，位于今河南偃师南。

⑦殆：通"怠"，懈怠。

⑧秣驷：喂马。

⑨容与：悠然安闲的样子。

⑩流眄：纵目四望。眄：斜视。

⑪觌（dí）：看见。

【译文】

我从京师返回鄄城途中，翻越伊阙山、轘辕山，路经通谷，攀登上景山。那时天色已经很晚了，车滞马乏。于是我们在香草盛开的河边停了下来，让马儿在长满灵芝的田地里吃草休息。我在林中悠闲漫步，欣赏着洛河的景色。忽然间我精神振奋，思绪飘散到远处，低头往下看没有发现什么，抬头望去却看到了令我吃惊的景象：一位美丽佳人正站在山崖的旁边。于是拉住车夫问他："你是否看见那位姑娘了？她是谁啊？竟如此美丽！”车夫回答道：“臣听说洛河女神名叫宓妃。您看到的莫非就是她？她长什么样？臣想听听。”

【原文】

余告之曰：“其形也，翩若惊鸿，婉若游龙❶，荣曜❷秋菊，华茂春松。仿佛兮若轻云之蔽月，飘摇❸兮若流风之回雪。远而望之，皎若太阳升朝霞；迫而察之，灼若芙蕖❹出渌❺波。秾❻纤得衷，修短合度。肩若削成，腰如约素❼。延颈秀项，皓质呈露。芳泽无加，铅华❽弗御。云髻峨峨，修眉联娟。丹唇外朗，皓齿内鲜，明眸善睐❾，靥辅❿承权。

瑰姿艳逸，仪静体闲。柔情绰态，媚于语言。奇服旷世，骨象应图。披罗衣之璀璨兮，珥瑶碧之华琚。戴金翠之首饰，缀明珠以耀躯。践⑪远游之文履，曳雾绡之轻裾。微幽兰之芳蔼兮，步踟蹰⑫于山隅。

【注释】

①翩若惊鸿，婉若游龙：翩然若惊飞的鸿雁，蜿蜒如游动的蛟龙。翩：鸟疾飞的样子，此处指飘忽摇曳的样子。婉：蜿蜒曲折。

②曜（yào）：日光照耀。

③飘摇（yáo）：飞翔的样子。

④芙蕖：荷花。

⑤渌（lù）：水清。

⑥秾：花木繁盛。此指人体丰腴。

⑦约素：一束白绢。

⑧铅华：粉。古代烧铅成粉，故称铅华。

⑨睐（lài）：顾盼。

⑩靥（yè）辅：酒窝。

⑪践：穿。

⑫踟（chí）蹰（chú）：徘徊。

【译文】

我告诉他："她的身姿像受惊后振翅高飞的鸿雁，又像在空中戏耍的游龙。她容光焕发如秋菊，年轻美丽若春天繁茂的青松。她的行为举止若隐若现像薄云遮掩住了月亮，她的形象飘忽不定如旋风卷起的漫天雪花。远望她，明丽似朝霞中升起的太阳；

近看她，鲜艳似碧水中的荷花。她胖瘦适中，高矮适度，肩膀俊俏，腰身纤细就像系着一抹白绢。她有着挺拔秀美的长颈，精巧的下颚，白皙的皮肤稍稍露出。她不洒香水，不添加脂粉。她黑亮的发髻挺立高耸，细长的眉毛略有弯曲。丹红的嘴唇鲜艳夺目，洁白的牙齿冰清玉质。她明亮的眼眸左右顾盼，两个美丽的酒窝儿嵌在脸颊上。她有着飘逸的身姿、娴雅的神态，仪态万方，体态窈窕。她柔情脉脉，言语含媚。她的穿着奇特，世间罕见，骨骼相貌应合了画中的仙子。她披着光彩绚丽的绫罗做的衣服，佩戴着精致华丽的美玉耳环。她头戴金钗、翡翠首饰，佩戴的明珠照耀着她的容颜。她脚上穿着绣有精美纹饰的鞋子，身上穿着轻薄如雾的纱裙。她隐身于浓郁芳香的幽兰丛中，徘徊在山边。

【原文】

“于是忽焉纵体，以遨以嬉。左倚采旄❶，右荫桂旗。攘❷皓腕于神浒❸兮，采湍濑❹之玄芝。余情悦其淑美兮，心振荡而不怡。无良媒以接欢兮，托微波而通辞。愿诚素之先达兮，解玉佩以要❺之。嗟佳人之信修兮，羌❻习礼而明诗。抗❼琼珶❽以和予兮，指潜渊而为期。执眷眷之款实兮，惧斯灵之我欺。感交甫⑨之弃言兮，怅犹豫而狐疑。收和颜而静志兮，申礼防以自持。

【注释】

①采旄（máo）：彩旗。采：同“彩”。旄：旗杆上的旄牛尾饰物。此指旗。

②攘：此指挽袖伸出。

③浒：水边。

④湍濑：石上急流。

⑤要：同“邀”，约请。

⑥羌：发语词。

⑦抗：举起。

⑧琼珶（dì）：美玉。

⑨交甫：郑交甫。春秋时期，晋国有个叫郑交甫的美男子。一天，他在汉水边遇见两个漂亮女子，一见

倾心，上前请求她们以玉佩相赠。两位女子解佩相赠，郑交甫用手接了，藏在怀中。郑交甫转身刚走了几步，发现怀里的玉佩消失了，两位女郎也不见踪影。

【译文】

“这时她忽然纵身起跳，游玩嬉戏。一会儿左倚彩旗，一会儿在右侧的桂旗下乘凉。她伸出纤纤玉手拨动水花，又在急流边采摘黑色的灵芝草。我爱上了洛神的贤淑美丽，心里却又惴惴不安。因为没有好的媒人代我向她表达爱意！所以只能将此情寄托在脉脉的水波中，让它来传达。希望我纯洁诚挚的感情能先于别人传达给她，我解下腰间的玉佩作为定情信物赠送给她，希望能与她约会。洛神美丽而真诚，既明礼又熟悉诗歌。她举起玉佩向我示意，指着一汪清潭约定相会的日期。我虽然得到洛神肯定的答复，却又害怕她会欺骗我。因为想起一个叫郑交甫的人和两位神女约定厮守，后来神女违背誓言离去，所以我徘徊不定，半信半疑。我收起了兴奋不已的情绪，让自己稍微冷静下来，并告诉自己遵守礼法而不能任意而为。

【原文】

“于是洛灵感焉，徙倚❶彷徨。神光离合，乍阴乍阳。竦❷轻躯以

鹤立，若将飞而未翔。践椒涂之郁烈，步蘅薄[3]而流芳。超长吟以永慕兮，声哀厉而弥长。尔乃众灵杂沓[4]，命俦[5]啸侣。或戏清流，或翔神渚，或采明珠，或拾翠羽。从南湘之二妃，携汉滨之游女。叹匏瓜之无匹兮，咏牵牛之独处。扬轻袿[6]之猗靡[7]兮，翳[8]修袖以延伫。休迅飞凫，飘忽若神。陵[9]波微步，罗袜生尘。动无常则，若危若安。进止难期，若往若还。转眄流精[10]，光润玉颜。含辞未吐，气若幽兰。华容婀娜，令我忘餐。

【注释】

①徙倚：流连徘徊。

②竦（sǒng）：伸长脖子，提起脚跟站着。

③蘅薄：杜衡丛生地。

④杂沓（tà）：杂乱。

⑤俦：伙伴、同类。

⑥袿（guī）：妇女的上衣。

⑦猗（yǐ）靡：随风飘动的样子。

⑧翳：遮蔽。

⑨陵：踏。

⑩流精：形容目光流转而有光彩。

【译文】

“于是洛神由于我的善举而受到感动，她徘徊不止，神色恍惚，时好时坏。她抬起身子向上，如仙鹤一般欲飞还留。她在香气袭人且长满椒兰的小路上徘徊，在散发着芳香的杜衡丛中流连。她发出长长的叹息，抒发内心的相思情意，声音是那么悲哀、激越而悠长。众神汇聚在一起，他们呼唤同伴，有的在清清的水面上玩耍，有的在水中小岛上飞翔，有的在水底采集明亮的珍珠，有的在河边拾取翠鸟的羽毛。洛神由湘水二位神灵娥皇、女英跟随左右，又带着汉水河边漫游的女神。她感叹并同情匏瓜星、牵牛星的孤独寂寞。洛神扬起轻薄的衣袖随风飘拂，她用修长的衣袖遮住光并向远方张望。清风吹动她的长裙，轻薄的上衣在风中飘动。她行走如飞鸟，飘游如神仙。她轻步走在水波之上，丝罗织的袜子下生起层层水雾。她的行动没有定准，时而惊险，时而稳定。前进还是后退难以预料，来来回回，犹豫不定。她眼神顾盼四周，柔美而流动，神采奕奕，容颜似玉光泽温润。她嘴里有话而未说出口，气息散发出幽兰的香味。她是那样的婀娜多姿，对她的想念令我茶饭不思。

【原文】

“于是屏翳[1]收风，川后[2]静波。冯夷[3]鸣鼓，女娲[4]清歌。腾文鱼[5]以警乘，鸣玉鸾[6]以偕逝。六龙俨其齐首，载云车[7]之容裔[8]，鲸鲵踊而夹毂，水禽翔而为卫。于是越

北沚，过南冈，纡⑨素领，回清扬，动朱唇以徐言，陈交接之大纲。恨人神之道殊兮，怨盛年之莫当。抗罗袂以掩涕兮，泪流襟之浪浪。悼良会之永绝兮，哀一逝而异乡。无微情以效爱⑩兮，献江南之明珰⑪。'虽潜处于太阴⑫，长寄心于君王⑬。'忽不悟其所舍，怅神宵而蔽光。

【注释】

①屏翳：传说中的众神之一，此指风神。

②川后：传说中的河神。

③冯夷：河伯，传说中的黄河水神。

④女娲：传说中的女神名，相传笙簧是其所造。

⑤文鱼：神话中一种能飞的鱼。

⑥玉鸾：鸾鸟形的玉制车铃，动则发声。

⑦云车：相传神以云为车。

⑧容裔：舒缓安详的样子。

⑨纡：回。

⑩效爱：致爱慕之意。

⑪明珰（dāng）：用明月珠制作的耳珰。

⑫太阴：众神所居之处。

⑬君王：此指曹植。

【译文】

“此时，风神让风停止，河神也使波涛平静下来。黄河之神擂响鼓声，女娲唱起悠扬的歌声。文鱼飞出水面守卫着车乘，车铃叮当作响，众神一起离去。六条龙齐头并进，驾着云车缓缓而行。鲸鲵夹乘而行，水鸟

【译文】

“于是我离开低处登上高处，举步向前，思绪却仍留在那里。洛神已经消逝，但她的形象仍在我脑子里萦绕，让我忍不住含愁回顾。我盼望再见到洛神，便驾着小船逆流而上。在洛水之上随意漂荡不想回来，忧思绵绵不断更增添了我对她的爱慕之情。一夜心事重重难以入睡，沉重的秋霜沾满衣裳，就这样一直到天亮。我只得吩咐马夫整好车驾，踏上我的回归之路。我收紧马缰，举起马鞭，在原地徘徊而不忍离去。”

小墨香書

上架建议：大众读物

ISBN 978-7-5746-0535-0

9 787574 605350 >

定价：60.00元（全4册）